# Baía da Esperança

Da Autora:

Em Busca de Abrigo

A Casa das Marés

Baía da Esperança

# Jojo Moyes

# Baía da Esperança

*Tradução*
Alda Porto

*Copyright* © 2007 *by* Jojo Moyes
Título original: *Silver Bay*

Capa: Leonardo Carvalho
Foto da Autora: Charles Arthur

Editoração: DFL

Texto revisado segundo o novo
Acordo Ortográfico da Língua Portuguesa

2010
Impresso no Brasil
*Printed in Brazil*

CIP-Brasil. Catalogação na fonte
Sindicato Nacional dos Editores de Livros, RJ

| | |
|---|---|
| M899b | Moyes, Jojo, 1969-<br>  Baía da esperança/Jojo Moyes; tradução Alda Porto. —<br>Rio de Janeiro: Bertrand Brasil, 2010.<br>  392p.<br><br>  Tradução de: Silver bay<br>  ISBN 978-85-286-1422-0<br><br>  1. Romance inglês. I. Porto, Alda. II. Título. |
| | CDD – 823 |
| 10-0728 | CDU – 821.111-3 |

Todos os direitos reservados pela:
**EDITORA BERTRAND BRASIL LTDA.**
Rua Argentina, 171 — 2º andar — São Cristóvão
20921-380 — Rio de Janeiro — RJ
Tel.: (0XX21) 2585-2070 — Fax: (0XX21) 2585-2087

Não é permitida a reprodução total ou parcial desta obra, por
quaisquer meios, sem a prévia autorização por escrito da Editora.

Atendimento e venda direta ao leitor:
mdireto@record.com.br ou (21) 2585-2002

Para Lockie, por tudo que ele é
e tudo que será.

# Prólogo

*Kathleen*

MEU NOME É KATHLEEN WHITTIER MOSTYN e, quando eu tinha dezessete anos, fiquei famosa por capturar o maior tubarão já visto pelo estado australiano de Nova Gales do Sul: um tubarão-enfermeiro, com um olhar tão malévolo que continuava a parecer que queria me rasgar em duas vários dias depois que o pusemos estendido, já fora de combate, na areia. Isso faz muito tempo, quando toda a Baía da Esperança se dedicava à pesca por esporte, e durante três semanas consecutivas todo mundo só falava sobre a tal criatura. O repórter de um jornal veio direto de Newcastle e fez uma fotografia minha de pé ao lado do troféu (sou a de maiô). O tubarão é vários centímetros mais alto que eu na foto, e o fotógrafo ainda me mandou calçar sapatos de salto.

O que se vê é uma menina alta, de aparência um tanto severa, mais bonita do que ela se julgava, ombros largos demais, para desespero da mãe, e cintura tão fina de tanto enrolar molinete e se curvar com a vara de pesca, que nunca precisou de espartilho. Lá estou eu, sem conseguir esconder o orgulho, sem saber ainda que ficaria ligada àquela fera pelo resto de meus dias tão seguramente quanto se fôssemos casados. O que não se vê é que a criatura está suspensa por dois arames apoiados nos ombros de meu pai e seu sócio comercial, Sr. Brent Newhaven. Depois de eu tê-lo rebocado até a praia, o que me custou vários tendões no ombro direito, eu mal conseguia levantar uma xícara de chá, quanto mais um tubarão quando o fotógrafo chegou.

Ainda assim, isso bastou para sedimentar minha reputação. Durante anos fiquei conhecida como a Menina do Tubarão, mesmo quando a infância era já algo bem distante. Minha irmã Norah sempre brincava dizendo que, em vista da aparência em que eu me encontrava, deviam ter me chamado de Ouriço-do-Mar. Meu pai, porém, sempre afirmava que esse sucesso fez a fama do Hotel Silver Bay. Dois dias depois de publicada aquela fotografia no jornal, ficamos lotados e continuamos assim até as chamas consumirem a ala direita do hotel em 1962. Os homens vinham porque desejavam bater meu recorde. Ou porque supunham que, se uma *menina* podia trazer à terra uma criatura daquelas, ora, o que não era possível para um pescador *profissional?* Alguns vieram para me pedir em casamento, mas meu pai dizia que podia farejá-los antes mesmo que chegassem a Port Stephens e mandava-os dar no pé. As mulheres vinham porque, até então, jamais haviam julgado possível fisgar peixes como esporte, muito menos competir com os homens. E as famílias, porque Baía da Esperança, por ser uma baía protegida, de inúmeras dunas e águas calmas, era um excelente lugar para se estar.

Construíram-se às pressas mais dois quebra-mares para dar conta do tráfego adicional de barcos, e todo dia o ar enchia-se com o barulho das remadas e dos motores de popa, enquanto a baía e o mar ao redor quase se viam privados de vida marinha. O ar noturno fervilhava com o ruído dos carros, das suaves erupções de música e do tilintar de copos. Houve uma época, durante a década de 1950, em que não parecia muito fantasioso dizer que éramos *o* lugar onde estar.

Agora ainda temos nossos barcos e quebra-mares, embora usemos apenas um, e o que as pessoas têm caçado é algo muito diferente. Não pego numa vara de pesca há quase vinte anos. Não gosto mais tanto de matar animais. Levamos uma vida muito sossegada, mesmo no verão. A maioria do movimento de férias dirige-se aos clubes e hotéis de muitos andares, às delícias de Coffs Harbour ou Byron Bay e, para dizer a verdade, para a maioria de nós está ótimo assim.

# Baía da Esperança

Ainda detenho o recorde. Encontra-se registrado num daqueles livros oferecidos de porta em porta, vendidos em grandes números, daqueles que ninguém que a gente conhece compra. Os editores me honram com um ou outro telefonema para me informar que meu nome será incluído por mais um ano. De vez em quando, alunos do colégio local me param para dizer que me viram no livro da biblioteca, e eu sempre reajo com surpresa, só para deixá-los felizes.

Mas ainda detenho aquele recorde. Digo isso não por algum desejo de vangloriar-me, nem porque sou uma mulher de setenta e cinco anos e é gostoso sentir que um dia fiz alguma coisa notória, mas porque, quando se vive cercada por tantos segredos como eu, é bom pôr tudo nos seus devidos lugares e ser franca de vez em quando.

# Um

### Hannah

SE A GENTE ENFIAR A MÃO esticada até o pulso, em geral encontra pelo menos três tipos diferentes de biscoito no pote do *Moby Um*. Yoshi dizia que as tripulações nos outros barcos sempre economizavam muito nas guloseimas, comprando os mais baratos, de araruta, a granel no supermercado. Mas ela supunha que, se o turista pagava quase cento e cinquenta dólares para sair à procura de golfinhos, o mínimo que podia esperar era um biscoito decente. Então comprava todos — os amanteigados Anzac, os de flocos de aveia, os com recheio duplo de chocolate, os Palitos Escoceses, as Rodelas de Menta embrulhadas em papel alumínio e, esporadicamente, com um pouco de sorte, os caseiros. Lance, o capitão do barco, dizia que ela comprava biscoitos decentes porque era basicamente o que tinha para comer. Também dizia que, se o patrão deles algum dia a flagrasse gastando tanto em biscoitos, seria capaz de esmagá-la como um dos recheados Garibaldi. Eu estava segurando a bandeja, de olho nas gostosuras, enquanto Yoshi oferecia chá e café aos passageiros, quando o *Moby Um* zarpou pela Baía da Esperança afora. Torcia para que não comessem todos os Anzac antes que eu tivesse a chance de pegar um. Tinha saído de mansinho sem o café da manhã e sabia que só quando fôssemos para a cabine é que ela deixaria eu me servir.

— *Moby Um* para *Suzanne*, quantas cervejas você entornou ontem à noite? Segue a rota como um bêbado perneta.

Lance falava pelo rádio. Quando entramos na cabine, enfiei a mão diretamente no pote de biscoitos e peguei o último Anzac. O rádio do navio estalou e uma voz resmungou alguma coisa. Não consegui entender. Ele tentou mais uma vez:

— *Moby Um* para *Sweet Suzanne*. Escute, é melhor corrigir o curso, colega... você tem quatro passageiros na frente debruçados sobre as grades. Toda vez que dá uma guinada brusca, eles decoram as janelas de estibordo.

A voz de Lance MacGregor soou como se houvesse sido esfregada com palha de aço, como o eram as laterais do barco. Ele soltou uma das mãos do leme, e Yoshi passou-lhe uma caneca de café. Enfiei-me atrás dela. O vapor nas costas do seu uniforme azul-marinho cintilava como lantejoulas.

— Você viu Greg? — perguntou o capitão.

Ela assentiu com a cabeça.

— Dei uma boa olhada nele antes de partirmos.

— Está tão acabado que não consegue pilotar o barco em linha reta. — Da janela salpicada de gotas, apontou em direção ao barco menor. — O negócio é o seguinte, Yoshi: os passageiros dele vão pedir o dinheiro de volta. Aquele de chapéu verde não levantou a cabeça desde que passamos pela Ilha do Nariz Quebrado. Que diabo deu nele?

Yoshi Takomura tinha os cabelos mais bonitos que eu já vira. Pendiam da cabeça como nuvens pretas ao redor do rosto e nunca pareciam embaraçados, apesar dos efeitos do vento e da água salgada. Peguei entre os dedos um dos meus cachos emaranhados; parecia cheio de areia, embora estivéssemos na água há apenas meia hora. Minha amiga Lara disse que, quando fizesse catorze anos, dali a quatro, a mãe ia deixá-la fazer luzes nos dela. Foi então que Lance me viu. Acho que eu sabia que isso iria acontecer.

— Que está fazendo aqui, pivete? Sua mãe vai fazer ligas de meia das minhas tripas. Não tem escola ou coisa assim?

— Férias.

Recuei para trás de Yoshi, meio encabulada. Lance sempre falava comigo como se eu fosse cinco anos mais moça.

— Ela não vai atrapalhar — explicou Yoshi. — Só queria ver os golfinhos.

Encarei-o, puxando as mangas da blusa sobre as mãos.

Ele encarou-me de volta, depois encolheu os ombros.

— Vai usar um colete salva-vidas?

Fiz que sim com a cabeça.

— E não vai pegar no meu pé?

Inclinei a cabeça. Como se eu pegasse no teu pé, respondi com os olhos.

— Seja bonzinho com Hannah — pediu Yoshi. — Ela já ficou de cama duas vezes.

— São os nervos — expliquei. — Minha barriga sempre faz isso comigo.

—Ah... Inferno. Escute, trate apenas de dizer à sua mãe que isso não tem nada a ver comigo, certo? E escute, pivete, da próxima vez, saia no *Moby Dois*... ou, melhor ainda, no barco de outra pessoa.

— Você não a viu — tranquilizou Yoshi. — De qualquer modo, o jeito de Greg pilotar não é nem a metade da história. — Ela riu. — Espere só para ver o que ele fez na lateral do barco.

Era, disse Yoshi ao sairmos da cabine, um bom dia para navegar. Embora o mar estivesse um pouco crespo, os ventos sopravam brandos e o ar parecia tão límpido que se via a espuma branca bubuiar junto às pequenas ondas da arrebentação. Segui-a até o convés do restaurante principal, as pernas absorvendo facilmente o sobe e desce do catamarã, um pouco menos acanhadas agora que o capitão tomara conhecimento de minha presença a bordo.

Aquela, ela me dissera, seria a parte mais movimentada da viagem de observação de golfinhos, o tempo entre nossa zarpada e a chegada às águas abrigadas pela baía, onde os grupos de golfinhos-nariz-de-garrafa costumavam reunir-se. Enquanto os passageiros ficavam sentados no convés de cima desfrutando o revigorante dia de maio envoltos em cachecóis de lã, Yoshi, a comissária de bordo, servia o bufê, oferecia bebidas e, se a água estivesse crespa, o que ocorria na maioria dos dias, agora que o inverno se aproximava, preparava desinfetante e balde para limpar o resultado do enjoo. Não importava quantas vezes a gente os aconselhasse, ela resmungou, fitando os asiáticos bem-vestidos que formavam a maior parte da clientela matinal, eles *iam* ficar embaixo do deque, *iam* comer e beber rápido demais e *iam* entrar nos pequenos banheiros para vomitar em vez de se debruçarem sobre a amurada, tornando-os, assim, inutilizáveis por qualquer outra pessoa. E se eram japoneses, acrescentou com uma ponta de malicioso prazer, passavam o restante da viagem num calado frenesi de humilhação, escondidos atrás de óculos escuros e golas levantadas, os rostos pálidos e decididos voltados para o mar.

— Chá? Café? Biscoitos? Chá? Café? Biscoitos?

Acompanhei-a até a coberta de proa, fechei a jaqueta impermeável até o pescoço. O vento diminuíra um pouco, mas eu ainda sentia o frio no ar aguilhoar-me o nariz e as pontas das orelhas. A maioria dos passageiros não quis nada — conversavam em voz alta para ser ouvidos acima dos motores, fitavam o horizonte distante e tiravam fotos uns dos outros. De vez em quando, eu mergulhava a mão nos biscoitos e tirava um que eles teriam comido de qualquer modo.

*Moby Um* era o maior catamarã — ou "cat", como os chamavam as tripulações — em Baía da Esperança. Em geral, uma embarcação saía com dois comissários de bordo; os turistas, porém, diminuíam à medida que caía a temperatura, e assim restava agora apenas Yoshi até o negócio tornar a aquecer-se. Não me importava — assim foi mais fácil convencê-la a me levar a bordo. Ajudei-a a colocar os bules de chá e café de volta em seus suportes, depois retornamos ao estreito convés lateral, onde nos apoiamos com firmeza nas janelas, e ficamos olhando para o mar à frente, onde o barco menor continuava a avançar em rota irregular pelas ondas. Mesmo àquela distância, víamos que um número maior de pessoas agora se debruçava sobre as grades do *Suzanne*, as cabeças mais baixas que os ombros, alheias à mancha de tinta vermelha logo abaixo.

— Podemos tirar dez minutos de folga agora. Tome. — Yoshi estalou o anel de uma lata de Coca-Cola e me entregou-a. — Já ouviu falar na teoria do caos?

— Humm — respondi de jeito a parecer que talvez.

— Se aquelas pessoas soubessem — ela agitou um dedo, e sentimos os motores reduzirem a marcha — que a viagem há muito aguardada para ver os golfinhos foi arruinada por uma ex-namorada que jamais conhecerão e um homem que agora mora com ela a mais de duzentos e cinquenta quilômetros, em Sydney, e que acha que bermuda de ciclista roxa é roupa aceitável para usar durante o dia...

Tomei um gole de refrigerante. O gás fez meus olhos lacrimejarem e eu engoli bruscamente.

— Quer dizer que os turistas enjoados no barco de Greg se devem à teoria do caos? Eu imaginava que fosse porque ele tinha ficado bêbado ontem à noite de novo.

Yoshi sorriu.

— Algo assim.

Os motores haviam parado e o *Moby Um* silenciou, o mar estava cada vez mais sossegado ao redor, a não ser pela tagarelice dos turistas e o marulho das ondas nas laterais do barco. Eu adorava essa sensação, adorava ver minha casa tornar-se um ponto branco diante da estreita faixa de praias e depois desaparecer nas infindáveis angras. Talvez meu prazer se intensificasse ainda mais pelo conhecimento de que o que eu estava fazendo ia contra as regras. Eu não era nenhuma rebelde, na verdade, mas quase gostava dessa ideia.

Lara tinha um bote no qual podia sair sozinha, desde que se mantivesse no espaço entre as boias que demarcavam os antigos viveiros de ostras, e eu a invejava por isso. Minha mãe não me deixava perambular ao redor da baía, embora eu tivesse quase onze anos.

— Tudo no seu devido tempo — ela murmurava.

Não adiantava discutir com ela sobre esse tipo de coisa.

Lance surgiu ao nosso lado: acabara de tirar foto com duas adolescentes às risadinhas. Muitas vezes lhe pediam para posar com moças e, até então, nunca se soube que houvesse recusado. Por isso gostava de usar o quepe de capitão, dizia Yoshi, mesmo quando o sol estava quente o bastante para derreter-lhe a cabeça.

— Que foi que ele escreveu na lateral do barco?

Lance franziu os olhos para o barco a motor de Greg ao longe. Parecia ter me perdoado por estar a bordo.

— Eu conto a você quando voltarmos ao cais.

Notei a sobrancelha erguida em minha direção.

— Eu *consigo* ler o que está escrito, sabia? — eu disse.

O outro barco, que até a véspera se chamava *Sweet Suzanne*, ou seja, *Doce Suzanne*, agora sugeria, em tinta vermelha, que "Suzanne" fizesse algo que, segundo Yoshi, era uma impossibilidade biológica. Ela se virou para ele, baixando a voz o máximo possível — como se achasse que eu não a ouviria:

— A moça afinal confessou que tinha outro homem.

Lance exalou um longo suspiro.

— Ele já a havia acusado antes. E ela sempre negou.

— Dificilmente ia admitir, quando sabia qual seria a reação de Greg, que estava longe de ser inocente... — Yoshi deu-me uma olhada. — De qualquer modo, ela partiu para ir morar em Sydney, e disse que quer metade do barco.

— E ele?

— Acho que o barco na certa diz tudo.

— É inacreditável que tenha saído nesse estado com turistas.

Lance ergueu melhor o binóculo para examinar as letras vermelhas rabiscadas.

Yoshi gesticulou-lhe para passá-lo a ela.

— Estava tão mal esta manhã que não sei nem se ele se lembrava do que tinha feito.

Fomos interrompidos pelos gritos excitados dos turistas no convés de cima. Acotovelavam-se ao se encaminharem para a parte elevada da frente.

— Aqui vamos nós — murmurou Lance, endireitando-se e sorrindo para mim. — Lá está nosso ganha-pão, pivete. Hora de voltar ao trabalho.

# Baía da Esperança

Às vezes, contou Yoshi, percorriam a baía inteira, mas os golfinhos-nariz-de-garrafa se recusavam a aparecer e um barco cheio de observadores de golfinhos insatisfeitos significava um barco cheio de segundas viagens gratuitas e devoluções de cinquenta por cento do pagamento, que levavam o dono à insolvência.

Na proa, grupos de turistas comprimiam-se uns contra os outros, e as câmeras estalavam, enquanto eles tentavam captar as lustrosas formas cinzentas que agora cavalgavam as ondas que quebravam embaixo. Inspecionei a água para ver quem viera brincar. Abaixo do convés, Yoshi cobrira uma parede com fotografias das nadadeiras de cada golfinho da área. Dera-lhes nomes: Ziguezague, Um Corte, Flautista... Embora os outros tripulantes tivessem rido da comissária, agora todos reconheciam as típicas nadadeiras — era a segunda vez que viam Faca de Manteiga naquela semana, haviam murmurado. Eu sabia de cor o nome de cada um.

— Parecem Polo e Guarda-Chuva — disse Yoshi, inclinando-se sobre a lateral.

— Aquele é o bebê de Guarda-Chuva?

Os golfinhos eram silenciosos arcos cinzentos, que deslizavam ao redor do barco, como se fossem eles os turistas. Toda vez que um rompia a superfície, o ar enchia-se do ruído dos estalos de obturadores das câmeras. Que pensavam de nós admirando-os boquiabertos? Eu sabia que eram inteligentes como os seres humanos. Imaginava-os depois reunidos perto das pedras, rindo de nós em linguagem de golfinho: aquele de chapéu azul, aquela de óculos engraçados...

A voz de Lance chegou pelo sistema especial de alto-falantes:

— Senhoras e senhores, por favor, não corram apenas para um lado para ver os golfinhos. Vamos aos poucos girar o barco; assim, todos terão uma boa visão. Se correrem só para um lado, há o risco de emborcarmos. E os golfinhos não gostam de barcos virados.

Ao erguer os olhos, vi dois albatrozes; pairavam imóveis no ar, então dobraram as asas e mergulharam, respingando o mínimo ao atingirem a água. Um tornou a despontar, sobrevoou em círculos à procura de alguma presa invisível, depois a ele se juntou o outro e os dois alçaram voo pela pequena baía acima e desapareceram. Fiquei observando-os ir embora. Então, quando o *Moby Um* mudou devagar de posição, debrucei-me sobre a lateral e enfiei os pés na grade inferior para ver meus novos tênis. Yoshi prometera que deixaria eu me sentar nas redes da retranca quando o tempo ficasse mais quente, para eu tocar nos golfinhos, talvez até nadar com eles. Mas só se minha mãe concordasse. E todos sabíamos o que isso queria dizer.

Tropecei com o movimento inesperado do barco. Levei um instante para perceber que tinham dado a partida nos motores. Com o susto, agarrei o corrimão. Eu havia sido criada em Baía da Esperança e sabia que existia um método para fazer as coisas perto dos golfinhos. Desligar os motores, se a gente queria que brincassem. Se eles seguissem em frente, devia-se manter um curso paralelo e ser guiado por eles. Deixavam tudo bem claro: se gostavam de você, aproximavam-se, ou mantinham uma distância constante. Se não o quisessem por perto, nadavam para longe. Yoshi olhou-me de cara fechada e, quando o catamarã deu uma guinada brusca, agarramos as cordas de salvamento. Minha confusão espelhou-se na expressão dela.

Uma repentina aceleração fez o barco disparar à frente, e, acima, os turistas, aos gritos, desabaram nos bancos. Voávamos.

Lance falava ao rádio. Enquanto nos arrastávamos de quatro até a cabine, o *Sweet Suzanne* avançava a toda, saltando sobre as ondas, alheio ao número cada vez maior de infelizes passageiros agora debruçados sobre a lateral.

— Lance! Que está fazendo? — Yoshi agarrou-se a um corrimão.

— Veja você mesma, amiga... Senhoras e senhores... — Ele fez uma careta e apertou o botão do sistema de alto-falantes. — *Preciso de uma tradução* — articulou com os lábios. — Temos uma coisa muito especial para vocês esta manhã. Já apreciaram a visão mágica dos golfinhos de nossa Baía da Esperança, mas, se tiverem paciência, bem, nós gostaríamos de levá-los a um lugar *realmente* especial. Avistamos as primeiras baleias da estação um pouco mais adiante no mar. São as baleias-corcundas, que passam por nossas águas todo ano durante a longa migração para o norte da Antártica. Garanto que se trata de uma visão que não esquecerão. Agora, por favor, sentem-se ou se segurem firme. As coisas talvez fiquem meio agitadas, porque, do sul, as ondas vêm mais volumosas, mas faço questão de que cheguem a tempo de vê-las. Quem quiser ficar na frente do barco, sugiro que pegue um impermeável. Há muitos deles na parte de trás.

Virou o leme e fez um sinal para Yoshi, que continuou a transmissão. Ela repetiu o que ele dissera em japonês, depois em coreano, para ter certeza de que todos haviam entendido. Era bem possível, contou-me depois, que tivesse simplesmente recitado o cardápio do almoço da véspera: não conseguira concentrar-se desde que Lance fizera o anúncio. Uma palavra ecoava em volta, como em minha própria mente: *baleia*!

— A que distância?

Yoshi tinha o corpo rígido ao varrer com os olhos as águas claras. A relaxada atmosfera anterior desaparecera por completo. Fiquei com um nó no estômago.

— Quatro, cinco milhas? Não sei. O helicóptero de turismo que sobrevoava o local comunicou que tinham visto o que parecia ser duas baleias a alguns quilômetros de Torn Point. É um pouco cedo na estação, mas...

— Catorze de junho do ano passado. Não estamos tão distantes assim — comentou Yoshi. — Caracas! Dá uma olhada no Greg! Vai perder os passageiros se continuar nessa velocidade. Aquele barco não é grande o bastante para transpor essas ondas.

— Não quer que a gente chegue antes dele. — Lance balançou a cabeça em reprovação e conferiu o velocímetro. — Força total. Vamos garantir que o *Moby Um* seja o primeiro este ano. Pra variar.

Alguns membros da tripulação trabalhavam para completar as horas de navegação, rumo a navios e empregos maiores. Outros, como Yoshi, haviam começado como parte do intercâmbio cultural e simplesmente se esqueceram de voltar para seu país. Mas, qualquer que fosse o motivo que os mantinha ali, eu sacara, há muito, a magia da primeira visão das baleias na estação de migração. Como se, até avistar aquelas criaturas, fosse impossível acreditar que voltariam.

Ser o primeiro a ver não significava grande coisa — tão logo descobriam a presença delas, todos os cinco barcos que operavam a partir do Cais da Baleia trocavam a atividade de observação de golfinhos para a de baleias. Mas era importante para a tripulação. E, como todas as grandes paixões, enlouquecia-os. Cara, como enlouquecia!

— Olhe só aquele grande idiota. Estranho como agora ele consegue se manter em linha reta — cuspiu Lance.

Greg ia a bombordo de nós, mas parecia ganhar.

— Ele não suporta a ideia de chegarmos antes. — Yoshi pegou um impermeável e lançou-o para mim. — Tome! Só em caso de a gente ir para a frente. Vai ficar muito molhado.

— Porra, eu não acredito. — Lance avistara outro barco no horizonte. Devia ter esquecido a minha presença para xingar assim. — Lá vem o Mitchell! Aposto com você que ele ficou sentado a tarde toda junto ao rádio e agora navega mar acima, na certa com o barco cheio de passageiros. Ainda vou dar uma lição naquele tipo qualquer dia desses.

Viviam se queixando de Mitchell Dray. Ele nunca se dava o trabalho de procurar os golfinhos, como os outros: apenas esperava até ouvir uma comunicação no rádio e ia para onde os demais navios rumavam.

— Vou ver mesmo uma baleia? — perguntei.

Sob nossos pés, as ondas se chocavam com o casco e obrigavam-me a segurar-me firme na lateral. Pela janela aberta, ouvia os gritos excitados dos turistas, a risada dos atingidos por ondas trapaceiras.

— Cruze os dedos.

Yoshi fixava os olhos no horizonte.

Uma baleia de verdade, eu só vira uma vez, com minha tia Kathleen. Em geral, não me deixavam avançar tão longe assim em alto-mar.

— Ali... Ali! Não, é apenas o borrifo das ondas do mar. — Yoshi erguera o binóculo. — Dá pra você mudar o curso? Tem claridade demais.

— Não se quiser que eu chegue lá primeiro. — Lance virou o barco a estibordo, tentando alterar o ângulo do sol nas ondas.

— Devíamos nos comunicar pelo rádio com a praia. Descobrir o lugar exato em que o helicóptero a viu.

— Não adianta — respondeu Lance. — Já deve ter percorrido duas milhas a essa altura. E Mitchell vai ouvir. Não vou dar àquele cara mais nenhuma informação. Ele andou nos roubando passageiros durante todo o verão.

— Então fique de olho no esguicho.

— É. E na placa que diz Baleia.

— Só estou tentando ajudar, Lance.

— Ali! — Consegui distinguir apenas a forma, como um distante seixo preto mergulhando. — Norte-nordeste. Em direção à parte de trás da Ilha do Nariz Quebrado. Acabou de mergulhar. — Achei que ia ficar enjoada de tão excitada. Ouvi Lance começar a contar atrás de mim: — Um... dois... três... quatro... *baleia!* — Uma inequívoca pluma d'água ergueu-se alegremente acima do horizonte. Yoshi soltou um grito esganiçado. Lance olhou na direção de Greg, que, de seu curso, não a vira.

— Pegamos ela! — ele sibilou.

Todas as baleias eram "ela" para Lance, assim como todas as crianças eram "pivetes".

*Baleia.* Coloquei a palavra na boca, rolei-a entre a língua e a saboreei. Não despregava os olhos da água. O *Moby Um* mudou de curso, o imenso catamarã batendo com força ao transpor cada onda. Eu imaginava a baleia atrás da ilha saltando para fora d'água, expondo a barriga branca ao mundo, numa exibição de leveza sem espectadores.

— Baleia — sussurrei.

— Vamos ser os primeiros — murmurou Yoshi, excitada. — Pelo menos uma vez vamos chegar lá primeiro.

Vi Lance girar o leme, contando baixinho o número de vezes que a baleia irrompia na superfície. Mais de trinta segundos dentro da água e era provável que ela houvesse mergulhado para o fundo. Então nós a teríamos perdido. Se a distância entre um mergulho e outro fosse menor, significava que teríamos uma chance de segui-la.

— Sete... oito... Ela subiu. *Beleza.* — Lance espalmou a mão no leme e pegou o microfone. — Senhoras e senhores, se olharem à direita, talvez distingam a baleia, que avança por trás daquele pedaço de terra ali.

— Greg notou a direção que seguimos — riu Yoshi. — Ele nunca vai nos alcançar agora. Aquele motor não tem força suficiente.

— *Moby Um* para *Horizonte Azul*. Mitchell — berrou Lance no rádio —, se quiser ver essa boneca, vai ter de sair de trás da minha esteira.

A voz de Mitchell chegou pelo rádio:

— *Horizonte Azul* para *Moby Um*. Só estou aqui para garantir que alguém resgate os que caírem do barco de Greg.

— Ah, nada a ver com o peixão? — perguntou Lance, lacônico.

— *Horizonte Azul* para *Moby Um*. Grande e velho mar, Lance. Espaço suficiente para todos nós.

Agarrei o aro de madeira da mesa do mapa com tanta força que fiquei com os nós dos dedos brancos, vendo crescer de tamanho o pequeno pontal coberto de vegetação. Perguntava-me se a baleia ia nos deixar chegar mais perto. Talvez erguesse a cabeça e nos olhasse. Talvez nadasse até a lateral do barco e revelasse o filhote.

— Dois minutos — disse Lance. — Contornaremos o pontal ao fim de dois minutos. Com a esperança de nos aproximarmos mais.

— Vamos, mocinha. Nos dê um belo espetáculo.

Yoshi falava consigo mesma, o binóculo ainda erguido.

*Baleia*, pedi em voz baixa, *espere por nós, baleia*. Imaginava se ela ia me notar. Se pudesse perceber que eu, de todas as pessoas no barco, sentia uma empatia especial pelas criaturas do mar. Tinha certeza absoluta que sim.

— Eu não... acredito... porra.

Lance tirara o quepe e olhava pela janela com cara de insatisfação.

— Que foi?

Yoshi inclinou-se na mesma direção que Lance.

Acompanhei o olhar deles. Quando o *Moby Um* contornou o pontal, todos nos calamos. A uma pequena distância da massa de terra coberta de vegetação, a meia milha do alto-mar, nas águas verde-azuladas, surgiu, imóvel, o *Ishmael*, as laterais recém-pintadas cintilando sob o sol do meio-dia.

Ao leme, minha mãe debruçava-se sobre a amurada, os cabelos açoitavam o rosto sob o boné desbotado que ela insistia em usar no mar. Apoiava o peso numa das pernas, e Milly, nossa cadela, parecia adormecida. Minha mãe dava a impressão de que estava ali, à espera daquela baleia, durante anos.

— Como ela fez isso, porra? — Lance captou o olhar furioso de Yoshi e pediu-me desculpas com um encolher de ombros. — Nada pessoal, mas... minha nossa...

— Ela sempre é a primeira a chegar. — A resposta de Yoshi soou meio divertida, meio resignada. — Todo ano estou aqui. Ela sempre é a primeira.

— Vencido por uma imigrante britânica. Estamos indo tão mal nisso quanto no críquete.

Ele acendeu um cigarro e jogou no mar o fósforo, desgostoso.

Saí para o convés.

Nesse momento, a baleia irrompeu. Arquejamos e ela deu uma rabanada na água com a cauda e as nadadeiras e disparou um enorme esguicho d'água na direção do *Ishmael*. Os turistas no convés do *Moby Um* aplaudiram. Era imensa e estava tão próxima que víamos as enormes cracas ao longo do corpo, a corrugada barriga branca; tão próxima que olhei brevemente no olho dela. Mas de uma rapidez absurda — uma coisa daquele volume não tinha o direito de ser tão ágil.

Fiquei com a respiração entalada na garganta. Com uma das mãos agarrada à corda de segurança, ergui o binóculo e encarei, não a baleia, mas minha mãe, mal ouvindo as exclamações sobre o tamanho da criatura ou sobre as ondas que a baleia causava, esquecendo por um instante que não devia deixar-me ser vista. Mesmo àquela distância, percebi que Liza McCullen sorria, os olhos enrugados fitando adiante. Uma expressão que raras vezes, se alguma, exibia em terra firme.

Tia Kathleen caminhou até a varanda para pôr uma generosa tigela de enormes camarões e algumas fatias de limão na mesa de madeira descorada ao lado de uma grande cesta de pão. Na verdade, ela é minha tia-avó, mas diz que isso a faz sentir-se muito velha, por isso, na maioria das vezes, chamo-a de tia K. Atrás dela, as tábuas brancas de revestimento da fachada do hotel, para proteção contra o vento e a chuva, emitiam um brilho suave ao sol do entardecer; oito pêssegos de um vermelho forte deslizavam pela janela. O vento ganhara um pouco de velocidade e a placa do hotel gemia ao balançar para frente e para trás.

— Pra que é isso?

Greg ergueu os olhos da garrafa de cerveja que estava tomando. Tirara afinal os óculos escuros e as olheiras traíam os eventos da noite anterior.

— Ouvi dizer que você precisa forrar o estômago — ela respondeu, batendo um guardanapo diante dele.

— Ele já contou que quatro dos passageiros pediram o dinheiro de volta quando viram o casco do barco? — riu Lance. — Desculpe-me, amigo Greg, que coisa mais idiota pra fazer! Entre tantas outras coisas pra escrever.

— Você é muito gentil, Kathleen.

Greg, ignorando-o, estendeu a mão para alcançar o pão.

Minha tia lançou-lhe um daqueles olhares.

— E serei o oposto de gentil se você escrever aquelas palavras onde a jovem Hannah possa ler.

— A Lady Tubarão ainda tem dentes — provocou Lance, e imitou um movimento de mordida em direção a Greg.

Tia Kathleen ignorou-o.

— Hannah, coma com vontade agora. Aposto que nem tocou no seu prato no almoço. Vou pegar a salada.

— Ela comeu biscoitos — disse Yoshi, descascando com muita destreza um camarão.

— Biscoitos — bufou tia Kathleen.

Nós nos reuníamos, como faziam as tripulações do Cais da Baleia quase todas as noites, do lado de fora da cozinha do hotel. Eram poucos os dias em que as tripulações não dividiam uma ou duas cervejas antes de ir para casa. Alguns dos membros mais jovens, dizia muitas vezes minha tia, dividiam tantas que mal conseguiam chegar em casa.

Ao dar uma mordida num suculento camarão-tigre, notei que haviam colocado os archotes no lado de fora; poucos hóspedes no Hotel Silver Bay costumavam reunir-se ao ar livre em junho, mas no inverno as tripulações de observação de baleia congregavam-se ali para conversar sobre os acontecimentos na água, não importava o tempo. Os membros mudavam de ano a ano, pois as pessoas transferiam-se para diferentes empregos ou iam para a universidade, mas Lance, Greg, Yoshi e os outros eram uma constante em minha vida durante todo o tempo que eu morava lá. Tia Kathleen, em geral, acendia os archotes no início do mês, e ficavam acesos até setembro.

— Saíram com muitos hoje? — Ela retornara com a salada. Misturou-a com dedos espertos, ágeis e pôs um pouco no meu prato antes que eu pudesse protestar. — Não tive nenhum no museu.

— O *Moby Um* ficou bem cheio. Muitos coreanos — Yoshi deu de ombros. — Greg quase perdeu metade dos dele no mar.

— Tiveram uma boa visão da baleia. — Greg pegou outro pedaço de pão. — Não houve queixas. Nem devoluções de pagamento. Tem mais cerveja, Srta. K?

— Sabe onde é o bar. Você viu, Hannah?

— Era enorme. Vi até as cracas.

Por algum motivo, eu esperava que fosse lisa, mas a pele era enrugada, sulcada, salpicada de criaturas do mar, como se fosse uma ilha viva.

— Ficamos bem perto. Eu disse a ela que em geral a gente não chega tão perto assim — disse Yoshi.

Greg estreitou os olhos.

— Se tivesse saído no barco da mãe, poderia ter escovado os dentes da baleia.

— É, bem, é o mínimo que se pode dizer... — Tia Kathleen balançou a cabeça. — Nem mais uma palavra — articulou com os lábios para mim. — Foi só esta única vez, não se repetirá.

Assenti com a cabeça, obediente. Era a terceira escapada naquele mês.

— O tal Mitchell deu as caras? É preciso ficar de olho nele. Eu soube que vai se juntar àqueles concorrentes de Sydney dos barcos grandes.

Todos ergueram os olhos.

— Achei que o Serviço de Proteção à Fauna Silvestre e os Parques Nacionais os haviam expulsado daqui — comentou Lance.

— Quando fui ao mercado de peixe — contou tia Kathleen —, me disseram que tinham visto um em alto-mar. Música no volume máximo, pessoas dançando nos conveses. Como uma discoteca. Arruinaram a pesca noturna. Quando o pessoal dos parques e da fauna silvestre chegou lá, já tinham ido embora. Impossível provar qualquer coisa.

O equilíbrio em Baía da Esperança era delicado: se houvesse um número pequeno demais de turistas para a observação de baleias, o negócio seria insustentável; grande demais, perturbaria as criaturas que queria exibir.

Lance e Greg haviam se rebelado contra os catamarãs de conveses triplos, que muitas vezes chacoalhavam com música alta, os passageiros quase tombando em alto-mar.

— Será o fim de todos nós — queixou-se Lance. — Irresponsáveis. Loucos por dinheiro. Combinam em tudo de ruim com Mitchell.

Eu não tinha me dado conta de como estava faminta. Comi seis dos imensos camarões em rápida sucessão, perseguindo os dedos de Greg em volta da tigela vazia. Ele riu e brandiu a cabeça de um camarão para mim. Mostrei a língua para ele. Acho que estou meio apaixonada por Greg, não que tenha contado isso a alguém.

— É, é, aí está ela. Princesa das Baleias.

— Muito engraçado. — Minha mãe largou as chaves na mesa e indicou com um gesto a Yoshi que se afastasse um pouco para se encaixar espremida ao meu lado. Ela beijou minha cabeça. — Bom-dia, tesouro.

Cheirava a protetor solar e maresia.

Disparei um olhar à minha tia-avó.

— Bom-dia.

Curvei-me para afagar as orelhas de Milly, a fim de que minha mãe não pudesse notar o forte rubor em meu rosto. A cabeça ainda cantava com a visão daquela baleia. Imaginei que isso devia emanar de mim, mas ela já pegava um copo e servia-se de água.

— Que andou fazendo? — perguntou.

— É. Que andou fazendo, Hannah? — Greg piscou para mim.

— Ela me ajudou com as camas esta manhã. — Tia Kathleen me olhou fixamente. — Soube que *você* teve uma boa tarde.

— Nada mal. — Minha mãe tomou a água toda. — Nossa, que sede! Bebeu o suficiente hoje, Hannah? Ela tomou bastante água, Kathleen?

O sotaque inglês continuava pronunciado, mesmo após tantos anos na Austrália.

— Muita. Quantas você viu?

— Ela nunca toma o suficiente. Só a única que apareceu. Grande menina. Numa rabanada, jogou uma banheira cheia d'água na minha bolsa. Veja.

Ergueu o talão de cheques, as pontas enrugadas e desmanchadas.

— Ora, é um erro de amadora — suspirou tia Kathleen, desgostosa. — Não levou ninguém com você?

Minha mãe fez que não com a cabeça.

— Queria experimentar aquele novo leme, ver se funcionava bem em águas encapeladas. O pessoal do hangar me avisou que podia emperrar.

— E você esbarrou por acaso numa baleia — disse Lance.

Ela tomou outro gole de água.

— Mais ou menos isso.

Fechara a cara. *Ela* se fechara. Era como se o assunto baleia jamais tivesse ocorrido.

Por alguns minutos, comemos em silêncio, enquanto o sol afundava vagaroso no horizonte. Dois pescadores passaram por nós e ergueram os braços em saudação. Reconheci num o pai de Lara, mas não sei se ele me viu.

Minha mãe comeu um pedaço de pão e um minúsculo prato de salada, menos ainda do que eu, que não gosto de salada. Então ergueu os olhos para Greg.

— Eu soube do *Suzanne*.

— Metade de Port Stephens soube do *Suzanne*.

Ele tinha os olhos cansados e parecia não ter feito a barba por uma semana.

— É. Bem, sinto muito.

— Sente o bastante pra sair comigo na sexta-feira?

— Não. — Ela levantou-se, conferiu as horas, enfiou o talão de cheque encharcado de volta na bolsa e dirigiu-se à porta da cozinha. — Aquele leme ainda não está direito. Preciso ligar para o hangar antes que o pessoal da manutenção vá embora. Não fique aí fora sem o suéter, Hannah. O vento está aumentando.

Eu a vi afastar-se, seguida pela cadela.

Ficamos calados até ouvir a porta de tela bater. Então Lance recostou-se na cadeira para admirar o entardecer na baía, onde mal se via um único navio no horizonte distante.

— Nossa primeira baleia da estação, o primeiro porre de Greg da estação. Que bela simetria, não acham?

Ele se abaixou para apanhar um pedaço de pão que caíra no chão atrás dele.

# Dois

*Kathleen*

O Museu dos Caçadores de Baleias fora alojado na antiga fábrica de processamento, a poucas centenas de metros do Hotel Silver Bay, desde que se abandonou a pesca comercial de baleias de Port Stephens, no início da década de 1960. Havia pouco a recomendá-lo como atração turística: o prédio era um grande celeiro, piso de um estranho vermelho-amarronzado: paredes de madeira que, ainda conservavam o sal de lixívia empregado na captura. Havia um banheiro nos fundos e uma jarra de limonada fresca feita todos os dias para aqueles que tinham sede. Comida, indicava uma plaqueta, podiam encontrar no hotel. Eu diria que as "instalações", como são chamadas, na certa duplicaram desde quando meu pai vivia.

Nossa principal atração era uma parte do casco do *Maui II*, um baleeiro comercial, navio de caça que se partira em duas metades perfeitas em 1935, quando uma baleia-anã, ressentida, erguera-se debaixo dele, suspendendo-o na cauda até lançá-lo no ar e parti-lo em dois. Misericordiosamente, uma traineira que passava por perto salvara a tripulação e confirmara a história. Durante anos, os locais vieram ver a prova do estrago que a natureza podia fazer ao homem quando sentia que ele já destruíra demais.

Eu mantivera o museu aberto desde a morte de meu pai, em 1970, e sempre permitira que os visitantes subissem nos restos do casco, deslizassem os dedos pela madeira estraçalhada, os rostos ganhando vida quando imaginavam o que deve ter sido cavalgar nas costas de uma baleia. Há muito tempo eu havia posado para fotos, quando um dos visitantes me reconheceu como a Menina do Tubarão das reportagens de jornal emolduradas, e costumava conversar com os visitantes sobre o esporte da pesca ao conduzi-los através dos peixes empalhados que adornavam as paredes.

Mas já não havia muitas pessoas interessadas. Os turistas que vinham hospedar-se no hotel às vezes passavam uns educados quinze minutos percorrendo o empoeirado interior do museu, gastavam poucos centavos em cartões-postais de alguma baleia, talvez assinassem o abaixo-assinado contra a retomada da pesca comercial de cetáceos. Mas isso em geral ocorria porque esperavam um táxi ou o vento se intensificava, chovia e nenhuma atividade acontecia na água.

Naquele dia, atrás do balcão, achei que talvez não pudesse culpá-los. O *Maui II* cada vez mais parecia uma pilha de madeira entulhada, e se antes as pessoas tinham interesse em segurar um osso ou pedaço da nadadeira de baleia — o estranho filtro plastificado da boca de uma baleia-corcunda — agora as delícias do minigolfe ou dos caça-níqueis no clube de surfe haviam-se tornado mais atraentes. Durante anos pessoas vinham me dizendo para modernizar o museu, mas eu não prestava muita atenção a isso. Para quê? Metade das pessoas que circulavam ali pareciam um pouco constrangidas por celebrar uma coisa agora ilegal. Às vezes, nem eu sabia por que o mantinha aberto, a não ser porque a caça de baleias fazia parte da história de Baía da Esperança, e história é o que é, por mais desagradável que seja.

Ajustei o velho arpão do *Maui II*, chamado por motivos que não me lembro de Velho Harry, nos ganchos na parede. Depois, embaixo dele peguei uma vara de pesca, passei a flanela por todo o seu comprimento e girei o molinete, para confirmar que ainda funcionava. Não que tivesse importância, mas eu gostava das coisas em perfeitas condições. Hesitei.

Então, talvez seduzida pela conhecida sensação de tê-la na mão, inclinei-a para trás, como se fosse lançar o anzol.

— Não vai pegar nenhum peixão aqui.

Rodopiei assustada e levei a mão ao peito.

— Nino Gaines! Você quase me fez deixar a vara cair.

— Pouco provável. — Ele retirou o chapéu e encaminhou-se do vão da porta até onde eu estava. — Nunca vi você soltar uma presa. — Sorriu, revelando uma arcada de dentes tortos. — Tenho dois caixotes de vinho na camionete. Achei que talvez gostasse de abrir uma garrafa comigo no almoço. Sua opinião teria muita importância.

— Minha encomenda só deve chegar na semana que vem, se me lembro direito.

Recoloquei a vara na parede e limpei as mãos na frente da calça de algodão. Sou velha o bastante para não me deixar levar por tais considerações, porém me incomodava o fato de ele ter me pego com a calça de trabalho e os cabelos em desalinho.

— Como eu disse, é uma boa safra. Agradeceria sua opinião.

Ele sorriu.

As rugas no rosto revelavam os anos passados nos vinhedos, e o toque rosado em volta do nariz sugeria as noites após o trabalho.

— Preciso aprontar um quarto para a chegada de um hóspede amanhã.

— Quanto tempo você demora para enfiar um lençol, mulher?

— Não chegam muitos visitantes nesse período adiantado do inverno. Não gosto de parecer desleixada... — Vi a decepção no rosto dele e cedi: — Devo conseguir alguns minutos livres, desde que você não espere muito no que se refere à comida para acompanhar o vinho. Estou esperando a entrega da mercearia. Aquele maldito garoto atrasa toda semana.

— Pensei nisso. — Ele ergueu um saco de papel. — Trouxe duas tortas salgadas e tamarilhos para depois. Sei como vocês são, mulheres que trabalham fora. É só ralação, ralação, ralação... Alguém tem que elevar esse astral.

Não pude deixar de rir. Nino Gaines sempre me ganhava assim, havia tanto tempo quanto a guerra quando ele chegara aqui pela primeira vez e anunciara a intenção de estabelecer-se em Baía da Esperança. Depois, toda a baía fora tomada por soldados australianos e americanos, e meu pai tivera de fazer referência à sua precisão com uma espingarda quando os rapazes gritavam e assobiavam entusiasmados para mim atrás do balcão do bar. Nino sempre fora mais cavalheiresco: toda vez tirava o boné enquanto esperava ser servido, e nunca deixara de chamar minha mãe de "madame". "Mesmo assim, não confio nele", resmungava meu pai, e, no cômputo geral, eu achava provável que talvez tivesse razão.

Lá fora, o mar estava luminoso e calmo, um bom dia para as tripulações de baleia, e quando nos sentamos, vi os *Moby Um* e *Dois* rumando para a boca da baía. Meus olhos já não eram tão bons quanto haviam sido, mas dali parecia que levavam um bom número de passageiros. Liza saíra mais cedo; levava um grupo do clube de aposentados da RSL, uma organização de apoio a homens e mulheres que serviram ou servem na Força de Defesa Australiana, sem cobrar nada, como fazia todo mês, embora eu lhe dissesse que ela era uma tola.

— Vai fechar este lugar para o inverno?

Movimentei a cabeça para os lados e comi um pedaço da torta.

— Não. Os *Moby* vão experimentar pôr em prática um negócio comigo; cama, mesa e uma viagem de observação de baleias por um valor fixo, mais a entrada no museu. Meio como o que faço com Liza. Imprimiram alguns folhetos e vão pôr alguma coisa num site de turismo em Nova Gales do Sul. Dizem que é um negócio grande.

Achei que Nino ia resmungar alguma coisa sobre sua ignorância a respeito de tecnologia, mas ele se animou:

— Boa ideia. Talvez eu venda uns quarenta caixotes por mês on-line.

— Está na Internet?

Olhei-o por cima dos óculos.

Ele ergueu a taça, incapaz de esconder a satisfação por me haver surpreendido.

— São muitas as coisas que você não sabe sobre mim, Srta. Kathleen Whittier Mostyn, por mais que talvez julgue saber. Já faz um bom ano e meio que navego pelo espaço cibernético. Frank montou um site para mim. Pra falar a verdade, gosto muito de surfar na rede. — Indicou minha taça com a mão, queria que eu provasse o vinho. — Danado de útil pra ver o que os grandes cultivadores em Hunter Valley também oferecem.

Tentei me concentrar no vinho, incapaz de admitir como ficara surpresa com a visível intimidade de Nino Gaines com a tecnologia. Senti-me desconcertada, sem saber o que dizer, como muitas vezes me sinto ao falar com jovens, aquela sensação de que algum novo conhecimento vital fora transmitido enquanto eu estava tirando um cochilo. Cheirei o vinho, depois tomei um gole, deixando o sabor inundar-me a boca. Um pouco verde, mas não ruim por isso.

— Muito gostoso, Nino. Um toque de framboesa.

Pelo menos de vinho eu ainda entendia.

Ele assentiu com a cabeça, satisfeito.

— Achei mesmo que você ia reconhecer. E sabe que tem uma menção a você?

— Menção de quê?

— À Menina do Tubarão. Frank digitou seu nome num programa de busca e lá estava, foto e tudo o mais. Dos arquivos de jornal.

— Tem uma foto minha na Internet?

— De maiô. Sempre ficou atraente nele. Também tem algumas matérias escritas sobre você. Uma menina na universidade em Victoria a usou numa tese sobre o papel das mulheres na caça, ou qualquer coisa assim. Um texto muito impressionante, cheio de simbolismo, referências clássicas e sabe Deus o que mais. Pedi a Frank pra imprimir, devo ter esquecido de pegar. Achei que você podia pôr no museu.

Agora eu me sentia muito desestabilizada. Larguei a taça sobre a mesa.

— Tem uma foto minha de maiô na Internet?

Nino Gaines riu:

— Fique calma, Kate, não chega a ser uma foto da *Playboy*. Apareça lá em casa amanhã que eu lhe mostro.

— Não sei se gosto da ideia. Eu exposta pra todo mundo ver.

— É a mesma foto que você tem ali. — Ele apontou em direção ao museu. — Não se incomoda com as pessoas olhando boquiabertas?

— Mas isso... isso é diferente.

Mesmo enquanto falava, eu sabia que a distinção fazia pouco sentido. Mas o museu era domínio meu. Eu decidia quem entrava e quem via o quê. A ideia de que pessoas desconhecidas pudessem mergulhar em minha vida, minha história, com tanta informalidade quanto se passassem os olhos pelas páginas de apostas...

— Você devia pôr uma foto de Liza e do barco. Talvez conseguisse mais alguns visitantes. Esqueça essa história de anunciar o hotel com os *Moby*; uma moça bonita como ela poderia ser uma atração e tanto.

— Ah, você conhece Liza. Ela gosta de escolher quem leva.

— Isso não é jeito de administrar um negócio. Por que não se concentra no seu próprio barco? Cama, mesa e um passeio no *Ishmael* com Liza. Ela ia receber gente do mundo todo.

— Não. — Comecei a recolher as coisas da mesa. — Acho que não. Muito gentil da sua parte, Nino, mas, na verdade, isso não é para nós.

— Nunca se sabe, ela poderia arranjar um cara. Já era hora de estar namorando.

Passaram dois minutos até ele perceber que a atmosfera mudara. Na metade da torta, notou alguma coisa em minha expressão que o fez calar-se. Desconcertado, tentava entender o que teria dito de tão errado.

— Não era minha intenção ofender você, Kate.

— Você não me ofendeu.

— Ora, alguma coisa a ofendeu. Você ficou toda nervosa.

— Eu não fiquei toda nervosa.

— Veja! Olhe só para você.

Apontou minha mão, que tamborilava agitada de um lado a outro da madeira descorada.

— Desde quando bater de leve os dedos é crime?

Pus a mão firme no colo.

— Que foi que houve?

— Nino Gaines, tenho um quarto para arrumar. Agora, se me der licença, já perdi a metade do dia.

— Você vai entrar? Ah, não, por favor, Kate. Não terminou a torta. Que foi que houve? Foi o que eu disse sobre sua foto?

Ninguém, a não ser Nino, me chama de Kate. Por algum motivo, essa intimidade acabou por me liquidar.

— Tenho coisas a fazer. Quer parar de insistir?

— Mandarei um e-mail e pedirei que a retirem. Talvez a gente possa dizer que a foto tem direitos autorais.

— Ai, quer parar de falar besteiras sobre aquela maldita fotografia? Vou entrar. Preciso mesmo deixar aquele quarto pronto. Vejo você em breve. — Esfreguei os dedos na calça para retirar migalhas imaginárias. — Obrigada pelo almoço.

Ele ficou observando quando eu — a mulher a quem amara e que o deixara perplexo por mais de meio século — me levantei, menos pesada do que a idade devia permitir, e saí andando rapidamente para a cozinha, deixando-o com duas tortas comidas pela metade e uma taça de vinho de sua melhor safra quase intocada. Senti aqueles olhos me arderem nas costas até chegar em casa.

Apenas para variar, imaginei, ele talvez tenha sentido um ardor de frustração com a injustiça, a arbitrária maneira pela qual, mais uma vez, fora visivelmente julgado. Porque eu o ouvi levantar-se e depois sua voz ecoar no vento suave. Não conseguiu, dessa vez, conter-se:

— Kathleen Whittier Mostyn, você é a mulher mais contraditória que já conheci — berrou atrás de mim.

— Ninguém o chamou aqui — disparei de volta.

Para minha vergonha, nem me dei o trabalho de virar a cabeça.

á muito tempo, quando meus pais morreram e eu assumi o comando do Hotel Silver Bay, muitas pessoas me diziam que eu devia aproveitar a oportunidade para modernizá-lo, instalar banheiros nos quartos e televisão por satélite, como havia em Port Stephens e Byron Bay, além de anunciar mais, para divulgar a beleza de nossa faixa litorânea. Prestei atenção nelas por apenas dois minutos — desde então, nossa falta de clientela deixara de preocupar-me, como eu desconfiava que ocorresse com a maioria dos moradores de Baía da Esperança. Acima e abaixo no litoral, víamos os vizinhos engordarem os bolsos, mas depois serem obrigados a conviver com os inesperados resultados do sucesso: tráfego intenso, turistas embriagados, uma série infindável de atualizações e instalações. A perda da paz.

Em Baía da Esperança, eu gostava de achar que tínhamos o equilíbrio mais ou menos perfeito — suficientes visitantes para nos prover um sustento, não demasiados a ponto de que fosse possível alguém começar a ter ideias. Fazia anos agora que eu vira a população de Baía da Esperança dobrar durante o pico do verão e reduzir-se nos meses de inverno. O crescimento do interesse pela observação de baleias provocava o excepcional aquecimento do turismo, mas em geral era um negócio estável, sem probabilidade de nos enriquecer nem causar excessivos transtornos. Éramos apenas nós, os golfinhos e as baleias. E isso combinava à perfeição com a maioria dos nativos.

Baía da Esperança jamais fora particularmente hospitaleira a estranhos. Quando chegaram, em fins do século dezoito, os primeiros europeus rejeitaram-na a princípio como inabitável: as aflorações rochosas, os cerrados e as dunas móveis áridas demais para suportar vida humana. (Imagino que então não se consideravam os aborígines muito humanos.) Os corais e os bancos de areia costeiros haviam liquidado o interesse dos navios de visita que encalhavam e eram destroçados até a construção dos primeiros faróis. Então, como sempre, a ganância conseguiu o que a curiosidade não fora capaz: a descoberta de lucrativas florestas madeireiras de cima a baixo em nossas montanhas vulcânicas e de vastos leitos de ostras — foi o fim da solidão da baía.

# Baía da Esperança

Derrubaram as árvores até deixarem as encostas quase peladas. As ostras foram colhidas até serem quase extintas. Para ser sincera, quando meu pai desembarcou aqui pela primeira vez, ele não estava melhor que a paisagem que se apresentava: viu do mar saltarem peixes — espadins, atuns, tubarões e peixes-espada — e viu lucro no que a natureza ostentava. Uma série infinita de prêmios na soleira da porta. E assim, nessa última afloração rochosa de Baía da Esperança, construiu nosso hotel gastando até o último centavo das economias dele e do Sr. Newhaven.

Naquela época, minha família vivia em aposentos completamente separados do restante do Hotel Silver Bay. Minha mãe não gostava de ser vista no que chamava de "estilo doméstico" — acho que queria dizer sem os cabelos arrumados —, meu pai gostava de saber que havia limites na extensão do acesso permitido à minha irmã e a mim ao mundo exterior (não que isso detivesse Norah: ela partiu para a Inglaterra antes de fazer vinte e um anos). Sempre desconfiei que eles quisessem ter certeza de que poderiam brigar em particular.

Desde o incêndio da ala direita, nós — ou, pela maior parte do tempo, eu — morávamos no que continua, por assim dizer, sendo uma casa privada separada dos hóspedes. Eles dormiam perto do corredor principal, enquanto nós ocupávamos os quartos do outro lado da escada, e todos eram bem-vindos a usar o saguão. Só a cozinha permanecia sagrada, regra que criamos quando as meninas vieram morar comigo há alguns anos. As duas eram completamente diferentes. Quando Liza não saía para o mar, passava o tempo todo na cozinha. Não gostava de bater papo, e evitava o saguão e a sala de jantar. Gostava de ter uma porta fechada entre si e o inesperado. Hannah, com a sociabilidade dos jovens, passava quase todo o tempo estirada no sofá do saguão, Milly a seus pés, vendo televisão, lendo ou, com mais frequência agora, ao telefone com as amigas — sabe Deus o que encontravam para falar, após já terem passado seis horas juntas na escola.

— Mãe? Você já esteve na Nova Zelândia?

Quando ela entrou na cozinha, notei que seu rosto estava amassado no formato da almofada do sofá, onde devia ter ficado com o rosto apoiado.

Com ar ausente, Liza estendeu a mão e tentou desfazer a marca alisando a face da menina.

— Não, querida.

— Eu estive — respondi. Cerzia um velho par de meias, o que, segundo Liza, era um desperdício de energia, quando o supermercado as vendia por poucos dólares o pacote. Mas não sou o tipo de pessoa que fica sentada sem fazer nada. — Fui ao Lago Taupo alguns anos atrás numa viagem de pesca.

— Não me lembro disso — disse Hannah.

Fiz os cálculos:

— Bem... Suponho que foi há uns vinte anos, de modo que são catorze anos antes de vocês chegarem.

Hannah olhou-me com aquela incompreensão vazia de criança que não consegue imaginar nada existente antes de ela ter nascido, e muito menos qualquer período de tempo tão longo. Eu não a culpo — consigo lembrar muito bem de mim nessa idade, quando uma noite sem uma das amigas parecia estender-se pela duração de uma sentença de prisão. Agora anos inteiros passam num instante.

— Esteve em Wellington?

Ela sentou-se à mesa.

— Estive. Tinha um monte de casas construídas nas colinas ao redor do porto. Na última vez que fui, não imaginava como se mantinham em pé lá em cima.

— Eram apoiadas em palafitas?

— Alguma coisa assim. Uma sandice, mas fiquei sabendo que toda a cidade foi construída numa falha geológica. Eu não gostaria de estar numa casa sobre palafitas quando a terra se movesse.

Por um instante, Hannah digeriu a informação.

— Por que quer saber, querida?

Liza deu um tapinha na perna para a cadela subir. Milly jamais precisou ser chamada duas vezes.

Hannah enroscou uma mecha de cabelo nos dedos.

— Tem uma excursão da escola. Depois do Natal. Eu gostaria de saber se podia ir. — Olhou de uma de nós para a outra, como se adivinhasse o que íamos dizer. — Não é tão caro assim. Vamos ficar em albergues, e vocês sabem como são os professores. Não deixam a gente ir a lugar algum sem eles. — Ela acelerou o ritmo da conversa. — E é para ser muito educativo. A gente vai ficar conhecendo a cultura maori e os vulcões...

É terrível ver o rosto de uma criança que tem consciência de estar pedindo o impossível.

— Eu podia ajudar com minhas economias, se for caro demais.

— Acho que não é possível. — Liza estendeu a mão. — Lamento muito mesmo, tesouro.

— Todos os outros vão. — Era uma menina boa demais para enraivecer-se. A insistência transmitia mais súplica que protesto. Às vezes eu teria preferido que ela ficasse com raiva. — *Por favor.*

— Não temos dinheiro.

— Mas eu tenho quase trezentos dólares de economia, e ainda faltam séculos. Nós três poderíamos poupar.

Liza olhou-me e deu de ombros.

— Vamos ver — respondeu, num tom que sugeria até a mim uma clara negativa.

— Faço um trato com você, Hannah. — Larguei minha tarefa com as meias, o trabalho estava terrível, de qualquer forma. — Tenho uns investimentos programados para entrar por volta da primavera do ano que vem. Pensei que poderia pagar uma viagem pra todas nós até o Território do Norte. Um passeio ao redor do Parque Nacional de Kakadu, talvez uma luta livre com os crocodilos. Que você acha?

Vi pela expressão dela o que pensava: não queria viajar pela Austrália com a mãe e uma velha, preferia voar num avião com as amigas, ficar acordada até tarde e enviar cartões-postais manifestando saudades de casa. Mas isso era uma coisa que não podíamos proporcionar-lhe.

Eu tentei, Deus sabe que tentei.

— Poderíamos levar Milly também — sugeri. — Talvez, se tivermos dinheiro suficiente, poderíamos até perguntar à mãe de Lara se a filha gostaria de vir conosco.

Hannah fitava a mesa.

— Seria legal — acabou dizendo, e então, com um sorriso que não se parecia com um sorriso, acrescentou: — Vou indo. Meu programa começa num minuto.

Liza fitou-me. Disse com os olhos o que ambas já sabíamos: Baía da Esperança é uma linda cidadezinha, mas até uma faixa do Paraíso passa a ser um inferno se você não tem permissão para deixá-la.

— De nada adianta se culpar — eu disse, quando tive certeza de que Hannah não ouviria. — Não se pode fazer nada. Por enquanto, não.

Vi muitas vezes ao longo dos últimos anos a dúvida que lhe atravessava o rosto por alguns instantes.

— Ela vai superar — confortei-a.

Pus minha mão na dela, que a apertou, agradecida.

Não sei se alguma de nós se convenceu disso.

# Três

## Mike

TINA KENNEDY USAVA um sutiã violeta de renda, com quatro, talvez cinco botões de rosa lilás no alto de cada taça. Não era uma observação que, em geral, eu faria num dia de trabalho. Nem a lingerie dela era algo em que eu queria pensar — pelo menos, não no momento. Mas, quando a secretária parou junto ao ombro de meu chefe para entregar-lhe a pasta de documentos que ele pedira, curvou-se bem baixo e olhou-me direto nos olhos, de uma maneira que só pude descrever mais tarde como provocante.

Aquele sutiã violeta enviava-me uma mensagem. Isso, e a hidratada carne levemente bronzeada, era uma lembrança da noite de minha promoção, duas semanas e meia atrás.

Não me assusto com facilidade, mas foi a coisa mais apavorante que eu já presenciei.

Num gesto involuntário, apalpei o bolso à procura do celular. Vanessa, minha namorada, me enviara três mensagens de texto na última meia hora, embora eu tivesse lhe dito que essa reunião era de vital importância e que eu não devia ser interrompido. Li a primeira e tentei ignorar a insistente vibração das que se seguiram:

"Não se esquecer de ver o terno p. 46 revista *Vogue* masculina. O preto vai ficar deslumbrante em você. bjs"

"Amor pf me ligue precisamos falar planos de lugares marcados."

"Urg ligar antes 2 tarde pq tenho q dar a Gav resp sobre sapatos. ESPERANDO BJS."

Suspirei, sentindo a mistura peculiar de ansiedade e imobilismo irritantes, que duas horas numa abafada sala de reunião da diretoria provocam.

— O ponto crucial, tal como ocorre com todos os empreendimentos arriscados, é a capacidade de convergência. Acreditamos que conseguimos traçar um plano de desenvolvimento que converge o potencial do mercado de hospedagem luxuosa de longo prazo com as vantagens de um mercado de curto prazo mais fluido, ambos destinados a maximizar os fluxos de rendimento não apenas durante os meses de verão, mas durante todo o ano.

O telefone zumbiu junto à minha coxa e eu me perguntei, distraído, se o som era perceptível acima da voz de Dennis Beaker. Só podia ser Vanessa. Ela não ia desistir. Não deu sinais de me ouvir nessa manhã, quando expliquei que deixar o trabalho no meio da tarde ou, aliás, lhe telefonar seria algo difícil. Mas, também, não parecia ouvir muito além de "casamento" nos últimos dias. Ou, ainda, "bebê".

Abaixo, a faixa cinza-chumbo da Liverpool Street estendia-se em direção ao centro de Londres. Eu podia ver apenas, se inclinasse a cabeça, as figuras na calçada: homens e mulheres vestidos de azul, preto ou cinza, que avançavam depressa sob a fuliginosa alvenaria, para comprar o almoço embalado para viagem que engoliriam sentados à mesa de trabalho. Algumas pessoas encaravam isso como uma espécie de competição social, mas eu nunca tomei por esse lado: sempre me senti reconfortado pela uniformidade, a partilhada sensação de propósito. Ainda que esse propósito fosse dinheiro. Em dias tranquilos, Dennis apontava pela janela e lançava a pergunta:

— Quanto você acha que aquela figura ganha, hein?

E atribuiríamos valores, dependendo de variáveis, que iam do corte do paletó, tipo de sapatos até o modo como as pessoas mantinham o porte ereto ao andar. Duas vezes, ele enviara o mais estagiário do escritório lá embaixo para ver se adivinhara certo, e nas duas, para minha surpresa, acertara.

Dennis Beaker diz que nada nem ninguém nesta Terra de Deus está isento de um valor monetário. Após quatro anos trabalhando com ele, tendo a acreditar nisso.

Na mesa finamente encerada diante de mim, repousava a proposta, suas lustrosas páginas eram o testemunho das semanas que Dennis, os outros sócios e eu passamos elaborando e repassando com extremo cuidado aquele acordo para tirá-lo da beira do abismo. Vanessa queixara-se na noite anterior, enquanto o conferia mais uma vez à procura de erros, de que eu vinha dedicando muito mais energia àquele documento do que ao que ela considerava nossas preocupações mais urgentes. Protestei, mas com brandura. Sabia em que terreno estava pisando. Sentia-me muito mais à vontade com fluxos de renda e projeções de lucro do que com seus amorfos e inconstantes desejos por esse arranjo de flores ou aquele vestido para as madrinhas. Não podia dizer-lhe que preferia deixá-la encarregar-se do casamento — nas poucas ocasiões em que me envolvi propriamente, como me pedira, reduzira-a a histeria com coisas que, aparentemente, devo ter entendido errado. Não pude evitar — era como se falássemos línguas diferentes.

— Então, o que eu gostaria de fazer agora é passar a palavra ao colega para uma breve apresentação. Apenas para lhes proporcionar o sabor do que consideramos uma oportunidade muito excitante.

Tina dirigira-se ao outro lado da sala da diretoria. Parou ao lado da mesa de café, com uma postura falsamente relaxada. Eu ainda vislumbrava aquele sutiã violeta. Fechei os olhos, tentando afastar uma repentina lembrança daqueles seios colados em mim no banheiro masculino do Bar Brazilia, a fluida facilidade com que ela retirara a blusa.

— Mike?

Ela me encarava. Olhei para ela e logo desviei o olhar, não querendo incentivá-la.

— Mike? Continua aqui conosco?

Depreendeu-se da voz de Dennis uma levíssima irritação. Levantei-me da cadeira, reunindo minhas anotações.

— Sim — eu disse. E ainda com mais firmeza: — Sim. — Ergui um sorriso para a fileira de capitalistas de olhos perfurantes em volta da mesa, que investiam em empreendimentos arriscados da Vallance Equity, tentando transmitir parte da confiança e cordialidade do próprio Dennis. — Apenas... ah... me retendo em algumas afirmações que você fez. — Inspirei fundo e apontei o outro lado da sala. — Tina? Luzes?

Peguei o controle remoto do projetor para minha apresentação e, quando o celular tornou a vibrar, desejei que o houvesse deixado em casa. Tateei dentro do bolso para tentar desligá-lo. Lamentavelmente, ao erguer os olhos através da luz baixa, percebi que Tina achou que fora uma provocação de minha parte. Respondeu com um sorriso discreto e baixou os olhos para minha virilha.

— Muito bem — eu disse, exalando um suspiro e recusando-me terminantemente a olhar para ela. — Gostaria de mostrar àqueles felizardos senhores algumas imagens do que com toda modéstia considero a oportunidade de investimento da década.

Ouviu-se um suave burburinho de divertimento. Gostaram de mim. Ali estavam eles, tendo sido inaugurados pelo entusiasmo natural de Dennis, prontos para minha sonora lista de fatos e números. Receptivos, atentos, à espera de garantia. Meu pai muitas vezes dizia que eu tinha o perfil ideal para o ambiente empresarial. Queria dizer empresarial mais no sentido executivo que no de megaempresário de risco e hipersexual. Porque, embora de algum modo tivesse acabado na última ponta, precisava admitir que minha natureza não apreciava correr riscos. Eu era o Sr. Devida Diligência, um dos deliberantes conscienciosos, cuidadosos com a vida, que pesquisava tudo até não apenas o enésimo grau, mas vários graus além.

Na infância, antes de gastar o dinheiro economizado com esforço, passava horas na loja ponderando as vantagens do Comandos em Ação em detrimento dos Falcons, receoso da esmagadora decepção que vinha quando se fazia a escolha errada. Quando me ofereciam opções de sobremesa, eu cotejava a rara frequência da torta de limão com o sólido conforto da porosa mousse de chocolate, e fazia uma dupla inspeção para confirmar se a gelatina de framboesa não se incluía entre as opções.

Nada disso significava que eu não fosse ambicioso. Sabia muito bem aonde queria chegar e, desde então, aprendera que tomar o caminho tranquilo era a chave do sucesso. Enquanto as carreiras mais incendiárias de colegas se despedaçavam e se desfaziam, eu me estabilizara financeiramente, devido à obstinada monitoração de taxas de juro e investimentos. Agora, passados seis anos no emprego estável na Beaker Holdings, não restava dúvidas de que a promoção a sócio minoritário nada tinha a ver com meu noivado com a filha do chefe; eu era valorizado como alguém que sabia avaliar com exatidão as vantagens de qualquer escolha — geográfica, social e econômica — antes de fazê-la. Mais dois grandes negócios e eu me tornaria sócio majoritário. Mais sete anos até Dennis se aposentar, e eu estaria pronto para substituí-lo. Eu tinha tudo planejado. Motivo pelo qual meu comportamento naquela noite fora tão descabido com meu modo de ser.

— Acho que você está sofrendo de rebeldia "adolescente tardia" — comentara minha irmã Mônica, dois dias antes.

Eu a levara para almoçar no restaurante mais elegante que conhecia, como presente de aniversário. Ela trabalhava num jornal de âmbito nacional, mas ganhava menos por mês do que eu gastava nas pequenas despesas.

— Nem gosto da garota — eu disse.

— Desde quando sexo tem alguma coisa a ver com gostar de alguém? — Mônica torceu o nariz. — Acho que vou pedir dois pudins. Não consigo escolher entre o de chocolate e o *crème brûlée*. — Tentou ignorar meu olhar. — É uma reação contra o casamento. Você está tentando inconscientemente engravidar outra pessoa.

— Não seja ridícula. — Quase estremeci. — Meu Deus! Só de pensar...

— Tudo bem. Mas é óbvio que está pinoteando sobre alguma coisa. *Pinoteando*. — Ela riu. Minha irmã é assim. — Devia dizer a Vanessa que não está pronto.

— Mas ela tem razão. Nunca estarei pronto. Não sou esse tipo de cara.

— Então prefere que ela tome as decisões?

— Em nossa vida pessoal, sim. Funciona bem pra nós assim.

— Tão bem que você sente necessidade de transar com outra pessoa?

— Mantenha a voz baixa, sim?

— Sabe de uma coisa? Vou pedir só o de chocolate. Mas se você pedir o *crème brûlée*, eu dou uma provadinha.

— E se ela disser alguma coisa a Dennis?

— Então você está numa grande enrascada, mas você já devia saber disso quando transou com a secretária dele. Deixa disso, Mike, você tem trinta e quatro anos, não pode ser tão ingênuo.

Apoiei a cabeça entre as mãos.

— Não sei que merda eu estava fazendo.

Mônica de repente ficou animada.

— Nossa, é legal ouvir meu irmão dizer isso. Não sabe como me alegra saber que *você* pode ferrar sua vida como o resto de nós. Posso contar à mamãe e ao papai?

Agora, tomado por uma repentina imagem do triunfo de minha irmã, esqueci em que ponto estava e precisei olhar as anotações. Suspirei lentamente e tornei a erguer os olhos para os rostos expectantes em volta. Parecia ter ficado desconfortavelmente quente na sala da diretoria. Deixei o olhar fixar-se na equipe deles — ninguém nem de longe enrubesceu. Dennis sempre dizia que os capitalistas de empreendimentos de risco tinham gelo correndo nas veias. Talvez tivesse razão.

— Como Dennis explicou — continuei —, a ênfase deste projeto é na ponta qualitativa do mercado. Os consumidores que estamos mirando estão famintos por novas experiências. Essas pessoas passaram a última década adquirindo bens materiais que não as deixaram felizes. Ricos de posses, pobres de espírito, procuram outras formas de gastar seu dinheiro. E a verdadeira área de crescimento, segundo nossa pesquisa, está na sensação de bem-estar deles.

"Com esse intuito, o projeto de construção apresentado oferecerá não apenas acomodações de uma qualidade que lhe garantirá uma posição na ponta superior do mercado, mas uma variedade de oportunidades de lazer adequadas ao ambiente."

Cliquei o controle remoto, revelando as imagens que o artista gráfico entregara em cima da hora, fazendo a pressão arterial de Dennis chegar às alturas.

— Será um spa do mais alto nível de modernidade, com seis piscinas diferentes, uma equipe de terapeutas em horário integral e os mais novos tratamentos holísticos. Se virarem para a página 13, poderão ver o espaço com mais detalhes, além de uma lista do tipo de atividades que oferecerá. Para quem prefere obter a sensação de bem-estar de algo um pouco mais ativo... e, encaremos o fato, em geral se trata de homens... — aqui fiz uma pausa para os divertidos sinais de reconhecimento com a cabeça... — temos a *pièce de résistance* do complexo, um centro integrado totalmente dedicado a esportes aquáticos. Incluirá jet-skis, surfe, lanchas e esqui aquático. Haverá pesca e também instrutores da associação profissional de mergulho para levar clientes em viagens de mergulho em alto-mar. Acreditamos que uma combinação de equipamento de primeira qualidade com uma equipe altamente qualificada dará aos clientes uma viagem inesquecível e lhes oferecerá a chance de aprender novas habilidades.

— Tudo enquanto se hospedam num balneário que será sinônimo de serviço e luxo — contribuiu Dennis. — Mike, mostre as fotos do arquiteto. Como veem, há três níveis de acomodações, para receber solteiros e famílias ricas, com uma cobertura especial para VIPs. Notem que evitamos a opção orçamento. Já recebemos proposta de...

— Soube que perderam o terreno para este projeto.

A voz viera dos fundos.

A sala silenciou. Ai, meu Deus, pensei.

— Tina, aumente as luzes.

Embora fosse a voz de Dennis e eu imaginasse que ele ia responder, apenas me encarava.

Exibi uma expressão imperturbável. Sou bom nisso.

— Perdão, eu não entendi, Neville. Você fez uma pergunta?

— Soube que isso foi planejado para a África do Sul e que vocês perderam o local. Nada neste documento diz onde vai ser agora. Dificilmente esperam que analisemos a possibilidade de investir num balneário de férias que ainda precisa encontrar uma locação.

O tremor no queixo de Dennis traiu sua própria surpresa. Como diabos haviam descoberto sobre a África do Sul?

Minha voz cortou o ar antes que eu soubesse o que dizia:

— Não sei bem de onde veio sua informação, mas a África do Sul sempre foi apenas uma opção para nós. Após examinar alguns detalhes da locação em potencial lá, decidimos que não poderia proporcionar aos nossos clientes o tipo de férias que tínhamos em mente. Procuramos um mercado muito especializado e...

— Por quê?

— Por que o quê?

— Por que a África do Sul era inadequada? Pelo que sei, trata-se de um dos destinos turísticos de mais rápido crescimento no mundo.

Minha camisa Turnbull & Asser começava a grudar na região lombar. Hesitei, perguntando-me se Neville tinha algum conhecimento do fiasco de nosso contrato financeiro anterior.

— Política — interferiu Dennis.

— Política?

— A transferência do aeroporto ao balneário seria de uma hora e meia. E qualquer itinerário a ser tomado nos levaria por algumas das áreas... digamos... menos *ricas*? Nossa pesquisa nos diz que, quando pagam um alto preço por férias luxuosas, os clientes não querem se ver diante de uma pobreza abjeta. Isso os deixa... — por favor, não sorria com ar de solidariedade para o secretário deles, eu implorava em silêncio. Tarde demais. O empático sorriso jovial de Dennis foi tão traiçoeiro quanto mal julgado — ... incomodados. E esta é a última emoção que queremos que os clientes sintam nesse balneário. Alegres, sim. Excitados, sim. Satisfeitos, claro. Culpados ou perturbados com a difícil situação de seus... primos de cor, não.

*Baía da Esperança*                                        49

Fechei os olhos. Senti, mais que vi, o secretário negro fazer o mesmo.

— Não, Neville, política e férias luxuosas não combinam. — Dennis balançou a cabeça, sabiamente, como se citasse algum oráculo. — E esse é o tipo de pesquisa detalhada de que nós na Beaker Holdings nos orgulhamos de fazer antes de entrarmos num grande projeto.

— Então tem um local alternativo em mente?

— Não apenas em mente, mas assinado e carimbado — respondi. — Trata-se de um lugar afastado, mas evita todas as potenciais situações perigosas ou delicadas da África do Sul e de outras partes do Terceiro Mundo. Além de ser habitado por pessoas de língua inglesa, tem um clima esplêndido e é, posso dizer com toda sinceridade, um dos mais belos lugares que já vi. E nesse ramo de trabalho, Neville, você sabe tão bem quanto eu que existem alguns destinos maravilhosos.

A RJW Land roubara a locação debaixo de nosso nariz. Alguém de lá deve ter dado a informação à Vallance. Minha mente disparava: se a RJW tentava fazer um empreendimento semelhante, teria o pessoal deles também procurado a Vallance em busca de financiamento? Estariam tentando sabotar nosso contrato?

— Não posso entrar em mais detalhes — eu disse, sem me alterar. — Mas posso dizer-lhes, em confiança, que descobrimos outras coisas no terreno da África do Sul que indicavam muito menos retornos. E, como vocês sabem, todo o nosso negócio aqui consiste em maximizar o lucro.

Na verdade, eu quase nada sabia sobre a nova locação. Por desespero, empregamos um agente de bens imobiliários, um velho amigo de Dennis, e o acordo fora fechado apenas dois dias antes. Detestava a sensação de voar às cegas.

— Tim — sorri —, sabe que sou um cara chato quando se trata de pesquisa, que para mim não existe melhor leitura na hora de dormir que uma pilha de análises. Acredite, se eu achasse que a locação da África do Sul daria mais certo a longo prazo, não ficaria tão satisfeito por abrir mão dela. Mas gosto de me aprofundar uma camada a mais...

— Toda a sua leitura na hora de dormir é muito interessante, Mike, mas seria útil se...

— ... e na verdade toda ela diz respeito a margem de lucro. Este é o ponto principal.

— Ninguém se interessa mais por lucro que nós; porém...

Dennis ergueu a mão rechonchuda.

— Tim. Não. Nem mais uma palavra, porque eu gostaria de lhes mostrar uma coisa antes de prosseguirmos. Na verdade, senhores, se fizerem o favor de me acompanhar até a sala seguinte, preparamos uma pequena diversão antes de lhes dizer onde fica o lugar exato do projeto.

Os capitalistas de risco, pensei, ao acompanhá-los, não pareciam achar que diversão fosse uma alta prioridade em sua agenda. Alguns se mostraram muito contrariados por terem de desgrudar-se da zona de conforto ao redor da mesa na sala da diretoria e das cadeiras com revestimento de couro, e resmungaram inquietos uns para os outros. Entretanto, como cheguei meia hora atrasado, não sabia o que Dennis tinha em mente. Por favor, que não seja Tina vestida só de biquíni, rezei. Ainda me assombravam as lembranças da Proposta da Dança Havaiana Hula-Hula.

Mas o que ele planejara era muito diferente. A sala da diretoria Dois fora esvaziada de mesa, cadeiras e tela de projeção. Não se viam o equipamento de vídeo e a bandeja de chá num canto. O que se estendia imenso, espaçoso e agourento no centro do piso era um enorme protótipo de maquinaria, cercado de tubulação azul inflável, uma prancha de surfe amarela florida era a peça central.

A estupefação levou-nos todos à imobilidade com a total irracionalidade da situação.

— Senhores. Tirem os sapatos e preparem-se para a manobra *hanging ten*! — Dennis estendeu o braço para a máquina. — É um simulador — anunciou, mesmo que ninguém houvesse perguntado. — Todo mundo pode fazer uma tentativa numa onda.

A sala ficou silenciosa, exceto pelo baixo zumbido do simulador de surfe. Lá estava, uma criatura alienígena em meio a um mar cinzento, seus faiscantes botões emitindo sinais luminosos intermitentes e anunciando que a experiência de surfe poderia ser acompanhada por uma melodia dos Beach Boys.

Observei a expressão dos presentes e decidi que a melhor maneira de salvar a situação era distraí-los:

— Talvez as senhoras e os senhores preferissem comer algo primeiro? Uma bebida, talvez? Tina, pode fazer esse favor?

— Como quiser, Mike — ela respondeu, fisgando meu olhar com indolência.

Eu podia jurar que ela saíra da sala com um requebrado no andar, mas Dennis não notou.

— Só quero dar aos senhores uma ideia de como nossa proposta é irresistível. Fiz uma experiência antes — ele disse, descalçando os sapatos. — É muito divertido mesmo. Se ninguém tem coragem suficiente, vou mostrar como funciona. Você fica em pé aqui e... — Tirara o paletó, e o volume mal contido da barriga pendia do cós da calça. Agradeci, não pela primeira vez, por Vanessa ter herdado os genes da mãe. — Começarei com umas ondas pequenas. Estão vendo? É fácil.

Aos acordes da melodia de *I Get Around*, meu chefe, que nos últimos três anos administrara o montante de setenta milhões de libras em investimentos imobiliários, e tinha na mesa fotografias suas apertando a mão de Henry Kissinger e Alan Greenspan, subira na prancha de surfe. Levantara os braços numa paródia de atletismo, revelando duas manchas de suor. Sua aparência de fanfarrão era famosa por mascarar um afiado cérebro empresarial... embora às vezes eu duvidasse.

— Manda ver, Mike.

Olhei os homens atrás de mim e tentei sorrir. Não sabia se era uma boa ideia. Pelo menos não a imagem que eu achava que devíamos projetar.

— Apenas ligue a máquina no botão, Mike, que eu faço o resto. Venham, Tim, Neville, não podem fingir que não querem fazer uma tentativa.

Com um gemido baixo, a prancha ganhou vida num lento surfar. Dennis curvou os joelhos, esticou uma das mãos para frente e balançou os dedos.

— O que... não... contei... a vocês, senhores, é que os simuladores também vão... Opa! — Ele lutava para manter o equilíbrio. — Lá vamos nós... os simuladores vão ficar no local para os clientes aprenderem antes de entrar na água. É um pacote... completo.

Mesmo aqueles que jamais entraram na água em sua vida, explicou, ofegante por conta do esforço, poderiam treinar em particular antes de se exporem ao olhar dos colegas de férias. Não sei se era a bizarra improbabilidade de aquela máquina fazer parte da proposta ou o evidente prazer de Dennis, mas ao fim de alguns minutos até eu tive de admitir que ele os conquistara. Vi Tim e Neville se aproximarem, como quem não quer nada, da máquina, enquanto tomavam o champanhe que Tina servira.

O homem das finanças do grupo, um espalhafatoso peso-pesado chamado Simons, já tirara os sapatos e revelara surpreendentes meias puídas, e dois dos membros minoritários da equipe citavam um para o outro trechos do livrinho de gírias de surfe que Tina distribuíra.

Dennis tinha imaginação, isso eu precisava reconhecer.

— Que acontece se a gente aumentar o nível, Dennis?

Neville sorria. Perguntei-me se isso era um bom sinal.

— Tina já deu... uma lista... a vocês — ele respondeu, ofegante. — Acho que vou... Opa!... Perder peso.

Neville chegara mais perto. Tirou o paletó e entregou a taça à secretária.

— Até que nível você vai, Dennis?

Ele era, eu supunha, um cara competitivo por natureza.

Mas Dennis também.

— A qualquer que você queira, Nev. Aumenta — ele gritou, o rosto enfeitado por gotas de suor. — Vamos ver quem consegue pegar a onda maior, feito?

— Vá em frente, Mike! — incitou Neville.

Sorri. Todos se divertiam. Como Dennis previra, o simulador desviara as atenções dos rumores sul-africanos.

— Sempre me atraiu um pouco o surfe — disse Tim, retirando também o paletó. Diante deles, o simulador vibrava e gemia forte sob o peso de Dennis. — Em que nível você está, velho chapa?

— Três — respondi, olhando o marcador. — Realmente não acho...

— Vamos lá, podemos fazer melhor que isso. Aumente, Mike. Vamos ver quem consegue ficar mais tempo.

— É, acelere aí — entoaram os executivos da financeira Vallance Equity, a aparência séria dera lugar à diversão.

Olhei para Dennis, que assentiu com a cabeça e fez menção para o marcador.

— Vamos, Mike, velho amigo, traga as ondas.

— Você está arrebentando, Dennis! — Tim consultava a terminologia do surfe. — As ondas estão retorcidas, mas você tá show!

Apesar da aparente alegria, Dennis agora suava em profusão. Tentava sorrir, mas pude ver uma insinuação de desespero em seus olhos, enquanto ele tentava manter-se em cima da prancha que agora surfava a toda velocidade.

— Quer que eu baixe um pouco, Dennis? — sugeri.

— Não! Não! Estou... arrebentando! Tem quanto tempo que estou no nível quatro, xarás?

— Vá pro cinco! — berrou Neville, adiantando-se e pegando o marcador. — Vamos ver se ele dá conta... ah, tubo!

— Não vou... — comecei.

Depois disso, ninguém sabe dizer exatamente como aconteceu. Dennis era uma das poucas pessoas na sala que não tomara champanhe. Mas de algum modo o simulador foi carregado ao nível mais alto no momento em que o equilíbrio faltou ao meu chefe. Com um grito terrível, ele foi arremessado para além das circundantes almofadas infláveis, até o outro lado da sala, com mais rapidez do que seria recomendável para alguém daquele tamanho, e caiu com toda força sobre o quadril.

Quebrou-o, claro. Os que não haviam imaginado que o impacto o machucaria ouviram a nauseante trituração. Acho que jamais esquecerei aquele ruído. Eliminou, para mim, até o mais tênue desejo que sentira de experimentar a máquina. Como disse antes, eu não era um natural corredor de riscos.

Foi um pandemônio. Todo mundo se amontoou em volta. Acima das exclamações de preocupação e gritos de "Chamem uma ambulância!", a prancha de surfe girava e os Beach Boys continuavam a tocar.

— Austrália, é? — disse Neville, quando levavam Dennis na maca para o elevador. — Apresentação inesquecível. Decididamente, nos interessa. Quando você sair do hospital, conversaremos mais sobre o local.

— Mike vai lhe mandar uma cópia do relatório da locação. Não vai, Mike?

Dennis falou por entre dentes cerrados, o rosto lívido de dor.

— Claro.

Tentei parecer tão confiante quanto ele.

Ao ser transferido para a ambulância, acenou-me para eu me aproximar.

— Sei no que está pensando — sussurrou. — Terá de compilar um.

— Mas o momento não é dos melhores... o casamento...

— Eu acerto tudo com Vanessa. De qualquer modo, é melhor você ficar afastado durante o planejamento. Reserve um voo para esta tarde. E, pelo amor de Deus, Mike, volte com um plano que faça esse empreendimento dar certo.

— Mas não temos nem...

— Eu protelo o negócio com eles o tempo que for preciso para você redigir a coisa toda. Este é o nosso maior projeto. Quero que saiba que acertei ao promovê-lo, que você pode trazê-lo para nós.

Não lhe ocorreu que eu pudesse recusar pôr minha vida pessoal atrás das necessidades da empresa. Mas, por outro lado, ele talvez tivesse razão. Sou um homem viciado em trabalho, portanto, dedicado à empresa. Um confiável par de mãos. Reservei o voo naquela tarde. A classe executiva num dos aviões asiáticos era mais barata que a econômica em duas de minhas opções iniciais.

# Quatro

*Greg*

QUAL É UMA BOA HORA DO DIA para a gente começar com a cerveja? Segundo meu velho, qualquer hora após o meio-dia. Ele as entornava como minha mãe entornava xícaras de chá, abrindo uma Toohey de duas em duas horas mais ou menos, quando fazia uma pausa para descansar de qualquer casa que estivesse construindo.

Era um grande sujeito e nunca se teria desconfiado que vinha bebendo além da conta. Minha mãe reconhece que isso se devia ao fato de ele estar sempre embriagado: alegre às tardes, entusiasmado ao chá e um pouco confuso nas manhãs por causa da noite anterior. Nunca tivemos o dissabor de lidar com o velho completamente sóbrio.

Acho que a hora certa é por volta das duas da tarde, a não ser quando estou trabalhando, caso em que é qualquer hora que trago o *Sweet Suzanne* de volta ao ancoradouro. Você não me pegaria bêbado ao leme. Apesar dos meus defeitos, eu não poria meu barco ou meus passageiros em risco. Mas uma cerveja gelada na casa de Kathleen, com o sol alto no céu e alguns petiscos na mesa... como me satisfaz! Não sei como alguém pode ser contra isso. Exceto minha ex.

Segundo Suzanne, nenhuma hora é boa para eu tomar cerveja. Dizia que eu era um bêbado de segunda categoria, um terrível ébrio, e que bebia com demasiada frequência para ter uma vida normal. Dizia que por isso não suportava mais me ver. E que por isso eu vinha perdendo a boa aparência. Por isso não tínhamos filhos — embora se recusasse sem rodeios quando eu sugeria que fôssemos os dois ao médico para ver se ele poderia resolver o problema. E eu lhe disse — posso não ser um anjo e sou o primeiro a admitir não ser o cara mais fácil para se ter como marido. — "Não muitos homens na Austrália se oferecem de bom grado a deixar que lhe manuseiem o equipamento, sobretudo outro cara".

Mas isso era para lhe mostrar como eu tinha vontade de ter filhos. E também foi por isso que, quando deixei o escritório da minha advogada às onze e vinte e cinco da manhã — impressionante como a gente fica de olho no tempo quando paga por hora e a honorários de sábado —, decidi que, no que se referia a mim, onze e vinte e cinco da manhã era a hora perfeita para abrir uma lata de cerveja gelada, embora fizesse frio o bastante para usar suéter e o vento soprasse forte demais para se sentar ao ar livre sem ficar roxo.

Acho que aquela cerveja deve ter sido uma praga dela, tanto quanto qualquer outra coisa. Ela e aquele maldito personal trainer, ela e a metade do lucro de tudo que eu ganhava e suas exigências idiotas. Porque, para ser franco, o gosto não estava tão bom assim. Ia tomar uma em algum bar, mas, de certa forma, quando pensei nisso, sentar-me sozinho num bar às onze e vinte e cinco da manhã pareceu-me meio... deprimente. Mesmo num sábado.

Assim, sentei-me na boleia da minha camionete, tomando a cerveja com menos rapidez do que em geral o faria, à espera do ponto em que deixasse de parecer um esforço e até que acelerasse a passagem das horas, pelo menos para mim. Não tinha clientes naquele dia. Precisava reconhecer que o número reduzira muito desde que eu rabiscara o barco. Liza me ajudara a pintá-lo no fim de semana, e me dissera, meio ríspida, que se eu ficasse de bico calado todo mundo esqueceria ao fim de uma ou duas semanas. E fiz isso — teria de trabalhar como um corno para pagar o tipo de acordo que minha ex exigia.

"Rompimento total", como o definiam. A mesma expressão que os médicos usam quando falam de certa lesão no ligamento. E essa era uma sensação, digo a vocês, tão dolorosa que, se eu pensasse muito a respeito, fazia me sentir fisicamente lesionado.

Mas, por ora, sentado ali na cabine do carro, eu pensava em como vira as turistas cambalearem pelo Cais da Baleia em seus sapatos de salto alto, agarradas a câmeras de vídeo e CDs de cantos de baleia, e fitarem *Suzanne* com certo cuidado, como se o barco fosse saltar da água e revelar alguma outra blasfêmia.

Se não tivesse outros planos para aquele dia, sairia com ele sozinho. Mesmo após uma cerveja. Descobrira que ficar apenas sentado na baía vendo golfinhos-nariz-de-garrafa fazia-me sentir melhor. Eles espichavam a cabeça com aquele sorriso idiota, como se pregassem uma peça na gente, e às vezes nada podíamos fazer além de rir, mesmo em dias que tínhamos vontade de cortar os pulsos. Acho que éramos todos um pouco assim, os tripulantes. Sabíamos que essa era a melhor parte — só você e aquelas criaturas, ali no silêncio da água.

— Pelo menos vocês não tiveram filhos — comentara a advogada, conferindo a conta conjunta.

Não fazia a mínima ideia do que acabara de dizer.

Eu havia terminado a segunda cerveja quando o vi. Amassara a lata com a mão e ia enfiá-la no recuo para os pés do carona quando percebi sua presença. Era impossível ignorá-lo. Parou ali, de pé, naquele terno de executivo azul-escuro, ladeado por duas imensas malas do mesmo modelo, olhando em direção à rua principal. Encarei-o até ele me retribuir o olhar e enfiei a cabeça para fora da janela.

— Tudo bem aí, companheiro?

Ele hesitou, pegou as malas e avançou. Os sapatos pretos de amarrar haviam sido engraxados à perfeição. Não era o tipo de cara com quem eu em geral me dispunha a conversar, mas parecia muito esgotado, e acho que senti pena dele. Era um esgotamento recíproco.

Quando o estranho chegou à minha janela, largou as malas e tirou um pedaço de papel do bolso.

— Acho que o táxi me deixou no lugar errado. Sabe dizer onde tem um hotel perto daqui?

Britânico. Eu devia ter adivinhado. Franzi a testa.

— Há alguns, companheiro. De qual ponta de Baía da Esperança procura?

Ele olhou mais uma vez o pedaço de papel.

— Diz apenas o... ah... Hotel Silver Bay.

— A casa de Kathleen? Não é um hotel como pensa. Não mais.

— É uma caminhada muito longa?

Acho que a curiosidade me venceu. Não se veem muitos homens bem-vestidos com aquela elegância nesse lugar.

— Fica mais adiante na estrada. Suba. Também tenho que resolver um negócio lá. Pode jogar as malas aí atrás.

Notei a dúvida cobrir-lhe o rosto, como se desconfiasse de uma oferta de carona. Ou talvez não quisesse que a elegante bagagem tocasse nas engrenagens sujas de algas marinhas. Isso me irritou um pouco e quase mudei de ideia. Mas o britânico arrastou as malas até o compartimento traseiro e o vi içá-las pela lateral. Então abriu a porta e subiu, desvencilhando-se quando os pés tocaram a pilha de latas vazias.

— Cuidado com os sapatos nessas latinhas — eu disse ao arrancar.

— A cerveja já deve ter ido embora há muito tempo, mas não posso garantir.

Como nome, Baía da Esperança é um pouco enganoso. Na verdade, não consiste sequer de uma baía, mas de duas, separadas pelo Cais da Baleia, que se estende pelo pedaço de terra que as atravessa. De cima, eu dizia, o mar parece uma imensa bunda azul. (Suzanne erguia as sobrancelhas ao ouvir isto, mas também as erguia para quase tudo que eu dissesse.)

A casa de Kathleen ficava numa das baías, a mais distante, bem na ponta, perto do lugar que nos levava ao mar aberto. Tudo que restava deste lado, na verdade, era a velha propriedade Bullen, o museu e as dunas de areia. No outro lado do Cais da Baleia, ficavam o Bar e Churrascaria Frutos do Mar de MacIver, o mercado de peixe e depois, avançando mais além da casa de Kathleen, a crescente expansão da cidade.

Ele me disse que se chamava Mike, esqueci o seu sobrenome. Não disse muito além. Perguntei se vinha a negócios, ao que respondeu:

# Baía da Esperança

— Lazer, sobretudo.

Lembro que pensei: Que porra de cara se veste assim nas férias? Ele explicou que descera do avião naquela manhã e devia ter um carro alugado à sua espera, mas a empresa fizera confusão e avisara que ia mandar um até aqui de Newcastle no dia seguinte.

— Longo voo, porém — comentei.

Ele assentiu.

— Já esteve aqui antes? — perguntei

— Sydney. Uma vez. Não fiquei muito tempo.

Calculei que devia ter trinta e poucos anos. Ele olhava para o relógio demais para alguém que não estava trabalhando. Perguntei como chegara a reservar um quarto justo no hotel de Kathleen.

— Não é o mais movimentado — comentei, encarando intencionalmente o terno caro. — Achei que alguém como você ia querer se hospedar num lugar... sabe como é... mais elegante.

Ele manteve o olhar em frente, como se elaborasse uma resposta.

— Eu soube que essa área era agradável — respondeu. — E foi o único hotel que encontrei na lista.

— Você ia gostar mesmo é de ficar no Blue Shoals, subindo aquela encosta — eu disse. — Lugar muito bacana aquele. Suítes, piscina olímpica e coisas desse tipo. De segunda a quinta, também servem um excelente bufê com tudo que há pra comer. Quinze dólares por cabeça, eu acho que custa. Às sextas-feiras, o preço sobe um pouco. — Desviei-me para evitar um cachorro que atravessou correndo a estrada. — E tem o Admiral, em Nelson Bay. Televisão por satélite em cada quarto, canais decentes, não as porcarias de sempre. Você conseguiria um bom desconto nesta época do ano; por acaso sei que não tem quase ninguém lá.

— Obrigado — ele disse, afinal. — Se eu decidir me mudar, essa dica pode vir a ser útil.

Depois disso, não havia muito mais que dizer um ao outro. Eu dirigia, sentindo-me um pouco irritado pelo fato de o cara não fazer o menor esforço. Conduzia-o por todo o caminho — uma viagem de táxi lhe teria custado dez dólares —, dei-lhe informações sobre a área e o cara mal fazia qualquer esforço para falar comigo.

Meio que planejava dizer alguma coisa — acho que a cerveja me animara um pouco —, mas então percebi que o inglês adormecera. Apagara. Nem um empresário de terno elegante parece bem-sucedido quando está se babando no ombro. Por algum motivo, isso me fez sentir melhor e me vi assobiando ao longo de toda a estrada litorânea até o Silver Bay.

*K*athleen arrumara a mesa de uma forma linda. Vi a toalha e os balões muito antes de qualquer outra coisa, o pano branco adamascado ondulando ao vento enérgico, os balões balançando na tentativa de se libertarem céu acima.

O galhardete feito em casa dizia "Feliz Aniversário, Hannah", e abaixo a aniversariante e um bando de amigos berravam para algum cara com uma cobra enroscada no braço.

Por um instante, me esqueci do passageiro ao meu lado. Saltei e atravessei a alameda, lembrando com um sobressalto que a festa começara uma hora antes.

— Greg. — Kathleen tinha um jeito de olhar-nos de cima a baixo que dizia exatamente de onde vínhamos. — Legal você ter conseguido chegar.

— Quem é aquele? — indiquei com a cabeça o cara da cobra.

— Creio que se chama Professor das Criaturas. Todas as criaturas rastejantes e horripilantes que puder imaginar. Baratas gigantes, cobras, tarântulas... Deixa as crianças as segurarem, passarem a mão, esse tipo de coisa. Foi Hannah quem pediu. — Ela estremeceu. — Consegue pensar em alguma coisa mais nojenta?

— Na minha época, a gente esmagava essas criaturas — concordei — com as botinas Blundstones.

Eram oito crianças e uns poucos adultos, a maioria membros da tripulação. Isso não me surpreendeu. Hannah era uma menina engraçada, madura para sua idade, e todos nos habituáramos a passar tempo com ela, desde pequena.

Era bom vê-la com crianças da própria idade. À exceção daquela menina, Lara, raras vezes eu a via com outra. A gente até esquecia como ela era jovem, a maior parte do tempo. Liza dizia que a filha era assim, um pouco solitária. Às vezes eu me perguntava se falava de Hannah ou de si mesma.

Kathleen entregou-me uma xícara de chá e aceitei-a, torcendo para que não sentisse o cheiro de cerveja em meu hálito. Não parecia correto, de algum modo, numa festa de criança. E eu gostava muito de Hannah.

— Seu barco está um pouco mais bonito agora — riu Kathleen.

— Imagino que saiba que Liza me ajudou a pintar por cima.

— Esse seu temperamento ainda vai metê-lo em encrenca. — Com uma expressão de impaciência, acrescentou: — Você já está bem grandinho pra ter juízo, eu diria.

— Isto é um sermão, Kathleen?

— Então não está tão bêbado.

— Uma — protestei. — Só uma. Tudo bem, talvez duas.

Ela olhou o relógio no pulso.

— E mal passa de meio-dia. Ora, muito bem.

A gente tem de tirar o chapéu para a Lady Tubarão. Ela diz o que pensa. Sempre foi assim, sempre será. Não como Liza, que nos olha como se qualquer outra conversa se passasse na sua cabeça, e quando perguntamos em que está pensando (como uma mulher faria! A isso nos reduz!), ela encolhe os ombros, como se nada houvesse acontecido.

— Oi, Greg.

Hannah passou correndo e lançou um sorriso radiante. Lembro-me dessa sensação — quando você é criança, faz aniversário, e por um dia todos o fazem sentir a pessoa mais especial do mundo. Ela parou apenas por tempo suficiente para observar o pacote embaixo de meu braço. É um anjo essa menina, mas não boba.

— Ah, este é pra sua tia Kathleen — eu disse.

Ela parou bem na minha frente, travessura nos olhos.

— Como é que está embrulhado em papel de presente infantil? — perguntou.

— Está?

— É para mim — arriscou ela.

— Quer dizer que sua tia Kathleen é velha demais pra este papel?

Esbocei minha melhor expressão de inocência. Que nunca funcionou com Suzanne também. Hannah fitou o embrulho, tentando decifrar o que poderia ser. Não é o tipo de criança que vem para cima. É cautelosa — pensa antes de agir. Não aguentei fazê-la esperar mais tempo e o entreguei logo. Tenho de admitir, fiquei muito animado.

A menina rasgou-o, rodeada pelas amigas. Todas cresciam, notei, perdiam aquelas perninhas esqueléticas e as bochechas rechonchudas. Em alguns dias, já se veriam as mulheres em que se tornariam. Tive de combater a tristeza ao pensar que algumas iriam terminar como Suzanne. Insatisfeitas, irritantes... infiéis.

— É uma chave — ela disse, confusa, ao erguê-la. — Não entendo.

— Uma chave? — repeti, esforçando-me para parecer intrigado. — Tem certeza?

— Greg...

— Tem certeza de que não reconhece?

Ela fez que não com a cabeça.

— É a chave do meu galpão.

Hannah franziu a testa, ainda sem entender.

— Aquele que fica perto do cais. Droga, eu devo ter deixado seu presente lá. Você e suas colegas poderiam dar uma fugidinha até lá e verificar.

Já haviam desaparecido antes mesmo de eu dizer a próxima palavra, os pés levantando areia, todas aos gritos e com ar sorrateiro. Kathleen lançou-me um olhar inquisidor, mas eu nada disse. Às vezes, a gente só quer saborear o momento e, nos últimos dias, eu tinha pouquíssimos para saborear.

Ao cabo de minutos, voltavam a toda pelo atalho.

— É o barco? O barquinho?

Hannah chegou com as faces afogueadas, os cabelos emaranhados ao longo do rosto. Fiquei sem ar. Ela era muito parecida com a mãe.

— Você checou o nome?

— *Glória de Hannah* — respondeu, ofegante, à tia-avó. — É um bote azul e com o nome *Glória de Hannah*. É pra mim mesmo?

— Claro que é, princesa — respondi.

Aquele sorriso fez desaparecer a minha sórdida manhã. Hannah enlaçou os pequenos braços em volta de mim, e eu a abracei no mesmo instante, também sem conseguir evitar um sorriso radiante.

— Posso levá-lo pro mar? Posso levá-lo pro mar, tia K?

— Agora não, querida. Precisa cortar o bolo. Mas com certeza pode sentar-se nele no galpão.

Ouvi a excitada tagarelice dela por todo o atalho.

— Um barco? — Kathleen virou-se para mim, uma sobrancelha erguida, quando Hannah já estava fora de alcance. — Falou com Liza sobre isso?

— Ah... ainda não. — As crianças voltavam correndo para meu galpão. — Mas acho que já, já vou ter a oportunidade de contar.

Ela se encaminhava a passos largos em minha direção, o bolo de aniversário nas mãos, a cadelinha nos calcanhares. Linda. Como sempre, parecia estar a caminho de outro lugar, mas, no último instante, resolvia parar junto a nós, como um favor, um presente, você entende.

— Oi. Estava pendurando aquela foto da baleia na parede de Hannah, em cima da cama, ela pediu. — Cumprimentou-me com um aceno da cabeça. — Está um pouco obsessiva. Ganhou quatro livros sobre golfinhos, dois sobre baleias e um vídeo. Nesse ritmo, vai abrir o próprio museu. Você nunca viu um quarto tão cheio de miscelâneas sobre golfinhos. — Endireitou-se. — Pra onde foram as crianças?

— Talvez você queira conversar com Greg sobre isso — respondeu Kathleen.

Então se afastou com a mão erguida, como se não quisesse estar presente para o trecho seguinte.

— Elas... ah... foram dar uma olhada no meu presente.

Liza pôs a travessa na mesa.

— Ah, é? Que foi que você deu?

Começou a retirar a película de plástico transparente dos sanduíches em uma bandeja na mesa.

— O velho Carter pôs à venda. Aquela catraia artesanal pequena e leve. Lixei toda e dei uma camada de tinta. Está em ótima condição.

Ela levou um minuto para registrar o que eu dissera. Fitou a mesa por um instante e então ergueu os olhos para mim.

— Você comprou o que pra ela?

— Um barquinho. Só dela. Achei que, assim que tivesse algumas aulas, podia sair para o mar e ver os golfinhos-nariz-de-garrafa com as amigas. — Fiquei um pouco nervoso com a expressão dela, por isso acrescentei: — Ela ia acabar tendo um.

Liza levou as mãos à boca — como se rezasse. Parecia tudo, menos agradecida.

— Greg?

— Sim?

— Você perdeu a noção das coisas?

— Como?

— Comprou um barco para minha filha? Minha filha que não tem permissão para sair no mar? Que merda acha que está fazendo?

A voz saiu rude.

Encarei-a de volta, sem conseguir acreditar que ficara tão furiosa.

— Eu só queria dar à menina um presente de aniversário.

— Não cabe a você dar à minha filha um presente de aniversário.

— Hannah vive na água. Todas as amigas têm barquinhos. Por que ela não?

— Porque eu disse que não pode.

— Por quê? Que mal pode fazer? Ela tem que aprender, não tem?

— Ela aprenderá quando eu decidir que está pronta pra aprender.

— Hannah tem onze anos! Por que ficou tão furiosa? Que diabo é isso? — Como ela não respondeu, apontei em direção à menina, parada na porta do galpão. — Olhe só sua filha, está feliz à beça. Eu ouvi ela dizendo às amigas que foi o melhor presente que já ganhou.

Liza não queria ouvir, apenas ficou na minha frente, berrando:

— É! Então agora vou ter que ser a bruxa perversa que vai dizer que ela não pode aceitar o presente. Obrigada de montão, Greg.

## Baía da Esperança

— Então não faça isso. Deixe que ela fique com ele. Nós cuidamos dela.

— Nós?

Foi então que Mike apareceu. Eu havia me esquecido dele, dormindo na boleia. Mas agora estava ali, parado, meio sem graça, as malas nas mãos, o rosto ainda amarrotado de sono. Eu lhe diria de bom grado: se manda, cara!

Não que Liza tivesse notado. Continuava enfurecida:

— Você devia ter me perguntado antes, Greg, antes de se intrometer ao tentar comprar o amor de uma menina com um maldito barco, a única coisa que venho dizendo a ela nos últimos cinco anos que não permito que tenha.

— É apenas um pequeno barco a remo. Não se trata de uma porra de uma lancha de duzentos cavalos.

Agora era ela quem me deixava furioso. Como se me acusasse de tentar prejudicar a menina.

— Com licença... por favor... — interrompeu o britânico.

Ela ergueu a mão, ainda me encarando.

— Só não se meta na minha vida, certo? Já disse uma dezena de vezes que não quero droga de relacionamento nenhum com você, e você ficar puxando o saco da minha filha não vai mudar isso.

Nós nos calamos, enquanto as palavras assentavam ao redor. Por Deus, ela sabia que aquilo iria me ferir.

— Puxando o saco? — Eu mal suportava repetir as palavras. Por que porra de homem você me toma?

— Apenas vá embora, Greg...

— Lamento muito interromper, mas...

— Mãe?

Hannah parara ao lado do cara inglês, o sorriso de aniversário varrido inteiramente do rosto. Olhou de mim para a mãe e de novo para mim.

— Por que está gritando com Greg?

Perguntou em voz baixa e com cuidado, os olhos arregalados, como se a houvéssemos assustado.

Liza inspirou fundo.

— Eu... ah... alguém poderia me indicar onde fica a recepção?

Mike parecia querer estar ali menos até do que eu.

De repente, Liza notou o nosso convidado inesperado. Virou-se para ele, o rosto ainda vermelho de raiva.

— Recepção? Precisa falar com Kathleen, ali. A senhora de blusa azul.

Ele tentou sorrir, murmurou alguma coisa com sotaque inglês e, após uma breve pausa, desapareceu.

Hannah continuou parada a meu lado. A vozinha triste, quando saiu, me fez sentir vontade de dar um tapa na mãe dela.

— Pelo que entendi da discussão, não vou poder ficar com o barco?

Quando Liza se virou para mim, a força total do pensamento negativo dentro dela jamais me atingira tão em cheio. Não foi uma sensação agradável.

— Falaremos disso depois, tesouro — ela respondeu.

— Liza — tentei manter a voz amável, em consideração à criança —, eu jamais tive a intenção de...

— Não me interessa — ela logo me cortou. — Hannah, diga a seus amigos que é hora do bolo. — Como a filha não se mexeu, ela brandiu o braço. — Anda. Vou ver se consigo acender algumas velas. Não vai ser fácil com essa brisa.

Pus a mão no ombro de Hannah.

— O barco vai ficar à sua espera no galpão quando estiver pronta — eu disse, ouvindo o desafio em minha voz.

Então saí, os movimentos rígidos, resmungando em voz baixa palavras de que não me orgulho.

Yoshi foi ao meu encontro na camionete.

— Não vá, Greg — ela pediu. — Você sabe como ela fica chateada com essas coisas. Não arruíne o dia de Hannah.

Ainda segurava uma sacola de presente e viera correndo da cozinha para deter-me.

Não era eu quem arruinava, senti vontade de dizer. Nem era eu quem decidira impedir minha filhinha de fazer a coisa que ela mais

*Baía da Esperança* 67

queria no mundo. Tampouco quem agia como se a infância da menina fosse normal, apesar de nunca falar sobre qualquer outra família além de Kathleen. Tampouco era eu quem, três ou quatro vezes por ano, se mostrava toda afetuosa para, no dia seguinte, agir como se eu fosse algo que tirara da sola do sapato. Sei quando sou culpado, e também sei que às vezes simplesmente não é culpa minha.

— Diga a ela que tenho um barco pra levar ao mar — respondi, com mais amargura do que pretendera.

Me senti mal, depois. Yoshi não tinha nada a ver com isso, afinal.

Mas não ia sair para a água. Ia rumar para o bar mais perto e beber até que alguém fosse bom o bastante para me dizer que o dia seguinte estava para chegar.

# Cinco

*Kathleen*

É DIFÍCIL ACREDITAR AGORA, em vista do tamanho de nosso território, mas a pesca de baleias foi outrora uma das principais indústrias da Austrália. Há muito tempo, no século dezenove, os baleeiros vinham da Grã-Bretanha, descarregavam alguns criminosos, eram carregados com algumas de nossas baleias e vendiam-nas de volta em nossos portos. Uma bela permuta, como dizia Nino. Os australianos acabaram ficando espertos e passaram a pescar as suas próprias. Afinal, podia-se usar uma baleia para quase tudo — óleo para combustível de lampiões, velas e sabão, osso para espartilhos, móveis, guarda-chuvas e chicotes. Acho que a demanda por chicotes era muito maior então. Naqueles tempos, os baleeiros caçavam quase sempre a baleia certa do sul — chamavam-na de "certa" porque era fácil demais pegá-la. A criatura infeliz mostrava-se a coisa mais lerda do hemisfério Sul e, uma vez morta, flutuava, de modo que podiam rebocá-la para a praia. Reconheço que só poderia tornar mais fácil para aqueles caçadores de baleia se ela arpoasse a si mesma e nadasse até a fábrica de processamento.

Agora são protegidas. Claro, o que resta delas. Mas lembro, quando menina, que vi uma sendo rebocada para a baía por dois barcos pequenos.

# Baía da Esperança

Pareceu-me errado, mesmo então, ver a barriga imensa, inchada, arrastada sem a menor elegância para a praia, o olho perplexo fixo com ódio no céu, como se desesperado pela desumanidade do homem. Eu encarava quase tudo — mesmo na infância, meu pai se orgulhava, eu sabia fisgar, descarregar e destripar com uma eficiência que poderia ser interpretada como cruel —, mas a visão daquela baleia certa do sul me fez chorar.

Aqui na costa leste, não houvera a loucura da caça às baleias da qual ouvíamos falar na costa oeste. Aqui, menos baleias foram caçadas antes do fim da guerra — exceto em nosso cantinho. Talvez porque as baleias chegassem tão perto que nós as víamos de terra firme, essa baía tornou-se uma base para os caçadores de baleia. (As tripulações de observação de cetáceos acabaram herdando este apelido.) Quando eu era menina, matavam-nas em pequenos barcos. Parecia uma luta justa e mantinha a captura baixa. Mas depois se mostrou gananciosa.

Entre 1950 e 1962, umas doze mil e quinhentas baleias-corcundas foram mortas, depois processadas em estações como as ilhas Norfolk e Moreton. O óleo e a carne possuíam um alto valor no mercado, e os caçadores de baleia passaram a empregar armamentos cada vez mais sofisticados para aumentar a captura. Os navios tornaram-se maiores e mais rápidos, e o arrastão, uma colheita copiosa e cruel. Quando se proibiu a caça às baleias-corcundas em águas australianas, estavam sendo usados sonar, armas e arpões lançados por canhão — equipamento de guerra, dizia meu pai, repugnado.

E, claro, mataram demais. Varreram esses mares até quase não restarem mais baleias-corcundas e até inviabilizarem o negócio. Uma a uma, encerraram-se as operações, fecharam-se as fábricas ou passaram a usá-las para processamento de frutos do mar. A área afundou aos poucos em desgastada solidão, e a maioria de nós se sentiu aliviada. Meu pai, que amava o romantismo do início da pesca de baleias, do tempo em que se tratava de homem *versus* baleia, e não baleia *versus* granada carregada de explosivo de alta potência, comprou a fábrica de processamento da própria Baía da Esperança e transformou-a num museu. Hoje, os cientistas reconhecem que talvez menos de duas mil baleias-corcundas passem por nós na migração anual, e alguns dizem que os números jamais se recuperarão.

Conto esta história às tripulações, ocasionalmente, quando os ouço falar em comprar uma frota maior, ou aumentar o número de passageiros de observação de baleias como a atração turística do futuro, o meio de revitalizar Baía da Esperança.

Há uma lição nisso para todos nós. Mas duvido muito que alguém me dê ouvidos.

— *B*oa-tarde.

— Tarde?

Michael Dormer surgiu no vão da porta, com a expressão confusa de alguém cujo relógio biológico insistia em que ele estava no hemisfério errado.

— Bati mais cedo e deixei uma xícara de café diante da porta, mas, quando a encontrei gelada, uma hora depois, decidi deixá-lo dormir. — Ele não parecia absorver o que eu dizia. Dei-lhe um minuto e indiquei a cadeira para que se sentasse à mesa. Em geral, não deixo os hóspedes se sentarem na cozinha, mas acabara de arrumar o refeitório para a noite. Pus um prato e uma faca diante dele. — Dizem que é necessário uma semana para a pessoa dormir direito. Acordou muitas vezes?

Ele esfregou os cabelos. De barba por fazer, usava camisa e calça informais — mesmo assim, mais elegantes que as que costumávamos usar em Baía da Esperança; porém um bom passo adiante do traje formal com o qual chegara.

— Só uma. — Sorriu meio pesaroso. — Mas durou umas três horas.

Ri e servi-lhe café. Era dono de um bom semblante, o Sr. Michael Dormer, daqueles que sugeriam conhecimento sobre si mesmo, um atributo que eu considerava escasso em muitos hóspedes.

— Quer tomar o seu café da manhã agora? Posso preparar algo para você comer sem problemas.

Ele olhou o relógio.

— Às quinze para uma da tarde? Café da manhã?

— Podemos chamar de almoço. Será nosso segredo.

Eu ainda tinha um pouco de massa para panqueca na geladeira. Ia servi-las com mirtilos, ovos e bacon como acompanhamento.

Ele fitou o café por um instante, reprimindo um bocejo. Eu nada disse, mas empurrei o jornal em sua direção, reconhecendo que aquela desorientação diminuiria após uma ou duas doses de cafeína. Movia-me em silêncio, com meio ouvido no rádio, calculando ao longe a refeição que precisava preparar para o jantar da noite. Hannah ia para a casa de uma amiga depois da escola, e Liza mal comia o suficiente para alimentar uma mosca, assim era só com os hóspedes que eu tinha de me preocupar.

As panquecas ficaram prontas. O Sr. Dormer pareceu animado quando pus o prato diante dele.

— Uau! — exclamou, fitando a pilha. — Obrigado.

Eu apostaria que não lhe surgiam muitas oportunidades relacionadas a comida caseira. Esses eram sempre os mais agradecidos.

Mas comia como a maioria dos homens aqui, com entusiasmo e um tipo de concentração que eu não via com muita frequência nas mulheres. Minha mãe sempre dizia que eu comia como um homem, não acho que fosse um elogio. Enquanto ele mantinha a cabeça baixa, tive a chance de examiná-lo melhor. Não recebemos muitos homens dessa idade sozinhos; em geral, vêm acompanhados por esposas ou namoradas. Os solteiros gostam dos hotéis mais movimentados. Fico um pouco constrangida de admitir que o olhava da forma como sempre olho os homens que talvez fossem adequados para Liza. Por mais veementes que sejam os protestos dela, eu ainda não havia perdido a esperança de uni-la a alguém.

— As baleias não se unem pela vida inteira — ela escarnecia — e, como você sempre diz, Kathleen, devemos aprender com as criaturas à nossa volta.

Tinha uma resposta para tudo aquela garota. A única vez que eu comentara que a presença de uma figura paterna seria boa para Hannah, ela lançou-me um olhar feroz, com tanta angústia e reprovação que me senti constrangida no mesmo instante. Nunca mais eu trouxe o assunto à tona.

Mas isso não significava que não pudesse alimentar a esperança.

— Estava delicioso. Sério.

— É um prazer, Sr. Dormer.

Ele sorriu.

— Mike. Por favor.

Não tão formal como parece, então.

Sentei-me em frente a ele, permitindo-me uma pausa para o café, enquanto tornava a encher-lhe a xícara.

— Tem planos para hoje?

Eu ia apontar-lhe os folhetos no salão da frente, mas não sabia se ele era do tipo diversão, excursão diurna ou chá em jardins.

O rapaz baixou os olhos para o café.

— Pensei apenas em recuperar a orientação, na verdade. Aluguei um carro, que deve chegar mais tarde, não posso fazer muita coisa até então.

— Ah, tem muitos lugares para você ir quando estiver de carro. Mas tem razão. O ônibus que vai para Port Stephens passa logo adiante na estrada, fora isso você ficaria muito preso. Disse que estava de férias?

Curioso: ele enrubesceu um pouco.

— Mais ou menos isso — respondeu.

Deixei a coisa por aí. Não insisto com alguém que não quer falar. Talvez tivesse os próprios motivos para estar aqui — um relacionamento rompido, uma ambição pessoal, uma decisão a ser tomada em solidão. Não suporto as pessoas que matraqueiam pelos cotovelos com perguntas. Mike Dormer me pagara uma semana adiantada, agradeceu-me o café da manhã com toda educação e apenas essas duas coisas davam-lhe direito à minha cortesia profissional.

— Eu... humm... vou me retirar... com sua licença, então — disse, pôs a faca e o garfo bem arrumados no prato e levantou-se. — Muito obrigado, Srta. Mostyn.

— Kathleen.

— Kathleen.

Fui lavar os pratos sem pensar mais nisso.

Tinha outros hóspedes com que me preocupar naquela semana — um casal de meia-idade de visita para a comemoração do aniversário de vinte e cinco anos de casamento. Seria nossa primeira reserva pelo novo anúncio da Internet e, como os *Moby* já estavam completamente lotados, Liza teve de levá-los ao mar. Apenas isso já teria deixado-a de mau humor — ela fora inflexível quanto a não desempenhar função alguma no negócio da Internet —, mas o homem ainda por cima se queixava de tudo. O quarto não era grande o suficiente, as mobílias estavam velhas, o chuveiro cheirava a mofo. Nas duas primeiras manhãs, ele acabou com uma caixa inteira de cereais e, quando pus uma nova no dia seguinte, queixou-se de que eu não lhe dera opção. Para piorar, queixou-se de que Liza partira tarde na viagem de observação de baleias, embora houvessem chegado atrasados ao cais porque ele decidira visitar o museu dos baleeiros e me fizera abri-lo especialmente para os dois. A visita estava incluída no preço, você sabe.

A esposa, uma mulher elegante, arrumada de um jeito imaculado que me fez imaginar o tempo e o esforço que as pessoas se dispõem a dedicar a tais coisas, seguia-o por todo lado, desculpando-se em voz baixa com todas as vítimas da irritação do marido. A facilidade conspiratória e ofegante com que fazia isso sugeria não ser uma experiência nova para ela. A viagem era seu "presente" de bodas de prata, disse-me, com ar de desculpa, olhando para o lugar onde o marido estava, a cabeça afundada entre os ombros. Eu me perguntava quantos anos levara para aquelas rugas profundas surgirem na testa dela.

— Ele gostou muito mais desta viagem do que a do ano passado — disse, e pus a mão em seu braço, num gesto de solidariedade.

— Ele é um tirano — resmungou Liza, ao entrar. — Se não fosse por ela, não os teria levado.

Trocamos um olhar.

— Aposto que a fez ganhar o dia, porém.

— Na verdade, não. Nenhuma baleia em lugar algum. Dei e eles mais uma hora, mas o mar parecia vazio.

— Talvez elas soubessem.

— Enviei um sonar para detectar alguma baleia e mandei darem o fora.

Às vezes vejo a mãe dela, minha irmã caçula, em Liza. Vejo-a ali, na maneira de minha sobrinha inclinar a cabeça quando pensa, nos dedos finos e fortes, no sorriso quando vê a filha. Nesses momentos, tenho certeza de que a presença dessa moça e a de Hannah aqui são uma bênção. Que existe um prazer elementar em assistir à continuação de uma linhagem de família, uma alegria que nós, sem filhos, não poderíamos sentir de outra forma. É aquele choque de reconhecimento quando, de repente, vejo não apenas a mãe, mas seu tio-avô Evan, sua avó, talvez até a mim mesma mais jovem. Tenho sido grata por esse conhecimento, pelos últimos cinco anos. Os vislumbres de fisionomia, aborrecimento ou sorriso familiares que compensavam, apenas um pouco, a perda de minha irmã.

Liza, porém, tinha outras características — a vigilância, a eterna tristeza, a apagada cicatriz branca, onde a maçã do rosto se juntava à orelha esquerda — que eram só dela.

Suponho que não devesse me causar grande surpresa o fato de Nino Gaines não aparecer há alguns dias — pelo menos não depois da forma como eu o mandei às favas na última vez que veio. Mas sua incomum exibição de autossuficiência me irritava. Não iria longe a ponto de dizer que sentia saudades, mas não me agradava a ideia de que talvez estivesse sentado em Barra Creek pensando mal de mim. Mais que ninguém, eu sabia que a vida era curta demais para se guardar rancor.

Após o almoço, embalei um bolo de limão em papel-manteiga, acomodei-o no banco do carona e rumei para a casa dele. Fazia um dia lindo, o ar tão puro e limpo que se viam as montanhas ao longe e distinguia-se cada agulha dos pinheiros à margem da estrada. Um dia de verão muito seco e enquanto me afastava da costa observava a terra avermelhada, os cavalos magros sem pasto para ruminar matavam o tempo açoitando o rabo nas infindáveis moscas. O ar era diferente aqui: os filetes de pólen e poeira pairavam estáticos, a atmosfera não filtrada e morosa. Não entendo como as pessoas podiam morar longe do mar. Acho o infindável marrom deprimente, o forte contorno de montanha e vale imutável demais. A gente se acostuma aos humores do mar — semelhantes aos de um cônjuge, imagino. Ao longo de muitos anos, às vezes nos aborrecemos com o seu comportamento, mas é o que conhecemos.

Ele acabara de entrar em casa quando parei em frente a ela. Virou-se ao ouvir o ruído do motor, esfregou as mãos enormes na parte de trás da calça e tocou com uma mão a aba do chapéu ao perceber quem era. Usava um colete que eu podia jurar que era da década de 1970, quando nasceram seus dois filhos.

Hesitei antes de sair do carro. Raras vezes havíamos nos desentendido, e eu não sabia bem como seria recebida. Ficamos estreitando os olhos um para o outro, e lembro que pensei como éramos ridículos: dois frágeis e velhos esqueletos, encarando-se como adolescentes.

— Tarde — eu disse.

— Veio buscar a encomenda? — ele perguntou, mas com um brilho nos olhos que me fez relaxar. Um brilho que, para ser honesta, eu não merecia.

— Trouxe um bolo para você — estendi o braço dentro do carro para pegá-lo.

— Espero que seja de limão.

— Por quê? Não vai querer se não for?

— Talvez.

— Não me lembro de você como alguém exigente, Nino Gaines. Cabeça-dura, ganancioso e rude, sim. Exigente, não.

— Você passou batom.

— Um pouco indiscreto, também.

Ele me sorriu, e não consegui deixar de retribuir o sorriso. Isso é o que não nos contam sobre a velhice: nada impede de agirmos como jovens tolos.

— Vamos entrar, Kathleen. Verei se posso convencer o Cabeça-Dura, Ganancioso e Rude a preparar uma xícara de chá para nós dois. Aliás, você está muito bonita.

A primeira vez que Nino Gaines me pediu em casamento, eu tinha dezenove anos. A segunda, dezenove anos e quinze dias. A terceira foi quarenta e dois anos mais tarde. Isso não se deveu a qualquer lapso de memória ou atenção de sua parte, mas porque nesse meio-tempo, após desistir de mim, ele se casou com Jean. Conheceu-a dois meses após minha segunda recusa quando ela desembarcou em Woolloomoolloo de um navio de noivas britânicas em potencial, após mudar de ideia sobre o soldado com quem ia casar-se. Nino esperava um velho amigo nas docas, sentiu o olhar atraído pela cintura de pilão, as meias de náilon da moça, e, com toda a força natural que possuía, ela fisgou-o e ganhou um anel no dedo antes de transcorrerem dois meses. Muitos julgavam o casal estranho — brigavam a dar com pau! —, mas ele levou-a para o recém-comprado vinhedo em Barra Creek e ficaram juntos até a morte de Jean, aos cinquenta e sete anos, de câncer. Mesmo um tolo podia ver que, apesar de todas as brigas, haviam formado uma bela união.

Não a culpo pela sua determinação. Nino Gaines era conhecido na época por ser um dos homens mais bonitos de Baía da Esperança, mesmo usando um maiô feminino. Fazia isso todo ano, quando os soldados apresentavam um show para as crianças locais. Era questão de certo constrangimento para mim, por eu ter sido a primeira a quem ele pedira em casamento. Nos anos da guerra, eu não passava de uma jovem robusta, alta e de ombros largos; não sou muito menor agora. Enquanto algumas mulheres encolheram, as costas curvadas como pontos de interrogação, as juntas nodosas com artrite e osteoporose, eu continuo bem ereta, os membros fortes. Digo que é o trabalho de administrar o antigo hotel, com oito quartos e ajuda apenas esporádica. (As tripulações dizem que cartilagem de tubarão é hoje famosa pelas qualidades de conservação. Acham graça disso.)

Na primeira vez em que pus os olhos nele, eu servia no bar do hotel. Entrou a passos largos no uniforme da força aérea, avaliou-me com suficiente intensidade para me fazer corar, viu a foto de jornal emoldurada ao lado das prateleiras e perguntou:

— *Você* morde?

Não foram essas palavras que fizeram meu pai ficar com um pé atrás, mas a piscadela que as acompanhou. Eu era tão ingênua que tudo isso me passou sobrevoando tão rápido quanto os aviões de guerra que se empilhavam além de Tomaree Point.

— Não — respondeu meu velho, por trás do jornal, em frente à caixa registradora —, mas o pai dela, sim.

— Precisa ficar de olho naquele ali — disse depois à minha mãe. — Tem uma boca tão ferina quanto um corte de chibata. — E a mim: — Você fique longe dele, está me ouvindo?

Naqueles tempos, eu achava que a palavra de meu pai era o evangelho. Mantinha as conversas com Nino Gaines num nível mínimo. Tentava não enrubescer demais quando ele elogiava um dos meus vestidos, reprimia risinhos quando me contava piadas do outro lado do balcão. Fingia não notar que aparecia todas as noites em que não estava de serviço, embora todos concordassem que a melhor vida noturna encontrava-se a vinte minutos de carro dali, pela estrada litorânea. Minha irmãzinha Norah tinha quatro anos na época (é justo dizer que a chegada dela fora mais ou menos uma surpresa para meus pais) e ela o olhava como se ele fosse Deus, em grande parte porque a cobria de chocolate e chiclete.

E então Nino me pediu em casamento. Conhecendo as severas opiniões de meu pai sobre os membros da força armada, tive de recusar.

Talvez tivéssemos nos dado bem, às vezes penso, se a segunda vez em que me pediu não o houvesse feito na frente de meu pai.

Quando Jean morreu, faz quase quinze anos agora, achei que Nino Gaines fosse desabar dentro de si mesmo e desaparecer. Vi isso acontecer com homens de sua idade — as roupas ficavam um pouco surradas, esqueciam de fazer a barba, passavam a viver de comida congelada. Tinham uma expressão perdida, como se em eterna esperança de que alguém interviesse e cuidasse deles. Assim aquela geração de homens fora criada, entenda. Jamais aprenderam a fazer nada sozinhos. Mas Frank e John John o mantiveram ocupado, cuidaram para que o pai nunca ficasse sozinho, formavam novos projetos com essa uva e aquela mistura. Frank continuou em casa e a mulher de John John vinha duas vezes por semana e cozinhava para eles. Sim, Nino Gaines saiu-se melhor do que qualquer um de nós esperara. Cerca de um ano depois, pouco nele sugeria que sofrera tão grande golpe. Então, uma noite, regada de vinho tinto de uva shiraz e merlot, ele me confidenciou que, duas semanas antes de morrer, Jean dissera que lhe daria uns bons cascudos celestiais se ele ficasse vagueando infeliz por aí quando ela partisse.

Ele fez uma longa pausa após dizer isso. Quando ergui os olhos da taça, ele tinha os dele fixos nos meus. Aquele silêncio me queima agora, quando penso muito nisso.

— Ela tinha toda razão — comentei, evitando aquele olhar. — É tolice ficar infeliz e sem rumo por aí. Não deixe sua vida parar. Vá visitar alguns amigos no norte. Isso vai lhe fazer bem.

Ele disse outras coisas mais tarde, mas hoje evitamos esse assunto. Já fazia muitos anos que Nino aceitara que jamais seríamos mais que bons amigos. Eu prezava sua amizade — na certa, mais do que ele imaginava — e era raro um de nós ser convidado a algum evento sem que o outro fosse. Acomodáramos numa espécie de intimidade brincalhona, uma dança verbal que desempenhávamos em parte porque ambos gostávamos de discutir, em parte porque nenhum dos dois sabia de que outra forma seria possível ocultar o leve estranhamento existente entre nós.

Mas já fazia alguns anos desde que ele falara comigo com qualquer intimidade, o que nos convinha muito bem.

— Frank estava na cidade ontem e se encontrou por acaso com a Cherry Dawson — ele disse.

Eu observava os jogos americanos da casa dele, com desenhos e aquarelas dos principais pontos de referência de Londres, que Nino ainda punha na mesa para cada refeição, como Jean teria pedido. A presença dela continuava a sobressair naquela casa, mesmo tanto tempo depois de sua morte. Ela gostava de móveis pesados, ornados, que destoavam da personalidade dele. Surpreendia-me que a casa não o deprimisse: parecia um lar fúnebre. Eu nunca estivera naquela sala de visitas — o sofá felpudo de três lugares e capas protetoras para móveis — sem querer arrancar tudo e salpicar-lhe um pouco de tinta branca.

— Ela ainda trabalha no conselho municipal?

— Trabalha, me disse que os Bullen venderam a antiga fazenda de ostras. Há um bafafá danado na prefeitura sobre o que vão construir lá.

Tomei um gole de chá. Também detestava as elegantes xícaras floridas. Sentia vontade de dizer-lhe que ficaria mais feliz com uma caneca, mas de algum modo teria parecido uma crítica a Jean.

— O terreno também?

— Uma boa faixa à beira-mar, incluindo o antigo viveiro. Mas são os leitos de ostras! Estou curioso a respeito.

— Que podem fazer com uma faixa subaquática como aquela?

— É sobre isso que estou curioso.

Houve uma época, antes de ter entrado no negócio de vinho, em que Nino cogitara abrir a própria fazenda de ostras. Pensara em comprar a de Bullen, quando ainda lutavam contra as importações japonesas. Pedira conselho a meu pai, mas papai o ridicularizara, dizendo que um homem tão pouco conhecedor do mar quanto Nino Gaines devia deixar isso de lado. Acho que ele talvez tenha mudado de ideia quando o rapaz ganhou um prêmio pelo vinho australiano, e mais tarde quando o movimento das vendas alcançou seis dígitos pela primeira vez, mas meu pai não era o tipo de homem para admitir isso.

— Você ainda tem planos para ela?

— Não. Seu velho na certa tinha razão.

Tomou o resto do chá e olhou o relógio de pulso. Toda noite, subia na moto-quatro e circulava a propriedade, inspecionava o sistema de irrigação, examinava as vinhas à procura de fungo ou bolor pulverizado, extraindo prazer do conhecimento que possuía de toda a terra que a vista alcançava.

— A baía não se presta a muitas coisas. Só poderia ser mesmo outro viveiro de ostras.

— Acho que não.

Nino balançou a cabeça.

Tive a sensação de que ele sabia mais do que dizia.

— Bem — continuei, ao perceber que não ia esclarecer-me —, vão ter de manter o canal de água profunda aberto para os barcos entrarem e saírem, portanto não vejo como fará muita diferença para as tripulações, independente do que decidam fazer com a fazenda. Isso me lembra... já lhe contei que Hannah viu sua primeira baleia?

— Liza levou-a afinal, foi?

Fiz uma careta.

— Não, por isso mantenha segredo. Ela saiu no *Moby Um* com Yoshi e Lance. Ficou tão feliz naquela noite que me surpreendeu Liza não ter notado. Passei pela porta da menina às dez e meia e a ouvi cantando com uma fita de sons de baleia.

— Ela vai acabar tendo que afrouxar a linha daquela menina — Nino imitou o esforço num molinete. Hannah segue em direção aos anos difíceis. Se Liza tentar mantê-la no cabresto rígido demais, ela vai tentar arrebentá-lo e atirar-se com violência para vida — Mas acho que eu não preciso lhe dizer isso.

Olhei o relógio em cima do consolo da lareira e levantei-me. Não notara como ficara tarde. Só pretendera trazer-lhe um bolo.

— Que bom ver você, Kate.

# Baía da Esperança

Quando dei início à minha saída, ele curvou-se para me beijar a face e eu segurei seu braço, o que poderia ter sido sinal de meu afeto — ou uma forma de mantê-lo a certa distância.

Meu pai achava-o igual a todos os demais, você sabe. Jurava que só estavam atrás da minha fama e do hotel. Apenas agora me assombro com um homem que não pôde deixar a filha julgar-se boa o suficiente para ser amada pelo que era.

Quando voltei, já se achavam todos às mesas na varanda. Liza deve tê-los servido; instalados ao longo do banco, tomavam cerveja e comiam petiscos. Yoshi e Lance jogavam cartas, cobertos com lã e chapéus, encapotados contra o frio vento meridional. Parece que ninguém tivera a ideia de acender os archotes.

— A entrega do açougueiro chegou — disse Liza, erguendo a mão. Lia o jornal local. — Não sabia o que você queria que ficasse fora, então enfiei tudo no congelador.

— É melhor eu conferir se ele trouxe a encomenda certa. Da última vez, entendeu tudo errado — comentei. — Boa-tarde a todos. Voltaram cedo.

— Poucas baleias, longe demais para os clientes verem muita coisa. Saiu com seu bonitão de sempre, Srta. K?

Greg olhou para minha sobrinha ao falar, mas Liza ignorava-o com deliberação. Imaginei que na certa não falava com ele desde o aniversário da filha e quase senti pena. O rapaz tivera boa intenção, mas às vezes ele era seu pior inimigo.

Ao chegar à porta, encontrei Mike Dormer no corredor, folheando o jornal que eu deixava para os hóspedes. Ele ergueu os olhos quando entrei e acenou com a cabeça.

— Chegou o carro?

Eu ia tirar o casaco, então imaginei que na certa acabaria saindo de novo.

— Sim. Um... — Ele retirou as chaves do bolso. — ... Holden.

— Vai servir. Está se sentindo mais humano?

Ainda parecia cansado. O atordoamento com a mudança de fuso horário, lembrei, atingia em ondas.

— Estou chegando lá. Queria saber... é possível comer alguma coisa aqui esta noite?

— Coma agora, se quiser. Vou servir uma sopa lá fora para as tripulações. Pegue sua jaqueta e se junte a nós.

Vi a sua hesitação. Não sei por que o pressionei. Talvez porque eu mesma me sentisse repentinamente cansada e não pudesse enfrentar a ideia de servir uma refeição completa a um único hóspede. Talvez quisesse que Liza visse um rosto masculino que não o de Greg...

— Este é Mike. Vai comer conosco esta noite.

Todos murmuraram olá. O olhar de Greg foi um pouco mais analítico que o dos outros, a voz um pouco mais alteada depois que o inglês se sentou, e as piadas, um pouco mais calorosas.

Mexendo a sopa, enquanto ouvia pela janela da cozinha, quase ri de sua transparência.

Levei a comida em duas bandejas. (Não ofereço opções às tripulações — caso contrário, ficaria ali a noite toda.) Cada homem pegou uma tigela e um pedaço de pão, mal erguendo os olhos ao me agradecerem. Mas Mike levantou-se do banco.

— Deixe-me ajudá-la — disse, pegando a segunda bandeja.

— Ora essa — interveio Lance, rindo. — Logo se vê que não é daqui.

— Muito obrigada, Sr. Dormer — respondi e sentei-me a seu lado. — Mike. Muita gentileza de sua parte.

— Ah, não comece a dar ideias a Kathleen — brincou Greg.

Liza ergueu a cabeça então, e eu a vi olhá-lo.

Ele parecia sem graça com toda aquela atenção. Sentou-se, de algum modo parecia deslocado em sua camisa engomada. Não devia ser mais moço que Greg, mas, em comparação, tinha a pele curiosamente lisa. O tempo todo enfurnado num escritório, pensei.

— Não sente frio só com essa camisa? — perguntou Yoshi, curvando-se. — Já é quase agosto.

— A mim, parece bem quente — respondeu Mike, olhando em volta, como se para a atmosfera.

— Você era assim quando chegou, Liza. — Lance brandiu-lhe o dedo.

— Agora ela usa roupa térmica pra tomar sol.

— De onde você vem? — o inglês perguntou, mas parece que Liza não o ouviu.

— O que você faz, Mike? — eu quis saber.

— Trabalho em finanças — ele respondeu.

— Finanças — repeti um pouco mais alto, pois queria que Liza ouvisse.

Um pressentimento me disse que nada havia para me preocupar.

— Um capiau chega montado a um bar — começou Greg, a voz alteada. — Ao saltar, contorna a traseira do cavalo, levanta o rabo e beija a bunda do animal.

— Greg — adverti.

— Outro caubói detém o capiau quando ele vai entrar no bar. Pergunta: "Vai desculpando, amigo, será que vi você beijar a bunda daquele cavalo?"

— *Greg* — insisti, exasperada.

— "Claro que sim", responde o capiau. "Posso saber por quê?", pergunta o caubói. "Claro. Estou com os lábios secos e rachados."

Greg olhou em volta, certificando-se de que tinha toda a atenção da mesa.

— "Isso cura?", quis saber o caubói. "Não", diz o capiau. "Mas com certeza me impede de lambê-los."

Deu um tapa na mesa de tanto rir.

Quando Hannah riu, ergui as sobrancelhas para o céu.

— Essa é horrível — disse Yoshi. — E você contou há duas semanas.

— Não foi nada mais engraçado então — comentou Lance.

Notei que tinham as pernas entrelaçadas debaixo da mesa. Ainda achavam que ninguém sabia.

— Sabe o que é um capiau, parceiro?

Greg curvou-se para o outro lado da mesa.

— Posso imaginar. A sopa está deliciosa — disse Mike, virando-se para mim. — Foi você quem fez?

— Na certa ela mesma pescou — disse Greg.

— O que achou de Baía da Esperança? — Yoshi sorria para o inglês. — Saiu alguma vez durante o dia?

Ele fez uma pausa enquanto terminava de comer um pedaço de pão.

— Não fui muito além da cozinha da Srta. Mostyn... a cozinha de Kathleen. O que vi parece muito... agradável. Então... ah... todos vocês trabalham em barcos de passeio?

— Baleeiras — corrigiu Greg. — Nesta época do ano, saímos para caçar baleias. Da variedade não humana — brincou.

— Vocês caçam baleias? — Mike parou com a colher em pleno ar.

— Observação de baleia — intrometi-me. — Levam turistas pra vê-las. Entre agora e setembro, as baleias-corcundas viajam do Norte para águas mais quentes, e passam não muito longe daqui. Depois passam de novo por nós quando voltam, dois meses mais tarde.

— Somos caçadores de baleia modernos — explicou Lance.

Mike pareceu surpreso.

— Detesto essa frase — declarou Yoshi, enfática. — Nos faz parecer... cruéis. Não as caçamos. Observamos a uma distância segura. Essa expressão dá a impressão errada.

— Se dependesse de você, Yoshi, seríamos todos "observadores marítimos de cetáceos" seja lá o que isso quer dizer.

— *Megaptera novaeangliae*, na verdade.

— Nunca pensei sobre isso — disse Lance. — Sempre fomos chamados assim aqui.

— Achei que fosse por isso que você ia ficar — eu disse a Mike. — A maioria das pessoas só vem aqui por causa da observação de baleias.

Ele baixou a cabeça para a tigela de sopa.

— Bem... eu, sem dúvida... Parece uma boa coisa a fazer.

— Mas cuidado se sair com Greg — avisou Yoshi, passando o pão pela beirada da tigela. — Ele tende a perder o passageiro desacompanhado. Sem querer, claro.

— Aquela garota pulou. Mulher maluca — censurou Greg. — Tive que jogar um colete salva-vidas para ela.

— Ah. Mas por que ela saltou? — provocou Lance. — Receou que fosse ser... ahã... arpoada por Greg.

Yoshi riu.

Greg olhou para Liza.

— Não é verdade.

— Então como vi você anotar o número dela depois?

— Eu é que dei meu número — ele respondeu, devagar — porque ela disse que queria me convidar a uma festinha.

A mesa explodiu em ruidosa gargalhada. Liza não ergueu os olhos.

— Hã-hã — ironizou Lance. — Festinha. Como a que você deu àquelas duas aeromoças em abril?

Mike fitava minha sobrinha. Ela quase nada dizia, como era comum, mas seu silêncio destacava-a de forma oposta à desejada. Tentei vê-la pelos olhos dele: uma mulher ainda linda, ao mesmo tempo mais velha e mais moça que os trinta e dois anos, os cabelos escovados para trás, como se há muito tivesse deixado de se importar com a aparência.

— E você? — ele perguntou em voz baixa. — Também caça baleias?

— Não caço nada — respondeu minha sobrinha, o rosto inescrutável até para mim. — Vou aonde elas possam estar e mantenho distância. Acho essa a coisa mais sábia a se fazer.

Quando os dois cruzaram o olhar, percebi que Greg os observava. Acompanhou-a quando ela se levantou da mesa, dizendo que precisava pegar Hannah. Então ele se virou para Mike, e esperei que apenas eu tivesse visto a frieza no sorriso.

— É. Quando se trata de Liza, essa é em geral a coisa mais sábia a se fazer — disse Greg, o sorriso largo e amistoso como o de um tubarão. — Manter distância.

# Seis

*Mike*

*A baía se estende por uma área de pouco mais de seis quilômetros entre Taree Point e a afastada Ilha do Nariz Quebrado, um curto trajeto de carro para o norte, a partir de Port Stephens, porto grande, favorecido por atividades recreativas. As águas são cristalinas e abrigadas, perfeitas para esportes aquáticos e, nos meses mais quentes, natação. Pouco há no que se refere a um sistema de marés, o que a torna segura para banhos de mar, e existe uma indústria local próspera, mas de baixo nível, na observação de cetáceos.*

*Baía da Esperança fica entre três e quatro horas de carro de Sydney e é acessível em quase toda a extensão por uma grande rodovia. Duas baías formam a orla marítima. Uma, na ponta situada ao extremo norte, é quase rudimentar, enquanto a outra, que abriga a Baía da Esperança propriamente dita, fica a curta distância de carro, ou talvez a uma caminhada de dez minutos. Esta aloja várias unidades de pequena acomodação e estabelecimentos varejistas, cujos negócios, na maioria, vêm de moradores de Sydney e Newcastle. Identifica-se...* fiz uma pausa, olhando para a tela... *uma existente operação para o desenvolvimento da área, além de numerosos prédios de pouco valor econômico. É muitíssimo provável que os proprietários vejam um justo acordo financeiro como vantajoso para si mesmos e para a economia local.*

# Baía da Esperança

*No que se refere à concorrência, não há hotéis de qualquer tamanho ou porte. O único localizado no interior da baía consiste na metade de seu tamanho original, após sofrer um incêndio há várias décadas, e funciona como uma pousada. Não oferece instalações recreativas e seria improvável criar um problema em termos de concorrência, caso a proprietária não o queira vender.*

NÃO PODERIA FAZER UMA APRESENTAÇÃO APENAS com isso, pensei. Era tudo o que eu tinha sobre o lugar. E, por mais fatos e números que eu houvesse levantado do Departamento de Planejamento local e da Câmara de Comércio, ainda me sentia como se escrevesse sobre uma coisa da qual nada sabia.

Descobrira quase tão logo chegara ao local que não se tratava de uma tarefa objetiva. Habituara-me à metragem quadrada no centro de Londres; apartamentos executivos, demolição de setenta quadras de escritórios à espera de um novo centro de saúde e boa forma, de centros administrativos de alto prestígio. Eu ia a esses locais, examinava sem ser observado, elaborava os rendimentos de aluguel em comparação com os preços de imóveis, a renda disponível dos residentes próximos, e, no fim do dia, estava fora dali.

Este projeto, eu soube desde o instante em que entrei na camionete de Greg cheia de latas de cerveja, seria diferente.

Aqui, eu tinha plena consciência de minha visibilidade. Mesmo de calça jeans e moletom, sentia que a falta de uma crosta de sal denunciava minhas intenções. E considerando-se como era vazia, a área de algum modo parecia habitada demais e influenciada demais pelas pessoas. Embora fosse uma experiência nova para mim, eu não conseguia, por algum motivo, ver com clareza.

Suspirei, abri um novo documento e comecei a digitar títulos: Geografia, Clima Econômico, Indústria Local, Concorrência. Pensei, com algum ressentimento, em meu carro esporte de dois lugares, que prometera a mim mesmo como gratificação por esse negócio; o carro me esperava, pago e polido, no pátio da concessionária. Consultei as horas. Sentado ali havia quase duas horas, redigira três parágrafos. Era hora da pausa para o chá.

Kathleen Mostyn dera-me o que descrevera como seu quarto "bom", após a partida recente de alguns outros hóspedes, e, na noite anterior, trouxera uma bandeja com material para fazer chá e café. Não o faria aos últimos ocupantes, murmurou, porque "teriam sem dúvida se queixado de que a água não fervia rápido o bastante". Era o tipo de mulher que na Inglaterra estaria dirigindo uma escola, ou talvez uma mansão. Daquelas que nos fazem pensar na Cleópatra de Shakespeare: "Não a deixa esmorecida o tempo", olhos aguçados, sempre em feroz atividade, inteligência límpida. Gostei dela. Acho que gosto de mulheres fortes: creio ser mais fácil não precisar pensar pelos dois. Minha irmã, sem dúvida, teria outras teorias.

Coloquei a água para ferver e fiquei à janela. Embora não luxuoso, o quarto era curiosamente confortável; o extremo oposto da maioria das acomodações dos hotéis para executivos em que eu me hospedava. Tinha as paredes caiadas, uma cama de casal de estrutura de madeira arrumada com lençol de linho branco e manta listrada azul e branca, além de uma poltrona de couro envelhecida e um tapete persa talvez outrora valioso. Eu trabalhava em uma pequena escrivaninha de pinho encerado, sentado a uma cadeira da cozinha. A sensação que me dava, quando olhava o Hotel Silver Bay, era de que Kathleen Mostyn havia muito decidira que a decoração para os hóspedes exigia demais no que se referia à imaginação, e preferira, para contrariar, caiar tudo. "Fácil de limpar, fácil de pintar", eu a imaginava dizendo.

Logo percebi que era seu único hóspede de longa temporada. O hotel tinha o ar de um lugar que poderia ter um dia sido bem elegante, mas, desde então, se conformara com o pragmático e depois concluíra que não precisava de muitos visitantes. A maioria dos móveis fora escolhido mais pelo aspecto prático do que estético. Quase todos os quadros se limitavam a antigas fotografias em tom sépia do hotel na época de glória ou de aquarelas marítimas genéricas. Os consolos de lareira e prateleiras, eu descobrira, muitas vezes continham estranhas coleções de seixos ou pedaços de madeira flutuante, um toque que em outro hotel talvez indicasse pretensões estilísticas, mas que, ali, tinha maior chance de ser apenas os achados do dia, carentes de espaço.

Meu quarto dava diretamente para o outro lado da baía, sequer uma rua havia entre a casa e a praia. Na noite anterior, eu dormira com a janela aberta, o marulho das ondas a embalar-me na primeira noite de sono decente em meses, e, ao amanhecer, tive leve consciência das carretas dos baleeiros, os pneus sibilando na areia molhada e os pescadores indo e voltando pelos seixos até o cais.

Quando falei a Vanessa sobre o cenário, ela me acusara de ser um sacana do caramba e me contara que dissera poucas e boas ao pai por ter me mandado viajar.

— Você não tem ideia da quantidade de coisa que estou precisando organizar — queixara-se, a voz acusadora, como se minha presença em Londres fosse de alguma ajuda.

— Sabe, bem que podíamos fazer isso de outro modo — aventurei-me, quando ela esgotara as queixas. — Podíamos tomar um avião para algum lugar e nos casar na praia.

O silêncio que se seguiu foi longo demais para eu calcular o quanto ia custar.

— Depois de tudo isso? — A voz saiu descrente. — Depois de todo o planejamento que fiz, você quer apenas voar para algum lugar? Desde quando passou a ter ideias?

— Esqueça que eu disse alguma coisa.

— Tem ideia de como é difícil? Tento organizar tudo direitinho e metade dos malditos convidados sequer respondeu aos convites. Que grosseria! Vou ter que correr atrás de todo mundo sozinha.

— Escute, você sabe que não pedi para estar aqui. Tenho dado muito duro nesse acordo para voltar o mais rápido possível.

Vanessa acalmou-se. Por fim, ela pareceu animar-se quando lembrei que era inverno ali. Além disso, sabe que não sou do tipo praieiro. Até então, nunca conseguira ficar numa praia por uma semana inteira.

Ao fim de poucos dias, vou explorar o interior, examinar o jornal local à procura de oportunidades de negócio.

— Amo você — ela disse, antes de desligar. — Dê bastante duro para voltar logo.

Mas era difícil trabalhar num ambiente em que tudo conspirava para ocorrer exatamente o contrário. A conexão com a Internet, de linha telefônica, era lenta e temperamental. Os jornais, com as notícias da cidade, só chegavam próximo ao meio-dia. Enquanto isso, a praia, com a elegante curva e areia branca, exigia ser percorrida. O cais de madeira nos convidava a sentar, as pernas despidas balançando na água. A comprida mesa, onde relaxavam as tripulações de baleeiros ao voltarem era um convite para cerveja gelada e petiscos quentes. Nem mesmo o fato de eu ter posto a camisa de trabalho naquela manhã me motivara.

Abri uma mensagem nova e comecei a digitar: *"Dennis. Espero que esteja bem. Fui ao Dep. de Planejamento ontem e me encontrei com o Sr. Reilly, como sugeriu. Ele pareceu gostar do esboço dos planos e disse que os únicos problemas possíveis eram...*

Saltei com a batida à porta e fechei de imediato o laptop.

— Posso entrar?

Abri a porta e encontrei Hannah, filha de Liza McCullen. Trazia um sanduíche.

— Tia K achou que você talvez estivesse com fome. Não sabia se queria ir até lá.

Peguei-o. Como já podia ser hora do almoço?

— Foi muito gentil. Diga obrigado por mim.

Ela espiou pela porta e avistou meu computador.

— Que está fazendo?

— Enviando alguns e-mails.

— Tá conectado à Internet?

— Só agora.

— Sou desesperada por um computador. Montes de amigos na escola têm. — Apoiou-se numa perna. — Sabia que minha tia-avó está na Internet? Eu a ouvi contar à mamãe.

— Acho que vários hotéis estão na Internet — eu disse.

— Não. *Ela* está na Internet. Ela mesma. Não gosta de falar disso agora, mas era famosa aqui por caçar tubarões.

Tentei imaginar a velha senhora lutando com uma criatura tipo a do filme *Tubarão*. O estranho é que não foi tão difícil quanto imaginara.

A menina pairava no vão da porta, visivelmente sem pressa de ir embora. Tinha aquela aparência leve, magra e alta que as meninas adquirem imediatamente antes de irromperem na adolescência; aquela qualidade opaca que, por alguns meses, ou até anos, é impossível dizer se vão ser grandes beldades, ou se os hormônios e a genética conspirarão para projetar demais um nariz, ou formar um queixo meio papudo. Desconfiei que Hannah se encaixasse no primeiro caso.

Baixei os olhos, para o caso de ela achar que eu a encarava. Parecia-se muito com a mãe.

— Sr. Dormer.

— Mike.

— Mike. Quando não estiver muito ocupado... se não estiver muito ocupado... um dia posso dar uma experimentada no seu computador? Gostaria muito de ver a foto da minha tia.

O sol lançara toda a baía em esplendor, as sombras encolhiam-se, as calçadas e a areia projetavam luz refletida de volta ao ar. Desde que eu chegara a Kingsford Smith, o aeroporto de Sydney, me sentira um peixe fora d'água. Era agradável alguém me pedir para fazer uma coisa conhecida.

— Sabe de uma coisa? — decidi — Podíamos dar uma olhada agora mesmo.

Ficamos sentados ali por quase uma hora, tempo durante o qual concluí que ela era um amor de menina. Parecia mais nova que a idade em alguns aspectos — muito menos interessada na aparência que as meninas de Londres que eu conhecia, ou em cultura pop, em música, todo esse tipo de coisa —, mas transmitia um ar de melancolia e maturidade que se assentava de forma meio estranha em tão jovem figura. Não lido em geral bem com crianças — acho difícil saber o que conversar com elas —, mas me vi curtindo a companhia de Hannah McCullen.

Ela me perguntou sobre Londres, minha casa, se eu tinha algum animal de estimação. Descobriu bem rápido que eu ia me casar e fixou aqueles olhos grandes, escuros e sérios em mim ao perguntar, com certa gravidade:

— Tem certeza de que é a pessoa certa?

Fiquei meio atônito, mas achei que ela merecia uma resposta com a mesma gravidade:

— Acho que sim. Estamos juntos há muito tempo. Conhecemos as forças e fraquezas um do outro.

— Você é legal com ela?

Pensei um instante.

— Espero que seja com todo mundo.

Ela riu, um sorriso mais infantil.

— Você parece, *sim*, muito legal — concedeu.

Então nos voltamos para o importante negócio do computador. Consultamos — e imprimimos — duas fotografias diferentes da moça de maiô com o tubarão e duas matérias sobre ela de pessoas que Hannah, evidentemente, não conhecera. Visitamos o site de uma famosa banda de rapazes, um site de turismo sobre a Nova Zelândia e depois uma série de fatos e números sobre baleias-corcundas que ela disse já saber de cor. Aprendi que os pulmões de uma baleia são do tamanho de um carro pequeno, que um filhote pode pesar até uma tonelada e meia e que o leite de baleia tem a consistência de queijo cottage. Preciso reconhecer que passaria muito bem sem a última informação.

— Você sai muito com sua mãe pra ver as baleias?

— Ela não deixa — respondeu Hannah. Ouvi o som nasal do sotaque australiano, notei como a frase ressoou mais alta no fim: — Minha mãe não gosta que eu saia para a água.

De repente, lembrei a violenta discussão entre Liza McCullen e Greg quando cheguei. Faço o melhor possível para não me meter nos assuntos particulares de outras pessoas, mas tive uma vaga lembrança de que se tratava de alguma coisa sobre Hannah e um barco.

Ela deu de ombros, como se tentasse convencer-se de que não ligava.

— Não quer que eu corra nenhum risco. — Ergueu os olhos para mim, parecendo perguntar-se se diria algo, e depois mudou de ideia. — Podemos procurar algumas fotos da Inglaterra no computador? Eu me lembro um pouco de lá, mas não muito.

— Claro que sim. O que você gostaria de ver?

Comecei a digitar as palavras.

Liza McCullen apareceu.

— Eu estava procurando por você — disse, parada na porta aberta.

Olhou-nos de um para o outro, e a forma como o fez me deixou vagamente culpado, como se houvesse sido pego fazendo uma coisa errada. Segundos depois, eu me senti de fato danado da vida.

— Hannah veio me trazer um sanduíche — expliquei, meio formal. — Depois ela me perguntou se podia olhar meu computador.

— A web tem vinte e três mil e cem páginas sobre baleias-corcundas — declarou a filha, triunfante.

Liza suavizou o tom.

— E imagino que ela quis checar cada uma. — Havia uma sugestão de desculpa na voz dela. — Hannah, tesouro, venha e deixe o Sr. Dormer em paz agora.

Usava as mesmas roupas das duas últimas vezes que eu a vira: calça jeans verde-escuro, suéter de lã e um impermeável grosso amarelo. Os cabelos, como então, puxados para trás num rabo de cavalo, as pontas oxigenadas bem claras, embora a cor natural fosse muito mais escura. Pensei em Vanessa, que, no primeiro ano de nosso relacionamento, levantava-se uma hora e meia antes de mim para arrumar os cabelos e aplicar maquiagem antes de eu vê-la. Levei quase seis meses até entender como ela dormia com batom sem deixá-lo todo nos travesseiros.

— Desculpe se ela o incomodou — disse Liza, sem me olhar diretamente nos olhos.

— Não me incomodou nem um pouco. Foi um prazer. Se você quiser, Hannah, levo o computador até lá embaixo e o instalo pra você usar quando eu sair.

Hannah arregalou os olhos.

— Verdade? Sozinha? Mãe! Eu podia fazer a pesquisa pro meu projeto.

Não olhei para a mãe. Adivinhara qual seria a resposta dela — e, se não captasse seu olhar, não poderia levar em conta o que ela pensava a respeito. Não era nada demais, afinal. Tirei o computador da tomada após fechar todos os arquivos protegidos por senha.

— Vai sair agora?

Ocorrera-me uma ideia. Algo que Kathleen mencionara mais cedo naquela manhã.

— Vou — respondi, pondo o laptop nos braços de Hannah. — Se sua mãe me levar.

Como a magra economia de Baía da Esperança dependia quase toda do turismo, e como, segundo os números do governo local, o salário médio mensal equivalia a menos de mil libras, era de se imaginar que Liza McCullen ficasse feliz por levar ao mar um cliente particular. Imaginava-se que uma mulher cujo barco custara quase duzentos dólares de reparos, que não tinha saídas marcadas até segunda-feira e cuja tia declarara várias vezes que ela era muito mais feliz na água que em terra estivesse pronta para agarrar a oportunidade de fazer uma viagem comercial pelo mar. Sobretudo quando eu lhe ofereci pagar o equivalente às passagens de quatro pessoas — o mínimo de que, supunha-se, precisavam os barcos para tornar uma viagem viável em termos econômicos.

— Não vou sair esta tarde — ela respondeu, as mãos enfiadas no fundo dos bolsos.

— Por quê? Estou oferecendo quase cento e oitenta dólares. Isso deve valer o seu tempo.

— Não vou sair esta tarde.

— Alguma tempestade a caminho?

— Tia K disse que ia fazer tempo bom — interveio Hannah.

# Baía da Esperança

— Ficou sabendo de alguma coisa especial sobre as baleias? Terão partido numa viagem pra algum outro lugar? Não vou pedir meu dinheiro de volta se não aparecerem, Sra. McCullen. Só quero sair para o mar.

— Vai, mãe. Aí eu posso usar o computador de Mike.

Não pude reprimir um sorriso.

Ela continuava a não me olhar nos olhos.

— Não vou levar você. Encontre outra pessoa.

— Os outros são barcos grandes, certo? Cheios de turistas. Não é o meu perfil.

— Telefono para Greg. Vejo se ele vai sair esta tarde.

— Não é ele quem perde pessoas no mar?

Nesse momento, Kathleen chegara, ficou parada no patamar e observava a cena em meu quarto com tranquila surpresa.

— Eu lhe dou um ingresso pra segunda-feira — acabou por dizer Liza. — Três pessoas vão sair neste dia. Você vai se divertir muito mais.

Por algum motivo, comecei a me divertir.

— Não, não vou — eu disse. — Sou antissocial. E quero ir esta tarde.

Por fim, ela olhou nos meus olhos e balançou a cabeça, desafiadora.

— Não — respondeu.

Percebi que algo nessa cena impressionara Kathleen. Em pé atrás de Liza, sem nada dizer, a tia observava, porém, intensamente.

— Tudo bem... trezentos dólares — ofereci, retirando o dinheiro da carteira. — Isso é um barco cheio, certo? Pago trezentos dólares e você me conta tudo o que é preciso saber sobre baleias.

Ouvi a profunda inspirada de ar de Hannah.

Liza olhou para a tia. Kathleen ergueu as sobrancelhas. Percebi que a atmosfera no quarto tornara-se um vácuo.

— Trezentos e cinquenta — ofereci.

Hannah ria.

Eu não estava a fim de desistir. Não sabia o que se apoderara de mim àquela altura. Talvez fosse o tédio. Talvez a reticência dela. Talvez porque Greg tivesse tentado me desaconselhar a aproximar-me dela, o que me deixou curioso. Mas eu sairia naquele barco a qualquer custo.

— Quinhentos dólares. Aqui, em espécie, na sua mão.

Peguei as outras notas. Não as acenei para ela, apenas segurei-as com a mão fechada.

Liza encarou-me.

— E vou esperar muito café e biscoitos.

Kathleen bufou.

— O dinheiro é seu. Se está disposto a gastá-lo assim... — disse Liza, afinal. — Vai precisar de sapatos de sola macia e uma jaqueta quente, não essa blusinha de caipira da cidade grande que você usa.

Pegou o dinheiro da minha mão e enfiou-o no bolso da calça. O olhar de esguelha que me lançou disse que me julgava insano.

Mas eu sabia o que fazia. Como Dennis sempre diz, todos e tudo têm seu preço.


O barco de Liza era o único no cais. Ela seguia dois passos adiante de mim, não se permitindo qualquer conversa, a não ser com a cachorrinha, portanto tive a chance de dar uma boa olhada em volta ao nos aproximarmos. Pouco havia em Baía da Esperança, mesmo ao redor do cais: um bar, uma loja de suvenires cuja lentidão no movimento de vendas era óbvia — a vitrine empoeirada — e um mercado de frutos do mar, situado próximo ao centro da cidade e alojado no prédio mais moderno da baía. Tinha estacionamento próprio e ficava a uma curta distância a pé, o que significava a improbabilidade de os clientes que paravam para comprar peixe fresco irem a qualquer dos outros estabelecimentos — uma decisão mal pensada. Eu insistiria que o instalassem em frente ao cais.

Embora fosse sábado, poucas pessoas circulavam. Os turistas, se houvesse algum, já deviam encontrar-se na água em outros barcos de observação de baleias. Os poucos hotéis que vi pontilhados ao longo da principal rodovia da saída da cidade anunciavam de forma lastimável os quartos disponíveis, café da manhã incluído, mas a baía tinha o ar de um lugar que não esperava grande coisa da estação. Dito isso, tampouco essa parecia ser uma preocupação. Não exibia o típico aspecto sombrio e abandonado de uma cidade litorânea inglesa no inverno; a brilhante luz do sol emprestava-lhe um ar jovial, enquanto os habitantes pareciam extraordinariamente alegres.

Exceto Liza.

Ela me ordenara subir a bordo, me fizera ficar de pé e observá-la relacionar uma lista de itens de segurança num tom monótono, depois, meio de má vontade, notei, perguntou-me se eu queria que ligasse a cafeteira.

— Aponte onde está que eu faço — respondi.

— Curve os joelhos quando circular pelo barco, e também quando for subir — recomendou, ao virar-se de novo para mim. — Não dê comida às gaivotas. Isso as estimula a bombardear os passageiros nos mergulhos, e emporcalham tudo.

Então, subiu os degraus e desapareceu.

O convés inferior tinha duas mesas e cadeiras, alguns bancos de plástico e uma caixa de acrílico com chocolate, vídeos e fitas de baleia e comprimidos para enjoo à venda. Um cartaz escrito à mão avisava aos passageiros que não era aconselhável preparar as bebidas quentes demais, pois muitas vezes ocorriam derramamentos. Encontrei a área de chá e café e preparei duas xícaras, notando as laterais elevadas do bufê, os suportes de chá e café presos, na certa para impedir que os bules caíssem em alto-mar. Não quis pensar muito no tipo de ondas que poderiam levar pelos ares bules de café, o tipo que, pelo visto, mantinha Hannah em terra firme, mas então os motores deram a partida e tentei me segurar na lateral para manter-me firme. Rumávamos mar adentro em alta velocidade.

Subi meio instável as escadas até a parte de trás do barco. Liza em pé no timão, a cachorrinha aconchegada atrás do leme; obviamente, um posto privilegiado. Entreguei-lhe uma xícara, senti o vento no rosto e provei o leve sabor de sal nos lábios.

Isso faz parte do trabalho, pensei, tentando justificar o que gastara. Mas seria uma parte interessante para incluir na lista de despesas.

Liza tinha o olhar fixo no mar, e eu me perguntava por que ela fora tão determinada em não querer me levar. Até onde eu sabia, não a havia ofendido. Mas, também, parecia o tipo de mulher que, por instinto, se rebelava contra ser encurralada. E eu também fora muito determinado.

— Há quanto tempo faz isso?

Tive de gritar para ser ouvido acima do motor.

— Cinco anos. Chegando ao sexto.

— É um bom negócio?

— Serve pra nós.

— O barco é seu?

— Era de Kathleen, mas ela me deu.

— Generoso da parte dela. — Posso contar as vezes em que estive num barco nos dedos de uma só mão, por isso tudo me interessava. Perguntei-lhe os nomes de algumas partes do catamarã, qual lado era bombordo e qual estibordo (sempre confundi os dois) e os vários instrumentos. — Então, qual o valor de um barco deste tamanho?

— Depende do barco.

— Qual o valor deste?

— Tudo pra você gira em torno de dinheiro?

Embora ela não o tivesse dito de maneira hostil, me fez interromper. Tomei um gole de café e tentei mais uma vez:

— Você vem da Inglaterra?

— Foi o que Hannah lhe disse?

— Não... o que as, ah, tripulações disseram. Naquela tarde à mesa. E eu... você sabe... acabei ouvindo.

Ela pensou um instante.

— É. Morávamos na Inglaterra.

— Sente·saudades?

— Não.

— Veio pra cá com algum objetivo específico?

— Objetivo específico?

— Pra trabalhar em observação de baleias?

— Na verdade, não.

Seria ela assim com todos os clientes? Divórcio traumático, especulei. Talvez apenas não gostasse de homens.

— Você vê muitas baleias?

— Quando vou aos lugares certos.

— É um bom modo de viver?

Ela tirou a mão da roda do leme e encarou-me, desconfiada.

— Você faz um monte de perguntas.

Decidi não dar o troco. Tive a sensação de que ela não era "do contra" por natureza.

— Você é uma raridade. Não creio que muitas inglesas sejam capitãs de barco aqui.

— Como saberia? Talvez sejamos milhares. — Ela se permitiu um sorriso. — Na verdade, Port Stephens é famoso por elas.

Isso, imaginei, era o mais próximo a que ela chegaria do humor.

— Muito bem, uma pergunta a você: por que gastou tanto dinheiro só pra sair numa viagem de barco?

Porque era a única maneira de conseguir fazê-la me levar. Mas eu não disse em voz alta.

— Teria feito por menos? — perguntei, mudando de tática.

Ela riu.

— Claro.

Depois disso, alguma coisa mudou. Liza McCullen relaxou, ou talvez tenha concluído que eu não era tão represível, ou tão ameaçador, como julgara a princípio, e a frieza que pairara em nossa viagem ao largo da baía dissipou-se.

Não dissemos muita coisa. Sentei-me no banco de madeira atrás dela e contemplei o mar, apreciando em silêncio a competência de outra pessoa numa atividade profissional sobre a qual eu nada sabia. Liza girava a roda do leme, inspecionava os mostradores, mandava mensagens por rádio a um dos outros barcos, dava de comer a Milly, a cadela, um biscoito de vez em quando. Às vezes apontava uma faixa de terra ou uma criatura que continha algum interesse e dava uma breve explicação. Mas eu não saberia repetir agora o que ela dizia. Porque, embora não fosse a mulher mais linda que eu já vira, e parecesse não prestar mais atenção à aparência que à maneira de falar, e embora metade do tempo se mantivesse de costas ou me olhasse de cara feia, achei Liza McCullen estranhamente irresistível. Se já não houvesse concluído que ela talvez se sensibilizasse com isso, eu a teria encarado. De modo algum esse é meu jeito de ser.

Vanessa lhe dirá que não sou nenhum grande psicólogo. Não me interesso muito pela personalidade das pessoas se não preciso saber, porém jamais conheci alguém tão determinado a revelar tão pouco. Todo fragmento de conversa saía-lhe arrastado. Liza parecia fazer qualquer concessão pessoal sob tortura. Perguntei-lhe como tomava o café e ela me olhou com uma expressão reprovadora, como se eu tivesse perguntado sobre sua roupa íntima. Quando me respondeu:

— Sem açúcar. — Foi como uma confissão. E tudo com um leve traço de... melancolia? — Lance diz que avistaram uma fêmea três milhas adiante — ela me informou, após uma hora e meia no mar. — Você quer continuar em frente?

— Claro — respondi.

Eu esquecera que pretendíamos procurar baleias. Quando não estamos habituados ao mar, a primeira coisa que nos impressiona é sua imensidão. Parece uma paisagem em si mesma. Depois de nos afastarmos tanto que três quartos de nossa vista são água infindável, o olho se perde naquele vasto movimento, atraído por um caminho iluminado onde o sol brilha através das nuvens, ou para uma área distante onde surgem cavalos brancos. Não posso dizer que não me sentia nervoso — estou habituado a estar em terra firme —, mas, assim que superei a instabilidade, a pancadaria e o estalo que me chegavam sob os pés, gostei do isolamento, da liberdade do barco para mover-se desimpedido por outras pessoas. Gostei de ver o rosto de Liza perder aquela intensa vigilância e absorver a amplidão do mar e do céu.

— É pra lá que vamos — ela disse, girando a roda do leme, uma das mãos erguidas contra a intensa claridade. Eu só conseguia distinguir os pássaros mergulhando a pique numa área onde era impossível ver qualquer coisa. — Isso significa que tem peixe. E onde tem peixe muitas vezes tem baleias.

A essa altura, víamos os outros. Liza apontou o barco de Greg, que parecia quase do mesmo tamanho que o dela, e mais adiante o que descreveu como *Moby Dois*.

— Ali! — ela exclamou. — Borrifo!

— Que borrifo? — indaguei, o que a fez rir.

— *Ali*. — Eu não vi para onde ela apontava e estreitei os olhos. Talvez sem o perceber, ela pegou meu braço e puxou-o em sua direção. — Veja! — disse, tentando me fazer focalizar. — Vamos nos aproximar um pouco mais.

Não via nada. Teria sido frustrante, só que me divertia o prazer infantil em seu rosto. Era uma Liza McCullen que eu ainda não vira nos seis dias em que estava no hotel. O sorriso largo, espontâneo, a animação na voz:

— Oh, ela é uma beleza. Aposto com você que também tem um filhote. Tenho o pressentimento...

Era como se houvesse esquecido sua frieza inicial comigo. Ouvi-a no rádio:

— *Ishmael* para *Moby Dois*... nossa menina a seu bombordo, cerca de uma milha e meia adiante. Tenho o pressentimento que talvez traga um filhote junto, portanto vá com cuidado, certo?

— *Moby Dois* para *Ishmael*. Localizei, Liza. Mantendo distância.

— Ficamos no mínimo a cem metros de distância — ela explicou. — Aumentamos para trezentos quando há filhotes. Mas tudo depende da mãe. Algumas são curiosas, trazem os bebês até bem perto pra nos ver, e aí é diferente. Mas sempre sinto... não gosto de encorajar essa aproximação. — Olhou nos meus olhos. — Não se pode garantir que o barco seguinte que encontrarem vai ser tão amistoso. Muito bem! Aqui vamos nós!

Segurei-me firme e, como numa delicada coreografia, os três barcos se aproximaram até ficarmos perto o bastante para distinguir cada um dos passageiros que acenavam a bordo. O mar silenciou quando os motores foram desligados, e fiquei ao lado de Liza à espera de a baleia exibir-se mais uma vez.

— Vão voltar com certeza?

Eu não precisava ter perguntado. Quando a enorme cabeça elevou-se da água, a menos de dez metros de nós, um involuntário "Ó" me escapou. Não é que nunca tenha visto a foto de uma baleia ou imaginado como era. Só que o encontro com uma criatura tão imensa, tão improvável, em seu próprio ambiente nos arrebata de um jeito que acho difícil transmitir.

— Veja! — Liza gritava. — Aí está ela! Olhe para baixo!

E apenas discernível, metade protegido sob a mãe, tive um vislumbre de cinza ou azul, que era o filhote. Passaram pelo nosso barco duas vezes, e, pelos gritos dos outros barcos, também haviam passado por lá.

Eu ria como um idiota. Quando Liza me retribuiu o sorriso, que exibia algo triunfante, como se ela dissesse "Está vendo?", como se transmitisse um conhecimento. Então surgiu a estranha e comprida nadadeira da criatura, e ela riu.

— Está acenando — disse, depois desatou a rir mais forte quando me viu retribuindo, hesitante, o aceno.

— Ela está de papo pro ar, isso significa que se sente à vontade conosco. Vê que a mãe e o bebê usam aquelas nadadeiras peitorais para fazer carinho?

Quando nos sentamos, Liza viu mais duas baleias a distância. Eu entendia vagamente a conversa pelo rádio entre os três barcos, as exclamações de satisfação acerca da cena inesperada. Quando ela se voltou em minha direção, seu rosto estava iluminado.

— Quer ouvir algo mágico? — perguntou-me de repente.

# Baía da Esperança

Liza se espremeu para entrar na cozinha e saiu com uma coisa de aparência estranha num cabo. Conectou uma ponta numa caixa, depois atirou o outro lado na água.

— Escute — disse, ajeitando alguns medidores. — Hidrofone. Talvez haja acompanhantes por perto.

Durante vários minutos, nada aconteceu. Eu encarava o mar, tentando localizar a baleia, ouvindo apenas o ruído da água batendo nas laterais do barco, os pássaros que rodopiavam acima e de vez em quando, transportado por um vento suave, o som dos passageiros dos outros barcos. Então se elevou no ar um gemido baixo, prolongado, quase sobrenatural. Um ruído diferente de tudo que eu já ouvira. Disparou-me calafrios espinha acima.

— Lindo, não é?

Encarei-a.

— É uma baleia?

— Um macho. Todas cantam a mesma canção. Fizeram pesquisa disso, o canto dura dezoito minutos e cada ano todos os cetáceos no baleal entoam a mesma canção. Se aparece uma nova baleia com um canto diferente, elas assimilam e substituem o anterior. Já pensou nelas ali ensinando umas às outras?

De repente, eu vi Hannah nela, o rosto iluminado de excitação diante da perspectiva de usar meu computador. Eu me enganara quando dissera que Liza McCullen não era linda: quando sorria, era estonteante.

O sorriso evaporou-se.

— Que...

Ouviu-se um ruído surdo, constante, insistente. Por um instante, me perguntei se era o motor de algum barco, mas então ficou mais alto e vi que nada tinha a ver com o microfone. Dois grandes barcos contornaram o pontal, enfeitados com bandeirolas e abarrotados de passageiros. Música alta emanava de quatro alto-falantes imensos no convés de cima, e mesmo de nossa distância, o tilintar de copos e a risada histérica dos já bem lubrificados eram audíveis.

— De novo, não — lamentou Liza. — O barulho as destrói — disse.
— Ficam desorientadas... sobretudo os bebês. E há barcos demais. Ela
vai se assustar. — Foi para o rádio e ajustou o mostrador. — *Ishmael* para
*Navio-Discoteca*, ou seja lá que nome for. Baixe a música. Está alta
demais. Está me ouvindo? Alta demais.

Escutando a estática do rádio, fitei a água. Nada rompia a superfície
agora. Nem se ouvia ruído algum acima da insistente pancada do ritmo,
que se aproximava.

Ela franziu o cenho quando percebeu a velocidade com que se aproximavam.

— *Ishmael* para catamarã grande não identificado, leste-norte-leste
da Ilha do Nariz Quebrado. Desligue os motores e a música. Está perto
demais de uma baleia fêmea, mãe e filhote, possivelmente um macho
também. Navega rápido demais, risco de colisão, e o barulho os pertur-
ba. Ouviu?

Fiquei ali, impotente, enquanto ela tentava mais duas vezes
conectar-se com eles. Era improvável, pensei, que ouvissem alguma
coisa acima daquele barulho.

— *Ishmael* para *Suzanne*: Greg, pode chamar a guarda costeira? A
polícia? Veja se podem mandar uma lancha. Estão perto demais.

— Entendido, Liza. *Moby Dois* está contornando o catamarã pra ver
se consegue desviá-los da rota.

— *Moby Dois* para *Ishmael*. Não vejo nossas baleias, Liza. Com esperança em Deus, que tomem o caminho contrário.

— Que é que eu posso fazer? — perguntei.

Não tinha a menor ideia da importância do que ela dizia, mas a
ansiedade na atmosfera era clara.

— Segure isto — ela disse e entregou-me o leme. Ligou os motores.
— Agora, nos leve em direção ao *Mané Discoteca* ali, que eu digo quando
virar. Vou garantir que a gente não atinja nada enquanto segue.

Não me deu a chance de dizer não. Correu para o andar de baixo e
subiu com uma carga de coisas sob o impermeável. Distingui um megafone, mas estava ocupado demais me concentrando na roda do leme
para reparar muito. Parecia-me estranho nas mãos, e assustador seguir

# Baía da Esperança

em tão alta velocidade, as ondas balançando sob o barco. A cadelinha assimilara a tensão e ficou de pé, ganindo.

Chegávamos a uns trinta metros do navio quando Liza instruiu-me a manter um curso paralelo. Então correu até a proa, gritando-me para que eu ficasse onde estava.

Curvou-se sobre a borda, um megafone na mão.

— *Night Star Two*, a música está alta demais e o navio segue rápido demais. Por favor, diminuam o volume da música e a velocidade. Esta é uma área habitada por baleias em migração.

Sabe Deus como podiam ter ficado tão bêbados no meio da tarde. As figuras dançantes no convés de cima me fizeram lembrar daquelas excursões para jovens, em que o objetivo era ficar o mais inebriado e incapaz quanto possível. Seria um equivalente australiano?

— *Night Star Two*, alertamos a guarda costeira, o Serviço de Proteção à Fauna Silvestre e os Parques Nacionais. Diminuam a música e deixem imediatamente a área.

Se havia um capitão, ele não ouvia. Uma das comissárias de bordo — uma jovem de camisa polo vermelha — mostrou a Liza um dedo erguido e desapareceu. Ouviram-se aplausos a bordo, quando mais pessoas começaram a dançar. A capitã do *Ishmael* encarou o barco e então foi para baixo. De onde eu estava, não podia ver o que ela fazia. Fitei o nome no lado do enorme barco. Então me deu o estalo.

Puxei o telefone do bolso, quando o rádio emitiu uma mensagem.

— Liza? Liza? É Greg. O pessoal dos parques está a caminho. Por favor, vamos voltar. Quanto menos de nós circulando por aqui, melhor para as baleias.

Tornei a pôr o telefone no bolso, depois fitei um instante o receptor. Peguei-o. Apertei o botão, hesitante.

— Alô?

— Alô?

— *Suzanne* para *Ishmael*, confere?

— É... ah... Mike Dormer.

Fez-se um breve silêncio, e depois Greg perguntou:

— Que faz Liza lá na frente?

— Não sei — confessei.

Ouvi-o resmungar alguma coisa, que poderia ter sido um palavrão, e então houve uma explosão. Corri para a lateral do barco a tempo de ver o imenso clarão de um foguete de sinalização lançado ao ar, passando a menos de cinco metros acima do navio-discoteca.

Em pé na proa, Liza carregava uma coisa longa e fina em algum tipo de lançador.

— Você não vai atirar neles? — berrei-lhe.

Mas ela não pareceu me ouvir. Com o coração martelando, vi pessoas recuarem depressa do convés de cima do outro navio, ouvi os berros de medo e um homem xingá-la aos gritos. A cadela latia enlouquecida. Então, eu a vi carregar outro foguete, apontá-lo no ar e cair para trás, quando, com um enorme *crack*, disparou-o no céu, não muito acima deles.

Quando meus ouvidos apitaram e os motores do navio-discoteca afinal engrenaram e tomaram impulso na direção contrária, ouvi outra voz surgir no rádio: áspera, cheia de descrença e admiração:

— *Moby Dois* para *Ishmael*. *Moby Dois* para *Ishmael*. Santo Deus, Liza. Você realmente perdeu as estribeiras, está ferrada e liquidada agora.

# Sete

*Liza*

QUANDO CHEGAMOS AO CAIS, Kathleen já gritava comigo, o corpo rígido, ereto, enfurecido de indignação. Amarrei o *Ishmael*, ajudei Milly a descer e me dirigi rápido até ela.

— Eu sei — disse.

Ela ergueu as mãos num gesto de exasperação.

— Você se dá conta do que fez? Ficou totalmente insana, menina?

Parei e afastei os cabelos do rosto.

— Eu não pensei no que estava fazendo.

A ansiedade em sua face refletia a minha. Na verdade, eu poderia estar gritando comigo mesma. Não pensara em nada mais durante os vinte minutos que levamos para voltar à baía.

— Eles foram direto à Polícia Marítima, Liza. Pelo que soubemos, devem estar a caminho daqui agora.

— Mas o que podem provar?

— Bem, o negócio é o seguinte: você disparou o segundo quando eles estavam conectados com o rádio da marinha.

Fui uma idiota, eu e Kathleen sabíamos disso. Agira contra todas as regras de segurança marinha, contra todo o bom-senso, carregara aqueles dois foguetes de sinalização de perigo nos lançadores e os atirara perto o bastante para assustar os passageiros do barco. Esses foguetes são reconhecidamente imprevisíveis. Se um deles falhasse... Se o Serviço de Busca e Resgate tivesse avistado o outro... Mas embora eu soubesse ter feito uma coisa insensata, de que outra forma poderia obrigar aqueles barcos a se afastarem? E como poderia dizer à minha tia que, se tivesse uma arma, e não um foguete de sinalização, eu a teria disparado contra eles?

Fechei os olhos. Só quando tornei a abri-los lembrei que não esperara Mike Dormer desembarcar. O ruído mastigado dos sapatos na terra anunciou a sua chegada junto a nós, os cabelos castanhos desgrenhados e úmidos da rapidez da viagem de volta. Ele parecia meio abalado. O rosto de Kathleen suavizou-se.

— Por que não entra, Mike? Vou fazer um pouco de chá.

Ele começou a protestar.

— Por favor — disse minha tia —, precisamos de alguns momentos a sós.

Senti os olhos dele em mim. Então, afastou-se com passos relutantes e afagou Milly, como se não tivesse a mínima vontade de entrar.

— Que é que eu faço? — sussurrei.

— Não vamos exagerar a reação — ela aconselhou. — Talvez apenas lhe deem uma advertência.

— Mas vão querer anotar meus dados. Talvez haja algum tipo de banco de dados...

Vi pela expressão de Kathleen que ela já pensara nisso. E ainda não conseguira encontrar uma resposta. Senti um volume crescente de pânico no peito. Olhei para trás, onde se encontravam atracados o *Suzanne* e o *Moby Dois*.

— Eu poderia simplesmente ir embora — disse.

Tive a repentina e ensandecida vontade de me enfiar, junto com Hannah e Milly, na camionete. Mas o ruído de um tipo diferente de motor atraiu-me a atenção para o outro lado da baía. Vindo pela estrada litorânea, com os inconfundíveis faróis dianteiros e logotipo, vi a camionete branca da Polícia de Nova Gales do Sul.

— Ai, meu Deus! — exclamei.

— Sorria — ela pediu. — Em nome de Deus, sorria e diga que foi um acidente.

Eram dois policiais e saltaram do carro com o ar relaxado que acobertava sérias intenções, os distintivos cintilando ao sol do entardecer. Sempre tive o cuidado excessivo de me manter do lado certo da lei australiana, não constava em minha ficha uma multa sequer por estacionar em local proibido, mas até eu sabia que disparar ilegalmente um foguete de socorro sobre outra embarcação não fora uma boa ação.

— Boa-tarde, senhoras — disse o mais alto, e tocou a aba do chapéu em cumprimento ao se aproximar. Olhou-nos, deixando os olhos demorarem em meu grosso impermeável e nas chaves que eu ainda segurava. — Greg, você por aqui — acrescentou.

— Policial Trent — disse minha tia, e sorriu. — Bela tarde.

— É, sim — ele concordou. As dobras nas mangas da camisa azul pareciam afiadas como facas. Indicou com a mão o cais em direção ao *Ishmael*. — Aquele é seu?

— Com certeza que sim — respondeu minha tia, antes que eu pudesse falar. — *Ishmael*. Registrado em meu nome, há dezessete anos.

Ele olhou-a e desviou o olhar para mim.

— Recebemos uma ligação de dois outros barcos dizendo que nesta tarde dispararam foguetes de sinalização contra eles de um barco que se encaixa na descrição do seu. Poderia me dizer alguma coisa sobre isso?

Eu quis falar, mas a visão daquele uniforme azul grudara-me a língua no céu da boca. Tive um leve conhecimento da presença de Mike Dormer, que observava de alguns metros dali, e do policial que agora me confrontava, à espera de uma resposta.

— Eu...

Greg, a meu lado, interveio:

— Sim, amigo — disse sem titubear e dobrou para trás a aba do chapéu. — A culpa foi minha.

O policial virou-se para ele.

— Saí com um grupo de observadores de baleias. Sabia que os garotos iam criar problemas, mas não os vigiei com a atenção devida. Quando dei as costas, à procura das baleias, os pestinhas lançaram dois foguetes.

— Garotos? — perguntou o policial, cético.

— Eu sabia que não devia ter deixado os dois irem — continuou Greg, e interrompeu-se para acender um cigarro. — Liza me avisou que iam causar confusão. Mas gosto de deixar a garotada ver as baleias e os golfinhos. É educativo, você sabe.

Meu olhar encontrou-se brevemente com o dele, e o que vi encheu-me de gratidão e um pouco de vergonha.

— Por que não notificou a Marinha de Resgate, para informar o que tinha acontecido? Sabe o que teria ocorrido se instituíssemos uma busca e resgate?

— Sinto muito, amigo. Quis apenas voltar o mais rápido possível, pra que eles não aprontassem outra. Eu tinha outros passageiros a bordo, você entende...

— Que barco é o seu, Greg?

Greg apontou. Nossos barcos eram os dois de passeio e tinham o mesmo comprimento, doze metros. Como eu o ajudara a tirar aquele rabisco com uma nova mão de tinta, ficaram com uma faixa da mesma cor.

— Muito bem, então qual é o nome dos garotos?

O policial pegou o bloco.

Kathleen interveio:

— Não mantemos registros. Se anotássemos os dados de cada pessoa que levamos nos barcos, jamais sairíamos para o mar. — Pôs a mão no braço de Trent. — Escute, policial, sabe que nunca fizemos nenhuma operação suspeita desde que trabalhamos neste cais. Minha família vive nesta baía há mais de setenta anos. Não vai nos punir por causa de uma dupla de idiotas, vai?

— Por que os foguetes não estavam guardados em segurança, Greg? Não deviam estar numa caixa trancada, se levava garotos bagunceiros, bisbilhotando abaixo dos conveses?

*Baía da Esperança* 111

Greg balançou a cabeça.

— Os pestinhas roubaram as chaves do meu bolso. Sempre levo um conjunto sobressalente, entende? Só pra estar preparado pro que der e vier.

Tive certeza de que o policial não acreditou numa única palavra: Trent olhou para nós três, um de cada vez, com ar de reprovação, e eu me esforcei ao máximo por parecer mais ressentida que apavorada. Ele consultou mais uma vez o bloco de anotações e me encarou.

— A pessoa que telefonou disse que uma mulher disparou neles.

— Cabeludos — explicou Greg, mais rápido impossível. — Não dá pra distingui-los hoje em dia. Malditos hippies. Escute, policial, a culpa foi minha. Eu me ocupava com o leme, e era minha responsabilidade prestar atenção. Acho que tirei o olho de onde devia. Nenhum dano causado, porém, não é?

Eu tentava manter a respiração estável no peito e comecei a examinar um pequeno corte na mão. Precisava fazer alguma coisa.

— Entende que o uso de um foguete de sinalização de perigo como arma é um crime incluído na Lei de Armas de Fogo, e leva à acusação de lesões corporais sob a Lei Penal de Nova Gales do Sul?

— Foi o que eu disse a eles — defendeu-se Greg. — Grande erro, isso mesmo. Os dois deram no pé assim que chegamos de volta.

— São dois mil dólares e/ou um ano na cadeia. E você poderia ser enquadrado na Lei de Serviços Marítimos se quisermos ser exigentes pra valer.

Greg mostrou-se penitente. Nunca o vi tão conciliatório com um policial.

— É melhor que isso não tenha envolvido álcool. Não esqueci a advertência que você recebeu em junho — continuou o agente da polícia.

— Policial, pode analisar meu bafo, se quiser. Não toco numa gota sequer enquanto trabalho.

De repente, senti pena dele. Senti sua humilhação — e eu era a responsável.

Os dois policiais olharam para a camionete atrás. O mais baixo afastou-se para receber uma mensagem no rádio.

— Proponho o seguinte: — disse Kathleen — que tal eu preparar um chá e vocês decidem o que querem fazer enquanto a água ferve? Policial Trent, ainda toma com açúcar?

A essa altura, Mike Dormer aproximou-se. Senti o coração saltar para a boca. Vá embora, pedia-lhe em silêncio. Ele não fazia a mínima ideia do que contáramos aos policiais. Se abrisse a boca e deixasse escapar a verdade, seríamos todos liquidados.

— Na verdade — ele pediu —, posso dizer uma coisa?

— Agora não, Mike — respondeu Kathleen, ríspida. — Estamos um pouco ocupados.

— Vamos, policial — disse Greg. Adiantou-se, pondo-se entre Mike e o agente. — Farei qualquer tipo de teste que quiser. Exame de sangue, bafômetro, seja o que for.

— Eu só queria dizer à polícia uma coisa — insistiu Mike, mais alto.

Pensei, horrorizada, que não tinha a mínima ideia de como ele se sentia em relação ao que fiz. Não lhe dissera uma única palavra durante toda a volta, o cérebro zumbia com a realidade do que eu fizera e queria desembarcar o mais rápido possível.

O mesmo pensamento ocorrera a Kathleen, percebi. Mas era tarde demais. Ele retirava alguma coisa do bolso.

— Acho que não se trata de um problema com o qual você possa nos ajudar, Mike — ela disse, com firmeza.

Mas ele parecia não ouvi-la.

— Mike... — Eu me sentia nauseada.

— Enquanto estávamos na água — ele começou —, um tipo de barco de festa se aproximou. Acredito que existam regulamentos para isso.

O primeiro policial cruzou os braços.

— Correto — ele disse.

Mike permitiu-se um sorriso. Ergueu o celular. O inglês na voz dava-lhe uma espécie de autoridade afável.

— Bem, achei que gostariam da prova. Filmei tudo no meu celular. Podem ouvir o nível do barulho.

Ao abrirmos, embasbacados, a boca, ele exibiu no pequeno celular um clipe do *Night Star*, mostrando a velocidade em que vinha navegando e revelando o contorno dos festeiros no convés. Dava para ouvir os golpes surdos da música. Eu nunca vira nada igual.

— As baleias pareciam aflitas com isso. Não que eu seja um conhecedor, nem nada disso — ele explicou.

— Olhe — eu disse, apontando a pequena imagem —, pode ver que ele contorna próximo ao pontal. Tentamos de fato contatar a guarda costeira, mas o pessoal não chegou lá a tempo.

Minha voz saiu esganiçada de alívio.

— Posso mandar uma cópia para vocês — ofereceu Mike —, se quiserem usar para processar alguém.

Os dois policiais examinaram a imagem, desconcertados.

— Não sei a quem poderia enviar isso — disse um deles —, mas nos dê seu número que o informaremos. Quem é você?

—Ah, sou apenas um hóspede — respondeu Mike. — Michael Dormer. Aqui de férias da Inglaterra. Posso pegar meu passaporte, se quiser.

Estendeu a mão. Não sei se muitas pessoas oferecem a mão para cumprimentar a polícia por aqui. As expressões desnorteadas que acompanharam o aperto de mãos sugeriram que não.

— Não será necessário no momento. Bem, já vamos indo. Não deixem de trancar os foguetes em segurança, pessoal, ou receberão outra visita. E menos amistosa.

— Duas trancas — prometeu Greg, brandindo as chaves.

— Obrigada, policiais — disse Kathleen, acompanhando-os. — Se cuidem.

Fiquei sem fala. Quando eles entraram de volta na camionete e deram marcha a ré, uma expiração longa, trêmula, escapou-me de algum lugar no alto do peito e percebi que minhas pernas tremiam.

— Obrigada — articulei os lábios para Greg, e balancei a cabeça para Mike. Então tive de disparar em direção aos fundos da casa, porque ficara totalmente sem palavras.

São muitas as coisas que amo na Austrália. Não vou lançar palavras como uma paródia do imigrante inglês que nunca retornou à pátria, porque não se trata das coisas habituais — o clima, a luz ou os espaços abertos —, embora sejam um bônus. Nem se trata da boa comida e do vinho, do cenário, nem do indolente ritmo de vida, embora tudo isso tornasse a criação de minha filha aqui mais que um prazer. Para mim, é que, num canto tranquilo como Baía da Esperança, você pode viver a vida sem ninguém lhe prestar a mínima atenção.

Apesar de nossa herança comum, os australianos, logo descobri, são diferentes dos britânicos em muitos aspectos. Aceitam-nos sem maior análise, talvez porque não exista essa coisa de classe com a qual nos avaliar e, portanto, nenhuma análise criteriosa para nos classificar em relação a alguém novo. Se você é franca com eles, de modo geral, eles serão francos com você. Desde o dia em que me lancei pela casa de Kathleen adentro, com minha exausta filha a reboque, e ela foi capaz de me apresentar como sua sobrinha, eu os cumprimentava e todos me retribuíam o cumprimento. Com a mínima das explicações, fomos integradas na comunidade de Baía da Esperança.

Essa característica ajudava-me a fazer parte dessa comunidade marítima. Metade das tripulações era transitória, habituada a entrar e sair da vida das pessoas. Os outros talvez estivessem lá por motivos próprios. Em ambos os casos, ninguém fazia muitas perguntas. E se você optasse por não responder ao que lhe perguntavam, bem, também parecia aceitável. Eu sabia que nem sempre fora cuidadosa o suficiente para esconder sentimentos, e sentia-me grata às tripulações baleeiras por, com a intuição dos melhores caçadores, entenderem que era melhor não investigar certos assuntos pessoais. Em cinco anos, apenas Greg me perguntara com insistência por que eu partira da Inglaterra. Mas eu sempre me encontrava tão embriagada quando tínhamos qualquer tipo de conversa íntima que não me lembrava do que lhe dissera.

Adivinhara por instinto que Mike Dormer iria desestabilizar isso. Entrei em pânico quando o ouvi fazer a Kathleen todo tipo de perguntas sobre quem trabalhava na baía, por quanto tempo as pessoas tendiam a

# Baía da Esperança 115

permanecer ali e desde quando morávamos com ela. Dissera que estava de férias, mas eu jamais vira um turista fazer tantas perguntas objetivas.

Quando comentei isso com Kathleen depois, ela respondeu que eu era muito dramática. Todos esses anos que morávamos ali a haviam levado a acreditar que sempre nos deixariam em paz. Dizia que tudo era fruto da minha imaginação, e o olhar implícito revelava que ela entendia meus motivos.

Mas desconfiei de que Mike não fosse respeitar meus limites. Quando levava um grupo ao mar no *Ishmael*, eles conversavam uns com os outros. Quando eram apenas eu e um turista, este queria conversar comigo. Fazer-me perguntas, levar consigo parte de mim, junto com a experiência marítima. Por isso, quase sempre prefiro não levar pessoas sozinhas.

Como bem sabia Greg.

— E aí, como foi sua aconchegante viagenzinha a dois, hein?

Ele tinha de se meter e arruinar tudo. Estávamos sentados no banco, vendo Hannah fazer Milly caçar chumaços de alga de um lado a outro da praia à luz que se esvaía. Mike Dormer ficara no quarto, e Kathleen fora buscar mais cervejas. Greg falou baixinho para Lance e Yoshi não ouvirem:

— Dinheiro, principalmente. — Era evidente que, para ele, ter salvado minha pele dava-lhe o direito de perguntar. Era bem transparente. Puxei o maço de notas do bolso da calça. — Quinhentos dólares — respondi. — Por uma única viagem.

Encarou o dinheiro. Pensou no que ia dizer, o que era raro em se tratando de Greg.

— Por que pagaria tanto pra sair com você?

Não precisei responder. Sabia que ele teria feito o mesmo.

— Então, sobre o que conversaram? — perguntou.

— Ah, pelo amor de Deus!

— Só estou interessado — ele protestou. — O cara aparece aqui, com um ar de tipo duvidoso, despeja dinheiro... O que significa tudo isso?

Dei de ombros.

— Não sei e não me interessa. Deixe o cara em paz. Ele vai embora logo.

— É melhor que vá. Não gosto dele.

— Você não gosta de ninguém novo.

— Não gosto de ninguém que bajula você.

Hannah correu para nós, ofegante e rindo. Milly desabou aos meus pés.

— Ela andou rolando em alguma coisa nojenta — disse. — Cheira mal. Acho que talvez tenha sido um siri morto.

— Você tem dever de casa?

Estendi a mão para retirar os cabelos do rosto dela. Agora, toda vez que a olhava, parecia ter crescido um pouco, o rosto adquirira novos contornos. Isso me fez lembrar que um dia se libertaria de mim. Em vista dos laços que nos uniam, eu não sabia como iria funcionar.

— Só revisão. Temos um teste de ciência na terça-feira.

— Vá para dentro e faça agora. Depois vai ficar livre pelo resto da noite.

— Sobre o que é? — perguntou Yoshi. — Traga pra cá que ajudo você, se quiser.

Com o passar dos anos, eu descobrira que as tripulações tinham aptidões suficientes para oferecer uma educação completa a Hannah. Yoshi, por exemplo, um título acadêmico superior em biologia e ciência marinha. Lance podia nos ensinar tudo que quiséssemos saber sobre o tempo. Um ou dois tinham aptidões que me impressionavam menos, como Scottie, que ensinara minha filha a xingar e sugeriu-lhe que desse uma tragada em seu cigarro num dia em que eu não estava — Lance viu e esmurrou-o. Hannah tinha talentos próprios. Talentos, eu desconfiava, que herdara de mim: avaliar pessoas, recuar até ter certeza de quem ou o que são, tornar-se invisível num grupo grande. Lidar com a tristeza.

Aprendera essa lição um pouco cedo demais.

Yoshi sentou-se com ela e, enquanto a noite caía, avançaram aos poucos por algo que tinha a ver com osmose. Yoshi explicava coisas muito melhor do que eu algum dia aprendera. Mas também não tive uma grande formação acadêmica, erro que decidi que Hannah não repetiria.

Greg pareceu reconhecer que eu ficara abalada com os acontecimentos do dia e tentou me fazer rir com histórias do casal às turras que levara no barco. Não falou da ex nem do destino do *Suzanne*; minha esperança era que ela abrisse mão um pouco de suas exigências. Mas continuei com os olhos vagueando pela estrada litorânea, como à espera de que aquela camionete reaparecesse e aqueles policiais de uniforme saltassem mais uma vez do carro.

Greg curvou-se para mim.

— Quer ir à minha casa esta noite? Comprei vários vídeos de um dos caras do hangar. Comédias novas. Talvez você vá gostar de alguma.

Ele fez o convite parecer casual.

— Não — respondi —, mas obrigada.

— É só um filme.

— Nunca é só um filme, Greg.

— Um dia — ele disse, demorando os olhos nos meus.

— Um dia — admiti.

Mike Dormer saiu quando o resto de luz desapareceu. Os archotes foram acesos, e Kathleen fizera sanduíches de bacon com gordas fatias de farinhento pão branco. Sem muito apetite, mordisquei um pedaço de bacon. Espremida junto a mim, Hannah enrolara-se num cachecol contra o vento frio, os lisos cabelos escuros puxados num nó. Senti o cheiro de xampu quando mergulhei a cabeça na dela.

Kathleen entregara-lhe um prato, e ele contornara a lateral da mesa para ocupar o lugar restante. Parecia ter tomado uma ducha e pusera camisa e suéter diferentes dos que usara no barco. Aquelas roupas limpas e bem talhadas o destacavam. A maioria de nós é capaz de usar as mesmas roupas dias a fio se os anoraques e impermeáveis as escondem. Ele olhou-me, depois os outros, e murmurou:

— Noite.

O sotaque ainda me causava sobressaltos. Não recebemos muitos ingleses em Baía da Esperança desde que eu ouvira o sotaque de meu próprio país.

Hannah curvou-se para frente.

— Viu o que escrevi?

Ele inclinou a cabeça.

— No computador. Deixei um bilhete. Fiquei brincando mais cedo e fiz aquela coisa que você disse de procurar pessoas.

Ele pegou um sanduíche.

— Procurei tia K de novo. E depois você.

Mike elevou a cabeça.

— Tem uma foto sua. De rosto. E da empresa.

Ele pareceu estranhamente sem graça. Veja bem, simpatizo com pessoas que não gostam que se intrometam em sua vida, e repreendi Hannah por bisbilhotar.

— Então, o que é, companheiro? — perguntou Lance. — Drogas? Tráfico de escravas brancas? Podemos vender qualquer coisa aqui a um bom preço. Ainda leva a cadelinha, se quiser.

Hannah empurrou o braço de Lance.

— Na verdade, parece meio chato — ela disse, rindo. — Não sei se eu gostaria de trabalhar numa cidade.

— Acho — disse Mike, recuperando-se um pouco — que você consegue melhor negócio aqui.

— O que você faz de fato? — perguntou Greg.

O tom agressivo da pergunta me disse que Mike não fora perdoado pela temeridade de nossa viagem de barco. Isso me fez sentir meio protetora dele.

Mike deu uma grande mordida no sanduíche.

— Sobretudo pesquisa. Informações básicas para acordos financeiros.

A voz saiu abafada pela comida.

— Ah — disse Greg, depreciativo. — Coisa chata.

— A empresa é sua? — quis saber Hannah.

Mike fez que não com a cabeça, a boca parecia cheia demais para falar.

— Pagam bem? — perguntou Lance.

Ele terminou de mastigar.

# Baía da Esperança

— Vivo muito bem.

Esperei Hannah ir embora para tornar a falar com ele:

— Escute, me desculpe por antes. Se lhe dei um susto horrível, quer dizer. Eu simplesmente não consegui achar outro meio de mandar aqueles barcos embora. Mas foi uma estupidez. Agi... de forma intempestiva. Sobretudo com um passageiro a bordo.

Ele tomara duas cervejas e parecia mais relaxado, solto, do que eu imaginava que ficasse Mike Dormer: colarinho aberto acima da gola do suéter, mangas enroladas. Recostado na cadeira, fitava o nada escuro onde devia estar o mar. As nuvens obscureceram a lua e eu só distinguia seu sorriso pela luz da varanda.

— Foi meio surpresa — ele disse. — Achei que você ia explodir aqueles barcos.

Aquele sorriso me fez perguntar como eu chegara a desconfiar que ele pudesse falar à polícia sobre mim. Mas é assim que sou: meu comportamento padrão, por assim dizer, é de desconfiança.

— Não desta vez — eu disse, e ele riu.

Mike era gente boa. E fazia muito tempo desde que eu pensara isso sobre um homem.

Meu quarto ficava nos fundos do hotel. No final do corredor, no ponto mais distante do prédio, sem nada, além de vidro e madeira entre mim e o mar. O quarto de Hannah ficava na porta seguinte no corredor e, nas altas horas da noite, com mais frequência do que qualquer uma de nós se dava o trabalho de admitir, ela atravessava de mansinho o corredor e se esgueirava para a minha cama, como fazia quando era pequena, e nos enroscávamos uma na outra, e eu ficava grata por sua presença e o doce perfume daquela pele quente. Eu só dormia profundamente depois que ela se achegava a mim. Nunca lhe contei isso: minha filha tinha fardos suficientes para carregar sem que eu a tornasse responsável pela minha única chance de dormir. Mas, a julgar pelo jeito como

Hannah sempre mergulhava em profundo sono quase antes de eu puxar as cobertas sobre seu corpo, achava que talvez ocorresse o mesmo com ela.

Milly dormia entre mim e a janela, estirada no tapete ao chão e, desde o dia em que cheguei, dormia com ela aberta, embalada pelo barulho do mar, reconfortada pelas infinitas estrelas do céu ininterrupto. Nunca houve noite demasiadamente fria para me fazer fechá-la por completo. Ali, dois andares acima, eu podia ficar em paz com meus pensamentos, e, quando sozinha, chorar sem ninguém ouvir. Eram as únicas vezes em que fechava a janela, para que o ar não transportasse qualquer som por mim proferido às tripulações de observação de baleias ou a ouvintes dispersos embaixo. Mas o contrário também ocorria: assim como o vento do leste enviava minhas lágrimas abafadas em sua direção, a suave brisa do oeste transportava as palavras e risadas diretamente a mim. E foi assim que, ao puxar o capuz sobre a cabeça, e parar ali semivestida, ouvi a voz de Greg. Um pouco lubrificada pela bebida, havia perdido a afetividade:

— Você não vai chegar a lugar algum com ela — ele dizia, enfático.

— Já espero por ela há quatro anos, e, ouça bem, ninguém chegou mais perto que eu.

Haviam se passado vários segundos até eu perceber que falava de mim. E fiquei tão furiosa com aquela arrogância, com a ousadia de ele permitir-se qualquer tipo de posse sobre mim, que pudesse dizer aquilo a um estranho, que tive de reprimir a intensa vontade de tornar a vestirme e dizer-lhe poucas e boas.

Mas não o fiz. Sentia-me abalada demais pelos acontecimentos do dia para começar um bate-boca. Apenas fiquei ali deitada, acordada, amaldiçoei Greg Donohoe e tentei não pensar em coisas que podiam ser trazidas de volta por um sotaque inglês.

Levei uma boa hora para me dar conta de que não ouvira a resposta de Mike Dormer.

# Oito

*Kathleen*

MIKE ACHAVA QUE EU NÃO VIA. Não percebia que isso se desprendia dele como o fulgor de uma boia luminosa toda vez que a olhava. Eu podia tê-lo avisado, dito que as palavras de Greg eram, em parte, verdadeiras. Mas qual teria sido o sentido? As pessoas ouvem o que querem. E, até então, eu jamais conhecera um homem que não achasse que podia girar o mundo em seu eixo se quisesse desesperadamente alguma coisa.

Dito isso, a perspectiva de ele fazer algum avanço em direção à minha sobrinha levou-me a olhar com um pouco mais de severidade para o Sr. Michael Dormer, de Londres. Eu me vi examinando inocentes trocas de palavras à procura de sinais de caráter, tentando colher mais informações sobre sua história. Hannah disse que ele trabalhava no centro da cidade, e o pouco mais que o próprio me contara não sugeria nada de interesse específico nisso. Algumas pessoas talvez ficassem impressionadas pelo fato de ser óbvio que ele tinha dinheiro, mas dinheiro nunca teve muita importância ali, e com certeza não para mim. Além do mais, como dona deste hotel, eu já vira o efeito do dinheiro sobre o caráter, e raras vezes é agradável. Não, Mike Dormer parecia amável, exibia uma educação infalível, sempre tinha tempo para atender Hannah, por mais insignificante que fosse a dúvida da menina, e todas essas coisas contavam a seu favor. Era bonito, pelo menos para mim — não que isso signifique muito, segundo minha sobrinha-neta —, e apesar das maneiras tranquilas, relaxadas e sociáveis, não era nenhum ingênuo, como eu observara quando, numa noite recente, Greg tentara avisá-lo de que se afastasse de Liza.

— Obrigado pelo conselho — ele respondera. Eu me mantivera recuada no vão da porta, insegura de estar preparada para uma explosão. Mas ele continuou naquele sotaque de sílabas omitidas: — Espero, porém, que não se importe se eu o ignorar, pois minha vida particular não lhe diz respeito.

E, para minha surpresa, Greg — talvez tão surpreendido quanto eu — retirara-se.

Ele ainda parecia um peixe fora d'água, mesmo depois de quase três semanas em Baía da Esperança. Afrouxara um pouco os colarinhos e comprara um anoraque. Mas, reunido com os baleeiros, como fazia na maior parte das noites, continuava tão pouco à vontade quanto eu ficaria na sala da diretoria de alguma firma em Londres.

Ah, ele tentava: respondia com bom humor às piadas, aceitava as provocações de mau gosto dos rapazes, pagava mais que sua cota de bebidas. E, quando achava que não o observavam, fitava minha sobrinha.

Mas alguma coisa em Mike me incomodava. Eu tinha a sensação de que não era franco conosco. Por que um solteiro passava tanto tempo num tranquilo balneário como o nosso? Por que nunca falava sobre a família? Dissera-me uma manhã que não era casado, não tinha filhos, e então, com toda a educação, mudou de assunto. Até onde eu sabia, a maioria dos homens, sobretudo os bem-sucedidos, fala de si mesma na menor oportunidade, mas ele parecia não querer nos comunicar nada sobre sua vida pessoal.

Então veio a tarde em que o vi no escritório da prefeitura. Fui à cidade comprar um novo uniforme para Hannah — Liza tinha duas viagens planejadas naquele dia e não podia sair. Parada diante do banco, após sacar algum dinheiro para o vestido, eu o vi descer a escada, uma grande pasta sob o braço, dois degraus de cada vez.

*Baía da Esperança* 123

Esse fato, em si, não teria me incomodado. O escritório de turismo fica no térreo e vários dos hóspedes do hotel o visitavam em algum momento, muitas vezes por insistência minha. Não sei explicar de forma clara, mas ele me pareceu uma personalidade mais aprumada, mais dinâmica, do que a que víamos em casa. E sua expressão quando me avistou: sei quando alguém se sente descoberto, e isso se revelou no choque estampado em seu rosto.

Mike recuperou-se bem rápido, atravessou a passos largos a rua em minha direção, puxou conversa comigo sobre o que vira na cidade e perguntou qual era o melhor lugar para comprar cartões-postais. Isso me abalou um pouco. Senti, de repente, que o rapaz tinha alguma coisa a esconder.

Nino me disse que exagerara a importância do fato. Conhecia um pouco a história de Liza — o suficiente que precisava saber — e me considerava superprotetora.

— Ela já é uma mulher — disse —, com uma personalidade muito diferente de quando chegou aqui. Tem trinta e dois anos, pelo amor de Deus.

E tinha razão. Na verdade, posso registrar a verdade das palavras de Nino nas fotografias que Liza e minha irmã me enviavam, a história de sua vida nos últimos quinze anos.

Uma vida contada em fotografias não é incomum — mas neste caso sim: a aparência de Liza revelava de forma transparente as circunstâncias; eu a via no tamanho dos olhos um ano após a morte de minha irmã, mãe dela. Usava maquiagem escura, pesada, chamativa, que na certa lhe proporcionava algo atrás do que se esconder, e sem dúvida a fazia parecer estranha para mim. Era difícil acreditar que a menina que me escrevia cartas incoerentes sobre pôneis e as dificuldades da quarta série, a criança que me visitava e fazia estrelas acrobáticas ao longo do cais, se encontrasse sob aquela camuflagem.

Então, alguns anos depois, percebi outra coisa: a suavização e a vulnerabilidade que vêm com a maternidade. Lá estava ela, orgulhosa, exausta, a poucas horas de dar à luz, os cabelos colados de suor no rosto, e mais tarde, quando beijava Hannah, ainda bebê, nas bochechas rechonchudas numa foto feita em alguma cabine automática. Quando ela conheceu Steven, as fotos pararam de chegar. A única que tenho desse período, não me agrada muito, ele parece convencido, o braço em volta dos ombros dela, com certo ar orgulhoso por ser pai. Também dessa vez Nino achou que eu tivera uma reação exagerada.

— Ela está linda — ele disse. — Bem arrumada, roupas caras.

Mas, para mim, os olhos de minha sobrinha parecem dissimulados, inexpressivos.

Não temos fotos da época em que elas chegaram aqui. Qual teria sido o sentido?

E agora, passados cinco anos, o que revelaria uma fotografia dela? Uma mulher mais sensata e forte. Alguém que talvez nunca tenha aceitado o passado difícil, mas cujo caráter contém uma determinação feroz para dele se esquivar com destreza.

Uma boa mãe. Pessoa amorosa, corajosa, porém mais triste e mais cautelosa do que eu gostaria que fosse. Isso é o que revelaria a foto. Se ela nos deixasse fazer uma.

Na manhã seguinte, quando Hannah e Liza estavam sentadas à mesa da cozinha tomando o café, chegou um rapaz de entrega, sua camionete — como de costume — derrapou até parar no montinho de brita do lado de fora. Com um audível mascar de chiclete, o sujeito entregou-me uma caixa endereçada a Mike, pela qual assinei. Quando ele desceu — agora comia conosco na cozinha quase todos os dias —, encontrou Hannah frenética de curiosidade.

— Você recebeu um pacote! — ela anunciou, ao vê-lo surgir. — Chegou esta manhã.

Ele pegou a caixa e sentou-se. Usava o suéter de aparência mais macia que eu já vira. Combati o intenso desejo de perguntar se era cashmere.

— Mais rápido do que eu havia imaginado — comentou. Entregou-o a Liza. — Pra você — disse.

# Baía da Esperança

Receio que o olhar que ela lhe lançou foi de profunda desconfiança.

— Como?

— Pra você — ele repetiu.

— O que é isto? — ela perguntou, encarando-o como se não quisesse tocá-lo.

Ainda não prendera os cabelos para trás, que lhe caíam então ao redor das faces e obscureciam seu rosto. Talvez fosse esta a intenção.

— Abra, mãe — pediu Hannah. — Eu abro, se você quiser.

Estendeu a mão, e Liza deixou o embrulho deslizar dos dedos.

Enquanto eu fatiava o pão, Hannah atacou o invólucro plástico de segurança, abrindo as teimosas pontas com a faca. Alguns momentos depois, rasgou o pacote e examinou a caixa de papelão por baixo.

— É um telefone celular! — anunciou.

— Com câmera de vídeo — disse Mike, apontando a imagem —, como o meu. Achei que poderia usar para filmar aqueles barcos.

Liza fitou o pequeno artefato prateado; tão primorosamente pequeno, pareceu-me, que não se podia digitar um número sequer sem a ponta de um lápis e um microscópio. Após séculos, ela disse:

— Quanto custou?

Ele passava manteiga numa torrada.

— Não se preocupe com isso.

— Não posso aceitar — ela disse. — Deve ter custado uma fortuna.

— Dá pra fazer filmes com ele? — Hannah já remexia na caixa à procura das instruções.

Mike sorriu.

— Na verdade, não custou nada. Fiz um negócio há algum tempo com a empresa que os fabrica. Fizeram questão de me enviar um. — Bateu de leve no bolso. — Foi como ganhei o meu.

Hannah ficou impressionada:

— Muita gente manda coisas de graça para você?

— A gente chama isso de fazer negócio — ele explicou.

— Pode conseguir tudo o que quer?

— Em geral, você só consegue se as pessoas que dão acham que um dia talvez possam obter alguma coisa em troca — ele respondeu, e logo acrescentou: — Em termos de negócio, quer dizer.

Pensei nesta frase quando coloquei o leite diante dele, com um pouco mais de força do que pretendera. Tentei não pensar em nosso encontro da véspera.

— Escute — ele disse, quando Liza ainda não havia tocado no telefone —, trate-o como um empréstimo, se preferir. Pegue e use para a temporada de migração das baleias. Não gostei do que vi no outro dia, e seria legal saber que você tem mais munição contra os bandidos.

Vi que havia sido um argumento persuasivo para minha sobrinha. Suponho que ele adivinhara que ela não poderia comprar um equipamento como aquele mesmo se tivesse dois barcos cheios por dia durante toda a estação.

Por fim, hesitante, Liza pegou o telefone de Hannah.

— Eu poderia enviar fotos diretamente aos Parques Nacionais — concluiu, girando-o na mão.

— Assim que vir alguém fazer alguma coisa errada — ele concordou. — Posso tomar mais um pouco de café, Kathleen?

— Não só os barcos de discoteca, mas todo tipo de coisas. Criaturas desesperadas, presas em redes de pesca. Podia emprestar aos outros barcos, quando não estivesse usando.

— Eu podia fazer um filme dos golfinhos na baía e mostrar na escola. Se você me levasse para vê-los, quer dizer.

Hannah olhou para a mãe, mas Liza continuava a encarar o pequeno telefone.

— Não sei o que dizer — ela acabou por declarar.

— Não é nada — retrucou Mike, indiferente. — Sério. Não precisa mais tocar nesse assunto.

Como para enfatizar a afirmação, pegou o jornal e começou a ler.

Mas, assim como percebi que ele não absorvia as palavras impressas, tive um pressentimento sobre aquele celular, confirmado mais tarde no dia em que, ao fazer sua cama, encontrei o recibo. Fora encomendado na Austrália, através de algum site da Internet, e custara mais do que cobra o hotel por uma semana.

No dia em que Hannah e Liza chegaram aqui, dirigi por três horas até o aeroporto de Sydney para buscá-las, e quando retornamos ao hotel, minha sobrinha deitou-se na minha cama e não se levantou por nove dias.

Fiquei tão assustada ao fim do terceiro dia que telefonei ao médico. Era como se ela tivesse entrado em algum tipo de coma. Não comia, não dormia, tomava apenas um ou outro gole do chá adoçado que eu punha na mesinha de cabeceira e recusava-se a responder a qualquer das minhas perguntas. Quase o tempo todo, ficava ali deitada e fitava a parede, suando de leve no calor do meio-dia, os cabelos claros lisos colados nas faces, um corte no rosto e um enorme hematoma que descia pelo lado do braço. O Dr. Armstrong examinou-a, declarou-a basicamente saudável e disse que talvez pudesse ser algo de origem viral, ou uma possível neurose, e devia-se deixá-la descansar.

Acho que me senti aliviada ao saber que ela não viera aqui para morrer, mas me trouxera o bastante para enfrentar. Hannah tinha apenas seis anos, era ansiosa e pegajosa, tendia a explosões de choro e muitas vezes a encontrava à noite vagando aos prantos pelos corredores. Não era de admirar, considerando-se que viajara durante um dia e duas noites para um lugar desconhecido onde seria cuidada por uma idosa que jamais vira. Era o auge do verão, e ela, recém-saída de uma erupção de brotoejas causadas pelo calor, quase morta por tantas picadas de mosquitos, não entendia por que eu não a deixava brincar fora de casa. Eu temia o sol na pele clara, temia deixá-la perto demais da água, temia que não retornasse.

Se eu não a vigiasse, se me distraísse com algum afazer doméstico, ela subia de mansinho ao andar de cima e agarrava-se à mãe como um pequeno mico, como se pudesse trazê-la de volta à vida com um abraço. O jeito de chorar à noite nos deixava dilacerados. Lembro que rezava à minha irmã no céu e perguntava que diabo devia fazer com aquela prole dela.

Por volta do nono dia, já perdera a paciência. Chega! Estava exausta de cuidar dos hóspedes e daquela criança chorona, que não conseguia explicar satisfatoriamente o que havia acontecido, assim como eu, em troca, não lhe podia explicar nada. Queria minha cama de volta e um momento de paz. Nunca tivera família própria e por isso não me habituara ao caos trazido por filhos, suas infindáveis necessidades e exigências, e fiquei irritada.

Àquela altura, desconfiava tratar-se de drogas: Liza mostrava-se muito distanciada da vida, pálida e desvinculada. Podia ter sido qualquer coisa, concluíra, com alguma frustração — tivemos tão pouco contato nos últimos anos. Muito bem, pensei. Seja o que for que ela trazia à minha porta teria de tratá-lo. Teria de obedecer às minhas regras.

— Levante-se — berrei-lhe, abrindo a janela e pondo uma nova jarra de chá a seu lado. Como ela não respondeu, puxei as cobertas e tentei não estremecer à dolorosa visão de sua magreza. — Vamos, Liza, o dia está lindo e já é hora de se levantar. Sua filha precisa de você, e eu preciso continuar tocando a vida.

Lembro bem que ela virou a cabeça, os olhos sombrios com a recordação dos horrores, e que me desapareceu toda a determinação. Sentei-me na cama com cheiro de bolor e tomei-lhe a mão entre as minhas.

— Que é isso, Liza? — perguntei em voz baixa. — Que está acontecendo?

Quando minha sobrinha me contou, ergui-a junto ao peito, segurei-a, cheia de tensão e ansiedade, os olhos fixos no horizonte, e, afinal, mais de trinta mil quilômetros e várias centenas de horas depois, ela chorou.


*P*assava das dez horas naquela noite quando nos informaram que um filhote de baleia encalhara na praia. Yoshi me chamara pelo rádio à tarde, para dizer que haviam visto uma fêmea corcunda em agonia, nadando para cima e para baixo na boca da baía. Ela e Lance chegaram

# Baía da Esperança

bem perto, mas não conseguiram elucidar o problema: a baleia não mostrava sinais óbvios de doença, nem arrastava redes que talvez a tivessem cortado. A criatura apenas continuava nadando, seguia algum estranho caminho irregular. Era um comportamento anormal para uma baleia migratória. Ao anoitecer, quando saíram com um grupo noturno, um barco lotado de funcionários de uma seguradora em Newcastle, encontraram o filhote encalhado.

— É a que vimos antes — disse Liza, ao desligar o rádio. — Eu a conheço.

Estávamos sentadas na cozinha; era uma noite fria e Mike retirara-se ao salão para ler o jornal diante da lareira.

— Posso ajudar? — ele perguntou, quando nos viu no corredor principal, com jaqueta impermeável e botas.

— Se importa em ficar aqui para Hannah não dormir sozinha? Não lhe diga o que está acontecendo, se por acaso ela acordar.

Surpreendeu-me o fato de Liza pedir-lhe — jamais chamara uma babá desde que chegara —, mas tínhamos de sair o mais rápido possível, e suponho que ela chegara a uma conclusão, como eu, sobre o caráter dele.

— Talvez a gente demore um pouco — avisei, afagando-lhe o braço. — Não espere acordado. E faça o que fizer, não deixe Milly sair. A infeliz baleia já sofreu mais que o suficiente sem um cachorro correndo ao seu redor.

Ele ficou nos olhando enquanto subíamos na camionete. Tive a sensação de que preferia vir conosco e ajudar. Pelo retrovisor, vi a silhueta projetada no vão da porta ao longo de todo o percurso pela estrada litorânea.

*P*oucas visões são mais dolorosas que a de um filhote de baleia lançado e encalhado na praia. Graças a Deus, vi isso apenas duas vezes em todos os meus setenta e tantos anos. O bebê jazia na praia, talvez dois metros de comprimento, forasteiro e vulnerável, mas estranhamente familiar. O mar puxava-o de leve, como se as ondas o tentassem convencer a voltar para casa. Devia ter apenas alguns meses de vida.

— Já chamei as autoridades — informou Greg, que já se encontrava ali, tentando impedir o animal de ser sugado pela areia da praia.

Não era mais legal tentar mover uma baleia sem ajuda oficial: se estivesse doente, isso poderia fazer-lhe mais mal que bem. E se os bem-intencionados a virassem em direção ao mar, havia a possibilidade de atrair um baleal inteiro: no dia seguinte, elas se atracariam em números assustadores, como por solidariedade.

— Talvez esteja doente — disse Greg. — Está muito fraco, com toda certeza. — Tinha a calça jeans molhada até a metade das pernas, por ter se ajoelhado. — Ainda deve estar amamentando, e não vai durar muito tempo sem leite. Calculo que já tenha chegado aqui há algumas horas.

Caído de lado, o filhote apontava o focinho para a praia, os olhos semicerrados como em contemplação de sua desgraça. Sua aparência era lamentável, de algum modo ainda muito pouco desenvolvido para ficar sozinho naquele ambiente.

— Ele não encalhou porque está doente. Foram aqueles malditos barcos — sussurrou Liza, que pegou o balde e dirigiu-se ao mar para enchê-lo. — A música é alta demais e acaba desorientando as baleias. Os filhotes não têm a mínima chance.

Não havia postes de luz ao longo da estrada litorânea e trabalhamos os três em íntimo silêncio durante quase uma hora, à espera da chegada do pessoal dos Parques Nacionais ou dos salva-vidas pelo litoral; a luz de nossas tochas balançava de um lado para outro, enquanto íamos até o mar e voltávamos, tentando manter o animal molhado. Mantínhamos o máximo de silêncio possível. O tamanho de uma baleia dá a impressão errônea de sua resistência. Na realidade, é tão fácil perder a vida dessa imensa criatura quanto a de um peixe-dourado num aquário.

*Baía da Esperança*　　131

— Vamos, bebezinho — sussurrava Liza, ajoelhando-se na areia de quando em quando para acariciar-lhe a cabeça. — Aguente firme aí, enquanto conseguimos uma maca para você. Sua mamãe está lá, à sua espera.

Desconfiávamos de que fosse verdade. De meia em meia hora, ouvíamos um distante borrifo de água, ecoando das colinas cobertas de pinheiros atrás da faixa principal de areia — talvez o ruído da busca que a criatura fazia pelos mares, avaliando quão próximo podia chegar. Era de partir o coração ouvir a angústia daquela mãe. Tentei bloquear os ouvidos enquanto circulávamos uns ao redor dos outros. Eu temia que a mãe, em seu desespero, encalhasse na praia.

Três vezes Greg ligou do celular, e uma vez percorri de carro a estrada tentando recrutar os salva-vidas. Mas passava da meia-noite quando os guardas ambientais dos Parques Nacionais e do Serviço de Proteção à Fauna Silvestre nos alcançaram. Parece que a comunicação havia caído; fora informada uma localização errada; alguém desaparecera com a única padiola existente. Liza mal ouviu a explicação e disse:

— Escute, precisamos levar o filhote para a água. Rápido. Sabemos que a mãe continua lá.

— Vamos tentar empurrá-lo — disseram e rolaram o bebê para a maca de golfinhos. Então, grunhidos de esforço, levaram-no até a arrebentação, aparentemente alheios ao implacável frio das ondas. Parada na praia, eu os vi discutirem se tentavam colocá-lo num dos barcos e levá-lo até a mãe, mas o homem dos Parques Nacionais disse não ter certeza se o filhote sobreviveria à içada, quanto mais se seria capaz de nadar. E temiam que a mãe se sentisse ameaçada pelo barco e abandonasse a área.

— Se pudermos estabilizá-lo — murmurava alguém —, pode ser que a gente consiga levá-lo mais longe, baía adentro...

Embalaram o filhote com delicadeza, ajudando-o a recuperar o equilíbrio aquático, que ele perdera durante o tempo que passara na praia. Após cerca de uma hora, avançaram mais para o fundo. Liza e Greg agora submersos até o peito, nenhum dos dois usava roupa de mergulho, tremiam de frio enquanto incitavam a pequena criatura a nadar até a mãe. Liza batia os dentes, e eu também sentia frio.

Mesmo assim, o filhote não se mexia.

— Muito bem, não vamos forçá-lo — disse um dos homens, quando perderam a esperança de ele mover-se. — Vamos apenas ficar aqui por algum tempo para que sinta o nosso apoio. Talvez precise de um pouco mais de tempo para se orientar.

Mesmo semielevado pela água, um filhote de baleia tem um peso assombroso. Da praia, com Yoshi a meu lado, eu observava os quatro ali em pé. Liza, com os estreitos ombros firmados contra o peso, sussurrava palavras de encorajamento ao filhote e tentava incentivá-lo a nadar de volta à mãe.

A essa altura, aproximava-se das duas da manhã e ficava óbvio para todos que o estado do filhote era ruim. Parecia exausto; a respiração irregular, e fechava os olhos a intervalos periódicos. Talvez já estivesse doente antes, pensei. Talvez a mãe soubesse disso, mas, mesmo assim, não podia abrir mão dele.

Não sei quanto tempo ficaram ali. A noite adquiriu um aspecto estranho, as horas arrastavam-se numa atmosfera de frio, conversas murmuradas e crescente desespero. Dois carros passaram, atraídos pela visão da luz de tochas na praia. Um deles estava cheio de jovens, que saltaram e ofereceram ajuda. Agradecemos e os despachamos — a última coisa que a infeliz criatura precisava era de um bando de ruidosos adolescentes embriagados circulando em volta. A certa altura, Yoshi e eu preparamos café no ancorado *Moby Um*, depois ela e Lance entraram na água para cada ajudante fazer uma pausa de quinze minutos e aquecer-se com uma bebida quente. Mas a noite arrastava-se e peguei emprestada uma jaqueta para vestir sobre a que já usava, pois de algum modo o frio nos ossos dos velhos é muito mais profundo.

Então o ouvimos: um ruído terrível e sufocante veio do mar, um estranho lamento, o raro som do canto de baleia acima da água.

— É a mãe! — gritou Liza. — Está chamando o filhote.

# Baía da Esperança

Yoshi balançou a cabeça.

— As fêmeas não cantam — disse. — É mais provável que seja um macho.

— Quantas vezes você ouviu o canto da baleia acima d'água? — quis saber Liza. — É a mãe, eu tenho certeza.

Yoshi não insistiu na afirmação. Por fim, acrescentou:

— Estudos mostraram um macho cantor acompanhando a mãe e o filho a distância. Como uma escolta. Talvez esteja à procura deles.

— Não parece ter ajudado muito este pequeno camarada — disse um dos homens dos Parques Nacionais, quando nos sentamos na areia molhada. — Ele não parece ter energia para lutar.

Junto a mim, Liza balançou a cabeça, desconsolada. Tinha os dedos roxos de frio.

— Ele precisa ter. Está desorientado. Se lhe dermos tempo suficiente, talvez descubra onde está a mãe. O fato de ouvi-la tem de contar para alguma coisa.

Mas nenhum de nós sabia o quanto aquele filhote ainda ouvia. Para mim, o pobre coitado parecia semimorto, e agora era visível a luta para respirar. Eu não fazia ideia de como ainda estavam de pé na água. Àquela altura, mal conseguia me aguentar nos pés; embora tenha uma constituição robusta, sou velha demais para ficar acordada a noite toda, e descobri isso ao me sentar, pois Yoshi não parou de insistir que eu o fizesse, e logo apagar num breve sono, despertado pelas urgentes discussões a poucos passos dali.

Essa pode ser a pior coisa quando as baleias encalham na praia: é como se elas houvessem optado por morrer, e nós, humanos, sem compreender, apenas prolongássemos a agonia das criaturas, lutando contra o fato. Toda vez que uma é salva, toda vez que uma nada, triunfante, mar adentro, isso nos torna mais certos de nossas ações, mais seguros de que devemos sempre lutar para salvá-las. Mas e se às vezes apenas as deixássemos sozinhas? E se o bebê precisasse partir? Se o deixássemos sozinho, teria a própria mãe se aproximado e o levado de volta para a água? Eu já ouvira falar de coisas assim. Pensar na ideia de que podíamos ter contribuído para o sofrimento dos animais era horrível, por isso fechei a mente para esse assunto e tentei pensar, em vez disso, em minúcias domésticas — os tênis de Hannah, uma chaleira quebrada, a última vez em que fiz minhas contas. De vez em quando, desconfio, caía no sono.

Por fim, ao romper o sol acima do pontal, projetando uma pálida luz azul sobre nosso pequeno grupo na areia, acordei de vez, sobressaltada, quando um dos homens dos Parques Nacionais anunciou que não restava mais esperança alguma.

— Devíamos abreviar a dor com eutanásia — ele sugeriu, esfregando os olhos. — Se o deixarmos aí por mais tempo, corremos o risco da mãe chegar e encalhar.

— Mas ele ainda vive — disse Liza. A clara luz revelou-a lívida e exausta. Não parava de tremer de frio nas roupas molhadas, mas se recusou a trocá-las pelas secas que Yoshi ofereceu, pois voltariam a molhar-se quando ela tornasse a entrar. — Enquanto há vida...

Greg passou-lhe o braço pelos ombros e apertou-os. Tinha os olhos vermelhos e o rosto escuro com a barba por fazer.

— Fizemos todo o possível, Liza. Não podemos pôr a mãe também em perigo.

— Mas ele não está doente! — ela gritou. — São apenas aqueles malditos barcos. Se conseguirmos levá-lo até a mãe, vai ficar bom.

— Não, não vai. — O homem dos Parques Nacionais pôs a mão nas costas do filhote. — Já o mantivemos aqui durante oito horas, o levamos para água mais profunda e voltamos com ele para o raso, e mal se mexeu. É jovem demais para se erguer, e está frágil demais para retornar até a mãe. Se o levarmos mais para o fundo, vai se afogar, e trata-se de uma coisa da qual não fui preparado para fazer parte. Lamento, pessoal, mas ele não vai a lugar algum.

— Que situação horrível — disse Lance.

Yoshi, apoiada entre os braços dele, começara a chorar — eu também lutava contra as lágrimas.

— Mais meia hora — suplicou Liza, alisando com as mãos a pele do bebê. — Só mais meia hora. Se pudermos levá-lo de volta para junto da mãe... Escute, ela saberia se ele não fosse conseguir. Certo? A essa altura já o teria abandonado.

Tive de desviar o olhar. Não suportava o que ouvia na voz de minha sobrinha. O homem dirigiu-se à camionete.

— A mãe não vai ajudá-lo agora. Sinto muito.

— Deixe-o morrer perto dela, então — implorou Liza. — Não o deixe morrer sozinho. Podemos empurrá-lo para ficar perto dela.

— Não posso fazer isso. Mesmo que a viagem não traumatizasse o filhote, não há a menor garantia de que ela nos deixaria chegar perto. Talvez a gente acabe por desesperá-la ainda mais.

Fui embora então, a fim de ficar com Hannah quando ela acordasse para a escola, e em parte para fugir de uma cena que achava insuportável. Alegra-me não ter visto as duas injeções penetrarem, e a angústia do homem dos Parques Nacionais quando as duas não fizeram o bebê apagar. Ele levou mais vinte minutos para encontrar uma arma, mas Yoshi me contou depois que, antes de porem o cano na cabeça do filhote, a infeliz criaturazinha exalou um suspiro gorgolejante e morreu. Todos estavam chorando então, tremendo de frio na névoa da manhã. Até o cara grandalhão dos Parques Nacionais, que informou tratar-se de sua segunda baleia encalhada em quinze dias.

Mas, segundo Yoshi, Liza perdera o controle. Soluçara tanto que quase sofrera hiperventilação, e Greg agarrara-se a ela por temer que a amiga passasse mal. Ela caminhara até a metade do corpo na água, os braços estendidos, e gritara um pedido de desculpas à mãe, como se houvesse cometido uma falha pessoal. Chorara com tanta intensidade quando cobriram o cadáver com uma lona, protegendo-o do olhar curioso de transeuntes, que os homens dos Parques Nacionais haviam perguntado a Lance, em segredo, se ela era, você sabe, uma pessoa normal.

Só então, continuou Yoshi, Liza se acalmou um pouco. Greg dera-lhe conhaque para tomar — tinha uma garrafa no porta-luvas da camionete. Enquanto Lance e Yoshi tomaram uma pequena e revigorante dose, ela entornara diversas. E, mais tarde, após mais algumas, o sol levantou-se sobre Baía da Esperança, iluminando o cadáver na praia e a imaculada beleza ao redor, quando os gritos, que seria melhor não fossem da mãe, pararam de ecoar, Liza subira cambaleante na camionete e partira para a casa de Greg.

# Nove

*Mike*

QUE MALDIÇÃO ESSE ATORDOAMENTO com a mudança de fuso horário. Mal passava das seis da manhã e eu acordado com mal-estar, pensando na conversa que acabara de ter com Dennis na Inglaterra, tentando dizer a mim mesmo que não sentia as coisas que sabia muito bem que não deveria sentir.

Não precisei adivinhar o que acontecera. Despertara pouco depois das quatro e ficara deitado acordado por algum tempo, os pensamentos zumbindo malévolos no escuro. Por fim, levantei-me, descobri que o hotel continuava vazio, a não ser por mim e Hannah, e perambulei pelos seus aposentos. Acabei por voltar ao meu com um binóculo de Kathleen e focalizei a baía. Consegui distinguir apenas a tremulação da luz de tochas, a ocasional iluminação da cena na praia pelos faróis de algum carro. Em repentinos clarões de luz, vira Greg e os outros baleeiros entrarem e saírem da água e, algum tempo depois, reconhecera — pela cor da jaqueta — Liza sentada na areia e dois caras que conversavam ao lado do que parecia uma lona impermeável.

Amaldiçoei o fuso horário e me convenci de que era possível o atordoamento retornar ainda que a pessoa dormisse muito bem por mais de uma semana. Àquela altura, já abrira a cortina, fizera café e reprimira a compulsão de tornar a olhar a praia. Há algo irresistível no drama de vida ou morte, mesmo quando envolve um animal. Mas para mim essa compulsão de olhar sempre trazia consigo uma leve aversão, como se tanto interesse indicasse alguma coisa deficiente em meu caráter, uma coisa exploratória e fria.

Além disso, poder ver outras pessoas sem ser visto fazia-me pensar em segredos, coisas que eu não contava a Vanessa... coisas que ameaçavam avolumar-se e devorar-me como indício de minha duplicidade. Em Baía da Esperança, quase o tempo todo, eu conseguia esquecer minhas próprias ações, perdê-las ao longe e em diferentes zonas de tempo, e porque agora sentia, durante metade do tempo, como se vivesse a vida de outra pessoa. Mas, nas horas silenciosas antes do amanhecer, não havia distrações, e por isso pouca saída para fugir da verdade sobre mim mesmo.

Então, antes que eu pudesse pensar mais nessas e em outras questões semelhantes das primeiras horas do dia, Dennis telefonara, visivelmente alheio ao fuso horário, explosivo, com uma fúria mal contida pelo imposto estado de prostração na cama, e insistiu que eu detalhasse cada conversa, cada passo dado para o desenvolvimento do projeto. Já era difícil tranquilizá-lo, mesmo nas condições mais favoráveis, porém quase impossível naquele estado de espírito. No escritório, quando ficava assim, desaparecíamos para reuniões imaginárias e nos mantínhamos quietos para não chamar a atenção, até que, como um furacão, ele houvesse posto tudo para fora. Homem de extremos, ele podia ser noventa por cento do tempo o caráter mais generoso e otimista, o tipo de pessoa que nos faz querer ser uma versão melhor de nós mesmos, desempenhar além do que acreditávamos estivesse a nosso alcance. Esse era um dos motivos pelos quais eu queria trabalhar para e com ele. Mas, quanto aos dez por cento, às vezes era apenas maldito.

— Já conseguiu a permissão de planejamento? — quis saber.

— Isso não funciona tão rápido assim aqui. — Girei a caneta nos dedos, a perguntar-me por que aquele homem, que não devia passar de um sócio, meu igual, conseguia provocar-me um suor de adolescente mesmo a uma distância de mais de dezenove mil quilômetros. — Eu lhe disse isso antes de vir.

— Você sabe que não é o que quero ouvir. Preciso que seja um negócio fechado, Mike.

— Talvez haja alguns problemas com... o lado ecológico da coisa.

— Que porra significa isso?

— Os esportes aquáticos poderiam... ser considerados um impacto negativo na vida marinha local.

— É uma baía! — ele falou cuspindo. — Uma baía que contém navios, viveiros de ostras, lanchas, o que quiser. É isso há cem anos. Como nossa diversão num trechinho do litoral pode ser encarada como um impacto sobre qualquer coisa?

— Talvez encontremos alguma resistência dos observadores de baleias.

— Observadores de baleias? Que são eles? Um bando de comedores de lentilhas amantes do Greenpeace?

— São a mais importante atração turística da baía.

— Então que porra eles fazem todos os dias?

Fitei o receptor.

— Humm, observam baleias?...

— Exatamente o que quero dizer. E em que porra eles observam as baleias?

— Barcos.

— Iates? Barcos a remo?

— Barcos a motor.

Vi aonde ele queria chegar. Quando tornei a olhar pela janela, a baleia não estava mais lá.

Por volta das seis, ouvi a porta de tela, cheguei ao pé da escada e vi Kathleen despindo o casaco molhado no corredor. No claro brilho da luz matinal, ela parecia arrasada, de algum modo mais velha e frágil do que doze horas antes, os movimentos confusos pela exaustão. Liza não vinha atrás da tia.

— Deixe-me tirar seu casaco — ofereci-me.

Ela me afastou para o lado.

— Não se preocupe — respondeu, e pelo tom adivinhei a sorte da baleia bebê. — Cadê Hannah?

— Ainda dormindo.

Era mais do que se podia dizer, pois o cachorro de Liza arranhara a porta e ganira desde o instante que elas haviam saído.

Kathleen balançou a cabeça.

— Obrigada — disse, encurvada. Era a primeira vez que eu a via como uma idosa. — Vou preparar um bule de chá. Quer um pouco?

Imaginei que a morte de uma baleia bebê era incomum o suficiente para tê-la abalado, embora me surpreendesse que alguém famoso por matar um tubarão sentisse tanta dor por outra criatura marinha. E o tempo todo em que pensava nisso, sentado à mesa da cozinha porque Kathleen insistira em ela mesma fazer o chá, percebi que esperava o barulho da porta, do farfalhar da capa de chuva de Liza contra a parede, quando entrasse e largasse as chaves no pote na mesa do corredor.

— Coitada da pobre criatura — disse Kathleen, quando se sentou, afinal. — Não tinha nenhuma chance. Devíamos ter dado o tiro de misericórdia no início.

Tomei duas xícaras de chá antes de ganhar coragem para perguntar alguma coisa. No fim, tentei parecer casual. Pensei que Liza obviamente decidira sair cedo no *Ishmael*, e quase antes que as palavras me deixassem a boca, ela lançou-me um olhar que sugeria que nada adiantava qualquer um de nós fingir.

— Ela está com Greg — disse.

As palavras pairaram no ar.

— Eu não tinha percebido que os dois eram um casal.

Minha voz soou alta e falsa.

— Não são — ela respondeu, extenuada. E então, como a troco de nada: — Liza tomou a morte do filhote de forma muito pessoal.

Fez-se um demorado silêncio, durante o qual fixei o olhar em minha xícara vazia e tentei não deixar os pensamentos divagarem.

# Baía da Esperança

— Mas é claro que ela não podia ter feito mais nada — eu disse.

Uma afirmação superficial. Não entendia por que uma baleia morta significava que ela tivesse de dormir com Greg.

— Escute, Mike, Liza perdeu um filho há cinco anos, pouco antes de vir morar aqui. Essa é a maneira de ela lidar com isso. — Kathleen baixou a voz, puxou a xícara mais para perto de si e tomou um gole de chá. As mãos, notei, eram grandes e do tipo de trabalhador braçal, não macias e delicadas como as de minha mãe. — Lamentavelmente, isso significa que uma ou duas vezes por ano aquele pobre tolo acha que tem uma esperança.

Enquanto eu digeria esta notícia, ela levantou-se, usando as palmas das mãos como alavanca, e anunciou com um mal reprimido bocejo que era melhor ir acordar Hannah. Aquela brusca mudança de assunto disse-me que ela não queria conversar mais sobre a questão. A luz que entrava pela janela da cozinha fazia-lhe a pele parecer desbotada, um grande contraste com seu habitual tom corado. Perguntava-me pelo que teria passado lá na praia. Fácil esquecer como era idosa.

— Eu a levo de carro à escola, se quiser — prontifiquei-me. — Não tenho mais nada planejado. — De repente, soube que precisava de uma tarefa para me fazer parar de pensar. Queria a conversa animada de Hannah sobre as paradas de sucesso, lições de tecnologia e almoços de escola. Queria dirigir para algum lugar. Queria sair daquela casa. — Kathleen, você me ouviu? Eu levo Hannah.

— Tem certeza?

O olhar de gratidão quando fui pegar as chaves mostrou-me o quanto Kathleen Whittier Mostyn, lendária pescadora e anfitriã visivelmente incansável, estava exausta.

É de todo possível que na aparência eu pareça, como diz minha irmã, ser mais jogador do que sou. A verdade é que, durante os quatro anos do meu relacionamento com Vanessa, até a noite com Tina, não cheguei sequer a beijar outra garota. O que não quer dizer que não pensasse nisso — sou apenas humano —, mas, até a noite da comemoração no escritório, a ideia de enganá-la parecia tão longe do possível, menos ainda do provável, que até quando segurei o corpo magro e enxuto de Tina junto ao meu, e quando ela enterrou, cheia de desejo, as mãos dentro da minha calça, alguma parte de mim sentiu vontade de rir alto da ideia ridícula de que aquilo estava acontecendo.

Conheci Vanessa Beaker na Beaker Holdings, quando ela ocupava um cargo temporário no Departamento de Marketing, e, embora muitas pessoas houvessem suspeitado de outra coisa, vínhamos namorando várias semanas antes de eu descobrir a importância do sobrenome dela. Quando me dei conta de quem era, pensei em terminar o relacionamento; queria muito meu emprego, via potencial no caminho que minha carreira poderia seguir na empresa. A possibilidade de colocá-la em perigo com um relacionamento do qual não tinha certeza não valia o risco.

Mas eu não contara com a reação de minha nova namorada. Ela me disse que eu não fosse ridículo, informou ao pai do relacionamento diante de mim e acrescentou que o fato de ficarmos ou não juntos não lhe dizia respeito; em seguida, anunciou-me saber que eu era o tal. Depois me deu um daqueles sorrisos transmitindo que eu nem pensasse na possibilidade de que tal declaração pudesse assustar-me.

E acho que mal pensei. Minha irmã, Mônica, dizia que eu era preguiçoso nos relacionamentos; sentia-me feliz por ver mulheres atraentes me perseguirem, e tivera de tomar a iniciativa de terminar um relacionamento apenas uma vez. Vanessa era bonita, às vezes quase linda, feliz, confiante e inteligente. Dizia que me amava todo dia, embora, mesmo que não o dissesse, eu acabaria por saber, pois não me largava sozinho em casa, tinha um descomplicado apetite por sexo e gastava enorme tempo e energia preocupada com minha aparência e bem-estar. Eu não me incomodava: ela poupava-me de ter de fazê-lo. E confiava em sua opinião. Era inteligente, como já disse, e tinha o talento do pai para os negócios.

Eu não sabia por que precisava defender o relacionamento junto à minha irmã, mas o fazia. Com frequência. Ela dizia que Vanessa era muito "pau pra toda obra". Que na certa eu me casaria com qualquer

# Baía da Esperança

143

uma que me tornasse a vida fácil assim, qualquer uma mesmo. Dizia que eu nunca me apaixonara de verdade, porque nunca fora magoado. Eu respondia que sua versão de relacionamento me parecia em tudo o mais com masoquismo.

Monica não tinha um relacionamento fazia um ano e três meses. Explicou que começava a entrar naquela idade em que os homens que valiam a pena a julgavam "complicada demais".

— Que é que você quer? — perguntou-me quando telefonei.

— Alô, querido irmão. Senti saudades de você — respondi. — Como anda a vida no outro lado do planeta? Como está se saindo no grande negócio de sua carreira?

— Está me ligando para dizer que vai emigrar? Vai me pagar para eu visitá-lo? Compre uma passagem para mim, que eu comunico mamãe e papai por você.

Ouvi um cigarro ser aceso. Ao fundo, uma televisão emitiu sons e olhei o relógio, calculando que horas eram em Londres.

— Achei que você tinha parado de fumar — eu disse.

— Parei — ela respondeu, exalando ruidosa. — Deve ser algum ruído da linha telefônica. Então, que é que você quer?

A verdade é que eu não sabia.

— Acho que só falar com alguém.

Isso mexeu com ela. Jamais expressara necessidade emocional em relação à minha irmã.

— Tudo bem com você?

— Tudo ótimo. Só que... tive uma noite estranha. Uma baleia bebê morreu aqui na baía e isso... me deixou meio impressionado.

— Nossa. Uma baleia bebê? Alguém a matou?

— Não exatamente. Ela encalhou na praia.

— Entendi. Já conheço essa história. Sinistra. — Ouvi-a tragar. — Você tirou fotos? Talvez dê uma matéria interessante.

— Deixe essa coisa de fofoca, Mônica.

— Não seja tão afetado. E daí, vocês todos tentaram colocá-la de volta na água?

144    *Jojo Moyes*

— Eu, não.

— Não quis sujar essas calças de grife, hein?

De repente, senti-me irritado com a singular incapacidade de ela ser alguma vez legal e sincera comigo, em vez de esperta e sarcástica. "Não temos mais catorze anos, caso você não tenha notado", senti vontade de dizer. Mas disse apenas:

— Ah, esqueça. É melhor eu desligar.

— Ei... ei... tudo bem, Mike, me desculpe.

— Escute, a gente se fala outra hora.

Eu devia ter ligado para Vanessa. Mas sabia por que não o fizera.

— Mike, não fique zangado. Sinto muito, tudo bem? Que... que é que você queria dizer?

Mas a verdade era que eu não sabia. Fiquei ali sentado quase cinco minutos até perceber que não sabia mesmo.


Avistei Liza caminhando pela estrada litorânea meia hora depois que eu deixara Hannah na escola, e a cadela latia de alegria com a sua volta. Exibia uma evidente exaustão, o rosto muito pálido, as pernas da calça jeans molhadas e cheias de areia. Quando me viu sentado num banco do cais, não mudou de expressão, mas parou a poucos passos na areia, a mão erguida contra o sol da manhã. Cambaleou, e perguntei-me se estava um pouco bêbada. Olhava-a de outra forma agora, após saber o que sabia. Era como se Liza McCullen adquirisse outra dimensão.

— Quer ir até o mercado comigo?

Contra o sol, como ela se encontrava, eu mal via-lhe o rosto.

— Você vai dirigir?

— Pensei que pudesse me levar de carro, se já tiver dominado a mudança de marchas naquele Holden. Kathleen está cansada demais para ir à mercearia fazer compras hoje, precisa descansar.

Imaginei que era o mais próximo de um convite que iria obter. Entrei para pegar as chaves do carro.

# Baía da Esperança

Para um britânico, os supermercados australianos são uma cornucópia, estranhos e, no entanto, familiares com uma abundância de frutas e legumes de cores brilhantes, pontuados por delícias estrangeiras, como Violet Crumbles e Green's Pancake Shake. Não tinha muito a ver com a compra de comida em Londres; Vanessa organizava-a ou, sob suas instruções, eu digitava: "Repita lista de pedido" no site de compras, e elas eram entregues, embaladas à perfeição em sacos codificados por cor, assinalados "Congelador", "Geladeira" e "Despensa" — como se qualquer um em Londres tivesse uma despensa. Mas, ao circularmos pelo cavernoso interior do supermercado australiano, gostei de examinar aquelas novas comidas, vi-me repetidas vezes calculando o preço em libras esterlinas — como se tivesse ideia de quanto custava o equivalente britânico.

Liza marchava para cima e para baixo atirando artigos no carrinho com a confiança de alguém que desempenhava assiduamente essa tarefa. Não se adivinharia pela destreza e rapidez de seus movimentos que ficara acordada a noite toda.

— Quer alguma coisa específica? — perguntou, virando-se para trás. — Considerando-se que vai ficar um pouco mais?

Não se desprendeu de sua voz indício algum de que eu fazia a mínima diferença para ela.

— Estou bem — respondi, pondo um pacote de bolachas de volta na prateleira, e pensei na infinidade de formas em que esta declaração fora sincera.

Quando foi pagar, notei que ela tivera de esvaziar os bolsos à cata de dinheiro suficiente — notas amassadas, centavos em vários números — para completar a quantia total. Eu ia interrompê-la, mas seu olhar de advertência manteve-me a mão no bolso, onde tocava a carteira. Fingi que remexia à procura de um lenço e assoei o nariz de forma tão ostensiva que a mulher atrás de mim recuou de horror.

Enquanto eu a observava, me vi juntando as peças do quebra-cabeça, considerando o que agora fazia sentido. A incapacidade de Liza deixar a filha sobrevivente ir para o mar. A melancolia. Talvez a criança se houvesse afogado. Talvez fosse um bebê. Talvez houvesse perdido o marido ao mesmo tempo. Percebi como lhe fizera poucas perguntas. Como fizera poucas, pensando bem, a qualquer pessoa que já conhecera. A julgar por tudo que eu sabia, Dennis Beaker talvez tivesse uma segunda família. Tina Kennedy poderia ter abandonado o convento dois anos antes. Sempre aceitei as pessoas pela aparência visível. Agora, de repente, imaginava quanta coisa talvez me houvesse escapado.

Liza McCullen tivera um filho que morrera. Era três anos mais moça que eu e, de repente, ali próximo dela, senti-me como se tivesse a experiência de vida e o autoconhecimento de uma ameba.

Já seguíamos pela estrada havia quase vinte minutos quando tornamos a falar.

Passamos pelos escritórios da prefeitura e pensei no projeto de construção e na conversa com Dennis. Pensei numa coisa que Kathleen me dissera poucos dias antes: que o único motivo de a área em torno de Baía da Esperança ter se desenvolvido se devia ao fato de os soldados aliados terem construído uma base ali. Lembrava-se de uma época em que havia apenas seu hotel, algumas casas e um armazém-geral. Disse isso com certa satisfação, como se preferisse assim. Eu sabia que devia ter dito alguma coisa então. Parte de não tê-lo feito, imagino, fora covardia. Também sabia o que era provável que ela — qualquer um deles — respondesse. Eu gostava deles. E a ideia de não gostarem de mim... me afligia.

E a essa altura, após Liza, os foguetes de sinalização e o bebê baleia, não mais me convencia da retidão do projeto, como o havíamos concebido. Deve existir um meio, pensei, de associar os dois conjuntos de necessidades — as da nossa proposta de hotel e as dos observadores de baleias. Até elaborá-lo, contudo, eu não queria discuti-lo com ninguém. Não com Liza nem com Kathleen. Tampouco com Dennis, por mais furioso que ele se tornasse com a minha suposta confusão. Sentei-me no banco do motorista e tentei concentrar-me na estrada, com ampla consciência de Liza ao meu lado. O jeito como ela enroscou os cabelos com a mão direita quando os pensamentos a levaram a algum lugar longe de onde se sentava.

Eu não parava de pensar em coisas para dizer, mas não queria dar-lhe a chance de recolher-se numa conversa educada. Sentia que havíamos passado desse estágio. Também sentia, estranhamente, que ela me devia uma explicação. E não parava de pensar na forma como Greg iria rir na minha cara naquela noite, soltar pequenas referências pouco veladas à noite dos dois, como se provasse que acertara ao avisar-me que permanecesse longe. Conheci homens assim em todos os caminhos da vida: carismáticos, ruidosos, infantis na determinação de ser o centro das atenções. Para mim, é incompreensível a invariável atração que exercem sobre as mulheres mais encantadoras, e em geral acabam por tratá-las mal. Imaginei-o sentado ao lado de Liza no banco, com um braço demarcatório em volta de seus ombros, acreditando, como disse Kathleen, que tinha uma chance. Mas talvez tivesse mais do que ela julgava. Quem pode saber o que se encontra por trás das escolhas do coração humano? Liza gostara o suficiente do cara para deitar-se com ele, afinal. Mais de uma vez.

Mas por que ele? Por que aquele vagabundo, mulherengo, que enchia a cara de cerveja?

Já chegávamos à metade da estrada litorânea, o hotel à vista, quando ela falou. Dois barcos estavam atracados no Cais da Baleia: o *Moby Um* e o *Ishmael*. Eu agora os conhecia só de olhar, o que me dava uma estranha sensação de satisfação. O sol, alto no céu, refletia o brilho da água azul atrás dos dois, e os densos pinheiros que cobriam as colinas exibiam um extraordinário verde luxuriante. Toda vez que olhava esse cenário, imaginava-o nas imagens impressas de um folheto.

— Imagino que saiba o que aconteceu ontem à noite — ela disse, sem me olhar.

— Não é da minha conta — respondi.

— Não, não é — ela concordou.

Indiquei a seta à esquerda e segui devagar trilha acima até o hotel, desejando de repente não estarmos tão perto do hotel. O relógio do carro dizia, de forma inacreditável, que era hora do almoço. Sentia-me como se já tivesse vivido um dia inteiro.

Quando ela tornou a falar, foi com a voz calculada:

— Conheço Greg há muito tempo. Ele... bem, conheço-o bastante bem para saber que isso não tem importância para ele. Que não tem de significar nada.

Parei o carro no estacionamento. Ficamos ali sentados em silêncio, enquanto o motor esfriava, a caminho da imobilidade, e ponderando sobre sua necessidade de dizer-me alguma coisa sobre a noite anterior.

— Sua tia me falou sobre seu filho. Sinto muito.

Ela virou bruscamente o rosto. Vi que tinha os olhos debruados de vermelho. Talvez fosse falta de sono, ou consequência de intermináveis lágrimas.

— Ela não devia.

Eu não soube o que dizer.

Então me curvei para frente, tomei o belo e exausto rosto de Liza nas mãos e beijei-a. Só Deus sabe por quê. A coisa mais surpreendente, na verdade, foi que ela me retribuiu o beijo.

# *Dez*

*Hannah*

LARA ME LEVOU PARA O MAR EM SEU BARCO. Chamava-se *Baby Dreamer* e tinha uma proa pequena, com o fundo chato, o nome atravessava sua lateral, e era mastreado como uma antiga corveta bermudesa, com uma vela mestra e uma giba que se assemelhavam a dois triângulos, um menor que o outro, e ainda uma pequena bandeira — uma biruta — que servia para mostrar em que direção soprava o vento.

Ela me ensinara a mudar de direção e a manobrar com o vento na popa ou de través, e para fazer essas coisas a gente precisava usar o leme, as velas e o peso da tripulação, tudo ao mesmo tempo. Lara e eu tínhamos de deslocar nosso peso de um lado do barco para outro, o que nos fazia rir, e ela às vezes fingia que ia cair, mas nunca entrei em pânico, porque sabia que era brincadeira.

Não contei à mamãe. Mas a mãe de Lara sabia — vigiava da casa delas — e eu usava o colete salva-vidas de reserva. Minha mãe quase não fala com as outras mães, por isso eu me julgava muito segura.

Todo mundo na família de minha amiga navega. Ela, desde que era bebê, e no quarto da frente da casa tem uma fotografia de Lara ainda de fraldas, com as mãozinhas rechonchudas na cana do leme e outra pessoa segurando-a pela barriga. Ainda se lembra de quando dormia no iate deles, quando era bem pequena mesmo, e a mãe dizia que a filha tinha problemas de sono agora porque se habituara ao balanço da água para adormecer.

Lara fizera um curso em Salamander Bay e sabe fazer todos os pontos de navegação. Trata-se dos diferentes ângulos nos quais o barco pode enfrentar o vento, incluindo um vento contrário, que às vezes faz você ser levado para trás, e a andadura de través, que o ajuda a velejar mais rápido. Disse que, quando minha mãe me deixar usar o *Glória de Hannah*, vamos juntas fazer o curso em Salamander Bay, onde nos ensinam a praticar coisas, como velejar com uma vela só ou sem bolina. Dão as aulas nos feriados escolares e é muito legal se você leva o próprio barco, em vez de se revezar no da escola. Eu tinha perguntado à mamãe uma vez sobre o bote de Greg, desde a minha festa, e ela respondera apenas com um categórico não, e de um jeito que significava fim de papo. Mas tia K me aconselhou a deixar isso de lado e que, se fôssemos espertas, mamãe mudaria de opinião. Disse que era como pescar: a gente tinha de aprender a ser tranquila e paciente para enrolar o molinete e pegar o peixe que queria.

Fazia muito calor, mesmo na água, e usávamos apenas os blusões. A mãe de Lara nos obrigara a usar os coletes salva-vidas o tempo todo, por via das dúvidas, mas eles nos deixavam com muito calor. O mar estava calmo, tínhamos permissão de velejar por entre as duas boias mais próximas e deixarmos a costa, desde que não nos afastássemos até o corredor de tráfego marítimo. Lara sempre obedecia às ordens da mãe. Contou que o pai conhecia alguém que se desgarrara para aquele corredor e quase fora sugado sob um cargueiro de aço, porque o pessoal não olhava para onde ia.

Os golfinhos foram nos ver perto do pontal. Havíamos parado por um momento para comer chocolate, e reconheci Guarda-Chuva e o bebê dela das fotos no *Moby Um*, e mostrei a Lara a nadadeira dorsal, que tinha a forma exata da parte de baixo de um guarda-chuva. O bebê era tão lindo que Lara quase chorou. Tínhamos certeza absoluta de que eles sabiam que éramos nós — nem sempre chegavam até os baleeiros, mas aquela era a terceira vez que eu saía com Lara, e os golfinhos sempre vinham nos ver. Toda vez pareciam sorrir. Passamos uma hora apenas ali, sentadas perto do pontal, conversando com eles e vendo-os brincar. O bebê de Guarda-Chuva crescera uns quinze centímetros desde a última vez que o vi e a mãe chegara perto o bastante do barco para lhe acariciarmos o focinho, embora ela devesse saber que não tínhamos peixe algum. Não resisti a tocá-la, apesar de Yoshi dizer que nunca devemos incentivar golfinhos a chegarem perto demais, para eles não acharem que todos os seres humanos os tratarão bem. Ela me contou que no ano passado, sem motivo algum, alguém matara um golfinho a facadas ali no litoral. O cara apenas saiu para o mar num jet-ski e apunhalou-o com uma faca. Chorei, porque não parei de pensar naquela pobre criatura que nadara até a moto aquática com a linda cara sorridente, achando que tinha feito um novo amigo. No fim, chorei tão desconsolada que Yoshi precisou buscar mamãe para me fazer parar.

Os golfinhos eram os animais preferidos de Letty, que tinha quatro em miniatura de cristal em cores diferentes na penteadeira, presentes do quinto aniversário. Eu gostava de arrumá-los e ela ficava danada, porque eu mexia em suas coisas. A gente brigava muito, pois minha irmã tinha apenas um ano e dois meses menos que eu, e mamãe dizia que éramos como ervilhas numa vagem. Às vezes ainda penso em quando brigávamos e sinto-me péssima mesmo, pois, se soubesse o que ia acontecer com ela, teria tentado ser legal com Letty o tempo inteiro. Digo "tentado" porque é muito difícil ser legal com alguém o tempo inteiro. Até mamãe me irrita às vezes, mas sou sempre legal com ela, porque sei que continua triste, e sou tudo que lhe restou. Ainda tenho os golfinhos de cristal. Um se parece um pouco com Guarda-Chuva e eu transformei o menor no bebê dela, embora não seja do tamanho certo. Mas os guardo numa caixa agora porque são preciosos. E porque tirá-los traz tudo de volta.

Lara perguntou, ao pegá-los com todo cuidado:

— Você pensa muito na sua irmã?

Debaixo da cama, eu tentava encontrar uma coisa numa revista que queria lhe mostrar, por isso acho que ela não me viu fazer que sim com a cabeça.

— Na verdade, não falo muito sobre Letty, porque mamãe fica muito angustiada — respondi, quando recuei, tentando não bater a cabeça —, mas continuo sentindo falta dela.

Não pude dizer mais que isso. Ainda era muito difícil.

— Eu detesto minha irmã — ela disse. — Ela é uma bruxa. Adoraria ser a única.

Eu não sabia explicar isso direito a ela — mas sempre terei uma irmã. O fato de Letty não estar mais viva não me torna única, apenas metade do que eu era.

Na quinta-feira, mamãe me pediu que levasse o café da manhã a Mike pela terceira vez na semana.

— Não pode fazer isso? — perguntei. — Ainda não terminei de arrumar os cabelos.

Era muito chato mesmo, pois gosto de fazer uma trança nos cabelos antes da escola, e se a gente perde o ritmo quando as faz, elas ficam emboladas no meio. Tia K dizia que tinha os dedos rígidos demais para fazer tranças, e mamãe nunca dá a mínima para a aparência dos cabelos, por isso só eu que posso cuidar disso.

— Não — ela respondeu.

E deixou a bandeja dele no degrau diante do meu quarto.

Mamãe andava muito estranha. Eu não sabia se era porque não gostava dele, mas ela não se sentava mais lá fora às noites e, nas poucas vezes em que o fazia, ignorava-o, embora ele ficasse lá a noite toda, como se à espera dela. Comentei com Lara que era uma coisa bastante infantil, sério, como algumas meninas da nossa turma que fingiam não nos ver, mesmo que ficássemos bem diante delas.

— Está zangada com Mike? — acabei por perguntar à mamãe.

Ela ficou meio chocada.

— Não... por que a pergunta?

— Você *parece* zangada com ele.

Ela começou a mexer nos cabelos.

— Não estou zangada, querida. Só não acho uma boa ideia ficar íntima demais dos hóspedes — respondeu.

Mais tarde, a ouvi conversar com tia K na cozinha, quando achavam que eu via televisão. Os baleeiros estavam lá fora, mas mamãe não saiu para sentar-se com eles, embora realmente precisassem conversar sobre se deveriam aumentar os preços dos ingressos. O custo do combustível havia subido mais uma vez. Viviam falando sobre isso.

— Não entendo por que você tem andado tão nervosa com tudo — dizia tia K.

— Quem disse que estou nervosa?

— Esta lasca no meu prato de jantar?

Ouvi o prato sendo apoiado na mesa e mamãe resmungar:

— Lamento.

— Liza, querida, você não pode se esconder para sempre.

— Por quê? Somos felizes, não somos? Não nos damos bem? — Tia Kathleen nada respondeu. — Não posso, ok? Simplesmente não é uma boa ideia.

— E Greg é?

Greg não gosta de Mike. Chamou-o de "filho da mãe", quando tia Kathleen conversava com ele e achou que ninguém ouvia.

Mamãe tinha a voz muito tensa ao responder:

— Só acho que é melhor em todos os aspectos eu e Hannah evitarmos nos... envolver.

Então saiu. E minha tia fez aquele ruído como um ronco com o nariz.

Procurei "envolver" no dicionário. Um dos significados dizia "participar de um relacionamento romântico ou sexual/complicado ou difícil de compreender". Mostrei a tia K para ver qual dos dois era, mas ela pôs o dedo em ambos e disse que tudo dava no mesmo.

Na escola, todos falavam da futura viagem. Às vezes parecia que não conversavam sobre outra coisa, embora ainda faltassem meses e meses e às vezes nossa professora dissesse que, se não déssemos duro, ninguém iria. Estávamos todos lá fora, sentados no banco comprido do pátio, e Katie Taylor me perguntou se eu ia, e respondi que talvez não. Não queria dizer nada, pois ela é dessas pessoas que distorcem tudo que a gente diz, e assim, claro, levantou-se na frente de todo mundo e perguntou:

— Por quê? Não tem dinheiro suficiente?

— Não é pelo dinheiro — respondi e corei, porque não podia dizer que era.

— Por quê, então? Todos os outros do nosso ano vão.

Como sempre, exibia dois remendos rosados de pele junto às orelhas, porque a mãe lhe apertava os cabelos nos prendedores. Lara avaliava que esse era o motivo de ela ser sempre má.

— Nem todos — contestou minha amiga.

— Todo mundo, menos os excluídos.

— Não vou porque vamos a outro lugar — rebati, antes de pensar no que dizia. — Vamos fazer uma viagem.

Lara assentiu com a cabeça, como se soubesse disso havia séculos.

— Para a Inglaterra?

— Talvez. Ou ao Território do Norte.

— Então nem sabe para onde vai?

— Escute, a mãe dela ainda não decidiu — interferiu Lara, que sabe adotar uma voz que diz "não se meta comigo". — Não seja tão bisbilhoteira, Katie. Não é da sua conta aonde elas vão.

Mais tarde, Lara enlaçou o braço no meu, quando voltávamos a pé para a casa dela. Mamãe ia me pegar lá depois do chá, como fazia toda terça-feira; minha melhor amiga sempre dizia que era engraçado eu gostar mais de sua casa, assim como ela gostava mais da minha. Gosto do jeito como a família dela é, muito barulhenta e feliz, mesmo quando gritam uns com os outros, e como o pai sempre a provoca, esfrega os pés descalços dela no queixo dele cheio de pelos de barba eriçados e como a chama de "gatinha". Às vezes penso nisso, quando Lance me chama de "pivete", mas não é a mesma coisa. Nunca tive aconchego com Lance como Lara tem com o pai. Quando ele uma vez agarrou meus pés e esfregou-os no queixo, senti-me envergonhada, como se alguém fingisse incluir-me porque eu não tinha pai. Lara dizia que gostava da minha casa, pois lá ninguém entrava no quarto e remexia as coisas, tia K nos dava a chave do museu dos baleeiros e nos deixava perambular lá dentro, sem vigiar o que aprontávamos. Sabia que não íamos quebrar nada, disse-nos, porque éramos ótimas meninas. As melhores que ela conhecia. Eu não lhe contei da vez em que Lara filou um dos cigarros de sua mãe e nós o fumamos no canto atrás do *Maui II* até ficarmos enjoadas.

— Hannah — disse Lara, quando chegávamos ao final da rua, e com a voz muito amável mesmo, como se quisesse mostrar-me o quanto continuava sendo minha amiga. — Na verdade tem a ver com dinheiro? O motivo de você não ir à Nova Zelândia?

Roí a unha.

— É meio complicado.

— Você é minha melhor amiga — ela insistiu —, não vou contar a ninguém, seja o que for.

— Eu sei.

Apertei-lhe o braço. Realmente, gostaria de conversar com ela sobre isso. Mas nem eu sabia muito bem ainda. Sabia apenas o que mamãe me dissera — jamais poderíamos sair da Austrália, e eu não devia falar com ninguém sobre isso. Nem contar-lhes por quê.

No dia seguinte, Katie Taylor começou a espezinhar-me de novo. Disse que eu não podia ir porque o Hotel Silver Bay estava falido. Tinha certeza, continuou, de que fora tia K quem matara a baleia bebê, como matara o tubarão, pois saíra no jornal na época e todos sabiam. Acrescentou que, se eu tivesse pai, talvez pudesse participar de mais excursões escolares, depois me perguntou como ele se chamava, porque sabia que eu não podia dizer, e então riu daquela maneira bem dissimulada, até Lara partir para cima dela e dar-lhe um empurrão. Katie agarrou-lhe a mão, curvou os dedos para trás, e as duas entraram numa luta séria no pátio até a Sra. Sherborne chegar e interrompê-las.

— Ela é uma cadela idiota — disse minha amiga, quando fomos para o vestiário. Cuspia no chão porque alguns fios do cabelo de Katie haviam acabado em sua boca. — Não preste atenção ao que ela diz.

Mas o negócio era o seguinte: de repente eu não me sentia furiosa com Katie, nem com qualquer das amigas dela, mas com minha mãe. Porque eu só queria fazer o que todos os demais faziam. Tirava boas notas e nunca falava sobre o que não se devia falar, não falo sobre Letty nem a metade do tempo quanto gostaria, porque não me permito ferir os sentimentos de alguém. Por isso, se conseguíssemos o dinheiro para uma viagem à Nova Zelândia, como disse tia K, e todos da minha sala, sem exceção, iam — até David Dobbs, que, todo mundo sabe, ainda faz xixi na cama e tem uma mãe que leva coisas das lojas sem pagar — por que era sempre eu a excluída? Por que era eu a que sempre tinha de dizer não?

Se você não incluir o local de onde viemos, sou a única pessoa em toda a sala que nunca fui além das Montanhas Azuis.

*C*ontinuava furiosa quando cheguei em casa. Mamãe me pegou e eu quase nada disse, mas ela, muito ocupada pensando em outra coisa, nem notou como fiquei calada. Então, eu me lembrei daquela horrível família ainda hospedada no hotel, com os dois meninos que me olhavam como se eu fosse uma idiota. E isso também me deixava furiosa.

— Tem algum dever de casa? — ela perguntou, quando paramos diante do hotel.

Milly mastigava o archote de mamãe no banco de trás, e eu percebera isso durante todo o percurso de volta, mas não a impedira.

— Não — respondi e desci do carro antes que ela pudesse conferir.

Sabia que ela me olhava, mas eu continuava com as palavras de Katie a repercutir nos ouvidos e queria ficar sozinha no quarto por algum tempo.

Quando subi a escada, vi a porta de Mike aberta. Ele falava ao telefone e eu parei indecisa por um minuto, sem saber se devia esperá-lo terminar.

Acho que ele sentiu minha presença ali, porque deu meia-volta.

— Um S$_{94}$. É, isso mesmo. Ele disse que deve aumentar em cem por cento nossas chances. — Olhou-me. — Certo... não posso falar agora, Dennis. Ligo de volta para você depois. — Então pôs o telefone no gancho e deu-me um enorme sorriso. — E aí? Como andam as coisas?

— Terríveis — respondi, largando a mochila no chão. — Odeio todo mundo.

Surpreendi-me ao dizer isso. Em geral, não digo esse tipo de coisa. Mas me fez sentir melhor.

Ele não tentou me calar, nem dizer que não era provável que eu odiasse todo mundo, o que minha tia em geral faz, como se eu nem soubesse o que sentia. Apenas balançou a cabeça.

— Também tenho dias assim.

— É hoje?

Ele franziu a testa.

— É hoje o quê?

— Um desses dias. Terrível. Um dia terrível.

Mike pensou um instante e fez que não com a cabeça. Achei, quando riu, que era quase tão bonito quanto Greg.

— Não — respondeu. — A maior parte dos dias é muito boa por aqui — gesticulou para que me sentasse —, um desses animaria você?

Tornei minha missão experimentar todo biscoito australiano existente.

Quando Mike abriu a gaveta, vi que tinha meus favoritos: Iced Vo-vos, Anzacs, Chocolate Tim Tams e Arnott's Mint Slices.

— Você vai engordar — adverti-o.

— Não. Corro toda manhã — ele explicou. — Tenho um bom metabolismo. Além disso, as pessoas se preocupam muito com esse negócio.

Preparou chá para si mesmo, depois se sentou na poltrona de couro e eu à escrivaninha, e deixou-me entrar no computador. Mostrou-me um programa que nos permite alterar fotografias, então apenas por diversão puxamos outra de tia K e o tubarão e desenhamos um grande sorriso na cara da criatura; em seguida, fiz outra, na qual pus na tia K um bigode, dois pés enormes e um cartaz na mão, onde escrevi: "Lady Pasta de Dentes Tubarão — Para um Sorriso Mais Brilhante."

No momento em que terminava, o senti me olhando. A gente faz isso, você sabe, faz alguém se virar se fitá-lo com bastante intensidade. Senti que ele tinha os olhos fixos na minha nuca, rodopiei com enorme rapidez, e tinha mesmo.

— Você teve um irmão ou irmã? — perguntou. — O que morreu, quer dizer.

Fiquei tão chocada por ouvir alguém dizer isso em voz alta que quase cuspi o Chocolate Tim Tam. Nenhum adulto fala sobre Letty. Não assim tão diretamente. Tia K fica com aquele olhar sofrido sempre que digo o nome dela, como se fosse demais para suportar, e mamãe, tão triste quando falo de minha irmã, que não gosto de fazê-lo.

— Irmã — respondi, após um minuto. — Chamava-se Letty. — Então, quando ele não pareceu horrorizado, nem me olhou como se devesse calar-me, continuei: — Ela morreu aos cinco anos, num desastre de carro.

Mike encolheu um pouco os ombros.

— Puxa, é duro mesmo. Sinto muito.

De repente, eu quis realmente chorar. Ninguém jamais me disse uma coisa assim. Ninguém jamais pensou no quanto sofri pela perda de uma irmã, nem em como deve ter sido horrível para mim. Ninguém me pergunta se sinto falta dela, nem sobre nada do que aconteceu. Parece que foi culpa minha. É como se, por eu ser muito jovem, meus sentimentos não tivessem importância. Eu os ouvi dizerem: "Os jovens logo se recuperam. Ela vai ficar bem." Dizem: "Graças a Deus que não se lembra de muita coisa." E: "Perder um filho é a pior coisa que se pode imaginar." Mas nunca dizem: "Coitada da Hannah, perder a pessoa preferida no mundo todo." Nunca dizem: "Tudo bem, Hannah. Vamos conversar sobre Letty. Vamos conversar sobre todas as coisas em que ela lhe faz falta, e as que a deixam triste." Mas senti que não podia dizer-lhe isso:

está trancado muito fundo dentro de mim, em algum lugar que aprendi ser melhor manter escondido. Assim, quando afloraram as lágrimas, fingi estar angustiada por causa da viagem e contei-lhe sobre a provocação de Katie Taylor, sobre o dinheiro, e que eu era a única pessoa em toda a sala impedida de ir. Pouco depois, dera tão certo que conseguira não pensar em Letty, apenas na viagem escolar e em como seria horrível quando todo mundo partisse para a Nova Zelândia, e isso me fez chorar.

Mike entregou-me um lenço e fingiu interessar-se por alguma coisa do lado de fora, enquanto eu me recompunha. Sentou-se em silêncio até eu parar de chorar e então se curvou para frente, olhou-me direto nos olhos e disse:

— Hannah McCullen. Vou lhe fazer uma proposta de trabalho.

Mike Dormer pediu-me que tirasse fotos do contorno da baía. Foi à loja, comprou três câmeras descartáveis e disse que me pagaria um dólar para cada bom instantâneo que eu conseguisse. Quando voltasse para Londres, os amigos iam querer saber o que andara fazendo, e ele não era lá grande fotógrafo, por isso eu devia tirar fotos de toda a área ao redor da baía, para poder mostrar-lhes onde estivera, e todos os lugares mais bonitos. Depois me pediu que fizesse uma lista de todas as coisas boas sobre a minha escola e sobre a Baía da Esperança, e tudo que poderia ser melhor.

— Como o fato de nosso ônibus quebrar e não consertarem? Ou que a biblioteca continua sendo ambulante?

— Exatamente — ele respondeu, entregando-me um bloco de papel. — Não de quem você gosta na escola, nem daquela menina idiota que a provocou, mas um projeto. Parte de uma pesquisa concreta. — Disse que me pagaria um bom salário, dependendo de como eu me saísse. — Mas quero um trabalho profissional de verdade. Não uma matéria cheia de besteiras. Acha que está à altura dessa tarefa?

Fiz que sim com a cabeça, pois fiquei excitada com a ideia de ganhar algum dinheiro. Mike disse que, se eu trabalhasse com muito afinco, não havia motivo algum para eu não conseguir pagar a viagem à Nova Zelândia com meus amigos.

— Mas quanto tempo você vai ficar? — perguntei.

Tentava calcular quanto tempo teria para ganhar o dinheiro e, se eu mostrasse à mamãe que tinha o suficiente, ela não poderia dizer não. Ele respondeu que sua partida era uma das questões imponderáveis da vida, e quase lhe perguntei o que queria dizer isso, mas não queria fazê-lo considerar-me ignorante, e por isso apenas balancei mais uma vez a cabeça, como faço quando Yoshi começa a falar de coisas que não entendo.

Depois, quando mostrei à tia K as fotos que havíamos alterado dela e do tubarão, ela ergueu os olhos e disse que Deus no céu jamais a deixaria esquecer aquilo.

O estranho nessa noite era que eu me sentia feliz. Se tivesse ido direto para o quarto, como planejara, sei que teria ficado triste a noite toda, mas nós nos divertimos, quase como se fosse uma festa.

Os hóspedes haviam saído naquela noite, desse modo não precisei ver aqueles meninos sardentos de olhar idiota toda vez que passava pelo salão. Lance ganhara numa corrida de cavalo — ele os chamava de upaupas — e comprara pizza para todo mundo — uma grande pilha de caixas! Ele disse à tia K que, para variar, ela podia ficar de pernas pro ar; tudo bem, Mike era seu hóspede, mas fazia parte do pessoal agora, portanto não tinha de se preocupar com ele. E Mike exibia aquele sorrisinho como não querendo que ninguém notasse, mas ficou satisfeito por fazer parte do pessoal, e depois me deixou comer todo o salame de cima de sua pizza, porque é meu ingrediente preferido.

Richard e Tom, do outro *Moby*, vieram juntar-se a nós; disseram que haviam visto um grupo de baleias próximo à Ilha do Nariz Quebrado naquela tarde, e levavam um turista americano que ficara tão feliz por vê-las que dera uma gorjeta de cinquenta dólares a cada um. Então o Sr. Gaines apareceu com um vinho que tia Kathleen disse ser bom demais para gente como nós, mas abriu as duas garrafas assim mesmo, e os dois se puseram a falar dos velhos tempos, o assunto sobre o qual falam pelos cotovelos quando estão juntos.

Greg não apareceu. Os outros disseram que ele não saía no barco fazia quatro dias. Tia Kathleen comentou que romper com alguém às vezes causa isso na pessoa, e algumas acham mais difícil que outras.

Perguntei-lhe onde ele estava, e ela respondeu que, na certa, no fundo de uma garrafa em algum lugar. A primeira vez que me dissera isso, achei realmente engraçado, porque não existia garrafa grande o bastante em toda a Austrália para caber um homem dentro, sobretudo Greg, muito alto.

A noite era fria, mas todos os archotes haviam sido acesos e nos apertávamos no banco, fora Lance e Yoshi, sentados juntos na cadeira grande, e tia Kathleen e o Sr. Gaines, instalados nas duas cadeiras de vime com almofadas, pois ela explicou que, na idade dos dois, precisavam de um pouco de conforto. Mamãe sentava-se em frente a mim; quando terminei a bebida, contei-lhe sobre a proposta de trabalho de Mike, e ela exibiu aquela expressão que sempre usa quando vai me impedir de fazer alguma coisa, e a pizza secou toda na minha boca.

— Pagar a ela? Você vai pagar a ela para tirar fotos?

Mike tomou um gole de vinho.

— Acha que lhe devia dar dinheiro por nada?

— Você é tão ruim quanto Greg — ela respondeu, de maneira nada simpática.

— Não sou como Greg. E você sabe disso.

— Não use a menina, Mike — sussurrou mamãe, como se eu não pudesse ouvi-la. — Não use Hannah para tentar se aproximar de mim, porque não vai funcionar.

Mas ele não pareceu aborrecido.

— Não faço isso por você. Faço porque Hannah é uma menina excepcionalmente boa e porque preciso de algumas tarefas prontas. Se não pedisse a ela, teria de pedir a outra pessoa, e, com toda franqueza, prefiro trabalhar com Hannah.

Cortou uma grande fatia de pizza e, quando tornou a falar, tinha a boca cheia. Tentei não pensar em ser uma menina excepcionalmente boa. Achei que podia começar a desenvolver uma pequena paixonite por Mike.

— De qualquer modo — ele continuou, mastigando —, você é muito presunçosa. Quem disse que eu quero me aproximar de você?

Fez-se um breve silêncio, quando mamãe lhe disparou um olhar muito ferino. Então notei que sua boca tremeu, como se não quisesse de fato sorrir, mas não pôde evitar, e eu relaxei, pois, se fosse impedir-me de ganhar o dinheiro, ela o teria dito ali, naquele instante.

Mamãe não parava de olhar os dedos, como se pensasse em alguma coisa.

— Para que são essas fotografias? — perguntou.

Mike lambeu os dedos.

— Não posso dizer. Privilégio comercial. Hannah, nem uma palavra — disse. Também sorria.

— Ela é uma boa fotógrafa — afirmou mamãe.

— Deve ser. Está me cobrando bem acima do valor de mercado.

— Quanto vai pagar?

— Isto também é informação privilegiada. — Piscou o olho para mim. — Se quer dizer que gostaria de reduzir o preço de sua própria filha, terei o maior prazer em ouvir o que pode oferecer.

Eu não entendi do que eles falavam, mas pareciam felizes, assim parei de me preocupar. Tentava ver se conseguia roubar um pouco da cerveja de Mike, sem mamãe notar.

— Então quanto tempo vai ficar?

No momento em que ele ia responder, vimos faróis surgirem na estrada litorânea. Ficamos calados, enquanto se aproximavam, tentando distinguir quem era — a camionete de Greg tinha faróis de neblina na frente, portanto sabíamos que não era ele.

— Devem ser os agentes de apostas — disse o Sr. Gaines, inclinando-se para Lance — que vieram lhe dizer que seu último cavalo acabou de ganhar a corrida.

E Lance, com a boca cheia, ergueu-lhe a garrafa, como uma saudação.

Mas era um táxi. Quando parou embaixo, tia Kathleen saiu de trás da mesa, resmungando que não havia descanso para os maus.

— Não me sobrou nenhuma comida — disse. — Espero que não queiram comer.

## Baía da Esperança

— Então? — insistiu mamãe, virando-se para Mike. — Você não respondeu à minha pergunta.

Eu também esperava, pois queria saber. Mas tia Kathleen, que retornava pela entrada de carros com a mala de alguém, me distraiu. Atrás dela, vinha uma moça, muito jovem, de cabelos louros lisos e um cardigã pink envolvendo os ombros. Usava sapatos de salto alto com strass, como se fosse a uma festa, e, enquanto ela andava, as luzes do hotel faziam-nos cintilar. Tia K aproximou-se de Mike, sobrancelhas erguidas, e largou a mala diante dele.

— Alguém para você — informou.

— Papai me deu uma folga — disse a moça. Senti Mike levantar-se a meu lado. Ouvi a forte inalada de sua respiração. — Vim pra lhe dar uma ajuda. Achei que podíamos antecipar nossa lua de mel.

# Onze

*Mike*

FOI ESTRANHO. Você pensa em todas as formas de cumprimentar a amada após uma longa separação — a corrida em câmera lenta, os beijos infindáveis, o abraço desesperado e os toques. É como se houvesse um protocolo para grandes reencontros, um tipo de efusão, uma afirmação do que significamos um para o outro. E tudo o que senti ao ver Vanessa foi uma estranha sensação que costumava sentir quando garoto, como quando a gente está na casa de um amigo e a mãe chega para nos buscar antes de estarmos prontos.

Senti-me culpado pela ausência do que sabia que Vanessa esperava — o que eu teria esperado de mim mesmo — e ela percebeu isso no mesmo instante. Como já comentei, minha namorada não é idiota.

— Achei que você ia ficar satisfeito — ela disse, quando nos deitamos ao lado um do outro mais tarde, naquela noite. E outra coisa estranha: não estávamos nos tocando.

— Estou satisfeito — respondi. — Só que tem sido difícil aqui... Ando tão preso ao trabalho que decidi de propósito não pensar em nada relacionado a Londres.

— É evidente — respondeu Vanessa, secamente.

Fechei os olhos no escuro.

*Baía da Esperança* 165

— Nunca fui muito bom com surpresas. Você sabe disso. Na certa ia decepcioná-la.

Seu silêncio me disse que concordava, pelo menos nesse ponto.

Na verdade, foram os vinte minutos mais constrangedores de todo nosso relacionamento. Vanessa ficara ali em pé diante dos baleeiros, vestida como uma coisa saída de uma revista de moda, e encarara uma pessoa após a outra, enquanto se dava conta da magnitude do engano que cometera, o sorriso preparado com todo cuidado desfazendo-se. Kathleen entrara para trazer-lhe uma bebida. A meu lado, Hannah aproveitara-se do desvio de atenção para surrupiar um gole clandestino da garrafa de cerveja de alguém. O Sr. Gaines fizera um espalhafato para oferecer-lhe a cadeira, limpando ostensivamente a almofada, como se ela fosse mais exótica do que era. O tempo todo Lance me gozara por eu ser um azarão e estendeu-se na piada por tanto tempo que eu vira a confiança de Vanessa oscilar, e ela começar a calcular como fora uma presença pequena em minha vida enquanto eu me encontrava na Austrália.

Liza estava sentada a meu lado. O rosto, uma máscara japonesa, registrava com olhos frios aquele evento inesperado. Eu queria levá-la a um canto afastado, explicar-lhe, mas foi impossível. Após dez minutos e uma fria mas cordial apresentação, ela apertou a mão de Vanessa e anunciou que todos a desculpassem, mas tinha de entrar com Hannah, pois a filha precisava aprontar-se para a escola no dia seguinte.

Senti a presença dela no outro lado daquele corredor como algo radioativo.

Assim, várias horas depois, eu me sentia vagamente ressentido e culpado por isso. Era estranho ter Vanessa naquele quarto: tornara-se meu tão por completo que ela era um lembrete de outra vida. Acostumara-me à sua arrumação simples e achava a liberdade de viver sem os habituais acessórios de casa realmente libertador. Ter Vanessa ali, com seu conjunto de malas, os incontáveis sapatos, as fileiras de unguentos e pomadas — a própria presença dela —, alterava o equilíbrio das coisas. Tudo aquilo me fazia lembrar da vida em Londres. E fazia com que eu me perguntasse se fora feliz lá como acreditara.

Senti-me mesquinho apenas por pensar assim. Virei-me de lado e pus a mão na barriga dela, coberta com uma coisa sedosa.

— Escute — disse, tentando tranquilizá-la —, é só meio estranho, pois eles não sabem do projeto. Imagino que sua presença aqui torne tudo um pouco mais complicado.

— Você parece ter ficado muito... envolvido — comentou Vanessa. Continuei deitado, imóvel, tentando avaliar o que ela quisera dizer com isso. Então tornou a falar: — Suponho que seja um lugar tão pequeno que é impossível não ficar. Passar a conhecer as pessoas, quer dizer.

— Não é... — vacilei – ... o tipo de hotel para os executivos.

— Eu deduzi isso.

— É uma coisa bem familiar.

— Eles parecem legais.

— São mesmo. É muito diferente do que eu estava habituado... do que estamos habituados.

Alegrava-me o fato de ela não poder ver meu rosto.

— Você parecia... à vontade. — Ela virou-se para o lado e fez a cama ranger. — Foi uma sensação muito estranha dar de cara com você no meio daquelas pessoas, de calça jeans e jaqueta de pescador, seja lá o que for. Eu me senti uma verdadeira intrusa. Mesmo com você.

Sentou-se, ficou balançando as pernas pela lateral da cama, de modo que estava de costas para mim. No escuro, eu via apenas o seu contorno e que tinha os cabelos emaranhados de ficar deitada, o que me fez sentir uma estranha ternura por ela. Raras vezes vi Vanessa com os cabelos despenteados.

— Tem sido esquisito sem você — ela disse.

Deitei-me de costas nos travesseiros.

— Eu não teria vindo pra cá se seu pai não tivesse sofrido o acidente.

— Só passaram três semanas e meia, mas parecem anos. — Eu a vi inclinar a cabeça. — Achei que você ia me telefonar com mais frequência.

*Baía da Esperança*      *167*

— É noite aqui quando é dia lá... você sabe disso.

— Poderia ter ligado a qualquer hora.

O perfume dela era forte. Até então, o quarto cheirava a ar salgado.

— É o trabalho, Vanessa. Você sabe como é. Sabe como eu sou.

Ela afastou-se.

— Sei. Lamento. Não sei o que é que há comigo. Apenas me sinto meio...

— É a mudança de fuso horário, o desconforto após um voo muito longo — consolei-a, meio abalado por sua atípica hesitação. Vanessa tinha certeza de tudo. Era uma das coisas que eu mais gostava nela. — Eu me senti estranho durante dias depois que cheguei.

A ideia de que eu poderia abalá-la era pior. Nunca me senti responsável pela felicidade de Vanessa — não me agradava a ideia de poder ser mais responsável do que soubera.

Estendi-lhe a mão, para convencê-la a deitar-se, achando que talvez, se fizéssemos amor, começaríamos a nos sentir um pouco menos como estranhos. Mas ela esquivou-se e, num movimento fluido, levantou-se e contornou a cama até a janela. Com a lua alta e a noite clara, dava para ver toda a baía. O mar cintilava como algo mágico, os barcos distantes emitiam um faixo de luz em nossa direção sobre as ondas escuras como breu e, ao redor de toda a baía, as colinas sombrias continham segredos profundos.

— É lindo — ela disse, em voz baixa. — Você disse que era.

— Você é linda — respondi.

Ela parecia alguma coisa num filme, desenhada como uma silhueta contra o luar, as curvas do corpo levemente visíveis através do tecido transparente.

Está tudo bem, disse a mim mesmo em silêncio. Se me sinto assim em relação a ela, está bem. A outra ideia era uma aberração.

Vanessa virou-se um pouco para mim. É a mulher que vai ser minha esposa. A mulher que amarei até morrer. Quando me olhou, tive uma repentina sensação de esperança de que tudo iria dar certo.

— Então, a quantas andamos com a permissão do projeto?

Como lhe expliquei, houvera algumas dificuldades com o plano de desenvolvimento do projeto. No dia anterior, eu passara horas no Departamento de Planejamento do conselho municipal, revendo com atenção todos os vários formulários que precisavam ser preenchidos e reunindo-me com as autoridades relevantes. Nas semanas anteriores, chegaram ao Sr. Reilly — no mais alto degrau da escada do departamento. Gostei dele, homem alto, sardento, cuja expressão sugeria que examinara muito bem todo tipo de formulário existente. Eu entrara com toda tranquilidade, deixara claro que teríamos prazer em considerar a modificação de nossos planos em quaisquer aspectos que ele julgasse necessário. Mostrara-me respeitoso, consciente de que não queria que nos visse como apenas uma empresa estrangeira ávida por explorar aquela área. O que, suponho, éramos mesmo.

De certa forma, minha postura teve êxito. Em várias reuniões, ele dissera ter gostado do projeto, das oportunidades de emprego e do potencial para regeneração numa área exuberante mais em âmbito tradicional que econômico. Gostou das vantagens indiretas para as lojas e os comerciantes locais, e eu enfatizara o impacto da criação de benefícios semelhantes na economia local, usando exemplos que colhera de outros balneários ao longo da costa leste australiana. A arquitetura harmonizava-se com a área. Os materiais deveriam ser obtidos de fornecedores locais. A Secretaria de Turismo expressara sua aprovação. Eu começara a instalar um site sobre o projeto que os habitantes pudessem acessar, caso tivessem alguma pergunta sobre o empreendimento ou desejassem ser considerados para empregos se o hotel fosse levado a cabo com êxito. Reilly erguera uma sobrancelha irônica, como se eu talvez abusasse um pouco da sorte. Admitiu, porém, que eu fizera meu dever de casa.

Do que não gostou, como eu temia, foi do impacto em potencial da construção do balneário sobre o meio ambiente. Não eram apenas o barulho e o distúrbio do processo de construção, sobretudo numa área tão próxima dos parques nacionais, explicou, mas as pessoas na Baía da Esperança tinham fortes opiniões sobre restrição em suas águas. Disse que uma tentativa anterior de introduzir o cultivo de pérolas numa baía vizinha enfrentara forte oposição, e o projeto fora cancelado.

— A diferença entre o nosso projeto e o deles — eu disse — é que a geração de emprego e outros benefícios são mais fortes.

O Sr. Reilly não era nenhum tolo.

— De certa forma, mas já vimos esse filme antes, e você não pode dizer que vão transferir os lucros para a comunidade. Isso é bancado por capitalistas de risco, capitalistas de risco britânicos. Eles vão querer ver o retorno, certo? Vocês ficarão nas mãos de acionistas. O que me propõe não é um serviço comunitário.

Gesticulei em direção às planilhas.

— Sr. Reilly, sabe tão bem quanto eu que não se pode deter o progresso. Trata-se de uma excelente área turística, o ambiente perfeito para famílias que querem passar as férias na praia, famílias australianas. Tudo que queremos fazer é facilitar isso.

Ele suspirou, juntou os dedos em forma de torre e depois apontou o documento.

— Mike... posso lhe chamar de Mike? Você precisa entender que tudo mudou aqui nos últimos dois anos. Sim, o projeto de construção proposto se encaixa no pacote do que se considera aceitável, mas há outras considerações que agora temos de levar em conta. Tipo, como vão minimizar o impacto ambiental? Você ainda não me deu uma resposta tranquilizadora. Esta área tem uma consciência crescente de sua população de baleias e golfinhos, e as pessoas aqui não querem que nada a prejudique. Num nível apenas econômico, trata-se de uma atração turística cada vez maior em si mesma.

— Não somos como os viveiros de ostras. Não isolaríamos enormes áreas da orla marítima — respondi.

— Mas, mesmo assim, torna parte dela inutilizável.

— Apenas as atividades que os turistas em geral participam, nada em grande escala ou polêmico.

— Mas é isso aí. Não temos esse tipo de turistas aqui, pelo menos em Baía da Esperança, de qualquer modo. Eles podem nadar, remar num bote, mas os wetbikes, jet-skis ou esquis aquáticos são muito mais barulhentos, muito mais intrusivos.

— Sr. Reilly, sabe tão bem quanto eu que, num lugar como este, o desenvolvimento é apenas uma questão de tempo. Se não formos nós, será outra empresa.

Ele largou a caneta e olhou-me com uma mistura de beligerância e afinidade.

— Escute, amigo, somos todos a favor do desenvolvimento aqui, qualquer coisa que ajude a comunidade local. Sabemos que precisamos da oportunidade de empregos e da infraestrutura. Mas não pensamos só depois em nossas criaturas marinhas, em nossa vida selvagem. Não somos como cidades europeias, que primeiro constroem e só depois é que se preocupam com o meio ambiente. Não separamos as duas coisas. E você só conquistará esta cidade se conseguir respeitar a questão ambiental.

— Está muito bem, Sr. Reilly — respondi, juntando os papéis. — Muito recomendável. Porém, eu concordaria mais com sua argumentação se esta semana não tivesse visto duas baleias ameaçadas quase até a morte por turistas em navios-discoteca, que não pareciam policiados por ninguém na área. Tudo bem o senhor me dizer que meu projeto de construção vai ter um impacto negativo, mas a ameaça às baleias já existe aí fora, muito pior do que qualquer coisa que propomos. E, por tudo que vejo, ninguém tem feito nada a respeito. O que sugerimos é um projeto de desenvolvimento limitado. Desejamos ser o mais solidário possível com as preocupações ambientais, acatar conselhos de especialistas e receber autorização. Mas não queira afirmar que sua área é um modelo de excelência ambiental, porque vi aquela baleia bebê, vi o que incitou a morte dela. Saí para observar baleias e, detesto dizer isso, trata-se de uma intrusão em si.

— Você não sabe o que está falando.

Baía da Esperança       *171*

— E o senhor não sabe se alguns esquiadores aquáticos vão de fato afetar uma migração de baleias que vem ocorrendo há séculos. É preciso haver coerência nisso.

— Vou discutir a questão — ele disse. — Mas não se surpreenda se ela for à audiência pública. As pessoas andam se inteirando desses projetos, e algumas já se mostram inquietas.

Cheguei ao hotel de péssimo humor e liguei para Dennis, motivado por uma perversa alegria ao calcular a diferença de horário e descobrir que ele devia estar dormindo. Após esboçar os resultados da reunião, desconcertou-me constatar que o cara despertava para a vida de um sono profundo sem qualquer incômodo. Era como se estivesse processando tudo enquanto dormia.

— É complicado, Dennis. Não posso fingir que não seja. Mas me ocorreu uma ideia radical. E se... excluíssemos os esportes aquáticos e tornássemos o projeto mais uma experiência de spa? Podíamos pôr todo o esforço nisso, torná-lo uma coisa tipo *Vogue*, aonde as celebridades vão.

— Mas os esportes aquáticos são a porra do Ponto de Venda Exclusivo — rosnou Dennis. — É por isso que os capitalistas de risco se interessam. *Tem* de ser sobre esporte, sobre manter-se em forma. Trata-se de uma experiência de corpo total, que tem como alvo homens e mulheres. Uma experiência de lazer luxuoso. É a porra daqueles fanáticos por baleia de novo? O que eles disseram?

— Não disseram nada. Ainda não sabem.

— Então qual é a porra do seu problema?

— Quero que isso funcione em todos os níveis.

— Você não está se fazendo entender.

— Dennis, a gente teria uma aceitação muito mais fácil do Departamento de Planejamento se não houvesse risco algum de acontecer qualquer coisa com as criaturas marinhas.

— A gente teria uma aceitação muito mais fácil do departamento se você fizesse seu trabalho direito e enfatizasse o quanto essa oportunidade é fantástica para uma área desfavorecida, a quantidade de dinheiro que todo mundo se prepara pra ganhar.

— Não é apenas uma questão de dinheiro...

— É *sempre* uma questão de dinheiro.

— Tudo bem. Mas só que, quando a gente vive aqui, também adquire um senso da... — corri a mão pelos cabelos – ... da importância das baleias.

Fez-se uma pausa antes de ele tornar a falar:

— A. Importância. Das. Baleias.

Preparei-me para o golpe.

— Mike, não é isto que espero ouvir de você. Não foi para isto que o promovi. Não é isto que *quero* ouvir, quando estou com o rabo preso na Inglaterra, à espera da notícia do projeto de construção de um hotel de luxo no valor de cento e trinta milhões de libras, cuja permissão de planejamento você ainda não conseguiu, embora esteja há três semanas na Austrália. Agora precisamos dessas permissões, e precisamos super-rápido. Temos de começar a construção em questão de meses. Portanto, fale com a porra de seus rabugentos amigos das baleias, vá entoar seu canto de baleia, molhe a mão do Sr. Reilly ou mande fazer a foto dele com uma stripteaser lituana numa dança erótica... seja lá o que for necessário!... mas volte nas próximas quarenta e oito horas com um plano concreto que eu possa apresentar aos membros da Vallance Equity quando aparecerem aqui na segunda-feira. Certo? Ou as baleias não serão as únicas coisas em perigo de extinção.

Ele deu uma inspirada profunda, trêmula. Alegrou-me o fato de tantos milhares de quilômetros nos separarem.

— Escute, você quis ser sócio, prove que está à altura. Ou, embora eu o ame como um filho, talvez você encontre impresso no traseiro a minha metafórica bota esquerda. Junto com suas perspectivas de emprego. Sacou?

Sem dúvida, não era necessário explicar com mais clareza. Recostei-me na cadeira, fechei os olhos e pensei em tudo pelo que trabalhara nos últimos anos, tudo que aguardara, ansioso, vir a me tornar no futuro. Então pensei no que Hannah me dissera sobre o ônibus escolar. A falta de uma biblioteca.

*Baía da Esperança* 173

— Certo... — respondi, enfim. — Há um meio possível de conseguir levar isso a cabo. Lembra que lhe falei de uma coisa chamada documento S94?

Como me explicara o Sr. Reilly, funcionava assim: para cada projeto turístico na área da Baía da Esperança, o conselho municipal em geral esperava uma compensação financeira de cinquenta por cento nos serviços locais — estradas, estacionamentos, instalações recreativas, serviços de combate a incêndio e de emergência, esse tipo de coisa. Não era uma prescrição desconhecida para mim: deparamo-nos com disposições semelhantes em outros projetos de construção, e eu descobrira que em geral incluíam uma cláusula, como ocorria em Baía da Esperança, que permitia uma concessão se a obra fosse julgada de benefício suficiente para a comunidade. Eu sempre dera um jeitinho de encaixá-la com base em minha pesquisa. Dennis também sempre dera o seu jeitinho — mas geralmente molhando muitas mãos e garantindo contratos lucrativos para construtoras: "Há mais de uma forma de descascar um abacaxi", ele gostava de dizer, batendo uma mão na outra. E todo mundo tinha seu preço.

O documento do conselho municipal era um trabalho de pesquisa completo, detalhando não apenas a projeção da população para a área, mas também o custo de todas as amenidades necessárias para acomodá-la. Comecei a pesquisá-las, calculando o custo do projeto, tentando destacar as que teriam maior impacto favorável no público.

*O crescimento contínuo do desenvolvimento de Acomodação Turística, que vem ocorrendo em toda a área municipal, além da tradicional orla costeira, criará aumento da demanda pela oferta de instalações municipais... o nível de demanda nas instalações varia com a categoria e o tempo de hospedagem na Acomodação Turística oferecida, mas há um aumento da demanda, superior ao da população permanente...*

Eu ficara sentado, os olhos fixos no papel, pensando. Mas, ao analisar o documento S94, percebera que poderíamos virá-lo de cabeça para baixo: e se nossa empresa oferecesse muito além do nível de compensação, trazendo, por exemplo, uma nova biblioteca para a Escola de Baía da Esperança ou um novo ônibus escolar, ou a restauração do Museu dos Caçadores de Baleias?

Durante nossa reunião, o Sr. Reilly expressara-se como alguém habituado a ouvir sobre tudo isso. Na certa, recebera várias dessas propostas impróprias e as recusara mais do que aprovara. Mas a Beaker Holdings não ia, como a maioria dos empreiteiros, tentar oferecer o mínimo de benefício público material para construir seu balneário. Em vez disso se mostraria um modelo de desenvolvimento responsável. Forneceria muito além do necessário; seria generosa e criativa e, com sorte, poderíamos usar essa obra como um modelo para a seguinte. É justo dizer que a despesa projetada pelo governo local não representa a leitura mais excitante do mundo, mas naquela tarde, antes de Hannah subir e interromper-me, eu lia o documento financeiro municipal tão excitado quanto se tivesse nas mãos um thriller.

Vanessa dormiu até depois das onze da manhã seguinte. Continuei deitado a seu lado por algum tempo após romper o dia, observei-lhe o rosto e a vi mexer-se, sem ter consciência, sob o lençol. Por fim, quando meus pensamentos tornaram-se complicados demais, deixei a cama sem acordá-la. Em algum momento após as sete e meia, desci a escada sem fazer barulho, saí e corri oito quilômetros de ida e volta pela estrada litorânea, curtindo a fria umidade do ar matinal, a sensação de tranquilidade e isolamento que apenas correr proporciona.

Corri uma distância mais longa e com maior rapidez do que em geral faço, despindo camadas de roupa enquanto seguia, mas não me senti mais exausto. Precisava do esforço físico, do tempo para pensar. Ao correr pela pista de terra que divide o calçamento da praia, imaginava o novo balneário, talvez algum alojamento de baixo custo para acomodar

# Baía da Esperança

os empregados. A Austrália, eu descobrira, tinha o mesmo problema de viabilidade financeira para a compra de moradia que a Inglaterra. Talvez pudéssemos oferecer algumas lojas e cafés relacionados a esportes aquáticos. Talvez, se os retornos fossem volumosos o bastante, um centro médico. No caminho de volta, tentava não olhar para o Hotel Silver Bay. Se o projeto seguisse em frente, o antigo estabelecimento seria, na melhor das hipóteses, ofuscado; na pior, demolido.

Duas vezes, pessoas cujos rostos eu agora reconhecia — passeadores de cachorros, pescadores — ergueram a mão em saudação e, ao retribuir-lhes o aceno, perguntava-me o que achariam dos meus planos. Para eles, eu não era o inglês desconhecido, o peixe fora d'água, o noivo comprometido, o bisbilhoteiro, o ladrão da mulher do outro. Enquanto repassava uma lista de telefonemas urgentes que precisava dar — a Dennis, ao departamento financeiro, ao Sr. Reilly para marcar outra reunião —, pensei mais uma vez naquelas pessoas que me acenaram e perguntei a mim mesmo: para quem, diabos, acenavam?

Em algum lugar, ao longo da estrada litorânea de Baía da Esperança, tive uma revelação. Durante meses ficara obcecado com esse projeto, pensara nele apenas em termos do que significava para minha carreira e empresa. Agora eu me via diante do custo em potencial. E constatei que minhas primeiras preocupações não eram mais dinheiro e ambição, porém algo infinitamente mais difícil: compromisso bem-sucedido. Queria que Kathleen e Liza ficassem tão felizes com esse desfecho quanto os capitalistas de risco com olhos duros como pedra. Queria que as baleias e os golfinhos continuassem a viver, não afetados pelo empreendimento. Ou, pelo menos, não mais afetados do que qualquer criatura pode ser quando vive em estreita proximidade com o homem. Ainda não elaborara como fazê-lo, mas, com a cabeça cheia de áreas de conservação e museus comemorativos, senti que talvez pudesse afinal tentar conseguir alguma coisa.

Retornei às oito e meia, molhado de suor, a mente entorpecida pelo esforço, à espera de buscar um café da manhã sem topar com ninguém. Cronometrara o retorno, envergonha-me dizer, para coincidir com a saída de Liza e Hannah para a escola, e esta era a melhor chance de encontrar a casa vazia.

Mas Kathleen continuava sentada à mesa da cozinha, o próprio café da manhã há muito tempo terminado, os cabelos grisalhos presos em um coque e um suéter azul-escuro anunciando a chegada do inverno. Pusera um lugar para mim, com café e cereal. E outro lugar arrumado ostensivamente ao lado.

— Deixe-a descansar — ela observou, por trás do jornal, quando me sentei.

Como poderia dizer-lhe que era como se eu a tivesse esquecido?

# Doze

**Greg**

VOCÊ NUNCA NOTARIA a cicatriz no rosto de Liza McCullen se não houvesse ficado bem junto dela, nem passado a mão pela sua face e colocado os cabelos para trás das orelhas. Ficara bem sutil, pensei — uns três centímetros de pele perolada em suave relevo, um pouco irregular, como se não a tivesse tratado com esmero quando se feriu. Metade do tempo, ela usava o velho boné de beisebol para que parte do rosto ficasse na sombra. Quando estava sem chapéu, os cabelos sempre lhe contornavam o rosto em mechas, açoitadas pelo vento e soltas do rabo de cavalo. Quando ria, mal se podia notar, por causa das rugas que o mar e o sol lhe haviam feito surgir de repente no canto dos olhos.

Mas eu a vi. E, mesmo sem a cicatriz, você saberia que havia alguma coisa destoante em Liza.

A primeira vez que a vi, ela parecia um fantasma. Talvez isso pareça um tanto exagerado, mas juro que quase se enxergava através da moça. Parecia neblina marinha, como se quisesse vaporizar-se no ar.

— Esta é minha sobrinha — apresentou Kathleen, numa tarde enquanto todos nós esperávamos nossa cerveja... e, era tudo que se diria da chegada de alguém que a maioria de nós jamais sequer soubera da existência. — E está é a filha dela, Hannah. Da Inglaterra. Vão ficar.

Eu disse bom-dia — dois dos outros baleeiros me fizeram eco — e Liza assentiu com a cabeça num estranho olá, sem olhar ninguém nos olhos. Estava quase tão liquidada pelo fuso horário após o voo muito longo quanto é possível estar. Eu vira a menina alguns dias antes, agarrada à mão da tia-avó, e imaginara que fosse de algum dos hóspedes. Foi quase um choque descobrir que não apenas era da família de Kathleen, mas que outra pessoa se encontrava lá esse tempo todo. Examinei-a um pouco (loura e com lindas pernas — meu tipo exato), porém ela não tinha muito mais então. Pálida, com profundas olheiras, os cabelos pendiam como cortinas ao longo do rosto. Fiquei mais curioso do que, você sabe, interessado.

Mas Hannah — eu a amei tão logo a vi, e tenho toda certeza de que ela também gostou de mim. Ficou ali, metida atrás de Kathleen, com aqueles grandes olhos castanhos arregalados como os de um gambá, e parecia que, se alguém lhe dissesse buu!, ela se desmancharia e morreria de pavor. Então logo me ajoelhei — ela era pequenina então — e cumprimentei-a:

— Bom-dia, Hannah. Sua tia Kathleen lhe contou o que tem bem diante do seu quarto? — Kathleen disparou-me um olhar feroz, como se eu fosse dizer um bicho-papão ou coisa que o valha. Ignorei-a e continuei: — Golfinhos. Na água, ali na baía. As criaturas mais inteligentes e brincalhonas que você pode imaginar. Se olhar com muita atenção pela sua janela, aposto que verá os bichinhos. E sabe do que mais? São 'tão inteligentes que na certa vão levantar o focinho para dizer um olá!

— A baía é cheia deles — disse Kathleen.

— Você já viu um golfinho de perto? — perguntei.

Ela fez que não com a cabecinha. Mas conquistei-lhe a atenção.

— Como são lindos! Brincam conosco quando saímos nos barcos pro mar. Pulam em volta, nadam embaixo. Tão inteligentes quanto você e eu. Mas enxeridos. Vêm para ver o que a gente faz. Cardumes deles já vivem nesta baía há trinta, quarenta anos. Não é verdade, Kathleen?

A dona do hotel assentiu.

— Se quiser, levo você ao mar para vê-los — propus.

— Não — elevou-se uma voz.

Levantei-me. A sobrinha de Kathleen ganhara vida.

— Não — repetiu, a mandíbula cerrada. — Ela não pode ir para a água.

— Sou tão seguro quanto uma casa — eu disse. — Pergunte a Kathleen. — Tenho feito passeios até os golfinhos há quase quinze anos. Diabos... eu e os *Mobys* somos os operadores mais antigos daqui, depois de sua tia. E a criançada sempre usa coletes salva-vidas.

Mas Kathleen também não pareceu gostar muito da ideia:

— Todo mundo precisa de um pouco de tempo para se assentar. Depois a gente pensa em coisas legais para Hannah fazer aqui. Não há pressa alguma.

Caiu um estranho silêncio. Liza encarava-me, como se me desafiasse a sugerir outras viagens. Era como se eu tivesse sugerido algo terrível à menina. Kathleen sorriu-me, como um pedido de desculpas. Parecia mais perdida e deslocada do que eu jamais a vira.

Sou um rapaz simples, não desses que se metem em confusão. Decidi voltar para casa cedo e aproveitar a noite com a patroa. Isso, claro, nos dias anteriores à prática da boa forma com o personal trainer.

— Bom conhecer você, Hannah. Fique de olho bem atento naqueles golfinhos, agora — eu disse, toquei a aba do chapéu num cumprimento e ela me deu um sorrisinho que varreu tudo o mais em volta.

Liza McCullen já parecia ter esquecido minha presença.

— *E*i, Greggy. Você viu isso?

Sentado no Bar e Churrascaria Frutos do Mar de MacIver, a cinco minutos de carro do Cais da Baleia, eu tentava me livrar da dor de cabeça com uma torta e um café. Imaginei que talvez desse certo como um cruzamento entre café da manhã, que eu perdera, e almoço, que raras vezes eu comia. Mal valera ir até em casa; deixara o bar após uma esticada além da hora de fechar com Del, o proprietário, algum tempo depois das duas naquela manhã, e praticamente refiz minhas pegadas de volta tão logo consegui sair do chuveiro.

O bar mergulhava em silêncio, o sol ainda projetava longas sombras acima da baía e a rigorosa brisa hibernal mantinha o que restara dos turistas longe da orla, então ele se aproximou, sentou-se e jogou-me o jornal do outro lado da mesa.

— O quê?

Eu continuava com dificuldade de focalizar.

— A primeira página. Sobre o grande empreendimento em Baía da Esperança.

— Do que você está falando?

Franzi o cenho, puxei o jornal e passei os olhos pela matéria da primeira página sob a manchete: "Grande Impulso Turístico para a Cidade." Dizia que uma obra de multimilhões de dólares fora aprovada para o terreno ao longo da baía a partir da casa de Kathleen. Uma grande empresa internacional recebera permissão de planejamento para o empreendimento do projeto, após uma série sem precedentes de ofertas para proteger a natureza da cidade e a vida marinha ao redor.

*A Vallance Equity, os financiadores por trás do projeto, apresentou uma proposta que inclui um novo Museu de Baleias para despertar a consciência sobre as criaturas marinhas de Port Stephens entre os turistas, esportes aquáticos favoráveis às baleias, com todas as instruções, entre elas garantias para as espécies e uma série de benefícios complementares, incluindo a fundação de uma nova biblioteca e um ônibus para a escola de Silver Bay.*

*"Esperamos que este seja apenas o início de uma parceria frutífera com a comunidade local", declarou Dennis Beaker, da Beaker Holdings, uma das empreiteiras com sede na Inglaterra. "Queremos promover o relacionamento com a intenção de oferecer um marco de referência para a construção responsável nesta área."*

*O prefeito de Baía da Esperança, Don Brown, explicou: "Deliberamos por muito tempo e em profundidade sobre a conveniência desta obra. E, após um longo processo de planejamento, alegra-nos dar as boas-vindas aos benefícios de emprego e infraestrutura que trará o novo complexo hoteleiro. Mas acima de tudo acolhemos com prazer a atitude respeitosa e conscienciosa das empresas com relação às nossas águas."*

— "E o considerável suborno que trago enfiado no bolso de trás" — gozou Del. — Kathleen sabe disso?

— Não sei, amigo... Não vou lá há alguns dias.

— Bem — ele comentou —, imagino que a esta altura já saiba.

Atirou o pano de prato no ombro e retornou bamboleando como um pato em direção à grelha, onde hambúrgueres disparavam centelhas dentro do exaustor acima.

— "Esportes aquáticos favoráveis às baleias?" — perguntei. — Que diabos são "esportes aquáticos favoráveis às baleias"?

— Talvez vão ensinar a elas nado sincronizado — riu Del à vontade —, ou treiná-las para puxar os esquiadores aquáticos.

Minha mente começara a clarear.

— Isso é um desastre — eu disse, continuando a ler. — Compraram a velha fazenda Bullen e a água ao redor. — Del nada disse, fazendo saltar os hambúrgueres. Continuei a ler. — Vamos precisar de permissão para sair com os barcos em seguida. Não acredito no que estou lendo.

— Greg, você não pode dizer que a cidade não precisa do negócio.

— Você acha isso mesmo?

De repente, vi o Bar e Churrascaria pelos olhos de um visitante. O linóleo não fora trocado durante os quinze anos em que eu morava em Baía da Esperança, e as mesas e cadeiras eram mais confortáveis que elegantes. Mas era assim que gostávamos. Que eu gostava.

Mais tarde, fui a pé até o guichê de tickets. Leonie, uma colegial, cuidava do agendamento e da venda durante o inverno. Encontrava-se com facilidade um adolescente louco por golfinhos para trabalhar ali por uma ninharia.

— Você tem quatro para esta tarde — ela disse, brandindo a agenda —, uma família de seis para a manhã de quarta-feira e dois para sexta-feira, mas já avisei que ainda preciso confirmar, porque a previsão do tempo não é muito boa.

Assenti com a cabeça, mal a vendo.

— Ah, Greg — ela lembrou —, Liza vai aparecer à tardinha. Quer conversar com você e os outros caras sobre essa coisa do empreendimento. Acho que está meio preocupada.

— Não é a única — respondi.

Abri uma latinha de cerveja e fui sentar-me na camionete.

A primeira vez que Liza McCullen e eu fomos para a cama, ela estava tão bêbada que até hoje não sei nem se lembrou depois do que havíamos feito. Foi mais ou menos um ano após sua chegada à Baía da Esperança. Seu coração havia se aquecido um pouco — menos um calor tropical que um tipo de degelo ártico, é o que sempre digo —, mas continuava muito fria com todo mundo. Não é uma pessoa boa de conversa. Começara a sair com Kathleen no *Ishmael*. A tia ensinava-lhe quando a pequena estava na escola, e quanto mais tempo passava na água, mais feliz ficava. Fiz algumas brincadeiras sobre ela se tornar uma concorrente e tudo o mais, mas Kathleen sempre me demonstrava simpatia até eu contar uma piada sobre certa Lady Tubarão. Então me perguntava por que eu não dava o fora e gastava meus míseros dólares em algum outro bar. Acho que ela falava assim de brincadeira.

Àquela altura, Liza e eu conversávamos um pouco. Reunia-se algumas noites comigo e os outros baleeiros — Ned Durrikin e a moça francesa de bigode, que pilotavam o *Moby Dois* — e batia um breve papo — "Oi", "Sim" ou "Obrigada". Era como tirar leite de pedra.

Eu lhe contava piadas o tempo todo. Por volta dessa época, ela quase já se habituara a mim — gosto de fazer uma garota rir. Exasperava-me ver que em algumas noites mal conseguia despertar-lhe um sorriso. Vinha cuidando dela com tanto afinco que, para ser sincero, talvez tenha sido mais ou menos então que Suzanne se encheu. Eu ficava a noite toda na varanda de Kathleen entornando algumas e, quando menos esperava, chegava em casa meio chumbado e encontrava-a ali sentada com cara de bunda, o jantar tão carbonizado que dava para usá-lo para desenhar.

Mas, naquela noite, a gente viu que alguma coisa estava diferente. Liza não saíra, e Kathleen, taciturna, disse que a sobrinha ficaria em casa. Então entrei e sentei-me onde ela estava, na cozinha. Nada disse sobre o fato de que ela examinava alguma fotografia, pois quando entrei logo a enfiou no bolso da jaqueta, como se não quisesse que ninguém a visse, e tinha os olhos injetados, como se houvesse chorado. Pelo menos uma vez consegui manter a matraca fechada, porque tive o pressentimento de que alguma coisa estava diferente e, se fosse cuidadoso, isso talvez funcionasse de forma vantajosa para mim.

Então, depois de tê-la visto ali sentada por alguns minutos, e tentado não me remexer na cadeira (odiava sentar-me imóvel desde garotinho), ela ergueu os olhos para mim, aqueles grandes olhos tão tristes, que chegaram a me dar vontade de chorar, e perguntou:

— Greg, me ajuda a ficar bêbada? Quer dizer, bêbada mesmo?

— Bem, ora — respondi. Bati nos joelhos. — Não tem cara mais qualificado em toda Baía da Esperança.

Sem uma palavra a Kathleen, descemos a trilha, entramos na minha camionete e fomos para o bar de Del, onde ela se sentou e entornou uísque Jim Beam como se fosse sair de produção.

Fomos embora depois que o bar fechou e, a essa altura, ela se achava em tão péssima condição que mal conseguia manter-se de pé. Não era uma bêbada boba, como Suzanne, que cantava e ficava toda animada, o que, eu lhe dizia, simplesmente não ficava bem numa mulher, nem uma bêbada raivosa. Agia como se o que a aborrecia a consumisse por dentro.

— Não estou bêbada o suficiente — resmungou Liza, quando a empurrei camionete adentro. — Preciso de um pouco mais de bebida.

— Os bares já fecharam a essa hora. Creio que não tem um único aberto neste lado de Newcastle.

Eu também tomaria mais algumas, porém, a sensação que tenho ao ver uma pessoa a fim de entornar daquele jeito me impede de ficar bêbado demais.

— Kathleen — ela sugeriu. — Vamos beber no hotel.

Não imaginei que a velha Lady Tubarão fosse gostar muito da ideia de atacarmos seu bar altas horas da noite, mas, porra, a decisão não era minha.

Continuava quente o bastante para as roupas grudarem no corpo e sentamos do lado de fora com as cervejas. Ao luar, eu via o suor escorrer pela pele dela. Tudo parecia estranho nessa noite, a atmosfera carregada como se qualquer coisa pudesse acontecer. Era o tipo de noite em que uma repentina tempestade irrompe no mar. Eu ouvia as ondas quebrarem na praia, os grilos e tentava não pensar na moça a meu lado, tomando sôfregos goles de cerveja. Lembro que em determinado momento tiramos os sapatos, e surgiu a ideia de sairmos para remar. Lembro também que ela ria de maneira tão histérica que eu não soube se na verdade chorava. E então, quando perdeu o equilíbrio, meio que caiu em cima de mim, e ainda lembro o gosto de seus lábios quando encontraram os meus — Jim Beam e desespero, eu disse a mim mesmo. Não era uma mistura agradável.

Não que isso me detivesse.

A segunda vez foi uns seis meses depois. Suzanne e eu havíamos rompido e ela estava hospedada na casa da irmã em Newcastle. Liza ficara ainda mais bêbada, e eu precisei segurar-lhe os cabelos atrás enquanto ela vomitava, antes de recuperar-se o suficiente para voltar à camionete. Mas eu não a impedi de entornar em minha casa uma garrafa do melhor vinho tinto da uva shiraz que ganhei do Sr. Gaines. Mas era uma estranha para mim — sóbria e fria como pedra durante toda a semana, mas de vez em quando parecia querer livrar-se de toda essa frieza. Nessa noite acordei para encontrá-la aos prantos a meu lado na cama. De costas para mim, sacudia os ombros e tinha as mãos no rosto.

— Magoei você? — Eu continuava meio grogue de sono. Não é legal encontrar uma garota aos prantos depois que a gente deu umazinha, sabe o que quero dizer — Liza? Que foi que houve, linda?

Então, quando lhe toquei o ombro, percebi que estava dormindo. Isso me assuntou um pouco, então eu a chamei e depois a sacudi.

— Que foi? — ela perguntou. E em seguida, ao olhar o quarto em volta: — Ai, meu Deus, onde estou?

— Você chorava — respondi — enquanto dormia. Achei... achei que tinha sido eu.

Ela já saíra da cama e pegava a calça jeans. Se eu também não estivesse tão bêbado, teria me sentido humilhado.

— Ei, ei, se acalme. Não tem que ir a lugar algum. Eu só quis ter certeza de que você estava bem.

Vi um flash branco quando ela passou o sutiã pelos braços.

— Não tem nada a ver com você, Greg; sinto muito, preciso ir.

Parecia um homem. Como eu, quando saía para galinhar, antes de conhecer Suzanne, e acordava com alguém de quem teria arrancado o braço a mordidas para me livrar.

Dez minutos depois de Liza sair, ocorreu-me que não viera no carro dela. Mas, quando desci, ela já se fora havia muito tempo. Calculei que devia ter corrido metade da estrada litorânea para chegar em casa. Fazia isso como se não tivesse medo algum. ("Por que teria?", respondeu Kathleen, enigmática, quando perguntei. "O pior já acontecera.")

No dia seguinte, quando me sentei a seu lado no banco, ela se comportou como se nada houvesse acontecido.

Mais quatro vezes ela fizera isso comigo. Nem uma vez sequer em que nos encontramos a sós ela estava sóbria. Se eu fosse menos boa-pinta, imagino que ficaria um pouco preocupado.

Acho que devia ter ficado danado da vida, mas ninguém conseguia ficar assim com Liza. Ela tinha alguma coisa. Não era como ninguém mais que eu conhecia.

Quando, afinal, me falou da filhinha, estava sóbria. E me mandou não dizer uma palavra sequer. Não responderia a perguntas. Nem mesmo me contou como a pequena havia morrido. Disse-me apenas porque eu me enfureci e perguntei-lhe à queima-roupa por que diabos tinha de ficar tão bêbada para ir para a cama comigo.

— Não fico bêbada pra ir pra cama com você — respondeu. — Eu bebo pra esquecer. Ir pra cama com você é um subproduto disso. — Assim, sem mais nem menos, como se nada disso me ferisse os sentimentos. — E não vá fazer perguntas a Hannah. — Já parecia arrependida de ter contado, o que era muito grosseiro. — Não quero você trazendo essas coisas à tona. Ela não precisa que a lembrem.

— Nossa, que péssimo conceito você tem de mim — queixei-me.

— Não, sou só cuidadosa. — Ela fechou as mãos em punhos cerrados. — Hoje em dia, sou apenas cuidadosa.

Del sentiu-se feliz por ser o anfitrião do encontro — sabia que, com isso, ia faturar —, mas me disse de antemão que não se opunha ao empreendimento. Planejado para alguns metros dali, disse, esfregando as mãos no avental, iria fazer fortuna. Como se a clientela sobre a qual falavam fosse parar num velho antro de gordura como o MacIver para almoçar. Eu sabia que não ia influenciar o companheiro de longa data, mas adivinhei corretamente que a culpa talvez o fizesse me compensar com um sanduíche de bacon e, ao se aproximar da hora, sentei-me do lado de fora e o comi, acompanhado de um bom café forte.

Circulara a notícia e alguns donos de hotel, pescadores, os baleeiros, pessoas que podiam ser afetadas por tudo aquilo, começaram a aparecer. Sentamos diante do MacIver, à espera da chegada dos demais. Alguns traziam exemplares do jornal. Alguns murmuravam entre si, e ainda outros conversavam como de hábito, como se a cidade não fosse passar por uma mudança radical.

Não falei com Liza quando ela chegou, e ela não parecia ter pressa de falar comigo. Mas acenei a Hannah, que se aproximou e sentou-se a meu lado.

— Seu barco continua no galpão — eu disse em voz baixa, pois queria vê-la sorrir.

— Os golfinhos vão se mudar para longe daqui? — ela perguntou.

Kathleen chegara e pusera a mão no ombro da sobrinha-neta.

— Sei que eles já viram coisa pior — disse. — Na guerra, tivemos belonaves na baía, caças sobrevoando, submarinos... mas continuamos a ter golfinhos. Não se preocupe.

— São inteligentes, não são? Vão saber se afastar do caminho de todo mundo.

Lance levantou-se e começou a falar. Concordamos que ele seria o melhor mediador — nunca fui dado à oratória e todos sabíamos que Liza preferiria a morte a dirigir-se ao público. Explicou que apreciava o fato de que o empreendimento traria alguns benefícios econômicos à cidade, mas o parque de esportes aquáticos poderia destruir a principal área da cidade para o crescimento turístico: as baleias e os golfinhos.

— Reconheço que para muitos de vocês tanto faz de um ou de outro jeito, mas se trata de uma coisa que delimita e destaca Baía da Esperança de inúmeros outros destinos, e a maioria sabe que, quando os turistas saem para o mar em nossos barcos, muitas vezes param nos cafés ou lojas no caminho de casa. Ou se hospedam nos hotéis ao redor.

Ouviu-se um murmúrio de concordância.

— Esta coisa é dinheiro estrangeiro — ele continuou. — Sim, haverá alguns empregos, mas podem apostar a vida que os lucros não ficarão aqui. Nem em Nova Gales do Sul. Investimento estrangeiro significa retornos a estrangeiros. Além disso, nós sequer conhecemos a natureza completa desse empreendimento. Se tiver os próprios cafés e bares, caramba, vocês vão perder mais do que ganhar, caras.

— Mas talvez impulsione o comércio de inverno — chegou uma voz dos fundos.

— A que custo? Se as baleias e os golfinhos se forem, não vai haver comércio de inverno algum — respondeu Lance. — Sejamos francos: quantas pessoas viriam aqui em junho, julho e agosto, não fosse pelo Cais da Baleia? Hein?

Fez-se silêncio.

A meu lado, Hannah lia o jornal. Juro que a menina vinha se tornando tão adulta que se passariam dois segundos até estar dirigindo.

— Greg — ela disse, com expressão reprovadora.

— Que é, querida? — sussurrei. — Quer que eu pegue alguma coisa pra você comer?

— Esta é a empresa de Mike. — Manteve o dedinho num trecho da matéria. — Beaker Holdings. Tem o retrato dele no site da empresa.

Levei um ou dois minutos para entender o que ela dizia, e um pouco mais para concluir o que isso significava.

— Beaker Holdings — li. — Tem certeza, querida?

— Lembrei porque parecia um bico de pássaro. Isso quer dizer que Mike comprou Baía da Esperança?

Eu mal conseguia entender direito o que diziam durante o resto daquele encontro. Apenas juntava tudo, enquanto Lance organizava um abaixo-assinado. Consegui erguer a mão quando votaram por chamar o cara do Departamento de Planejamento e registrar uma queixa. E então, quando todos se afastaram, perguntei a Kathleen se ela sabia se Mike estava no hotel.

— No quarto — ela respondeu. — Acho que a namorada foi fazer compras. — Torceu o nariz. — Ela gosta de fazer compras. — Ergueu os olhos para mim. — Greg? Tudo bem com você?

— Pode chamar Liza? — pedi, tentando afastar a rispidez da voz na frente da pequena. — Vocês precisam saber de uma coisa.

Levei um ano e meio até levar Liza McCullen para a cama, e quase mais dois para ela confiar em mim o bastante para me contar sobre a filha.

# Baía da Esperança

Por isso não acreditei quando, no dia seguinte à morte do filhote de baleia, fui de carro até o hotel levar-lhe as chaves que deixara em minha casa, na pressa habitual de chegar à dela. Por isso não voltei ao hotel desde então — porque a imagem ainda me queimava a mente, atormentava-me, por mais cervejas que eu despejasse garganta abaixo: ela sentada no carona, no estacionamento do Hotel Silver Bay, logo após sair de minha cama, bem firme nos braços daquele inglês.

Ao que se constatou, Mike estava sentado à mesa da cozinha — onde em todos os tempos se reunia apenas a família de Kathleen, como se tivesse algum tipo de direito sobre o lugar. Quando aparecemos no vão da porta, ele ergueu os olhos. Lia um velho guia turístico e usava uma camisa elegante. Só a visão do cara naquele espaço já me deu vontade de esmurrá-lo.

Ele levou um ou dois segundos para perceber. Liza, porém, não lhe deu mais que isto. Bateu com força o jornal na mesa.

— É assim que você faz sua pesquisa, é?

Olhou a manchete e empalideceu. Nunca vi isso acontecer antes, mas a cor se esvaiu tão rapidamente que quase me vi baixar os olhos para verificar se havia uma poça de sangue no chão.

— Se instala em nosso hotel por quase um mês, faz amigos, perguntas, conquista minha filha e o tempo todo planeja nos arruinar?

Ele encarava a primeira página.

— Logo você... logo você! Sabendo o que sabe, como pôde, Mike? Como pôde fazer isso?

Por Deus, nunca a vi tão furiosa. Elétrica, crepitava. Os cabelos eriçados, quase em pé.

Ele levantou-se.

— Liza, me deixe explicar...

— Explicar? Explicar o quê? Que veio aqui fingindo estar de férias e o tempo todo tramava e planejava com o conselho municipal pra nos destruir?

— Não vai destruir vocês nem as baleias. Tenho trabalhado para pôr todas essas garantias em prática.

Ela riu então, um ruído oco e louco. Tenho de confessar que ficou um pouco assustadora nesse momento.

— Garantias, garantias. Como é que a porra de um parque de esportes aquáticos no meio de nossas águas pode ser algum tipo de garantia? Lanchas zumbindo ao longo da baía, puxando esquiadores, jet-skis e sabe Deus mais o quê! Sabe o que isso vai fazer às baleias?

— Como é pior do que você faz? São apenas motores de barco. Elas vão saber seguir o melhor caminho para migração. Haverá regras. Conselheiros.

— Regras? Que porra você sabe? Acha que um adolescente de dezoito anos num jet-ski lá quer ouvir falar de regras? — Ela tremia de raiva. — Você nos viu tentar salvar aquela baleia bebê, e agora fica aí e diz que seu maldito parque de esportes aquáticos não vai afetar nada? Pior, pegou minha filha pra lhe ajudar a bajular o Departamento de Planejamento e conquistar todos com esse papinho.

— Achei que poderia ser algo bom — protestou Mike. — Ela disse que eram coisas de que eles precisavam.

— Eram coisas que *você* precisava pra pôr o Departamento do seu lado. Você é doente, sabe disso? Doente.

— A decisão não é minha — ele defendeu-se, impotente. — Tenho dado o melhor de mim para fazer essa coisa funcionar o melhor possível para todos.

— Tem dado o melhor de si pra encher os bolsos — eu disse.

Avancei mais um passo para perto dele, e o vi tomar posição, como se se preparasse para um golpe.

Liza virou-se, em lágrimas agora. Balançou a cabeça e declarou, ressentida:

— Sabe... tudo o que você disse é uma grande mentira. *Tudo.*

Foi a primeira vez que ele se mostrou furioso:

— Não — respondeu, com urgência na voz, e estendeu a mão. — Nem tudo. Eu queria falar com você. Ainda quero, mas...

Ela afastou-o como se ele fosse tóxico.

— Acha mesmo que tem *qualquer coisa* a dizer que eu ia querer ouvir?

— Sinto muito. Queria ter dito algo sobre o empreendimento — ele continuou —, mas tinha de elaborar primeiro. Assim que me dei conta do que as baleias significavam para vocês, pessoal, quis encontrar uma forma de deixar todos satisfeitos.

— Ora, meus malditos parabéns — ela cuspiu. — Espero que esteja satisfeito, porque esta coisa vai nos destruir, e às baleias também. Mas espere aí, desde que seus investidores obtenham um bom retorno, alegra-me que esteja satisfeito.

Ofereci-me para dar-lhe uma porrada.

— Ai, não seja tão idiota — disse Liza, e com um aceno desdenhoso que pareceu incluir nós dois, passou por mim e saiu da cozinha.

Uma garota parou no corredor, loura, de roupas caras e uma minúscula bolsa de maquiagem bem junto ao peito. Recuou para deixar Liza passar.

— Tá tudo bem? — perguntou.

— Ainda pego você, parceiro — eu disse, apontando-lhe um dedo no rosto. — Não pense que isso vai ser esquecido.

— Ah, acalme-se, Greg — disse Kathleen, esgotada, e empurrou-me para fora da cozinha. Como se alguma coisa fosse culpa minha. — Vanessa, você talvez queira entrar e sentar-se. Vou fazer um bule de chá.

# Treze

*Kathleen*

Newcastle Observer, *11 de abril de 1939*

*O maior tubarão-enfermeiro cinza já capturado em Nova Gales do Sul foi descarregado numa comunidade pesqueira ao norte de Port Stephens — por uma menina de dezessete anos.*

*A Srta. Kathleen Whittier Mostyn, filha de Angus Mostyn, proprietário do Hotel Silver Bay, fisgou a criatura na tarde de quarta-feira, nas águas próximas à Ilha do Nariz Quebrado. Ela desembarcou-o, sem qualquer ajuda de uma pequena catraia, enquanto o pai retornara brevemente ao hotel para buscar algumas provisões.*

*Ele disse: "Fiquei chocado quando Kathleen me mostrou a criatura. A primeira coisa que fizemos foi levá-la para a praia e chamar as autoridades adequadas, pois imaginava que ela tinha quebrado algum tipo de recorde."*

*Um representante do Departamento de Pesca confirmara que era o maior tubarão de sua espécie já capturado na região. "Essa é uma realização e tanto para uma garota tão jovem", disse o Sr. Saul Thompson. "Até um pescador experiente encontraria dificuldades em capturar este tubarão."*

*O tubarão já se tornava uma considerável atração, com pescadores e curiosos percorrendo grandes distâncias para verem a criatura.*

*O Sr. Mostyn planeja mandar empalhá-lo e pendurá-lo no hotel como um registro da valiosa captura feita pela filha. "Precisamos apenas de uma parede bastante resistente", ele brincou.*

*O pessoal do hotel diz que as reservas triplicaram desde a publicação da notícia do prêmio da Srta. Mostyn, e o recorde com certeza acrescentará à área fama cada vez maior como um excelente lugar para o esporte da pesca.*

TIREI A POEIRA DA MOLDURA de vidro e pus de volta o recorte de jornal amarelado na parede, junto com as fotografias do tubarão empalhado. A própria taxidermia não fora muito bem-sucedida — eu desconfiava que meu pai tivesse tanta pressa de colocá-lo à mostra que não a mandara fazer por alguém com genuína competência — e a criatura desintegrara-se ao ser transferida do hotel para o museu, deixando escapar palha pelas costuras ao redor das barbatanas e ao longo da junta do rabo. Acabamos por aceitar a derrota e a pusemos fora nas latas de lixo. Vi pela janela, com diversão, o dia em que chegaram os lixeiros.

Não contribuíra para sua sobrevivência o fato de que fora manuseado por quase todo visitante que já entrara no museu. Alguma coisa num tubarão empalhado fazia as pessoas quererem tocá-lo. Talvez o frêmito de saber que, em circunstâncias normais, jamais chegariam tão perto de um sem amputação ou morte seguida logo atrás. Talvez isso lhes dê alguma estranha sensação de poder. Talvez todos nós abriguemos uma perversa necessidade de chegar perto de coisas que podem nos destruir.

Desviei propositalmente o olhar das fotografias e passei o espanador de leve sobre os outros objetos e curiosidades, vendo o museu pelos olhos do tipo de turista que se interessaria por um parque de esportes aquáticos de primeiríssima qualidade. Ou, como descrevera o jornal, um museu de baleias e golfinhos "ideal". Eu não recebera um único visitante em dez dias. Talvez não pudesse culpá-los, pensei, pondo com todo cuidado um arpão de volta nos ganchos. Parecia menos um museu que um monte de velhos ossos de peixes num abrigo caindo aos pedaços. Só o mantinha em funcionamento por causa de meu pai.

Estavam todos no hotel, sentados na varanda, e discutiam em voz alta, servidos de cerveja e salgadinhos, as ideias para a luta contra a decisão do departamento. Eu não quisera ficar entre o pessoal, não desejava fingir afinidade por crimes ainda não cometidos contra criaturas marinhas livres. Tinha sentimentos e reservas muito diferentes.

Ouvi a porta ranger e virei-me. Mike Dormer surgiu no vão. Era difícil distinguir o seu rosto, pois se erguia contra a luz, assim fiz sinal com a mão para que entrasse.

— Nunca estive aqui antes — ele disse, olhando em volta enquanto os olhos se adaptavam à escuridão.

Tinha as mãos enfiadas no fundo dos bolsos, a postura, em geral ereta, curvada e pesarosa.

— É — concordei. — Não esteve.

Ele circulou devagar, encarando as vigas acima, das quais pendiam velhas cordas, redes, boias e macacões de baleeiros da década de 1930. Parecia interessar-se por tudo de uma maneira sincera que eu raras vezes via nos visitantes.

— Reconheço esta foto — disse, parando diante do recorte de jornal.

— É, bem... Uma coisa que de fato sabemos sobre você, Mike, é que sem dúvida faz pesquisas.

Expressei-me com mais dureza do que pretendera, mas me sentia exausta e ainda desestabilizada porque o mantivera sob meu teto por tanto tempo, mas não conseguira avaliá-lo direito.

— Sinto muito — ele disse. — Eu merecia isto.

Torci o nariz e comecei a tirar o pó dos suvenires na mesa sobre o cavalete, junto à caixa registradora. Pareceram de repente antiquados e patéticos: chaveiros de baleia, golfinhos suspensos em bolas plásticas, cartões-postais e toalhas de chá exibindo sorridentes criaturas do mar. Presentes de crianças. Qual o sentido, se as crianças não iam mais ali?

— Escute, Kathleen, sei que talvez não queira falar comigo neste momento, mas tenho uma coisa a lhe dizer. É importante para mim que entenda.

— Ah, eu entendo, tudo bem.

— Não, não entende. Quero lhe dizer uma coisa — ele repetiu. — Sério. Vim pra cá na expectativa de que fosse um trabalho de empreen-

# Baía da Esperança

dimento, nada mais que isso. Achei que entraria e sairia, que iria construir numa área a que ninguém dava demasiada importância. Logo compreendi que não era este o caso, então, passei a tentar elaborar uma solução que mantivesse meu chefe satisfeito na Inglaterra, e vocês muito felizes aqui. Precisava descobrir até que ponto isso seria possível.

— Poderia ter partilhado isto conosco. Talvez pudéssemos ter contribuído com alguma coisa. Sobretudo porque eu vivo na área há setenta e muitos anos.

— Agora me dou conta disso. — Notei com estranha satisfação que os sapatos dele estavam bem surrados. — Mas, assim que passei a conhecer todos vocês, ficou impossível.

— Acima de todos, Liza — eu disse. Para sermos mais exatos.

— É — ele concordou. — É, Liza.

— Bem, Mike, para um homem tranquilo, você causou grande impacto por aqui.

Continuei a limpeza, sem saber o que mais fazer. Não queria ficar ali diante dele. Nos calamos por alguns minutos, enquanto eu trabalhava de costas. Eu o sentia me encarando por trás.

— Em todo caso — ele disse, tossindo —, imagino que isso na certa muda tudo. Andei dando uns telefonemas. Tem um lugar mais adiante na orla que me... nos... hospedará. Eu só queria dizer o quanto lamento, e se puder fazer alguma coisa... bem, para atenuar os efeitos deste empreendimento, você, por favor, me informe.

Parei, o espanador erguido na mão, e virei-me para ele. Minha voz, quando saiu, soou estranhamente alta no espaço cavernoso:

— Como se atenua o assassinato de um negócio de família de setenta e cinco anos de vida, Mike? — perguntei.

Ele pareceu arrasado, então, como imaginei que ficaria.

— Sabe de uma coisa? Eu na verdade não dou a mínima pro hotel, por mais que você possa pensar de outro modo. Prédios como esses não têm a mínima importância pra mim, e este projeto vem fracassando há anos. Tampouco me preocupa tanto a baía. Quanto às baleias e aos golfinhos, espero que os curiosos que os observam cuidem para que fiquem bem.

Transferi o peso de uma perna para outra e o espanador para a outra mão.

— Mas você precisa saber de uma coisa, Mike Dormer. Quando você destrói este lugar, destrói a segurança de Hannah. Trata-se do único lugar, no mundo todo, onde ela pode ficar sem precisar se preocupar, onde pode crescer em segurança e ilesa. Não posso explicar mais, mas você deve saber. Suas ações terão impacto em nossa menina. E por isso não posso perdoá-lo.

— Mas... por que teriam que sair daqui?

— Como teremos condições de morar num hotel sem hóspedes?

— Quem diz que não terão hóspedes? Seu hotel é completamente diferente do que o nosso projeto. Sempre haverá clientes para um hotel como o seu.

— Quando há cento e cinquenta quartos com banheiros e televisão por satélite na porta ao lado? Ofertas de três pelo preço de dois e piscina interna aquecida? Acho que não. A única coisa que tínhamos a nosso favor aqui era o isolamento. O tipo de pessoas que vinham aqui desejavam ficar no meio do nada. Desejavam poder ouvir o mar à noite, o sussurro do mato nas dunas e mais nada. Não queriam ouvir karaokê no Salão da Baleia-Corcunda, nem o barulho de quarenta e oito carros entrando e saindo do estacionamento a caminho do bufê. Qual é, Mike? Você lida com números grandes, em pesquisa comercial. Sabe bem como uma operação dessas se mantém à tona.

Ele ia falar, mas então balançou a cabeça, mudo.

— Volte pros seus patrões, Mike. Diga que cumpriu sua ordem. Fechou o acordo, ou seja lá como dizem esses tipos de Londres.

Eu estava quase às lágrimas e isso me deixou tão furiosa que recomecei a passar mais uma vez o espanador, para que ele não visse meu rosto. Setenta e seis anos e prestes a chorar como uma adolescente. Mas não pude impedir sentir-me assim. Toda vez que eu pensava na ideia de Liza e Hannah irem embora, terem de se estabelecer em algum lugar longe dali, precisarem recomeçar tudo de novo, ficava sem ar.

Meio que esperara que Mike saísse, após dar-lhe as costas por tanto tempo. Mas, quando me virei, ele continuava ali, os olhos fixos no chão, ainda pensando.

Por fim, levantou a cabeça e disse:

— Não sei como, Kathleen, mas vou corrigir isso. — Devo ter olhado com descrença, porque ele avançou um passo para mim. — Prometo, Kathleen. Vou corrigir.

Então girou nos calcanhares, as mãos enfiadas no fundo dos bolsos, e encaminhou-se de volta pelo trajeto até a casa.

No dia seguinte, deixei Hannah na escola, tomei a estrada para o interior e fui ver Nino Gaines. Era uma das poucas pessoas com quem poderia ter uma conversa franca sobre dinheiro. Tentar transmitir a Liza como o dinheiro estava curto a teria deixado ainda mais ansiosa, e eu sempre me esforçara para disfarçar o pouco que suas viagens de observação de baleias ajudavam nos custos da administração de nossa casa.

— Então, quanto você tem?

Estávamos sentados no escritório da casa. Da janela, eu via as fileiras de vinhas, desnudas agora, como batalhões de galhos secos sob um céu singularmente cinzento. Atrás de Nino, viam-se livros empilhados sobre vinhos e um cartaz emoldurado da primeira promoção de supermercado que incluíra seu Shiraz. Gostava do escritório de Nino: transmitia negócios saudáveis, inovação e sucesso, apesar dos avançados anos de meu amigo.

Escrevi alguns números no bloco diante de mim e empurrei-o em sua direção. Talvez pareça tolice, mas fui criada para julgar grosseiro falar de dinheiro, e mesmo em minha idade achava difícil falar disso em voz alta.

— Aqui são os lucros prefixados. Aqui, o volume bruto do rendimento dos negócios. Conseguimos sobreviver. Mas, se eu tivesse de pôr um telhado novo, ou qualquer coisa assim, precisaria vender o barco.

— Bem apertado, hein?

— Apertado mesmo.

Nino ficou muito surpreso. Acho que até aquela ocasião ele imaginara que, por meu pai ser o grande nome na área quando nos havíamos conhecido, eu devia estar sentada em algum considerável ninho de ovos de ouro. Mas, como lhe expliquei, fazia cinquenta anos desde o apogeu do hotel. E desde que houvera algo semelhante a um fluxo constante de hóspedes. Impostos, reparos no prédio e o custo de cuidar de duas pessoas extras — uma das quais exigia um infindável abastecimento de sapatos, livros e roupas — haviam consumido o pouco que eu economizara.

Nino tomou um gole do chá. Antes, Frank trouxera-nos uma bandeja com alguns biscoitos. O fato de ele tê-la colocado sobre um descanso rendado fez-me formar uma nova impressão do filho ainda solteiro de Nino, embora o pai parecesse acreditar que o toque decorativo fosse apenas uma delicadeza para mim.

— Você quer que eu invista no hotel, para poder fazer algumas renovações? Modernizar os quartos? Instalar televisão por satélite? Os últimos anos foram fartos. Seria um enorme prazer investir algum dindim numa coisa nova. — Ele riu. — Diversificação. É no que o velho contador diz que eu devia me concentrar.

— De que adianta, Nino? Você sabe tão bem quanto eu que, assim que o monstro erguer-se junto ao cais, seremos pouco melhores que um abrigo nos fundos do jardim deles.

— Não conseguem sobreviver do dinheiro da observação de baleias? Será que Liza não sairá com maior frequência, com mais turistas na área? Talvez você pudesse investir em outro barco. Arranjar alguém para conduzi-lo por você.

— Mas este é o problema. Ela não ficará se houver mais pessoas. Fica... nervosa. Precisa viver num lugar sossegado.

As palavras soaram fracas até para mim. Havia muito parara de tentar justificar o visível enigma que era minha sobrinha.

Ficamos em silêncio, enquanto Nino as digeria. Terminei o chá e pousei a xícara na bandeja. Então ele se curvou sobre a escrivaninha.

— Tudo bem, Kate. Sabe que jamais me intrometi nisso, mas vou perguntar agora. — Baixou a voz: — De que diabo Liza tem fugido?

Foi então que as lágrimas afloraram, e eu percebi, horrorizada, que não podia detê-las. Os soluços sacudiam-me com movimentos espasmódicos o peito e os ombros, como se estivesse suspensa por cordas elásticas. Creio que não chorava desde criança, mas não pude impedir-me. Queria com tanto desespero proteger minhas meninas, mas Mike Dormer e seus planos idiotas e trapaceiros convenceram-me de como elas eram vulneráveis, e da facilidade com que nosso suposto refúgio na extremidade da baía poderia tornar-se tão semelhante a um barril de pólvora.

Após recompor-me um pouco, fitei-o.

Ele me dava um sorriso de compaixão, os olhos preocupados.

— Não pode me contar, não é? — disse. Levei as mãos à cabeça. — Imagino que deva ser algo muito ruim, senão você não ficaria assim tão abalada.

— Você não deve pensar mal de Liza — murmurei, por entre os dedos. Um lenço macio, surrado, foi enfiado entre eles, e usei-o deselegantemente para enxugar os olhos. — Ninguém sofreu mais que ela.

— Não se atormente. Conheço o que tenho visto de suas meninas e sei que não há um fio de cabelo malévolo em nenhuma daquelas cabeças. Não perguntarei de novo, Kate. Apenas achei que contar a alguém... seja o que for... lhe proporcionasse um pouco de alívio.

Estendi a mão então e tomei a sua, velha e forte. Ele apertou com força a minha, os imensos nós dos dedos em cima dos meus, e senti maior reconforto com isso do que imaginara.

Ficamos ali sentados por mais alguns minutos, ouvindo o tique-taque do relógio sobre a lareira, e eu com a estranha sensação de sua pele absorvida pela minha mão. Percebi que não queria ir para casa. Não tinha força para tranquilizar Liza, que estava quase louca de angústia. Nem para ser gentil com Mike Dormer e a namorada moderninha, e pensar no que me haviam feito. Sequer queria ter de calcular a conta deles. Apenas desejava continuar sentada ali na sala, imóvel, com alguém para cuidar de mim.

— Você podia vir morar aqui.

A voz de Nino foi amável.

— Não posso, Nino.

— Por que não?

— Já lhe disse. Não posso abandonar as meninas.

— Eu quis dizer você e as meninas. Por que não? Espaço à beça. Perto o bastante para Hannah continuar na escola, se você não se importar de dirigir um pouco mais. Olhe para esta grande casa velha. Os quartos adorariam tornar a ver jovens. A única coisa que mantém Frank aqui é que não quer me deixar sozinho.

Eu nada disse. Minha cabeça estava vagando.

— Venha morar comigo. Podemos organizar do jeito que quiser... você no seu quarto, ou... — Ele me encarava intensamente e, naqueles olhos de pálpebras pesadas, reconheci um eco do jovem aviador convencido de cinquenta anos antes. — Não vou perguntar de novo. Mas sei que isso nos faria felizes. E eu a ajudaria a proteger as meninas seja lá do que a faz se preocupar tanto. Diabo, estou no lugar onde Judas perdeu as botas, você sabe. Na metade das vezes, nem o carteiro nos encontra.

Ri, mesmo sem querer. Como disse antes, Nino Gaines sempre conseguia fazer isso comigo.

Então o aperto da mão ficou mais forte.

— Sei que você me ama, Kathleen. — Como nada respondi, ele continuou: — Ainda me lembro daquela noite. Cada minuto. E sei o que significou.

Ergui a cabeça, sobressaltada.

— Não fale daquela noite — disse, ríspida.

— É por isso que você não quer se casar comigo? Porque se sente culpada? Nossa, Kate, foi uma noite há vinte anos. Montes de maridos se comportam pior. Foi uma única noite... combinamos que não se repetiria.

Balancei a cabeça.

— E não repetimos, não é? Fui um bom marido pra Jean, e você sabe disso.

Ah, eu sabia. Passara mais da metade da vida pensando nisso.

— Então por quê? Jean me disse... Meu Deus, com as palavras agonizantes... ela me disse que queria que eu fosse feliz. Era quase o mesmo que dizer que devíamos ficar juntos. Que diabos nos tem impedido? Que diabo a tem impedido?

Tive de levantar-me. Apertei minha mão na dele, levei a outra à boca quando me dirigi sem muita firmeza ao carro.

Não podia dizer-lhe — não lhe podia dizer a verdade. O que Jean dissera a ele fora uma mensagem, certo, mas uma mensagem para mim. Dizia-me, por ele, que ela ficara sabendo — que durante todos aqueles anos ela sabia. E entendera que saber isso iria encher-me de culpa pelo resto dos meus dias. Jean Gaines conhecia-nos muito melhor do que Nino supunha.

Naquela noite não saí para me juntar às tripulações. Após o correto palpite de que a indignação deles teria brasa suficiente para durar uma noite inteira, deixei Liza servir a refeição e aleguei uma dor de cabeça. Depois me sentei no pequeno escritório nos fundos da cozinha, onde calculei as contas dos hóspedes, e passei pelos anos de livros contábeis, as contas que mapeavam a história do hotel. Os anos de 1946 a 1960 eram encadernações gordas, que me informavam na largura das lombadas a popularidade do Silver Bay. De vez em quando, eu as abria e olhava as notas de cortes de carne, uísque e charutos importados, indícios das comemorações por um bom dia de pesca. Meu pai guardara cada recibo, hábito que eu trazia comigo. Isso foi quando os mares eram cheios, a área do salão, ruidosa de risadas, e nossas vidas, simples. A principal preocupação era comemorar o fim da guerra e a nova prosperidade que resultara disso.

A lombada do livro do último ano tinha menos de três centímetros de largura. Corri a mão ao longo da fileira de volumes encadernados de couro e deixei os dedos registrarem pelo toque a regressão das lombadas. Então ergui os olhos para a fotografia de minha mãe com meu pai, solenes nas roupas de casamento, encarando-me. Perguntava-me o que pensariam da minha difícil situação. Nino me falara da possibilidade de vender o Silver Bay ao pessoal do hotel; que, com a ajuda de um bom negociador, poderia conseguir um bom preço. Talvez obtivesse o suficiente para começar em algum lugar novo. Mas eu era velha demais para procurar uma nova casa, velha demais para entulhar o que me restara da vida num pequeno bangalô. Não desejava ter de encontrar o caminho em novos centros médicos e supermercados, conhecer novos vizinhos. Minha vida se encontrava entre aquelas paredes, em meio aqueles livros. Tudo que já tivera importância para mim estava ali. Ao encarar aqueles livros, percebi que precisava mais daquela casa do que admitira.

Não tenho o costume de beber, mas naquela noite enfiei a mão na primeira gaveta da escrivaninha do meu pai, abri seu velho frasco de bolso e concedi-me uma pequena dose de uísque.

Eram quase dez e quinze da noite quando Liza bateu à porta.

— E a cabeça? — perguntou, fechando-a atrás ao entrar.

— Ótima.

Fechei os livros, na esperança de parecer que estivera trabalhando. Não me doía a cabeça. O que me doía era eu. Tudo em mim parecia esgotado.

— Mike Dormer acabou de entrar e subiu direto pro quarto. Agiu como se não tivesse mais nenhum compromisso por hoje. Achei que talvez você pudesse ter uma conversa com ele.

— Eu disse que ele podia ficar — respondi em voz baixa e levantei-me da cadeira para pôr o livro de volta na prateleira.

— Você fez o quê?

— Você ouviu.

— Mas por quê? Não o queremos em nenhum lugar perto de nós.

Não a olhei. Não precisava — vi pelo tom chocado da voz que o rosto estaria rubro de raiva.

— Ele pagou até o fim do mês.

— Então devolva o dinheiro.

— Acha que posso jogar esse tipo de dinheiro fora? — respondi, irritada. — Cobrei dele três vezes mais que de qualquer outro.

— O dinheiro não está em questão, Kathleen.

— Está sim, Liza. O dinheiro *é* a questão. Porque vamos precisar de cada centavo, e isto significa que cada último hóspede que quiser ficar aqui vai ser bem recebido por mim, mesmo que isso me faça o maldito sangue coagular.

Ela ficou chocada.

— Mas pense no que ele fez — insistiu.

— Duzentos e cinquenta dólares por noite, Liza, é só no que penso. Mais as refeições da namorada. Diga-me de que outro jeito vamos ganhar um dinheiro desses.

— As tripulações dos catamarãs. Saem pro mar toda noite.

— Quanto acha que ganho deles? Dois centavos por garrafa de cerveja. Um dólar, mais ou menos, por refeição. Acha mesmo que eu poderia cobrar a quantia certa quando sei que metade deles vive de biscoitos grátis? Pelo amor de Deus, não notou que raramente Yoshi tem dinheiro sequer para nos pagar?

— Mas ele vai nos destruir. E você o deixa ficar no melhor quarto enquanto isso acontece.

— O que está feito, está feito, Liza. Se aquele hotel vai ou não adiante foge ao nosso controle. Temos apenas de pensar em ganhar o máximo de nossa renda, enquanto ainda temos como.

— E dar adeus aos princípios?

— Não podemos nos dar o luxo de ter princípios, Liza, e esta é a verdade. Pelo menos se quisermos manter Hannah no uniforme da escola.

Eu sabia o que ela de fato queria dizer, o que nenhuma de nós suportava dizer em voz alta. Como podia eu acolher de bom grado o homem que partira o que lhe restara do coração? Como podia fazê-la sofrer a dor de ser obrigada a vê-lo circular pela casa com aquela menina e exibir o relacionamento dos dois?

Olhamos furiosas uma para a outra. Senti-me sem ar e apoiei uma mão para estabilizar-me. Liza tinha os lábios rígidos de mágoa e indignação.

— Sabe de uma coisa, Kathleen? Eu às vezes não entendo mesmo você.

— Bem, não precisa entender — respondi, curta e grossa, fingindo que ia arrumar a escrivaninha. — Apenas continue com seu trabalho e me deixe administrar meu hotel.

Acho que não havíamos trocado palavras ásperas nos cinco anos em que ela morava ali, e vi que isso abalara nós duas. Senti aquele frasco de bolso chamar-me, mas não ia tirá-lo da gaveta na frente dela: não queria que tomasse meu exemplo e se embriagasse, caso que poderia levá-la a outro encontro catastrófico com Greg.

No fim, Liza virou-se bruscamente e saiu, enfurecida, sem uma palavra.

Mordi a língua. Não podia contar-lhe a verdade por trás de minha decisão, porque sabia que ela discordaria: teria uma péssima reação até mesmo à mínima sugestão do que eu desconfiava ser a verdade. Porque não se tratava apenas de dinheiro, mas porque, mais que ninguém, eu entendia como o rapaz entrara naquela situação. Mais importante, tratava-se de uma isca. E, apesar de tudo que acontecera, meu íntimo dizia-me que manter Mike Dormer perto de nós seria nossa melhor chance de sobrevivência.

# Catorze

*Mike*

OS PASSEADORES DE CACHORROS haviam parado de acenar-me. Na primeira manhã que passei correndo por eles, achei que não me tinham visto. Talvez tivesse o chapéu de lã enfiado muito fundo na cabeça. Habituara-me àquelas pequenas trocas matinais e descobrira-me à procura de rostos conhecidos. Mas na segunda manhã, quando eu ergui a mão em saudação, e eles viraram o rosto, não só percebi que não era mais anônimo, como também notei que, em algumas partes da Baía da Esperança, tornara-me o inimigo público número um.

O mesmo ocorreu no posto de gasolina local, quando parei para abastecer o carro, no caixa do supermercado e no pequeno bar de frutos do mar perto do quebra-mar, quando me sentei e tentei pedir um café. Foram necessários quase quarenta minutos e vários lembretes para chegar a ser servido.

Vanessa se tornou agressiva.

— Ah, você vai sempre incomodar alguns — disse com desdém. — Lembra o projeto de construção daquela escola no leste de Londres? As pessoas nos apartamentos em frente ficaram desconfiadas até descobrirem o quanto aumentaria o valor das propriedades.

Mas agora era diferente, tive vontade de dizer-lhe. Não me importava o que as pessoas em questão pensavam de mim. Além disso, ela não tinha de enfrentar Liza, que conseguia agir ao mesmo tempo como se eu não existisse mais e tratar-me com um tipo de gélido ressentimento.

Numa ocasião, encontrei-a sozinha na cozinha — Vanessa permanecera no andar de cima — e falei:

— Eu já disse à sua tia. Vou tentar interromper o projeto. Sinto muito.

O olhar que ela me lançou calou-me, atônito.

— Sente muito pelo quê, Mike? Por morar aqui sob falsos pretextos, por estar prestes a nos destruir ou por ser a merda de um hipócrita duas caras...

— Você me disse que não queria um relacionamento.

— Você não me disse que já tinha um.

Assim que falou, ela fechou a expressão, como se achasse que revelara demais. Mas eu sabia o que Liza sentia. Repassara aquele momento no carro como se o tivesse gravado numa fita na mente. Sabia recitar palavra por palavra o que havíamos dito um ao outro. Então me lembrava de minha própria duplicidade em tantos níveis, e a essa altura em geral ligava para Dennis ou encontrava alguma tarefa administrativa que tinha a ver com o projeto. Nisso consiste a beleza do trabalho: é um refúgio com inúmeros problemas práticos. A gente sempre sabe como se posicionar.

Expliquei a Vanessa por que não achava mais correto o empreendimento conforme planejado. Ela não acreditou em mim, então a levei ao mar no *Moby Um* com vários turistas e mostrei-lhe os golfinhos. Yoshi e Lance foram cordiais, mas senti um desconforto quase físico com a falta de conversa bem-humorada, e até saudade dos cáusticos insultos de Lance. Eu deixara de ser um deles. Sabia disso, e eles também.

A sensação de silenciosa desaprovação seguiu-me pela baía a ponto de convencer-me de que até os turistas coreanos no convés de cima sabiam pelo que eu era responsável.

— Seria preferível me espetar um arpão na mão e rotular a mim mesmo de "assassino de baleias" — eu disse, quando o silêncio se tornou insuportável.

Vanessa retrucou que isso não passava de sensibilidade exagerada de minha parte.

— Por que se importar com o que eles acham? — continuou. — Daqui a poucos dias você jamais terá de voltar a ver algum deles.

— Me importo, sim, porque quero fazer isso direito — respondi. — E acho que podemos. Em termos éticos e comerciais.

Sabia que era vital tê-la ao meu lado se quiséssemos convencer Dennis a alterar os planos.

— Negócio ético, é?

Ela ergueu uma sobrancelha, mas não descartou a ideia.

Então, como em resposta às minhas preces, os mares abriram-se. A voz de Yoshi chegou pelos alto-falantes, animada de excitação, como sempre ficava na presença de uma baleia.

— Senhoras e senhores — anunciou —, se olharem pelas janelas de bombordo... isto é, à esquerda para os que não sabem... poderão ver uma baleia. Ela talvez venha em nossa direção, por isso vamos desligar os motores e esperar que chegue perto.

Ouviu-se uma elevação de conversas animadas no convés de cima. Enrolei o cachecol na cabeça e apontei o lugar onde avistara uma erupção. Fixei os olhos no rosto de minha namorada, sabendo que o momento seria crucial, e rezei para que a baleia soubesse o que era bom para si mesma e a impressionasse.

Então, como no momento certo, a criatura irrompeu a uns dez metros de nós, girando a imensa cabeça pré-histórica quando tornou a mergulhar na água. Como eu, Vanessa não pôde evitar o arquejo e suavizou o rosto numa alegria quase infantil. Por um momento, vi nela a menina que eu amava antes de vir para a Austrália. Tomei-lhe a mão, apertei-a e ela apertou a minha de volta.

— Percebe o que quero dizer? — perguntei. — Vê como é impossível?

— Mas o projeto já está em andamento — ela retrucou, quando conseguiu desprender o olhar da baleia. — Foi você quem o criou.

— Não suporto viver comigo mesmo — confessei. — Tomei consciência do que pode acontecer e não quero ser responsável pela destruição de alguma coisa aqui.

Ficamos ali parados e vimos quando a baleia irrompeu de novo, mais longe dessa vez, e logo desapareceu sob as ondas, não mais desviada pela curiosidade, e impelida a continuar na jornada ao norte. Os turistas ao redor debruçaram-se sobre os parapeitos, na esperança de que a criatura ressurgisse, depois retornaram às cadeiras e aos bancos de plástico, tagarelando e comparando as imagens nas câmeras. Pensei em Lance, abaixo de nós, na cabine, exalando um suspiro de alívio diante de outra viagem de observação de baleias concluída com sucesso. Talvez ele e Yoshi conversassem sobre os movimentos da criatura, falassem pelo rádio com os outros barcos, enquanto decidiam aonde ir em seguida. Se Vanessa entender, pensei, teremos uma chance de fazer com que tudo dê certo.

Fiquei ali parado e deixei os olhos percorrem trezentos e sessenta graus, absorvendo o distante litoral, a série de pequenas ilhas desabitadas que se erguiam como sentinelas na vastidão do continente. Acima, pássaros lançavam-se em mergulhos impetuosos, e eu tentava lembrar o que as tripulações me haviam dito antes: gaviões-pescadores, alcatrazes, águias-marinhas de peito branco. À nossa volta, o mar subia e descia cintilante de um lado, escuro e visivelmente menos receptivo do outro. Não mais me sentia estranho ali. Apesar da falta de dinheiro do instável estilo de vida, e da dieta de biscoitos baratos, eu invejava os caçadores de baleias.

Foi então que minha namorada falou. Tinha o chapéu puxado bem baixo sobre os olhos, por isso era difícil eu ver-lhe o rosto.

— Mike?

Voltei-me. Ela usava os brincos de diamante que eu comprara pelo seu aniversário de trinta anos.

# Baía da Esperança

— Sei que está acontecendo alguma coisa — ela disse com cuidado. — Sei que perdi um pouco de você. Mas vou fingir que nada disso aconteceu, que continua tudo bem entre nós, que isso deve ser algum tipo de reação estranha ao choque de saber que vai se casar.

Meu coração falhou uma batida.

— Vanessa — protestei —, não está acontecendo nada... — Mas ela acenou com a mão para interromper-me.

Olhou-me, e eu me odiei pela mágoa que vi naqueles olhos.

— Não quero que me explique nada — disse. — Não quero que sinta que tem de me contar alguma coisa. Se você acha que podemos ficar bem, que pode me amar e ser fiel, apenas quero continuar como éramos. Quero que a gente se case, esqueça isso e vamos tocar a vida em frente.

Os motores tornaram a arrancar. Senti as vibrações sob os pés e então, quando o barco fez uma volta completa e o vento ganhou força, Lance começou a dizer algo pelo alto-falante, por isso fiquei sem saber se ela dissera mais alguma coisa.

Vanessa virou-se de volta para o mar e puxou a gola em volta do queixo.

— Tudo bem? — perguntou. E depois mais uma vez: — Tudo bem?

— Tudo bem — respondi e adiantei-me.

Ela deixou-me abraçá-la. Como eu disse, é uma mulher inteligente, minha namorada.

Nos cinco dias que restavam até nossa viagem de volta a Sydney, Vanessa e eu passamos quase todo o tempo no quarto, trancados. Não envolvidos no tipo de ligação que Kathleen e Liza provavelmente imaginavam mas debruçados sobre meu laptop, bolando como alterar os planos de forma a satisfazer o pai dela e os capitalistas de risco. Não era uma tarefa fácil.

— Se conseguirmos chegar a uma PEV, proposição exclusiva de vendas, pode dar certo — ela disse. Agradeci a Deus por ela ter talentos de marketing. — Sem os esportes aquáticos, as baleias são a proposição exclusiva de vendas. Temos apenas de bolar um jeito de envolvê-los sem excluir o pessoal da observação de baleias. Isto significa não montarmos nossa própria operação, que seria minha escolha imediata. Tem de haver outro jeito de tornar as criaturas marinhas acessíveis.

Ela fora conversar com o pessoal do Serviço de Proteção à Fauna Silvestre e os Parques Nacionais sobre os golfinhos, mas eles disseram que não iriam encorajar turistas a ter maior contato com os animais do que já permitiam.

— Talvez algo mais radical. Um tipo de plataforma na boca da baía, com uma área de observação subaquática.

— Caro demais. E o pessoal dos barcos na certa se oporia. Podíamos construir um novo quebra-mar com um restaurante no alto e uma área de observação subaquática.

— O que será possível ver assim tão perto do continente? — Ela sugou a ponta da caneta. — Podíamos tentar alguma nova ideia radical de spa.

— Seu pai não gosta dessa coisa de spa.

— Ou então jogar fora todos os planos anteriores e encontrar outro local. Não consigo visualizar uma maneira de usar o hotel na forma atual sem os esportes aquáticos. Simplesmente não há nenhum outro diferencial. Para o mercado de luxo, não.

— Tênis? — sugeri. — Equitação?

— Um novo local — ela insistiu. — Temos cinco dias para encontrar uma nova orla para um projeto de construção de cento e trinta milhões de libras.

Nos entreolhamos e desatamos a rir: dizê-lo em voz alta fazia-o parecer ainda mais ridículo do que de fato era.

Mas, não à toa, Vanessa Beaker era filha do seu pai.

Ao fim de uma hora para chegarmos à decisão de qual caminho seguir, ela encontrara a velha caderneta de telefone de Kathleen, e quatro horas mais tarde, havia falado com quase todos os corretores entre as cidades de Cairns e Melbourne.

# Baía da Esperança

— Pode me enviar por e-mail algumas fotos?

Durante as ligações feitas de meu próprio telefone, eu ouvia sempre as mesmas perguntas:

— Sabe me dizer se as águas são consideradas área protegida?

— Vocês têm mamíferos ou outras criaturas nativas com chance de ser afetados por um grande projeto de construção?

— Estariam interessados em vender?

— Talvez dispostos a negociar?

Próximo ao fim do segundo dia, havíamos assinalado dois possíveis locais. O primeiro, um projeto de desenvolvimento de um hotel situado a uma hora de carro do sul de Brisbane. Os pontos altos incluíam a baía protegida, usada sem queixas para esportes aquáticos. Mas não chegava nem à metade da beleza de Baía da Esperança, e a área já era repleta de hotéis cinco estrelas. O outro, a meia hora de Bundaberg, embora fosse mais acessível, custava quase três vezes mais.

— Papai não vai gostar nada disso — ela comentou e depois me disparou um sorriso radiante. — Mas tudo é possível, certo? Se tentarmos com muito afinco? Quer dizer, olhe o que já conseguimos.

— Você — declarei amoroso, afastando-lhe os cabelos do rosto — é uma estrela.

— Não se esqueça disso.

Talvez tenha sido minha imaginação a aspereza desprendida da voz dela.

Naquela noite fizemos amor pela primeira vez desde que Vanessa chegara à Baía da Esperança. Em vista do nosso anterior apetite sexual um pelo outro, não sei explicar o que acontecera até aquele ponto — mas o clima ficara estranho demais. Nenhum de nós sentira confiança na reação do outro. Havíamos ocultado essa insegurança sob declarações de exaustão, excesso de vinho, e nos manifestado fascinados por nossos respectivos livros. Eu me tornara estranhamente consciente das finas paredes do hotel.

Saímos para jantar na cidade e voltamos a pé devagar pela baía, de mãos dadas. O vinho, o luar e o fato de que talvez eu houvesse salvado

Baía da Esperança do destino que quase lhe infligira conspiraram para atenuar a estranha resistência que agora sentia quando Vanessa e eu nos abraçávamos.

Quase pusera tudo a perder, disse a mim mesmo, enquanto caminhávamos em silêncio, mas não tudo. Salvaríamos o projeto, as baleias e nosso relacionamento. Entendíamos novas coisas um sobre o outro. Eu ganhara uma segunda chance.

No quarto, com as luzes apagadas, nos despimos sem uma palavra, como se tivéssemos decidido por telepatia que aquela seria a primeira noite. Nos aproximamos um do outro; eu concentrado na voluptuosa beleza da silhueta de Vanessa, a mente encerrada apenas na sensação física ao nos deitarmos na velha cama, pele contra pele, ela a me vasculhar com aquelas mãos hábeis, a boca emitindo pequenos arquejos de prazer. Deslizei as mãos pelos seios e a pele. Enterrei a cabeça nos cabelos, lembrei-me do perfume, da sensação daquele corpo, a forma conhecida das curvas sob as pontas dos dedos. E, por fim, mergulhei nela, esqueci tudo e permiti-me o desesperado arquejo de liberação.

Depois ficamos ali deitados em silêncio, quando algo pesado e melancólico se instalou na escuridão em volta.

— Tudo bem com você? — perguntei, buscando-lhe a mão.

— Ótimo — ela respondeu, após uma pausa. — Maravilhoso.

Fitei a escuridão acima, ouvindo as ondas quebrarem na areia, o ruído distante de uma porta de carro fechar-se e a aceleração de um motor, e pensei no que meu eu profundo sabia que desaparecera. Em tudo que eu perdera.

Partimos no sábado. Fui mais cedo ao andar de baixo acertar as contas com Kathleen. Paguei-lhe a metade em dinheiro, imaginando que lhe seria mais útil que cartões de crédito.

— Manterei contato — eu disse. — As coisas vêm acontecendo rápido demais. Sério.

Ela olhou-me com firmeza.

# Baía da Esperança

— Espero que sim — respondeu.

Enfiou o dinheiro numa lata embaixo da escrivaninha sem contá-lo. Desejei que isso significasse, de alguma forma tênue, que passara a confiar de novo em mim. Senti-me flutuando de alívio, confiante em que alguma coisa boa pudesse acontecer.

— Liza... está por aí? — perguntei, quando percebi que ela não ia aparecer por conta própria.

— Saiu no *Ishmael* — respondeu.

— Dê adeus a ela por mim.

Tentei não parecer tão estranho quanto me sentia. Tinha total consciência de Vanessa, que descera a escada e agora estava parada atrás de mim.

Kathleen nada me disse, mas apertou a mão dela.

— Até logo — disse. — Desejo-lhe sorte no casamento.

Isso poderia ser interpretado de mais de uma maneira, pensei, ao subir para pegar as malas, e nenhuma repercutiu bem em mim. Eu teria descido direto, mas, ao passar pelo corredor da família, ouvi música. Hannah continuava lá. Mal falara comigo desde a publicação do projeto do hotel no jornal e, mais que tudo, o silêncio da menina convencera-me do meu fracasso.

Parei à porta e bati. Ela acabou por abri-la e uma explosão de música acompanhou-a, enchendo o ar.

— Pensei em vir me despedir — eu disse. Ela não respondeu. — Ah... e também dar isso a você. — Entreguei-lhe um envelope. — As fotos ficaram muito boas.

Hannah analisou-o. A voz, quando falou, continha uma mínima sugestão de desculpa:

— Minha mãe disse que não posso aceitar seu dinheiro.

— Tudo bem — respondi, tentando parecer menos desconcertado do que me sentia. — Bem, vou deixar o envelope na mesa do corredor, e se você não puder mesmo recebê-lo, espero que dê a uma instituição beneficente para os golfinhos. Sei que os adora.

Ouvi o celular de Vanessa tocar no andar de baixo e assenti com a cabeça, como uma desculpa para ir embora.

Hannah continuava ao vão da porta e me examinava.

— Por que mentiu pra nós, Mike?

Dei um passo de volta.

— Não sei — respondi. — É provável que tenha cometido um grande erro, mas estou tentando corrigi-lo. — Ela baixou os olhos. — Os adultos também cometem erros — eu disse. — Espero que... espero que você acredite em mim.

A menina ergueu a cabeça e vi subitamente na expressão do rosto que aprendera essa lição muito tempo antes, e o que eu fizera apenas lhe reforçara o senso da falibilidade adulta, de nossa capacidade de sabotar-lhe a vida irrepreensível.

Ficamos ali imóveis por um instante, o bambambã de Londres e a menina de Baía da Esperança. Inspirei fundo, e então, quase por instinto, estendi-lhe a mão. Após uma longa pausa, ela apertou-a.

— E o seu telefone? — gritou Hannah de repente, e parei no alto da escada. — Ainda temos o seu telefone.

— Fique com ele — disse, agradecido pela chance de oferecer-lhe alguma coisa que pudesse redimir-me a seus olhos. — Faça uma coisa boa com ele, Hannah. Boa mesmo.

Vanessa já esperava no Holden alugado. Usava o que descrevia como traje de viagem — um terninho de tecido não amarrotável, camisa básica e um cardigã de cashmere por cima da mala de mão, pronto para ser trocado antes de chegarmos ao aeroporto de Heathrow. Eu perguntara, com certa diversão, com quem pretendia encontrar-se, e ela respondera que, só por eu não ligar mais para minha aparência, não queria dizer que tinha de negligenciá-la e também tornar-se uma pessoa relaxada. Acho que a crítica se dirigia à minha calça jeans, que eu passara a usar quase todos os dias. Vestia-me confortavelmente agora e, de alguma forma, viajar de terno parecia um excesso.

— Até logo, então — disse Kathleen, os braços cruzados, quando entramos no Holden.

Era uma Kathleen muito diferente da que me recebera um mês e uma semana atrás.

— Até logo — respondi. Não tentei apertar-lhe a mão. Algo no rígido cruzamento dos braços me dizia que seria um gesto inútil. — Não vou decepcioná-la, Kathleen — disse, em voz baixa, e ela inclinou a cabeça para trás, como se fosse o máximo que se dispunha a conceder-me.

Dissera-me que a sobrinha saíra para o mar no *Ishmael*. Parte de mim achou que talvez fosse melhor nunca mais tornar a vê-la. Como dissera-me Liza, que teria eu a dizer-lhe que ela desejasse ouvir?

Mas, então, quando descemos pela estrada e passamos pelo Cais da Baleia, olhei o espelho retrovisor. Uma loura esguia achava-se parada na ponta, a silhueta claramente delineada contra o mar resplandecente. Com as mãos enfiadas no fundo dos bolsos, a cadela aos pés, observava nosso carro branco ao nos afastarmos devagar, mas decididos, pela estrada litorânea.

O voo de volta foi tão agradável quanto sempre é um voo de vinte e quatro horas. Sentamos um ao lado do outro, brigamos sobre os terminais corretos, trocamos itens não desejados das bandejas de comida e assistimos a vários filmes, nenhum dos quais eu sou capaz de me lembrar, mas me senti grato pela distração que proporcionaram. A certa altura, adormeci e, quando acordei, tomei vago conhecimento de que Vanessa repassava uma lista de números ao meu lado. Senti-me mais uma vez grato por essa disposição de ajudar-me.

Pousamos quase às seis da manhã, mas, quando atravessamos o Controle de Passaporte, já eram quase sete.

Heathrow estava abarrotado, caótico e cinzento, mesmo àquela hora, no auge do que se descrevia, de forma imprecisa, como verão. Todos se sentem mal quando voltam do exterior, disse a mim mesmo, massageando o pescoço duro, ao nos dirigirmos ao carrossel de bagagens.

Trata-se de uma das certezas de viagem, como os atrasos e a intragável comida de avião.

Como era previsível, as bagagens se atrasaram. Um anúncio, em tom que não transmitia desculpa alguma, revelou que, devido à escassez de pessoal, havia apenas uma equipe de carregadores para os quatro voos que tinham chegado na última hora, e acrescentou, com treinada falta de ênfase, que devíamos "esperar um pequeno atraso".

— Eu mataria por um café — disse Vanessa. — Deve ter uma loja em algum lugar.

— Preciso achar um banheiro — eu disse. Ela parecia exausta, mesmo com a maquiagem retocada e os cabelos penteados. — As lojas de café só começam depois da alfândega. Preste atenção nas malas.

Afastei-me, mais veloz do que devia permitir-me a exaustão. No último mês, habituara-me a ficar sozinho, e passar uma semana grudado em Vanessa, trabalhando e dormindo sem um minuto de descanso, fora difícil. E ficara ainda mais difícil pelo fato de poucas pessoas ainda quererem falar com a gente, de modo que confraternizar, ou sentar-me na varanda com os caçadores de baleias, se revelara quase impossível. Tampouco me sentira tentado a experimentar — temia que Greg, com aquela volatilidade em ebulição, enfrentasse Vanessa com o que ele supunha ser verdade. Havíamos sobrevivido ao não dito; não creio que conseguíssemos lidar com tal equanimidade se a verdade fosse apresentada diante de nós.

A breve caminhada pelo rangente linóleo de Heathrow era a primeira vez que me via sozinho em oito dias e tive uma grande sensação de alívio. Agira certo, disse a mim mesmo, sentindo-me mal por pensamentos tão desleais. Estou prestes a fazer a coisa certa.

Retornei alguns minutos depois, o rosto ainda molhado de onde o enfiara sob a torneira. Ao aproximar-me, vi que o carrossel de bagagem continuava a girar. O estranho era que Vanessa não recolhera nossa bagagem, embora percorresse o caminho rangente pela esteira.

— Você deve estar cansada — eu disse e disparei para pegar as malas.

Mas, quando retornei, puxando com muito esforço as malas atrás — minha namorada não entendia o conceito de viajar com pouca coisa —, ela encarava a tela do celular.

— Seu pai, não — reclamei, exausto. — Já...

Não poderia nos dar tempo para chegar até em casa e tomar uma ducha? Eu temia, que sabia que seria uma reunião de confrontação, mesmo com Vanessa presente, e senti que precisava de um breve tempo para preparar-me.

— Não — ela respondeu, o rosto com uma palidez incomum. — Não, é o seu celular. Uma mensagem de texto. De Tina.

Então, empurrando-me a mensagem debaixo do nariz, saiu do aeroporto e deixou o que restava de sua bagagem a girar devagar no carrossel.

Só tornei a vê-la de novo vinte e oito horas depois, quando cheguei ao escritório para o temível encontro com Dennis. Já de pé, junto com a recuperação da mobilidade física, veio-lhe uma espécie de intensificação das energias.

— O que está acontecendo, rapaz? — não parou de repetir, e agarrou minha pasta de cartas de planejamento. — O que está acontecendo?

O escritório me pareceu estranho, o centro de Londres tão alto e abarrotado de gente que não consegui convencer-me de que era apenas a diferença de fuso horário que me desorientava. Quando fechei os olhos, vi o sereno horizonte de Baía da Esperança. Quando os abri, vi calçamentos cinza, sarjetas imundas, o ônibus número 141 arrotar vapor. E o escritório. A Beaker Holdings. Antes mais conhecida do que minha própria casa, agora parecia monolítica e ameaçadora. Hesitei ao entrar, disse a mim mesmo que a diferença de fuso horário me derrubara na Austrália, e era provável que me derrubasse de novo, agora na Inglaterra.

Lá estava Dennis, e não tive chance sequer de pensar em alguma coisa.

— O que está acontecendo, então? Sente-se feliz com a grande vitória? Os financiadores de empreendimentos são rapazes felizes, disto eu sei. Felicíssimos.

Ganhara peso durante o tempo que passara imobilizado, e ele parecia grande demais, enfeitado demais, comparado com as pessoas esguias, açoitadas pelo vento, com quem eu passara o último mês.

— Você está um lixo, rapaz — ele disse. — Vamos preparar um pouco de café. Vou chamar uma das meninas para sair e comprar. Nada daquela água suja instantânea que fazem aqui.

Nos breves momentos depois que ele saiu do escritório, sentei-me ao lado de Vanessa na sala de reunião da diretoria. Ela se recusara, resoluta, a olhar-me nos olhos, e agora estava sentada diante de um bloco de folhas em branco. Usava o que descrevia como o terninho de poder.

— Sinto muito — murmurei. — Não é o que parece. Verdade. Vamos nos encontrar depois desta reunião e posso explicar.

— Não é o que parece... — ela disse, rabiscando no bloco. — Aquela mensagem de boas-vindas me pareceu muito óbvia, dispensa explicações.

— Vanessa, por favor. Você não atendeu às minhas chamadas. Pelo menos me dê cinco minutos. Depois da reunião. Cinco minutos.

— Está bem — ela acabou por concordar.

— Maravilha. Obrigado.

Apertei-lhe o braço e preparei-me para a tarefa a cumprir.

Ele prestou toda atenção enquanto eu detalhava o que fizera lá. Darren, nosso contador, e Ed, o chefe de projetos, fizeram anotações enquanto eu esboçava minhas considerações com relação ao impacto ambiental. Expliquei-lhes por que eu me enganara ao recorrer à opção do documento $S_{94}$ e por que o processo de planejamento ainda podia sair pela culatra se fosse à audiência pública, como ocorrera com a fazenda de ostras.

— A conclusão — continuei — é que, enquanto penso na ideia desse projeto, a ideia da PEV, a proposição exclusiva de vendas — olhei para Vanessa —, nosso plano atual parece errado por todos os seguintes motivos. — Entreguei-lhes as páginas que xerocara naquela manhã: a lista de locais alternativos, e a outra, detalhada, dos custos incidentes que exigiria essa alteração da proposta. — Já identificamos os novos terrenos, falamos com os agentes locais, e acho, após ter feito a pesquisa, que são de longe as melhores opções tanto em termos de publicidade adversa quanto de nossa PEV, de desenvolvimento responsável e sustentável.

Gesticulei em direção à mesa.

— Vanessa foi para o mar comigo. Viu essas criaturas em carne e osso, viu o habitat das baleias, e a força de sentimento por elas. Concorda que a melhor forma de progresso para esta empresa é uma das duas opções alternativas. Sei que haverá perda de tempo, sei que teremos de vender o ponto existente, mas creio que, se vocês me levassem junto à Vallance, eu conseguiria convencê-los ao mesmo tipo de pensamento.

— Deus do céu — exclamou Dennis, examinando os números. — É uma mudança e tanto que você propõe. — Sugou os dentes e folheou as duas últimas páginas. — Vai custar quase vinte por cento do orçamento total.

Não descartou tudo, notei esperançoso, como fora de cogitação.

— Mas perdemos os custos do $S_{94}$ pela construção num local existente. Se olhar a coluna três, verá que muito pouco é adicionado aos cálculos finais. Trata-se de uma opção menos arriscada. Realmente.

— Menos arriscada, é? — Dennis virou-se para Vanessa. — Jogar fora a coisa toda, é? Acha mesmo que devemos mudar todo o projeto para esse segundo local?

Ela olhou-o e, depois virou-se lentamente para mim, os olhos frios.

— Não — respondeu. — Examinei com todo o cuidado. Acho que devíamos avançar com o que temos.

# Quinze

*Liza*

VI UMA BALEIA HOJE, uma das últimas da estação. Ela chegou bem perto do barco com o filhote, e os dois ficaram ali a estibordo, na cristalina água azul, olhando-nos como se não tivessem nada mais a fazer no mundo. Chegaram mais perto do que deveriam, perto o bastante para eu ver cada corte da "impressão digital" da baleia, o desenho do lobo da cauda; próximo o bastante para ver o filhote deitado imóvel e feliz, semiprotegido sob a barriga da mãe. Os clientes ficaram emocionados — gritaram, fizeram fotos, filmagem de vídeo e disseram que fora uma experiência que lhes mudara a vida. E também que haviam sido informados de que eu tinha um jeito especial de encontrar as baleias, e agora, após constatarem que era verdade, iriam recomendar-me a todos os amigos. Mas não pude sorrir. Senti vontade de gritar à baleia que levasse o bebê para bem longe dali. Não me saía da cabeça aquele filhote fêmea liquidado na praia, coberto pela lona encerada. Não queria que confiassem em nós.

Imagino que não devia ter ficado chocada com o que Mike fizera. Mas fiquei. Na verdade, eu achava que, depois de tudo por que passara, saberia identificar um homem como ele a mais de um quilômetro de distância. E o conhecimento que me falhara corroía-me, acordava-me do pouco sono que quase nunca tinha. Instalava-se em mim e me ridicularizava quando eu despertava, juntava-se ao coro de vozes que me diziam que quase tudo que eu sempre fizera fora errado.

Imagino que a raiva que trazia comigo naqueles primeiros dias se dirigia a mim mesma; pela minha própria idiotice. Por deixar que levassem a todos nós de maneira cega ao perigo. E, talvez, por permitir-me achar, mesmo por um instante, que minha vida podia tomar um rumo diferente daquele ao qual desde então eu renunciara.

Mas sentia raiva de quase todo mundo; de Mike, por nos mentir; dos empreendedores, por considerarem a proposta dele sem levar em conta as baleias; de Kathleen, por tê-lo deixado continuar no hotel, e me obrigado a conviver com aquela perfumada cúmplice a circular pela minha casa ostentando o anel de noivado e fingindo que nada tinha importância; e também de Greg, por — bem, por ser tão idiota. Rodeava-me o dia inteiro, tanto por estar furioso comigo como por querer meu perdão. Parecíamos terminar aos gritos um com o outro todas as vezes que nos encontrávamos. Acho que ficamos atormentados durante algum tempo, e não restara energia em nenhum de nós para ser gentil.

Não sei por que — não me sentira assim fazia algum tempo —, mas vários dias durante aquela primeira semana em que Mike e a namorada permaneceram no hotel, foi um esforço obrigar-me a sair da cama. Então ele partiu. E de algum modo isso não melhorou.

Hannah percebeu a situação. Disse-me, com um ar meio atrevido, que Mike lhe pagara pelas fotografias, mostrou-me o envelope pardo cheio de notas e, antes que eu pudesse dizer uma palavra, anunciara que ia doar o dinheiro aos Parques Nacionais para ajudar a salvar criaturas marinhas encalhadas. Falara com o pessoal, havia dinheiro suficiente para comprar outra maca de golfinho e ainda sobrar algum. Como podia recusar-lhe? Sabia que uma pequena parte de minha filha queria defender Mike, e por isso eu o odiava mais ainda.

Ela parecia abatida. Deixara de perguntar-me sobre a viagem à Nova Zelândia e passava muito tempo no quarto. Quando eu perguntava se alguma coisa a aborrecia, respondia-me, muito educada, que estava bem, de um jeito que me indicava que minha presença não era desejada. Mas eu sentia falta de minha filha. À noite, quando ainda entrava de mansinho em meu quarto, eu a abraçava até ela dormir, como se para compensar todas as horas durante o dia em que não mais preferia ficar junto de mim. Assim, levando-se tudo em conta, nos tornamos uma família desarticulada naquele inverno. Os caçadores de baleias mantinham-se afastados à noite, como se a reunião de todos ali fora na varanda lhes desse uma sensação demasiadamente aguda do que talvez desaparecesse. Yoshi, disse-me Lance, fumando um atrás do outro, pensava em retomar a carreira acadêmica. A ex-mulher de Greg desistira afinal da exigência do *Suzanne* na partilha, mas ele não agia como se fosse uma grande vitória. Acho que, após parar de brigar com ela por causa do barco, ficara com espaço na cabeça para pensar no que perdera, e a introspecção não lhe caía bem.

A demolição da propriedade Bullen teve seguimento em fins de agosto. Da noite para o dia, ergueu-se uma cerca de arame farpado em volta do terreno, empreiteiros de fora da cidade, com uma equipe de grandes máquinas amarelas pré-históricas, chegaram e demoliram-na em pedaços. Menos de setenta e duas horas depois da retirada da cerca, nada mais restara além de uma área escavada de terra revolta, onde ficavam a velha casa e os galpões. Quando eu dirigia o barco à entrada e saída da baía, parecia uma grande cicatriz na terra, um triste protesto.

Para agravar o desanimado estado de ânimo, os céus adquiriram um raro tom cinzento e desalmado. Uma cidade à beira-mar coberta de cinza é um lugar do qual se retirou toda a alegria com um aspirador de pó. Os números de hóspedes caíram, os hotéis locais baixaram o preço das diárias, para voltar a atrair o comércio do fim de semana. Todos nós baixávamos a cabeça contra o vento e tentávamos não pensar muito em nada disso. E, nesse entretempo, os barcos continuaram a circular. Era como se houvessem tomado conhecimento do complexo hoteleiro e decidido que era alta temporada. Duas vezes, achava-me perto da Ilha do Nariz Quebrado, e aqueles conveses triplos chegaram com as estron-

# Baía da Esperança

deantes batidas surdas pelo litoral, cheios de passageiros embriagados, que ensurdeciam o mar com sua música. A ironia é que um deles se descrevia no jornal local como "proporcionando toda a excitação de uma viagem de observação de baleias". Após eu ligar para a redação e dizer-lhes exatamente o que achava deles por publicarem o anúncio, Kathleen declarou-me, curta e grossa, que, se eu continuasse assim, iria acabar ganhando uma úlcera.

Era estranho como minha tia parecia reconciliada com nosso destino. De qualquer jeito, desde a discussão no escritório dela naquela noite, não falávamos muito a respeito. Eu não entendia por que ela desejava tanto salvar Mike da enrascada, e ela não me esclarecera. Noite após noite, Kathleen deitava-se no seu lado da casa, e eu, acordada no meu cubículo no outro lado do corredor, escutava o mar e perguntava-me por quanto tempo ainda poderia ouvir aquele som até, inevitavelmente, eu e Hannah sermos obrigadas a arrumar as malas e partir.

No início de setembro, o escritório do conselho municipal anunciou que haveria uma consulta pública sobre o projeto, e todos teriam permissão de expressar suas opiniões. Poucos em Baía da Esperança alimentavam muita esperança de que nossa opinião fizesse diferença: nos anos anteriores havíamos testemunhado tantos empreendimentos desse tipo dentro e em torno das várias baías, e nove entre dez vezes eles prosseguiram diante da mais ferrenha oposição. Em vista da quantidade de benefícios oferecidos pela empresa de Mike, eu via que essa pesquisa apenas se declararia a favor, mas sem agir na prática, de nossas opiniões.

Além disso, a oposição estava longe de ser manifesta. Tornara-se uma questão que dividia a cidade: alguns acusavam os observadores de dramatizar a situação das baleias; um grande número não parecia ligar muito de um jeito ou de outro; outros salientavam que o que fazíamos já representava uma intrusão em si. Era difícil refutar a afirmação, sobretudo quando certos barcos, com códigos de comportamento menos rigorosos, tratavam cada vez mais nossas águas como exclusivas deles. Interessava aos donos de bares e gerentes de butiques uma cidade maior, mais movimentada e, embora isso pareça improvável, eles despertavam um pouco de minha solidariedade. Todos precisávamos ganhar a vida, e eu mais que ninguém sabia que algumas estações eram mais difíceis que outras.

Depois vinham os observadores, os pescadores e aqueles que simplesmente gostavam da presença dos golfinhos e das baleias, e outros que não desejavam ver nossa sossegada baía tornar-se ruidosa e cheia de vida, como tantos lugares que pessoas como nós pagariam dinheiro para evitar. Mas parecia que éramos a mais inexpressiva das vozes. Parecia que não tínhamos chance de ser ouvidos.

Os jornais cobriam o debate com uma aparente satisfação doentia (era a matéria mais quente desde o monumental incêndio de 1984 do pub). Resistiam às acusações de tendenciosidade dos dois lados, e repetidas vezes chamavam os planejadores, empreiteiros e funcionários do conselho municipal para justificar e reafirmar sua posição até eu imaginar que mesmo eles não aguentavam mais o som das próprias vozes. Duas vezes vi o nome de Mike citado e, contra mim mesma, li o que ele dissera. Em ambas, ele falava sobre concessões. Eu ouvia aquela voz na cabeça com a mesma clareza como se falasse ao meu lado, e perguntava-me como alguém podia dizer tanto e dar a entender tão pouco, ao mesmo tempo.

*P*ermita-me dizer uma coisa sobre as baleias-corcundas. A primeira vez que vi uma, eu era uma criança de oito anos. De férias, saí para pescar com tia Kathleen e minha mãe, que não gostava de pescar, mas não queria a filha sozinha no barco com a tia. A irmã mais velha, dizia de brincadeira, tendia a esquecer de tudo quando diante do desafio de um grande peixe, e ela não queria me ver pipocando borda a fora enquanto Kathleen fisgava um com uma vara de molinete. Desconfio agora que apenas quisesse um pretexto para passar algum tempo com a irmã. Àquela altura, elas há vários anos viviam em continentes separados e a distância causava sofrimento a ambas.

# Baía da Esperança

Eu adorava aquelas férias: a sensação de segurança, de minha própria imersão no seio de uma família da qual não tinha plena consciência de fazer parte. Não tinha pai na Inglaterra; minha mãe referia-se a ele como o "negligente" Ray McCullen; minha tia chamava-o de uma coisa mais apimentada, até a irmã balançar a cabeça, reprovadora, como se fosse algo que não se devia dizer na minha frente. Sem a menor dúvida, não era algo que se devesse dizer na frente de ninguém mais. Fui criada por mulheres, minha mãe na Inglaterra e, quando nos mandavam dinheiro, tia Kathleen e minha avó na Austrália. A tal avó era uma lembrança tão vaga, tão indistinta, quanto era nítida a de Kathleen. O tipo de mulher que, sem quaisquer interesses, cozinhara e criara uma família, e depois, tão logo dispensada dessas obrigações, parecia meio perdida. Uma mulher de sua época, dizia Kathleen. As poucas lembranças que tenho dela vêm de duas visitas ainda na infância, e consistem numa presença benigna, distante, no quarto dos fundos do hotel, absorta em novelas ou fazendo perguntas inadequadas à minha idade.

Minha tia, diziam todos com idade suficiente para lembrar, era a própria filha do pai. Vivia sempre ocupada com alguma coisa, estripava peixes ou me levava ao Museu dos Caçadores de Baleias quando este estava vazio, o que, para uma criança de oito anos, parecia o cúmulo da liberdade. Minha mãe, quinze anos mais moça, parecia a mais madura das duas, sempre bem-vestida, cabelos imaculados e muita maquiagem. Kathleen, com sua calça surrada, cabelos despenteados, linguagem picante de marinheiro e histórias de tubarão, foi uma revelação para mim. Seu status divino confirmou-se na segunda visita, quando ela me levou para pescar com minha mãe, e um inesperado visitante juntou-se a nós.

Ela estava explicando cuidadosamente as diferentes iscas de moscas e atando-as na linha de pesca, quando, a menos de três metros, sem fazer barulho algum, a não ser o delicado marulho das águas, subiu à tona uma imensa cabeça preta e branca. Fiquei com a respiração entalada na garganta, e o coração martelava com tanta força que achei que a terrível criatura ia ouvir.

— Tia Kathleen — murmurei. — Minha mãe dormia na cabine, a boca pintada de batom ligeiramente aberta. Lembro que me perguntei de forma fugaz se era preferível a pessoa estar dormindo quando fosse morta para que não soubesse o que acontecera. — O que é aquilo?

Honestamente, achei que estávamos prestes a ser comidas. Observei os dentes e o olhar assustador. Tinha visto gravuras de criaturas marinhas malévolas, e o *Maui II* partido na popa e na proa, no museu, testemunho da fúria da natureza com o homem. Essa enorme criatura parecia avaliar-nos de cima a baixo, como se fôssemos uma tentadora guloseima trazida pelo mar.

Mas minha tia apenas olhou para trás e tornou a atar a isca na linha.

— Aquilo, querida, é apenas uma baleia-corcunda. Não lhe dê atenção, ela só está sendo enxerida. Logo irá embora.

Tia Kathleen não deu mais atenção à criatura que a uma gaivota. E, de fato, alguns minutos depois, a imensa cabeça deslizou sob as ondas e desapareceu.

E é isso que amo nelas; apesar do poder, da força muscular, da aparência apavorante, as baleias incluem-se entre as mais benignas criaturas. Chegam para olhar e logo vão embora. Se não gostam de você, seus sinais são muito claros. Se acham que os golfinhos estão recebendo atenção em demasia dos observadores, adentram a baía e, ciumentas, tentam desviar a atenção deles. Há um elemento infantil em seu comportamento, uma traquinagem. Como se não pudessem resistir em saber o que está acontecendo.

Há muitos anos, os antigos baleeiros referiam-se à baleia-corcunda como a "baleia alegre" pela maneira de apresentar-se — e, quando comecei a trabalhar nas viagens de barco cinco anos atrás, descobri que o apelido era válido. Num dia, eu avisava aos caçadores no rádio sobre uma baleia nadando de barriga para cima na superfície e acenando com uma das nadadeiras. No seguinte, deparava com uma que se projetava toda fora d'água numa erupção de trezentos e sessenta graus, como uma bailarina grande demais a fazer piruetas pela simples alegria do movimento.

# Baía da Esperança

Tenho absoluta certeza de que eu jamais poderia ser descrita como "alegre", mas Kathleen uma vez me disse desconfiar de que eu me sentia tão ligada às baleias porque eram criaturas solitárias. Não há tal ligação entre baleia macho e fêmea — pelo menos duradoura, de qualquer modo. O macho não desempenha qualquer função paterna, por assim dizer. Ela não acrescentou que as fêmeas não são monogâmicas — àquela altura, não era necessário —, mas mães admiráveis. Vi uma corcunda correr o risco de encalhar para aninhar o filhote. Ouvi os cantos de amor e perda romperem o silêncio das partes mais profundas do mar, e chorei com eles. Nesses cantos, a gente ouve toda a alegria e dor de qualquer mãe fascinada pelo coração do bebê.

Depois que Letty morreu, durante algum tempo achei que jamais tornaria a ser feliz. Não existe nada de redentor na perda de um filho, quaisquer lições de valor que possam ser ensinadas. É uma dor grande demais, opressora e sombria demais para ser articulada. Uma dor física esmagadora, de intensidade chocante, e toda vez que você julga avançar um passo à frente, ela avoluma-se de novo, como uma onda gigantesca, para mais uma vez lhe fazer afundar.

Se, ainda por cima, você se culpar pela morte desse filho, serão menos os dias em que conseguirá manter a cabeça fora d'água. Eu tinha dificuldade, naqueles primeiros dias, de me lembrar que tive duas filhas. Posso agradecer a Hannah pela minha existência agora, mas nas semanas após nossa chegada aqui, fiquei tão perdida que nada tinha a dar-lhe: segurança, conforto físico, amor. Eu me achava trancada em algum lugar intocável, os nervos insensíveis de tanta dor, e era um lugar tão horrível que tenho a impressão que pretendia protegê-la de chegar perto demais.

Foi quando vi o mar como a primeira e única oportunidade de libertação. Olhava-o não como uma coisa bela, de permanência tranquilizante, mas como um alcoólatra vê uma dose de uísque escondida: saboreava o fato de que estava ali o potencial de alívio que prometia. Pois não havia alívio algum da ausência de Letty, desde o momento em que eu acordava até a hora em que ia dormir meu sono cheio de pesadelos desconexos. Eu a sentia encostada em mim, o cheiro do perfume de mel dos seus cabelos, e acordava aos gritos quando percebia a realidade de minha menininha. Ouvia-lhe a voz no silêncio, a cabeça ecoava com os últimos e dilacerantes gritos de nossa separação. Tinha um buraco entre os braços onde ela devia apoiar o peso, e, apesar da presença da outra filha, o buraco se alargou num abismo.

Kathleen nada tem de tola. Deve ter adivinhado minhas intenções quando mostrei interesse por aquele barco. A depressão protegia-me da ideia de que eu talvez fosse transparente. Uma tarde, quando nós duas jogamos a âncora, ela firmou o *Ishmael*, afastou-se e disse, com uma voz decidida:

— Vá em frente!

Eu lhe encarara as costas. Era uma tarde luminosa, e lembro-me de que pensei, sem me dar conta, que não usava protetor solar.

— Como assim?

— Pule. É o que tem em mente, não?

Eu achara que havia ficado insensível a sentimentos, mas foi como se ela tivesse me dado um soco no estômago.

Virou-se e fixou-me com um olhar perfurante.

— Vai me desculpar por não olhar. Não quero ter de mentir para sua filha sobre o que aconteceu com a mãe. Se não olhar, posso fingir que você simplesmente caiu no mar.

Emiti um ruído de tosse, então. O ar não parou de sair-me em pequenos arquejos do peito, e não pude falar.

— Aquela menina tem sofrido demais — continuou minha tia. — Se souber que a mãe não a amava o suficiente para permanecer aqui por ela, isso a liquidará. Portanto, se vai se jogar, faça isso enquanto estou de costas. Não quero passar os próximos seis meses sem saber como protegê-la disso.

Vi-me balançando a cabeça. Não podia falar, mas movia a cabeça de um lado para outro, como se lhe dissesse, como se dissesse até a mim mesma, que não ia fazer o que ela previra. Que, de algum modo, tomara a decisão de viver. E mesmo enquanto meu corpo tomava por mim essa decisão, uma pequena parte da mente pensava: mas como vou viver? Como é possível existir com tanta dor? Por um momento, a perspectiva de ter de continuar com tudo aquilo dentro de mim parecia esmagadora.

Foi então que nós as vimos. Sete baleias, os corpos lustrosos de algas marinhas ao ascenderem e caírem em volta do barco de Kathleen. Os movimentos tinham uma espécie de ritmo gracioso, uma continuidade flutuante que nos relatava sua jornada. Após circundarem o barco, elas mergulharam. Cada uma emergiu por breves instantes, depois desapareceu embaixo das ondas.

Como espetáculo, então, isso me desviou do mais desesperador dos pensamentos que eu já tivera. Mais tarde, porém, quando retornamos a casa e tomei nos braços minha filha viva, enlutada e sofrida, percebi que, embora eu fosse cética quanto a "sinais", houvera uma mensagem no que eu vira no mar. Tinha a ver com morte e ciclos, a insignificância das coisas, talvez a consciência de que tudo passará. Um dia, eu me reunirei mais uma vez com minha Letty, embora não serei eu a decidir quando isso se dará.

Se Deus existir, como às vezes me diz Hannah quando ficamos a sós no escuro, Ele entenderá. Saberá que sou uma boa pessoa. Abraço minha filha junto de mim e penso que talvez, apenas talvez, a mera existência dela seja a prova de que isso seja verdade.

*D*esde aquele dia no barco, eu nunca tivera problema para encontrar as baleias-corcundas. Kathleen sempre dizia que eu sentia o cheiro delas e, por mais estranho que parecesse, havia certa verdade na afirmação de minha tia. Eu simplesmente parecia saber onde elas estavam. Seguia o faro e, embora muitas vezes parecesse uma impossibilidade, mantinha os olhos fixos naquelas ondas, na esperança de que uma se metamorfoseasse num focinho ou nadadeira, e nove entre dez vezes elas apareciam para mim.

Mas, próximo ao fim daquele inverno, algo estranho aconteceu. A princípio foi uma rabanada. Quando uma baleia envia um aviso, para seres humanos ou outras baleias, adota a "rabanada do pedúnculo", açoitando a água com os lobos da cauda, ou, de vez em quando, apenas batendo na superfície, com o lado plano do rabo para baixo, disparando um barulho que reverbera por quilômetros. Não vemos isso com frequência — tentamos não irritá-las —, mas de uma hora para outra, passei a ver em todas as poucas vezes que subiam à superfície.

Então, pelo menos duas semanas antes do previsto, segundo os padrões de migração, elas desapareceram. Talvez fosse o tráfego extra de barcos; talvez houvessem pressentido, de algum modo, que as coisas estavam mudando, e decidido não nos agraciar com sua presença. Nos dois casos, foi aos poucos se tornando cada vez mais difícil para todos nós que saíamos do Cais da Baleia localizá-las — mesmo numa época em que deviam estar emergindo na proporção de duas ou três por viagem. A princípio, mal admitíamos isso uns para os outros — era símbolo de honra conseguir encontrá-las, e apenas os da espécie de Mitchell Dray partiam na rabeira dos demais. Quando resolvemos falar, cada um descobriu que sua experiência não era única. Em meados de setembro, tudo ficara tão ruim que os dois *Mobys* passaram por algum tempo a fazer viagens de observação de golfinhos na baía. Embora fosse menos lucrativo, significava menos decepção para os clientes e, mais importante, menos devoluções do dinheiro pago.

Então foi como se os golfinhos também desaparecessem. Eram tão poucos em alguns dias que os reconhecíamos de vista, e tínhamos consciência do risco de atormentá-los. Ao rumarmos para outubro, o meu era o único barco que ainda saía para o mar todo dia, mais com esperança que expectativa. As águas, escuras e oscilantes em volta, pareciam estranhas, até nos dias mais ensolarados. Eu sentia a ausência das baleias, como de todas as coisas que amava. Não acreditava que tantas criaturas marinhas fossem simplesmente nos abandonar, mudar o comportamento de séculos por um capricho repentino. E, angustiada pelos acontecimentos das últimas semanas, talvez um pouco transtornada pela perda, me vi berrando-lhes um dia, quando saí sozinha. Fiquei ali, segurando o leme, a voz ecoando em meio às ondas, ignorada pelas criaturas que

# Baía da Esperança

talvez nadassem embaixo de mim, escondendo-se de um mundo cada vez mais hostil.

— Que diabos devo fazer? — gritei, até Milly levantar-se na ponte de comando e ganir de inquietação.

Mas eu sabia que, de algum modo, era culpa minha, que eu decepcionara as criaturas do mar, como decepcionara minhas filhas. E minha pergunta desapareceu, levada embora no vento:

Que diabos devo fazer?

Às quatro da manhã da última quinta-feira de setembro, John John ligou para dizer que o Sr. Gaines sofrera um ataque cardíaco. Minha tia Kathleen é uma mulher durona. Não a chamavam de Lady Tubarão à toa. Foi a primeira vez que a vi chorar.

# Dezesseis

*Mike*

O QUARTO DE HÓSPEDES DE MÔNICA era-o apenas no mais desconexo sentido. Nem de longe fora equipado para hóspedes, e só tinha o nome de quarto porque, junto com catorze caixas de papelão, duas guitarras, uma bicicleta de montanhismo, quarenta e nove pares de sapatos, uma cômoda de pinho da década de 1960, cartazes emoldurados de vários grupos de rock dos quais eu nunca ouvira falar e minha coleção de trenzinhos da infância, continha um sofá-cama.

— Vou abrir espaço pra você — ela prometera, quando eu concluíra que não fazia o menor sentido financeiro permanecer num hotel a longo prazo e insinuara, hesitante, em me mudar.

Mas no mundo de minha irmã isso não significou retirar algumas caixas, tampouco transferir a bicicleta para o corredor, e sim afastar um cesto de papel ou dois sacos de roupas a fim de ter espaço, com dificuldade, para abrir o sofá-cama no chão.

Ali eu me deitava, noite após noite, as molas pressionando-me as costas através do colchão de espuma, o cheiro de couro dos velhos sapatos dela impregnando o quarto empoeirado, enquanto, como um penitente, eu pensava na confusão que fizera do que parecia na época uma vida muito boa.

# Baía da Esperança

Tinha uma ex-noiva cujo ódio por mim era excedido apenas pela determinação de impulsionar por conta própria o novo hotel, cuja consolidação eu não mais queria. Não tinha casa, pois ela me informara numa carta digitada de que o mínimo que esperava de mim era permitir-lhe comprar minha metade; o mesmo se aplicava ao carro. Prometera-me um preço de mercado, embora eu não me tenha dado o trabalho de conferir e apenas concordara. Isso parecia bastante irrelevante agora, e se a fazia feliz depenar-me alguns milhares de libras, então me satisfazia deixá-la agir assim.

Eu tinha uma função de morto-vivo no trabalho, onde, embora conservasse a posição de sócio, não era mais consultado em qualquer dos acordos remanescentes, muito menos tratado com deferência ao menos pelas secretárias. No momento em que Vanessa me contradisse na reunião do projeto de Baía da Esperança, minha autoridade fora fatalmente solapada. Descobri que se realizavam "reuniões" cruciais no pub, para as quais de algum modo não me convidavam, e desviavam as mensagens a mim enviadas, de algum modo, para outras pessoas. Dennis ignorava-me. Nem Tina, talvez pressentindo a diminuição de meu status, me achava mais atraente. Só me restavam duas opções: lutar para segurar o emprego, pisando em cima de qualquer um que me atrapalhasse, a fim de tornar-me de novo um executivo poderoso do caralho no escritório, como descrevera Dennis em termos tão elegantes, ou partir e levar o que me restava de reputação para uma empresa concorrente.

Pior de tudo: eu participava das reuniões com a Vallance, lia a documentação anexada e via, a uma distância de vários milhares de quilômetros, o lento, porém firme, avanço, que arruinaria Baía da Esperança e a vida dos moradores do Hotel Silver Bay. Restaurara-se o local, e já se nivelara a arruinada propriedade Bullen. Achava-se em andamento uma consulta à opinião pública sobre o projeto, cuja aprovação, garantiu-nos o responsável, fora acertada "por baixo dos panos". Eu sabia que Dennis me mantinha no cargo por causa da Vallance — se perdesse um membro tão essencial da equipe nesse momento crucial, eles pensariam duas vezes.

Eu também sabia que, para sobreviver como profissional além desse acordo, precisava ter pulso firme. Mas eu me sentia imobilizado, incapaz de aplicar o antigo rigor à carreira, paralisado pela indecisão e a culpa.

Noite após noite, ficava deitado insone no sofá-cama, cercado pelos escombros da vida de outra pessoa, na esperança de que a minha voltasse a fazer sentido.

Uma coisa ficou clara: Vanessa me libertara no momento em que afirmara que o projeto podia seguir em frente. Quando me olhara e o último átomo de amor desapareceu, eu me tornei sóbrio pela profundidade de sua inimizade.

— Deus do céu! Você não pode culpá-la.

Mônica entregou-me uma taça de vinho. Uma das várias condições de minha estada com ela era montar a cômoda que fora comprada várias semanas antes. Fiquei sentado em meio a pilhas de MDF e sacos de plástico transparente contendo parafusos a menos. No interesse da engenharia eficaz, devia ter parado de beber várias taças antes.

Passei por grandes dificuldades naquele mês — de fato, estava bêbado a maior parte do tempo. Não que alguém notasse. Eu não era como Greg: ruidoso, escandaloso, exigente, mas um bêbado sutil. A terceira dose dupla de uísque descia com discrição. A taça de vinho transformava-se numa garrafa e meia. Tampouco tinha personalidade de um alcoólatra, mas separações não combinam com padrões de comportamento masculino. Não temos grupos de amigos para levantar nosso astral e analisar sem parar as ações de nossa ex-companheira. Não recorremos a banhos de aromaterapia e velas perfumadas para "mimar-nos" nem lemos matérias em revista que nos inspirem a nos sentir melhor. Vamos ao pub ou nos sentamos sozinhos diante da televisão com uma ou duas bebidas.

— Não a culpo — respondi. — Sei que a responsabilidade é toda minha.

— Meu irmão, rei das proezas sexuais em série, hein? Olha aquele parafuso... você está prestes a perdê-lo.

— Não faço proezas sexuais em série.

— Tarado. Tarado em série, então. — Não pude deixar de rir também. Soava tão ridículo. — Veja... — ela continuou, apontando-me o cigarro. Ela estava sentada de pernas cruzadas em cima de um tapete. — Não faz mal... percebe? Você provavelmente não a amava tanto assim, senão ficaria arrasado. Eu disse que tinha razão.

— Você não tem coração — acusei.

Mas talvez ela *tivesse* razão. Sentia-me mal, sem dúvida, culpado e talvez um canalha, mas sabia que não andava bebendo porque perdera Vanessa. Bebia porque não sabia mais quem eu era. Não apenas perdera coisas materiais — o apartamento, o carro, minha posição na Beaker Holdings —, mas as que me definiam: os talentos analíticos, a energia, o foco estratégico para negócios. O apetite. Não sei se gostava dos elementos de meu caráter que se haviam revelado nos últimos tempos.

E bebia porque um pensamento pairava acima de todos os outros: sem querer, destruíra a vida de três pessoas que não tinham meios para revidar.

— Que é que eu faço, Mônica? Como impedir que isso aconteça?

Larguei a chave de fenda ao lado no chão.

— Que importância tem isso agora? — ela perguntou, pegando-a, e examinando as instruções. — Vai perder o emprego se o projeto não for em frente.

Encarei as peças de madeira — nem parecia madeira — depois examinei o minúsculo e caótico apartamento, onde o ruído do tráfego penetrava as paredes. Sentia saudades de casa.

— Simplesmente tem importância — respondi.

— Mikey, que merda rolou lá? Você partiu como um figurão e voltou com um parafuso a menos.

Então eu contei. Contei tudo. E o estranho é que, ao saírem as palavras, me dei conta do que estava acontecendo. Levei duas horas e mais várias taças de vinho, mas me sentei com minha irmã, em seu apartamento bagunçado, entulhado, e falei até altas horas da noite. Falei de Kathleen, do hotel, Hannah, Liza, dos caçadores de baleias, e enquanto falava os rostos deles me chegavam vivos, e senti por um breve momento que retornara com apenas o barulho do mar nos ouvidos e a brisa salgada na pele. Contei-lhe sobre a morte de Letty, da baleia bebê, e os sons que ouvi quando Liza jogara o microfone dentro d'água. Quando cheguei à parte em que vira a magra e loura figura recuar no espelho retrovisor, entendi.

— Estou apaixonado — disse. As palavras me haviam simplesmente escapado. Recostei-me, aturdido, no sofá, e as repeti: — Meu Deus, eu estou apaixonado.

— Aleluia! — exclamou Mônica, amassando a guimba do cigarro. — Posso ir pra cama agora? Estava esperando que você percebesse isso desde que chegou aqui.

Ao bocejar, Dennis Beaker fazia o mesmo ruído que emite um grande cachorro quando a gente o encontra de manhã bem cedo. Um ruído genuíno, impossível de reproduzir, o que era estranho, porque, eu sabia, o bocejo era uma tática usada por ele com considerável efeito quando empresas subordinadas ou rivais faziam suas apresentações, ou quando alguém tentava dizer alguma coisa que meu chefe não queria ouvir, o que ocorria com frequência.

Recostou-se na cadeira de couro e abriu um bocejo tão largo que dava para contar o número de obturações de amálgama no maxilar superior.

— Desculpe, Mike. O que você disse que queria mesmo?

Em pé diante dele, repeti sem me alterar.

— Demissão.

Planejara um discurso, aperfeiçoara-o durante várias horas insones, mas, quando chegou a hora, essa única palavra era tudo que eu queria dizer.

— Como?

— Já entreguei a carta. Só quero informá-lo.

Dennis interrompeu bruscamente o bocejo. Olhou-me por baixo de suas sobrancelhas torcidas e tornou a recostar-se na cadeira.

— Não seja ridículo — protestou. — Temos o contrato da Carter programado para a primavera. Você cuidou do projeto desde o início.

Encolhi os ombros.

— Não me interessa o contrato da Carter — respondi. — Espero que você me libere já. Tenho o maior prazer de abrir mão do meu salário.

— Não me encha o saco, moleque. Não tenho tempo.

— Estou falando sério.

— Conversaremos esta tarde. Dê o fora daqui, suma da minha frente. Estou aguardando um telefonema de Tóquio.

— Não estarei aqui.

Neste momento ele viu que era sério. Pareceu irritado, como se eu tentasse esgotar sua paciência.

— É questão de dinheiro? Já disse que você terá uma revisão de salário em janeiro.

— Não é dinheiro.

— E vamos incluir um plano de saúde melhor como parte do pacote. Cobertura bem mais ampla. Cirurgia plástica, se lhe der na telha. Não vai precisar nem pagar contribuições.

O colarinho da camisa incomodava-me e combati a vontade de puxar a gravata e afrouxá-la.

— É sobre Vanessa? Acha que estou tentando obrigá-lo a sair?

— Você quer que eu saia, mas não tem nada a ver com Vanessa. Escute... Sei que não quer que eu saia enquanto a Vallance continua hesitante.

— Quem disse que a Vallance está hesitante?

— Não sou idiota, Dennis. Leio os sinais.

Ele pegou a caneta. Percorreu com o olhar a sala em volta, como se pensasse em alguma coisa. Por fim, fixou-o em mim e deu-me um relutante aceno de assentimento.

— Ah, sente-se em nome de Deus. Você faz o lugar parecer bagunçado.

Londres não estava bonita naquele outono: os céus pairavam baixo, ameaçadores e mal-humorados, e a chuva caía em camadas, infiltrando-se em minha calça acima do calçamento desnivelado, onde se acumulavam poças. Às vezes as nuvens pareciam tão perto do topo dos edifícios que eu me sentia quase claustrofóbico. Mas, pensei olhando pela janela, poderia ser qualquer estação do ano considerando o tempo que eu passava nas ruas. Nos meses de inverno, de vez em quando trazia um casacão, e, no verão, usava uma camisa mais leve; porém, vivendo enclausurado dia após dia entre vidraças duplas e ar-condicionado, indo e voltando de metrô ou táxi, seria possível que passassem anos sem eu ter sequer a necessidade de adaptar-me ao clima.

Sentei-me. Na rua, ouvi buzinas de carro e algum tipo de altercação. Em geral, Dennis adorava uma pequena confusão, e parava qualquer coisa que estava fazendo para olhar o que se passava lá fora. Mas agora examinava as mãos. Esperava e pensava.

— Escute, Dennis, sinto muito sobre Vanessa — eu disse, afinal, diante do silêncio. — Jamais quis magoá-la.

A atitude dele mudou, então. Soltou os ombros e curvou-se para mim, a expressão por um breve instante suavizada.

— Ela vai superar — disse. — Vai encontrar alguém melhor. Eu devia estar furioso com você, é minha filha, afinal, mas tenho plena consciência de que Tina é uma garota tentadora. Eu próprio quase fui pelo mesmo caminho duas vezes. Só não ousei porque minha mulher tem todos os nossos bens em seu nome. — Deu uma risadinha. — Além disso, avisou que faria pesos de papel com os meus colhões.

Exalou um longo suspiro e atirou-me a caneta pela mesa.

— Porra, Mike. Como chegamos a esta situação?

Peguei-a e pus de volta diante dele.

— Não posso fazer parte desse empreendimento, Dennis. Já lhe disse.

— Por causa da porra de uns peixes?

— Não são apenas as baleias. É tudo. Vamos... arruinar a vida das pessoas.

— Isso nunca o incomodou antes.

— Talvez devesse.

— Você não pode proteger as pessoas do progresso. Sabe disso.

— Quem diz que é progresso? De qualquer modo, algumas pessoas precisam de proteção.

— É um maldito hotel, Mike, não uma usina de detritos nucleares.

— Tanto faz, pelo efeito que vai causar.

Vi que ele não acreditava no que ouvia. Balançou a cabeça, desenhou algumas linhas cruzadas no bloco de telefone. Então me olhou.

— Não faça isso, Mike. Reconheço que o mantive excluído da comunicação dentro do grupo desde que você voltou, mas também se transformou num babaca beato da porra. Não posso confiar em você se não está cem por cento comigo.

— Estou com você, Dennis, apenas não neste projeto.

— Sabe que já avançamos muito para recuar agora.

— Não avançamos. Tínhamos demarcado dois outros locais. Ambos são viáveis, você sabe que são.

— São mais caros.

— Não se equilibrarmos os custos do S94. Já examinei tudo isso a fundo.

— Já está avançando, queira você ou não. — O tom era mais de desculpa que ameaça, e vi de repente que não se tratava de negócios, e sim de Vanessa. Ele podia desculpar-me, mas contrariar a filha em público era pedir demais. — Lamento, Mike. Mas vai avançar como planejado.

Balancei a cabeça, pesaroso.

— Então tenho que me demitir. — Levantei-me e estendi a mão. — Sinto muito mesmo, Dennis. Mais do que você imagina.

Como ele não aceitou a mão, encaminhei-me para a porta.

A voz de Dennis, alteada pela exasperação, seguiu-me:

— Você é um merda. Não pode arruinar a porra de uma carreira brilhante por alguns peixes. Vamos lá, rapaz. Somos amigos, não somos? Podemos deixar isto pra trás.

Hesitei junto à porta. O estranho é que ouvia refletido na voz dele o que eu sentia — um arrependimento quase maior do que ao romper com Vanessa.

— Lamento — repeti.

Quando a abri, ele tornou a falar:

— Você não vai lutar contra o projeto, Mike. — Era mais uma pergunta que uma declaração. — Vá embora se tem que ir, mas não tente foder meu negócio.

Eu esperava que ele não fosse perguntar.

— Não posso ficar sentado e vê-lo avançar — disse, engolindo em seco.

— Eu irei pra cima de você, se for necessário.

Assentiu com a cabeça, para ter certeza de que eu captara a mensagem.

— Eu sei.

— Não espere que eu volte atrás. Sabe do que sou capaz.

Assenti com a cabeça. Mais que a maioria, eu sabia.

Encaramos um ao outro.

— Ah, *caralho*!

Dennis adiantou-se e envolveu-me num abraço de urso, até a voz de Tina chegar pelo interfone, anunciando a esperada ligação de Tóquio.

Encontrei-me com Mônica num bar a uma curta distância a pé da redação do jornal onde ela trabalhava. Minha irmã já entornara um drinque, mas disse que tinha de voltar para a editoria e ficar até tarde naquela noite, pois estava acompanhando uma história para uma matéria. Ainda remoendo o encontro com Dennis, eu lhe perguntei, mais por educação que por genuíno interesse, qual era o assunto, e ela resmungou algo vago sobre fraude agrícola e subsídios dos EUA, e então pareceu muito irritada:

— Detesto matérias que envolvem finanças — murmurou. — Você passa semanas tentando entender os números, e quando publica ninguém dá importância porque o assunto não tem interesse humano.

— Quer que eu ajude? — perguntei. — Não sou contador diplomado, mas sei me orientar numa planilha.

*Baía da Esperança* 241

Ela pareceu um pouco surpresa.

— Talvez. — O rosto animou-se com um breve sorriso. — Se eu ficar emperrada, levo algumas pra casa e você dá uma olhada.

Tive de admitir que uma das inesperadas vantagens de minha vida pessoal destruída foi eu e ela termos descoberto, para mútua surpresa, que gostávamos um do outro. Eu ainda a achava sarcástica, ambiciosa e caótica, além de possuir um gosto horrível para homens. Mas agora entendia que a insegurança de minha irmã se escondia sob o sarcasmo, e pelo menos parte da ambição originava-se do fato de ter um irmão que parecia haver obtido sucesso profissional sem grande esforço, e pais que, eu via isto com certa vergonha, usaram esse sucesso de forma implacável e impensada contra ela. Desconfiava agora que Mônica teria gostado de um namorado mais do que se dispunha a reconhecer, e quanto mais tempo vivesse sozinha, menor a probabilidade de abrir espaço para um. Se permanecêssemos íntimos, se conseguíssemos deixar essa porta específica aberta, eu ia conversar com ela a respeito. Um dia.

— Trouxe as fotos? — ela perguntou.

Enfiei a mão no bolso e entreguei-lhe a pequena pasta de papel. Mônica começou a folheá-las, a cabeça baixa enquanto inclinava-as contra a luz.

— Andei pensando nisso, e o melhor que você tem a fazer é focar na publicidade. Pense que a Vallance está com medo de publicidade negativa; assim, o que você precisa fazer é arranjar um figurão para se opor ao projeto, um porta-voz, e depois trabalhar em dois níveis, local e nacional — ela sugeriu.

— Como?

— No nível local, folhetos, cartazes, jornais. Tente criar uma grande onda de oposição. No nacional, ou até internacional, precisa de duas matérias bem colocadas que talvez lhe rendam alguma cobertura televisiva. Talvez envolver alguns especialistas em vida silvestre, ou alguma pesquisa nova. Deve ser capaz de encontrar alguma. Não existe uma sociedade de proteção às baleias que possa ajudá-lo?

Comecei a fazer anotações do que ela dizia. Via-me diante de uma Mônica que eu não conhecia antes, e o conhecimento dela era valioso.

— Sociedade de proteção às baleias — murmurei. — Aos golfinhos também?

Ela ergueu uma das fotos que Hannah fizera, de Liza em pé no Cais da Baleia. Com a cabeça inclinada, sorria direto para a câmera, do jeito como muitas vezes sorria para a filha — cheia de ternura e amor. Tinha os cabelos, de forma atípica, soltos, e a cadela encarava-a em adoração. Eu sabia como o animal se sentia.

— É ela?

Fiz que sim com a cabeça, por um instante silenciado.

— É bonita. Parece um pouco aquela garota do programa sobre vida selvagem na tevê.

Eu não fazia a menor ideia do que ela estava falando.

Mônica jogou-me as fotos de volta e bateu naquela, agora em cima da pilha.

— Você vai ter que fazer com que ela apareça. Torná-la o símbolo da campanha. A moça é bonita, e a maioria das pessoas espera algum rabugento reformador socialista. Eu na certa poderia conseguir uma ou duas matérias com ela. Ponha-a ao lado da senhora idosa e terá uma chance melhor. Talvez você consiga um espaço no *Sunday Times*. Não me disse que havia antigas reportagens de jornal sobre ela?

— Acho que posso buscar na Internet.

— Se não escreveram sobre ela desde então, talvez ganhe destaque. Falei sobre a rádio local? Ai, meu Deus! Escute, primeiro e acima de tudo, você precisa de um comunicado à imprensa, alguma coisa pra enviar a todos os órgãos de notícia com os detalhes de seu contato claramente assinalados. E então, mano, precisa endurecer. Aparecer lutando.

— Eu?

Ela ergueu os olhos para mim.

— Eu perguntava como *eles* podiam fazer isso.

— Você não vai ajudar?

— Bem, farei o que puder daqui.

O rosto de minha irmã cobriu-se de decepção.

# Baía da Esperança

O barman perguntou se algum de nós queria outro drinque, e por um instante ela pareceu não ouvi-lo. Então olhou para o relógio e recusou.

— Nem ele quer — acrescentou, indicando-me com a cabeça.

— Não quero?

— Você disse que a amava — protestou Mônica, num tom acusador, quando o garçom se foi.

— Isso não significa que ela me ame — respondi, tomando o último gole da bebida. — Na verdade, tenho pra mim que me odeia até as entranhas.

Minha irmã ergueu as sobrancelhas de um jeito que me transportou a uma época em que éramos crianças. Um gesto que transmitia a inutilidade dos meninos, a eminente superioridade dela. Dizia-me que, mais uma vez, eu entendera tudo errado, e na certa era apenas o que se esperava de mim. Como então, tive vontade de atacá-la, empurrá-la ao chão e me sentar em cima dela, para impedi-la de fazer isso e provar quem mandava.

Mas, com muita irritação, dessa vez tive de aceitar que ela tinha razão. Mônica encostou-se no banco do bar e cruzou os braços.

— Mikey, pra que diabo está sentado aí?

— Porque sou um cara idiota que não sabe tomar uma decisão nem pra salvar a própria vida.

Minha irmã balançou a cabeça.

— Ah, não — disse, e riu. — Você já tomou a decisão. Só é burro demais pra perceber.

*P*ela primeira vez na vida adulta, não fiz pesquisa para voos. Não comparei espaço para as pernas com preço, nem pesei as vantagens do acúmulo de milhas contra a qualidade das refeições da linha aérea. Reservei a primeira poltrona que havia num voo para Sydney. Então, antes de pensar demais, arrumei uma mala de coisas essenciais e minha irmã levou-me de carro ao aeroporto.

— Isso é uma boa coisa — ela disse, ajeitando-me o paletó, quase amorosa, quando saltamos e paramos diante do ponto onde se deixam os passageiros. — Realmente uma boa coisa.

— Ela não vai falar comigo.

— Então, pelo menos uma vez na vida, Mikeyzinho, dependerá apenas de você.

Durante o voo, fui ficando cada vez mais nervoso. Quando paramos para reabastecer em Hong Kong, a tensão aumentara tanto que era impossível explicá-la apenas pela mudança de fuso horário. Eu não parava de pensar no que ia dizer a ela quando a visse, mas toda forma de abrir a conversa parecia inadequada. De fato, minha presença seria inadequada. Com Mônica vários quilômetros atrás, os vagos sonhos de um reencontro comovente dissipavam-se como os rastros de combustível a céu aberto.

Eu não fizera o que havia prometido a Kathleen, deter o projeto. Ao contrário, a obra avançava agora com maior velocidade que nunca. Apesar de meus sentimentos por Liza eu ainda era o porco duas caras que ela conhecia: se Tina não houvesse enviado aquela mensagem de texto incriminadora, teria eu rompido com Vanessa? Podia enganar a mim mesmo dizendo que isso teria acontecido de qualquer jeito, mas parecia tão fora de sintonia com meus próprios sentimentos que não tinha meios de afirmá-los como uma verdade absoluta.

Os murmúrios que eu ensaiara para dizer a Liza eram abafados por outros. Ouvia a voz de Hannah, com a clareza de um sino de Natal: "Mike, por que mentiu pra nós?", depois a da mãe dela declarando-me num tom acusador que tudo o que eu dissera e tudo o que eu fora não passara de uma grande mentira. Pensei na expressão lívida de Vanessa quando vira a mensagem no meu celular, e soube que não desejava jamais causar esse tipo de sofrimento a alguém de novo.

Sentado naquele avião, rumo ao leste, descobri antes do primeiro filme que não tinha a menor ideia do que fazia. Era improvável que Kathleen e Liza quisessem minha ajuda, mesmo que eu soubesse o que fazer para determos o empreendimento. Poucas pessoas que permaneciam na cidade me dariam boas-vindas. Eu não sabia nem onde ficaria.

Bebi muito durante o voo, apesar do que Mônica me dissera, em parte por ser a única forma de relaxar, e em parte porque tomar vinho me ocupava as mãos. Eu oscilava entre o sono espasmódico e a vigília, e sentia nós no estômago se acumularem na proporção dos quilômetros que o avião percorria rumo ao seu destino.

Umas trinta horas depois, desci do carro alugado que dirigira de Sydney à Baía da Esperança, parei sob a forte luz do sol e enfrentei uma compulsão quase esmagadora de voltar para o aeroporto.

*A* única vez que vi minha mãe chorar foi quando ela atirou uma boneca de porcelana em meu pai. Quebrou-se, claro — nenhum enfeite frágil teria sobrevivido a tal trajetória. Mas após vê-lo estilhaçado, desabou no chão, catou os pedaços e chorou como se presenciasse a cena de algum terrível acidente. Lembro-me de que fiquei parado sob o vão da porta, chocado pela atípica exibição de desespero, mas também me sentindo repelido pela cena. Meu pai, a testa ensanguentada, continuava de pé junto ao sofá, e nada disse. Como se aceitasse a culpa.

Ele tinha uma pequena firma de engenharia, que os dois administravam de forma meio hippie, permitindo a todos expressão de opinião e desempenho de ação. O surpreendente é que durante dez anos funcionou muito bem assim. Cresceu, o casal tornou-se ambicioso e decidiu abrir outro estabelecimento a cerca de uma hora de distância do primeiro. Mudamos também — e, como eles reinvestiram todo o dinheiro nos negócios, ficaram maravilhados ao encontrarem uma grande casa de campo por um aluguel bem baixo, devido ao mau estado geral do lugar. O sistema de água quente era excêntrico, e metade dos quartos, úmidos demais para ocuparmos, porém isso foi na época em que não eram incomuns casas não modernizadas, nem aquecimento central, uma necessidade. Minha irmã e eu adorávamos. Passamos cinco anos explorando a mata, armando acampamentos nas alas não utilizadas da casa, na verdade, sem nos importarmos à medida que a umidade ia espalhando-se, e o número de aposentos habitáveis diminuía de modo progressivo. Meus pais preocupavam-se demais com os negócios para fazer mais que apenas o mínimo de reparos.

Por fim, os proprietários anunciaram que não iam renovar o contrato do ano seguinte. Não era uma tragédia, observou meu pai. Estava na hora de comprarmos uma casa própria.

Então foram alertados para as letrinhas miúdas no contrato de aluguel. Meu pai assinara uma cláusula de "reforma e conserto". Concordara, sem se dar conta, em restaurar a casa e deixá-la num estado que não exibia havia várias décadas.

— Não seja ridículo — ele protestou. — A casa mal era habitável quando nos mudamos.

Mas o advogado apenas apontou a cláusula. Meu pai devia ter lido o contrato, disse. Devia ter feito fotos e sublinhado a condição inicial da casa. Não podia contradizer o que fora firmado, preto no branco. O homem estimou a soma para reformas, e meus pais concluíram que estavam arruinados. A boneca de porcelana fora a primeira vítima.

Minha irmã e eu fomos transferidos para uma escola bem pior, obrigados a dividir um quarto num lúgubre pardieiro, e durante anos acabaram-se as viagens de férias, a não ser em "carroças" emprestadas a cidades litorâneas baratas. Durante anos mantive aquele enfeite de porcelana como o símbolo do que acontecia quando a gente se chocava com uma prática rigorosa, quando não se inteirava de um contrato, quando acreditava que as pessoas tinham uma tendência natural a jogar limpo. Agora via as coisas diferente. Meu pai reconstruíra o negócio numa empresa que acabou por tornar-se mais bem-sucedida e administrada de forma mais eficiente. Minha irmã e eu na certa nos tornamos mais resistentes e mais ambiciosos, devido ao conflito anterior com a perda.

Os velhos continuavam juntos. A boneca, colada com muita dificuldade, permanecia na prateleira da sala.

# Baía da Esperança

— Nos ensinou o que é realmente importante — dizia minha mãe, tocando as rachaduras com afeto.

Parecia uma bobagem, mas só agora me dei conta de que ela não se referia à leitura daquela pequena cláusula.

*B*ati três vezes na porta dos fundos, antes de avistar o bilhete. "Lance/Yoshi: Sirvam-se à vontade, estamos no hospital. Voltamos logo. Por favor, anotem o que pegarem no livro. Liza"

Segurei-o por um minuto, me senti sufocado com o pequeno bilhete nas mãos e então olhei o cais. Não se viam barcos além do *Ishmael*, e como eram apenas dez e quinze da manhã, talvez Liza e Kathleen houvessem saído poucas horas antes. Sentei-me num dos bancos vazios por alguns minutos, depois fui ao Bar e Churrascaria Frutos do Mar de MacIver e pedi um café. Meu corpo não queria café — dizia-me que já era tarde da noite, ao contrário do que viam meus olhos. Tomei apenas metade e deixei o restante manchar em um círculo marrom-escuro no interior da xícara azul-claro ao esfriar.

— Você é o cara inglês?

O dono, um tipo de avental sujo, encarava-me.

— Sou — respondi.

Não fazia sentido perguntar a que cara inglês ele se referia.

— O cara da empresa imobiliária, certo? O que apareceu no jornal?

— Vim aqui apenas tomar um café em paz. Se quiser começar uma briga sobre a obra, eu saio, se não se importar.

Pus a carteira no bolso e peguei a mala.

— Não vai ter briga comigo, amigo — ele disse, pegou um prato e enxugou-o com uma toalha ainda mais suja que o avental. — Aguardo ansioso que tudo fique logo pronto. Estou feliz pela movimentação do negócio.

Eu nada disse.

— Nem todos são contra, você sabe, apesar do que andam dizendo os jornais. Muitos como eu acham que a cidade precisa de um pouco de investimento. — Devo ter parecido descrente, porque ele continuou, aproximou-se e sentou-se com todo peso do outro lado da minha mesa. — Tenho muito respeito pelo pessoal das baleias... Greg é um velho amigo meu... mas, poxa, acho que dão muita importância a essas antigas baleias. Aqueles peixões passam nadando pela baía há um milhão de anos, e uns poucos brinquedos aquáticos não vão fazer qualquer diferença. Ah, claro, podem debandar por algum tempo, mas voltarão.

— Debandar?

Ele apontou um polegar em direção ao cais.

— Ah, todos andam se lamentando, dizendo que elas já se foram. Como se peixes lá soubessem o que vai acontecer. É o que eu gostaria de saber!

— Quem se foi?

Eu achava difícil manter a conversa.

— As baleias. Nenhuma tem aparecido. Tiveram de encerrar a atividade de observação das criaturas e agora só circulam pela baía para ver os golfinhos. Não calculo que isso faça muita diferença para os lucros. Podem fazer duas viagens até os golfinhos no tempo que levavam para fazer uma às baleias. Não sei do que andam se queixando.

Fiquei ali sentado, digerindo a informação. Então me virei para ele.

— Não quer me servir uma bebida?

Tinha a sensação de que a conversa seguinte exigiria mais coragem; por isso pensava em ingerir algo alcoólico.

Ele ergueu o corpanzil da mesa, apoiando as duas mãos redondas diante de mim ao tomar a posição ereta.

— Amigo, calculo que vocês estão prestes a me fazer um grande favor. Esta é por conta da casa.


Levei quase uma hora para refazer o caminho de volta ao Hotel Silver Bay. Várias vezes o percorrera em menos de dez minutos. Em geral, levaria vinte para ir a pé. Mas a péssima combinação da diferença de fuso horário após o longo voo com as várias grandes doses de uísque que meu novo melhor amigo, Del MacIver, continuou a servir-me,

# Baía da Esperança

e apesar da elegante e discreta curva da orla, era difícil manter uma linha reta. Algumas vezes me sentara na mala e pensara com empenho na melhor maneira de continuar a jornada. O hotel encontrava-se ali, à distância de uma cusparada, mas de algum modo não parava de afastar-se, como uma miragem no deserto. A certa altura, decidi patinhar no mar — a água parecia convidativa e muito mais quente do que quando eu estivera ali da última vez —, mas por algum vago motivo era importante continuar elegante. Além disso, não mais me lembrava de como tirar os sapatos.

Duas vezes, quando tinha de levantar-me, lembrava alguns minutos depois que deixara a mala na areia, e precisava buscá-la, com todos os tateamentos às cegas e tropeços que isso agora parecia implicar. Tinha areia em toda parte: no nariz, cabelos e sapatos, mas mantinha um controle firme da carteira, segurando-a à frente para manter os olhos nela o tempo todo. Meus pais sempre haviam enfatizado a necessidade de agarrar-se à carteira quando se está num país estranho.

Quando cheguei ao hotel, tive uma sensação de realização quase eufórica, moderada apenas pelo fato de não lembrar mais por que era tão importante chegar. Larguei a mala diante da porta e olhei o bilhete, que nadava em círculos. Esforcei-me vagamente para pegá-lo algumas vezes, na tentativa de fazê-lo ficar imóvel.

Então, de repente tomado por uma imensurável exaustão, decidi que precisava dar uma deitada. Os bancos de madeira eram estreitos demais — eu não sabia se podia de fato sentar-me neles, quanto mais deitar-me — e a areia, naquela ponta da praia, muito áspera. Só conseguia distinguir o convidativo interior do Museu dos Caçadores de Baleias a uma curta distância dali e dirigi-me cambaleante para lá. Tiraria uma soneca e, quando acordasse, me lembraria de que diabo pretendera fazer ali.

Acordei com o barulho de gritaria. A princípio, fizera parte de meu sonho — eu estava num avião, e a comissária de bordo tentava acordar todo mundo porque até batermos as asas aquela coisa não ia decolar do chão. Aos poucos, em meio à névoa da confusão de fuso horário e uísque, tomei consciência de que, mesmo depois de a moça evaporar-se, a gritaria ficara mais alta, e o apertão de alguém em meu braço me incomodava.

— Me solte — murmurei, tentando afastar-me dela. — Não quero amendoim.

Mas então, ao abrir devagar os olhos e acostumar-me com a luz, percebi que conhecia o rosto. Em pé diante de mim, com a capa de chuva adejando como as asas de um enorme pássaro, encontrava-se Liza McCullen. E gritava comigo:

— Eu não acredito! Assim, como se fosse tudo que precisamos... Mike Dormer aparece aqui bêbado. Você está fedendo, sabe disso? Fedendo a uísque. E que diabo acha que faz simplesmente entrando aqui como se fosse dono do lugar?

Tornei a fechar devagar os olhos, sentindo cair sobre mim uma estranha calma. O esquisito foi que, logo após fechá-los, teria jurado ver Kathleen sorrir atrás dela.

# Dezessete

*Kathleen*

ELE ME DISSE QUE eu devia "tornar-me visível". Conversara a respeito com a irmã, que era jornalista e sabia dessas coisas, e eu podia ser o foco principal de uma matéria, "Lady Tubarão Tenta Salvar as Baleias", ou coisa assim. Disse que a publicidade era nossa melhor chance de intensificar a oposição ao projeto em andamento e que tinha de se espalhar por um âmbito mais amplo que a cidade, em vista de tantas pessoas parecerem não ligar muito de uma forma ou de outra.

Respondi que não queria entrar nesse barco de novo, e com certeza não queria aparecer em jornais. Ele olhou-me como se eu fosse louca.

— Traria muita publicidade. Publicidade útil.

— Talvez desperte o interesse de algumas pessoas locais, mas apenas o interesse por uma mulher de setenta e cinco anos que um dia fisgou um tubarão pode gerar. Melhor deixar tudo como está.

— Achei que você tinha setenta e seis — comentou Hannah.

Lancei-lhe um olhar que teria me fuzilado se eu tivesse a idade dela. Mas os jovens parecem se importar muito menos com essas coisas nos dias de hoje.

— Kathleen, eu lhe disse que ia consertar isto, e estou dando o melhor de mim. Mas precisamos de uma estratégia e, acredite, esta é a única existente pra nós no momento.

Mike tivera três dias para recuperar o equilíbrio e, embora ainda parecesse cansado, readquirira aquele autocontrole e profissionalismo, que o caracterizaram nos primeiros dias ali. Quando nada, tornara-se mais sério desde o retorno. Voltara para salvar-nos, anunciara com algum fervor, ao nos depararmos com ele no Museu dos Caçadores de Baleias. É difícil levar um homem a sério, mesmo um salvador por quem ansiamos, eu lhe disse depois, quando o encontramos bêbado, deitado no chão, os sapatos molhados e coberto de algas marinhas até o nariz. Ficou ofendido com minha afirmação.

— Estou falando sério. Tive o conselho de uma especialista em mídia a respeito disso.

Era como se achasse que isso poderia fazer-nos levá-lo a sério.

— Mike, sei que sua intenção é boa, e fiquei comovida ao ver que julgou correto voltar para nos ajudar. Mas já lhe disse, não quero desenterrar mais uma vez todo esse negócio de Lady Tubarão. Foi a maldição da minha vida, e não quero a atenção que vai despertar.

— Achei que talvez se orgulhasse.

— Isso mostra como você sabe pouco.

— Você devia se orgulhar — disse Hannah, alegre. Estava surpreendentemente feliz por ver Mike, sem dúvida muito mais que a mãe. — Eu ficaria orgulhosa de matar um tubarão.

— Acho que matar jamais é motivo de orgulho — resmunguei.

— Bem, então use a morte daquele tubarão para ajudar a salvar as baleias.

Mike assentiu com a cabeça para mim.

— Não vou ser a Lady Tubarão de novo. Já tenho muitos problemas a resolver sem trazer tudo isso à tona.

Franzi os lábios e esperei que Mike desistisse e deixasse o assunto para lá.

— Liza, então — ele sugeriu.

# Baía da Esperança

Ela se esforçava ao máximo para ignorá-lo, a cabeça enterrada no jornal. Mas estava, notei, na cozinha, e não no quarto ou a bordo do *Ishmael*, os lugares tradicionais de refúgio.

— Liza o quê? — perguntou minha sobrinha, sem erguer os olhos do jornal.

— Você daria uma boa garota-propaganda pra campanha.

— Por quê?

— Bem... não há muitas capitãs de barco. E você conhece muito sobre as baleias. É... — Aqui ele teve a delicadeza de tossir e corar... — é uma mulher bonita. Disseram-me como tudo isso funciona e...

— Não — ela protestou bruscamente.

Fiquei imóvel em frente à pia, imaginando o que Liza diria em seguida.

Após um momento, ela acrescentou, meio na defensiva:

— Não quero... Hannah exposta a... tudo isso.

— Eu não me incomodo — respondeu a menina. — Gostaria de aparecer no jornal.

— É o único meio de deter a construção do hotel — insistiu Mike. — Vocês precisam despertar o máximo de atenção possível. Assim que as pessoas souberem o que...

— *Não.*

Ele encarou-a.

— Por que está sendo tão teimosa?

— Não estou.

— Achei que faria qualquer coisa pelas baleias.

— Não ouse me dizer o que eu devo fazer pelas baleias. — Liza dobrou o jornal e bateu-o com força na mesa. — Se não fosse por você, nada disso teria acontecido, e não estaríamos nesta merda de confusão.

— Liza... — comecei.

— Você acredita mesmo nisso? — ele interrompeu. — Acredita mesmo que esta área teria ficado intocada para sempre?

— Não... mas não teria acontecido ainda. Teríamos mais tempo...

Reduziu aos poucos a voz.

— Que quer dizer com "mais tempo"?

A pequena cozinha caiu em silêncio. Hannah ergueu os olhos e tornou a baixá-los para o dever de casa.

Liza olhou-me e balançou a cabeça, um movimento delicado e discreto.

Mike captou-o e o vi registrá-lo no rosto como uma decepção. Comecei a guardar as xícaras vazias, como uma espécie de distração. Mike e Liza estenderam-me as suas, como agradecidos por isso.

— Escute — ele disse afinal —, uma de vocês vai ter de fazer alguma coisa. As duas juntas são a melhor chance que temos de deter essa construção, e no momento esta chance é bastante pequena. Farei tudo que puder pra ajudá-las... e, acreditem, não posso fazer mais do que já estou fazendo... mas vocês precisam me ajudar.

— Não — respondeu Liza. — É melhor que entenda isso de uma vez por todas, Mike. Nem Hannah nem eu vamos aparecer em qualquer publicidade. Farei qualquer outra coisa que sugerir, mas isso, não. Portanto, não faz o menor sentido continuar insistindo nesse ponto.

Com isso, ela levantou-se e saiu da cozinha, com Milly atrás.

— Então, o que vai fazer? Disparar foguetes de sinalização em todos os caras que circularem de jet-ski, como fez com os barcos?

Hannah juntou suas coisas da mesa, deu a Mike um sorriso de desculpas e seguiu a mãe.

Ouvi-o exalar um profundo suspiro.

— Mike, vou pensar a respeito — eu disse, mais para ser gentil que por genuína intenção.

Ele ficou tão decepcionado que eu precisava dizer alguma coisa. Olhou a partida de Liza como um homem faminto cuja última refeição lhe fora arrancada, e os sentimentos eram tão óbvios que desviei o olhar.

— Certo — disse. — Ao Plano B, então. — Deu-me um sorriso torto e pegou uma nova folha de papel. — Apenas preciso bolar esse tal de Plano B.

*D*escobri muito rápido que Mike abandonara tudo para retornar à Baía da Esperança. Confessou que não tinha mais emprego, nem namorada, nem, parecia, sequer endereço.

— Mas posso pagar — disse, quando pediu o antigo quarto de volta. — Meu saldo bancário é... Bem, não preciso me preocupar com dinheiro.

Parecia haver sofrido uma estranha mudança durante esse longo mês. Desaparecera a astúcia e insinuara-se uma nova incerteza. Tendia a perguntar, em vez de afirmar, e as emoções afloravam-lhe com mais obviedade na superfície, não mais mascaradas por uma concha de aparência imperturbável. Também bebia mais, o que não pude deixar de comentar deixando-o um pouco constrangido.

— É tão ruim assim? — perguntou em voz baixa. — Acho que tentei não pensar nisso.

— Perfeitamente compreensível — respondi — como medida a curto prazo.

Ele entendeu. Eu achava o novo Mike Dormer muito mais afetuoso. Foi um dos motivos de tê-lo deixado ficar no hotel. Uma percepção que estava disposta a compartilhar com Liza.

*E*nquanto isso, cada barco-discoteca, cada operador barato que outrora se contentava com uma sardinha grande e agora se descrevia como excursão ecológica ganhavam espaço onde nossas tripulações consideravam suas águas. Era como se nos avaliassem, tentando calcular até que ponto poderiam invadir nosso negócio. A guarda costeira me disse que ouvira falatório sobre ampliarem a extensão do Cais da Baleia, para que outros viessem para cá. Duas vezes os barcos-discoteca haviam adentrado a nossa baía, e Lance queixara-se ao Serviço de Proteção à Fauna Silvestre e aos Parques Nacionais, responsabilizando-os pelo desaparecimento das baleias. O discurso oficial era que talvez os padrões de migração estivessem mudando, talvez o aquecimento global alterasse a hora ou a distância da migração. Os caçadores de baleias não engoliram isso — Yoshi falara com alguns dos antigos amigos acadêmicos, e eles acharam que se tratava de algo mais local. Os golfinhos continuavam aparecendo ocasionalmente na baía, mas eu me perguntava se não se sentiam ameaçados como foco de tanta atenção diária, pois eram agora a única atração para os turistas. Para cada cardume que aparecia, havia dois ou três barcos por sessão que paravam perto, os turistas debruçados sobre as amuradas com suas câmeras.

Talvez por vê-la tão perturbada pela situação das baleias e — embora não o admitisse — pelo retorno de Mike, convenci Liza a concordar com as aulas de navegação para Hannah. Levei-a à primeira, com a amiga, em Salamander Bay, e quando a vi na água percebi, com espanto, que não podia ser a primeira vez que traçara o caminho sozinha num bote. Ela confessou depois, com um sorriso, que eu tinha razão, e combinamos que na certa era melhor não contar à mãe.

— Você acha que ela vai me deixar levar o *Glória de Hannah* ao mar? — perguntou-me, ao voltarmos de carro para casa, a cadela babando-lhe feliz o ombro. — Quando os professores disserem que eu estou bem o bastante?

— Não deixe essa cadela comer seu sanduíche — respondi, empurrando o focinho de Milly.

Fora um lindo dia, mas se aproximavam nuvens carregadas vindas do oeste, uma escura fileira ameaçadora.

— Não sei, querida, acho que devemos dar um passo de cada vez.

— Greg diz que ela não vai deixar... só pra irritá-lo.

— Ele disse isso a você?

— Eu ouvi dizer a Lance. Eles não sabiam que eu estava ouvindo.

Eu teria uma boa conversinha com o jovem Greg.

— O que sua mãe acha de Greg não tem nada a ver com isso — expliquei. — Você terá seu barco. Mas, como eu disse, precisa ser paciente.

Reduzi a velocidade na estrada litorânea, para dar bom-dia ao velho Sr. Henderson, que retornava de bicicleta do mercado de peixe. Quando tornei a virar-me, Hannah fitava o lado de fora pela janela.

— A gente pode mudar o nome de um barco? — perguntou a menina, os olhos fixos em alguma coisa ao longe.

— Por quê?

— Pensei em trocar o nome do meu. Assim que puder levá-lo ao mar.

— Pode sim — respondi. — Pensava no que poderia preparar para o jantar naquela noite. Não sabia mais quantos caçadores de baleias esperar. Devia ter perguntado ao Sr. Henderson o que havia de bom no mercado. — Talvez seja melhor não trocar... alguns dizem que traz má sorte.

— Vou chamá-lo de *Querida Letty*.

Freei com tanta força que a cadela quase caiu no meu colo. Por um instante, nenhuma das duas falou, e então Hannah arregalou os olhos.

— Não posso nem dizer o nome dela? — gritou.

Encostei o carro e ergui uma das mãos para desculpar-me com a camionete que tivera de frear de repente atrás de mim. Quando ela desapareceu, virei-me no banco e afaguei-lhe a face, tentando parecer menos perturbada do que me sentia.

— Querida, você pode dizer o que quiser. Desculpe. Apenas me deu um susto.

— Ela é minha irmã — disse Hannah, os olhos cheios de lágrimas. — Era *minha irmã*. E quero poder falar nela às vezes.

— Sei que quer.

Milly trepava no colo dela, ganindo. Detestava ver qualquer pessoa chorar.

— Achei que, se meu barco tivesse o nome dela, eu poderia falar sobre ela sempre que quisesse, sem todo mundo ficar tão esquisito.

Encarei minha sobrinha-neta e desejei ter alguma coisa, qualquer coisa, para dizer-lhe, a fim de aliviar o que agora sabia que ela andara escondendo.

— Quero falar sobre ela sem mamãe parecer que vai ter um colapso, ou qualquer coisa assim.

— É uma ótima ideia, muito inteligente mesmo, Hannah, mas não sei se isso algum dia vai acontecer. Por um longo tempo ainda.

Quando chegamos em casa, subi devagar até meu quarto e abri a gaveta onde guardava a fotografia de Liza com as duas filhinhas. As bordas eram meio desiguais onde eu cortara aquele homem com uma determinação um pouco excessiva. Sabia que, para Liza, a única forma de proteger as duas seria enterrando Letty. Era a única maneira de ela própria poder continuar a viver, e as duas existirem em segurança.

Mas não era tão simples assim. Não conseguiram enterrar Letty na época, tampouco agora.

E tentar fingir o contrário não chegava a ser sequer um tipo de vida.

Toda tarde, eu visitava Nino Gaines. Penteava os cabelos dele, trazia pijamas recém-lavados e, quando me sentia muito valente, até o barbeava — não por sentimento, você entende, mas por não ter mais ninguém para fazer isso por ele. Tudo bem, talvez Frank pudesse, ou John John, ou talvez a mulher de Frank, mas os jovens eram ocupados. Tinham a própria vida para levar adiante. Então me ofereci como voluntária, sentava-me poucas horas ali todo dia e lia-lhe os trechos do jornal que julgava do seu gosto, e de vez em quando repreendia as enfermeiras em nome dele.

Eu tinha de ir. Calculava que meu amigo detestava ficar ali, as narinas cheias do cheiro de desinfetante, o forte e velho corpo ligado a monitores que emitem sons estridentes e repetitivos, e tubos que o alimentavam sabe Deus com o quê. Nino Gaines fora feito para o ar livre: percorria de um lado a outro as vinhas como um gigante, de vez em quando tirava o chapéu quando se curvava para dar uma olhada mais atenta nessa ou naquela uva, resmungando sobre florescência ou acidez. Eu tentava não vê-lo como era agora: grande demais para a cama do hospital, mas de algum modo encolhido. Era claro que não estava dormindo, por mais que eu tentasse me convencer do contrário.

A família alegrava-se por eu ficar; vinham e deixavam comida, que estragava ao lado da cama. Traziam fotografias, para o caso de ele abrir os olhos, e um rádio, para o caso de querer ouvir música. Sussurravam uns com os outros, seguravam-lhe a mão e conversavam em segredo com os médicos sobre prognósticos e medicação, tranquilizados pelos eletrocardiogramas, segundo os quais o cérebro trabalhava bem. Eu mesma podia dizer-lhes isso. Conversava com ele: sobre o vinhedo, como Frank dissera que os primeiros botões de flores da colheita deste ano já iriam brotar, e que o comprador de algum supermercado fizera uma viagem especial desde Perth para vê-lo, pois soubera como eram bons os vinhos e queria estocá-los. Falava-lhe da consulta pública sobre o projeto, que recebera um número sem precedentes de objeções do público, incluindo uma pasta cheia de opiniões das crianças da Escola Primária de Baía da Esperança, que consideravam as baleias mais importantes que um ônibus escolar moderno e novo. Contava-lhe sobre Mike, e as horas que ele passava sozinho no quarto ao telefone, fazendo o que podia para deter a obra. Falei de minha secreta afeição pelo rapaz, apesar de sua responsabilidade pelo que se abatera sobre nós, e sobre a vigilância nos seus olhos que me parecia um reflexo do que esperava tanto de si mesmo quanto de todos os demais, e a forma, quando pousavam em minha sobrinha, como me fazia sentir que agira certo ao deixá-lo ficar.

E falava-lhe do desaparecimento das baleias e dos coitados dos golfinhos assediados; e de minha sobrinha, que parecia tão perturbada pelo reaparecimento de Mike Dormer em sua vida que não sabia o que fazer consigo mesma. Ocupava-se e não se ocupava. Saía sozinha no *Ishmael* e voltava num humor pior do que quando saíra. Ignorava-o a cada refeição, depois repreendia a filha caso fizesse a mesma coisa. Ficou furiosa comigo e com Hannah por aceitarmos que ele ficasse no hotel. Jurou que não tinha sentimentos por ele — e quando acabei por dizer-lhe que ela não via o que tinha diante dos próprios olhos, teve a temeridade de me rebater com as seguintes palavras: "É o roto falando do esfarrapado."

Mas ela não passava de uma tola, e Nino Gaines, de um tolo caquético. Ficava ali deitado numa imobilidade atípica, os tubos fluindo para dentro e para fora. Nada dizia, nada fazia, apenas me deixava despejar-lhe meus problemas como se ele não tivesse uma única preocupação no mundo. Às vezes, eu saía sentindo-me esperançosa. Outras, aquela imobilidade me enfurecia. Um dia a enfermeira me pegou gritando-lhe "Acorde!" com tanta ferocidade que ameaçou chamar o médico.

Mas, quando ficava sozinha naquele quartinho, e baixava o rosto até as costas da velha mão — a sem a cânula enfiada sob a pele quase transparente —, era apenas Nino Gaines que sentia o molhado de minhas lágrimas.

Choveu a tarde toda, como eu adivinhara, e ao cair da noite a chuva transformou-se numa tempestade. Era o que meu pai teria chamado de um pé d'água à moda antiga, enquanto minha mãe resmungaria que não diferia de qualquer outro. Eu entendia o que ele queria dizer, porém, não se tratava de algum tempo bíblico absurdo, com trovões que nos faziam trincar os dentes, e disparava golpes de raios que pareciam lançados ao mar, como a tempestade de verão em Darwin. Quando voltei do hospital, liguei para a guarda costeira e o plantonista disse que não precisávamos nos preocupar — sempre receávamos trombas d'água, tornados sobre a água, que pareciam o dedo de Deus apontando dos céus, mas agiam como a mão do diabo —, pois o pior já passara. Fechei as persianas, acendi a lenha na fogueira, e Liza, Hannah e eu sentamos diante da televisão, minha sobrinha-neta atenta a algum programa do qual gostava, Liza e eu metidas em nossos próprios pensamentos, e o vento a chocalhar em volta, e as luzes a piscar, apenas para nos lembrar que ainda estávamos sob a misericórdia de Deus. Às seis e quinze da tarde, ouvi barulho no corredor, saí e encontrei Yoshi, Lance e Greg, que despiam suas capas de chuvas, trazendo consigo o ar frio e úmido, a pele brilhante de chuva.

— Tudo bem se a gente fizer um pouco de hora aqui com você, Kathleen? Achei que podíamos tomar uma bebida antes de voltarmos pra casa.

Lance desculpou-se pela poça que os pés haviam deixado no chão.

— Vocês estavam no mar com esta chuva? Enlouqueceram?

— Alguém não checou a previsão do tempo — respondeu Yoshi, olhando para Lance. — Pensamos em ir um pouco mais além, contornar

# Baía da Esperança

a costa em direção à Ilha Kagoorie, para o caso de haver algumas baleias lá, e a tempestade chegou com uma rapidez impressionante.

— Tudo bem, não levávamos passageiros a bordo — disse Greg. — As ondas vieram para cima um pouco agressivas na volta. Os ventos contrários durante todo o percurso. De qualquer modo, não ficamos na água todo este tempo... estávamos amarrando bem firmes todos os barcos. Dei ao *Ishmael* mais um ou dois nós.

— É melhor entrarem e se sentarem — eu disse. — Hannah, dê espaço. Vou servir um pouco de sopa.

Preocupei-me como se fossem um inconveniente, mas alegrou-me tê-los ali. O hotel andava vazio nos últimos tempos e a presença deles nos reconfortava.

— Encontraram alguma? — Liza largou o jornal.

— Nem sinal. — Yoshi remexeu no bolso e retirou um pente. — Algo estranho vem acontecendo, Liza, escute o que lhe digo. Nada de golfinhos hoje, também. Se eles se forem, vamos ficar numa pior.

— Se forem pra onde? — Hannah ergueu a cabeça.

Liza lançou a Yoshi um olhar de advertência, mas tarde demais.

— Os golfinhos se escondem em algum lugar enquanto o tempo melhora — respondeu a mãe, firme. — Logo voltarão.

— Na certa se abrigaram perto das pedras — disse Hannah. — Acho que se escondem naquela pequena gruta.

— É bem provável, pivete — concordou Lance. — Nossa, que delícia — disse, ao tomar o primeiro gole de cerveja.

Yoshi curvou-se pelo vão da porta que dava para a cozinha.

— Kathleen, posso tomar uma xícara de chá? Preciso me aquecer.

Relaxei um pouco ao perceber que o pior da tempestade já passara. Desde menina, contava os segundos entre trovões e relâmpagos, calculando a quantos quilômetros de distância estava a tempestade. Só agora, após ver que o pior ia em direção ao mar, pude concentrar-me na conversa em volta. Ainda me lembro da tempestade de 1948, quando dois cruzadores se destroçaram nas praias, meu pai e os outros homens passaram metade da noite no mar resgatando os sobreviventes. Os mortos também, mas só depois de anos fiquei sabendo que haviam estendido os cadáveres no museu até as autoridades os levarem embora.

Greg sentou-se ao lado de Liza. Murmurou-lhe alguma coisa, e ela assentiu devagar com a cabeça. Então ele estreitou os olhos.

— Que porra ele está fazendo aqui? — perguntou, ríspido.

Parado no vão da porta, Mike segurava uma pilha de relatórios, um pouco surpreso por encontrar tanta gente no salão.

— Paga as próprias despesas, Greg, exatamente como qualquer outro.

Eu não lhe falara do retorno de Mike. Imaginei que descobriria mesmo sem qualquer informação minha, e isso não era de sua conta. Ao olhar agora a estudada indiferença de Liza, imaginei que ela raciocinara a mesma coisa.

Greg ia falar mais, porém alguma coisa em minha expressão deve tê-lo silenciado. Deu um nítido pigarro de reprovação e acomodou-se no sofá ao lado de Liza.

Mike aproximou-se de mim.

— A linha telefônica parece ter sido cortada — disse, em voz baixa. — Não consigo uma conexão com a Internet.

— Muitas vezes acontece isso com a chuva forte — expliquei. — Espere com paciência, que voltará mais tarde. A chuva não vai durar a noite toda.

— O que faz aqui? Está tentando arruinar mais alguns negócios?

— Pare com isso, Greg — repreendeu-o Liza, irritada.

— Ainda tem coragem de defender o sujeito? Como ele pode ter a cara de pau de ficar aqui, depois do que fez?

A voz de Greg elevara-se a um desagradável ganido, e ele encarava Mike furioso.

— Não estou defendendo.

— Você devia ter posto ele pra fora a pancadas.

— Como se isso fosse da sua conta... — começou minha sobrinha.

— Estou tentando corrigir a trapalhada — explicou Mike. — Certo? Não tenho mais ligação com a Beaker Holdings. Quero conseguir que detenham a construção do hotel.

— É o que diz...

— Que diabo pretende insinuar?

Greg olhou-me.

— Como sabe que ele não é um espião?

A ideia jamais me ocorrera.

— A empresa dele deve saber que se tem formado uma oposição. Que tal detê-la mandando esse cara aqui pra investigar o que se passa?

Mike avançou um passo para ele e baixou a voz:

— Está me chamando de mentiroso?

Prendi a respiração ao sentir a atmosfera começar a pesar.

O sotaque inglês de Greg foi escarnecedor:

— *Está me chamando de mentiroso?* — repetiu.

— Está passando dos limites...

— Sim, estou chamando você de mentiroso. E que tal traiçoeiro, enganador, burocrata vendido, falsário...

Foi Greg quem deu o primeiro soco, o punho esquerdo varou o ar e desferiu em Mike um golpe oblíquo na lateral da cabeça. Ele cambaleou e o outro lançou mais uma vez o punho, porém Lance meteu-se entre os dois, separando-os com um nítido grunhido. Mike se endireitou de imediato, os punhos erguidos.

— Para trás! — gritou Lance, dando meia-volta e empurrando para trás o inglês, que, sem querer, caiu sobre uma mesa. — Pelo amor de Deus, se afaste!

Meu coração batia com tanta força que eu estava me sentindo zonza. Congelei quando a sala girou em torno dos homens. Parecia haver mobílias quebradas e pessoas gritando em toda parte.

Mike levou a mão ao rosto, viu sangue nos dedos e mergulhou para frente.

— Seu idiota...

Yoshi gritou:

— Parem! Vocês são patéticos, os dois.

Liza, em pé entre eles, ergueu as mãos: — Fora daqui! Está me ouvindo? Não vou tolerar isto na minha casa. Não vou tolerar.

Empurrava Greg, tentando expulsá-lo da sala.

— Que porra *eu* fiz? — ele berrou, quando ela e Lance o manobraram em direção à cozinha.

— Não tenho que aceitar esta merda de você! — gritou Mike.

Só quando os dois estavam em aposentos separados, minha respiração voltou ao ritmo normal.

— Deus do céu! — exclamou Lance. — Deus do céu!

Mike balançou o braço e começou a enxugar de leve a maçã do rosto com um lenço. Quando se curvou para endireitar a mesa sobre a qual caíra, ouvi o ruído do bate-boca entre minha sobrinha e Greg na cozinha.

Foi então que notei Hannah. Aninhada num canto do sofá, agarrava-se a Milly.

— Querida — eu disse, tentando estabilizar a voz —, está tudo bem. É só a tempestade que deixa todo mundo irritável.

— Eles não vão brigar de novo, vão? — Tinha os olhos arregalados de medo. — Por favor, não deixe que briguem.

Ergui os olhos, e Mike encarava-a, horrorizado com o efeito que o acontecimento provocara nela.

— Hannah, está tudo bem — ele disse. — Não tem nada do que sentir medo.

Ela fitava-o como se não o conhecesse mais.

— Verdade — Mike ajoelhou-se. — Sinto muito. Apenas perdi o controle por um instante, mas não foi nada sério.

Hannah não pareceu convencida e recuou.

— Está tudo bem agora. Verdade — ele repetiu.

— Eu não sou idiota — ela sussurrou, a expressão ao mesmo tempo furiosa e amedrontada.

Todos nos entreolhamos.

— Escute — ele continuou. — Vou lhe mostrar. — Quando a segurei junto a mim, Mike levantou-se e dirigiu-se à cozinha. — Greg? — chamou, e deixei-a encolher-se em meus braços. — Greg? — Desapareceu. Um segundo depois, os dois reapareciam sob o vão da porta. — Veja — mostrou, estendendo a mão ao outro... Vi que esse gesto quase o matou — somos amigos, verdade. Como disse Kathleen, a tempestade simplesmente deixou a gente meio irritável.

— É — confirmou Greg, tomando-lhe a mão e apertando-a —, nada para sentir medo. Perdão, meu amor.

Ela olhou-me, e depois a mãe. O sorriso de Liza pareceu tranquilizá-la.

— Verdade. Vamos embora agora. — Mike tentou dar um sorriso. — Sinto muito, tudo bem?

— Eu também — disse Greg. — Vou indo agora. E, Liza — avisou-a, muito expressivo —, você sabe onde me encontrar.

Vi que ela queria dizer alguma coisa, mas o telefone começou a tocar. Passou por ele e foi ao corredor atender.

— Kathleen, Hannah — Greg parecia diminuído agora. — Sinto muitíssimo mesmo. Não assustaria você por nada no mundo, querida. Você sabe que...

Apertei os ombros de minha sobrinha-neta, mas ela continuava sem vontade de responder.

De repente, Liza voltou à sala, já com a capa de chuva vestida. A briga ficara para trás.

— Era Tom — disse, a voz tensa. — Diz que há redes-fantasma flutuando na baía.

# Dezoito

*Mike*

A SALA ERA UM TURBILHÃO DE ATIVIDADE. Fiquei parado ali no meio, o lenço apertado contra o rosto ensanguentado, com vontade de perguntar o que era uma rede-fantasma, mas parecia que eles marchavam segundo um ritmo que eu não acompanhava.

— Vou com vocês — dizia Kathleen a Liza, enfiando as luvas. — Eu dirijo enquanto você corta.

Yoshi já vestira a jaqueta.

— Alguém ligou pra guarda costeira? — perguntava.

Lance tinha um celular colado ao ouvido.

— Sinal fraco.

— Você fica aqui, tesouro — disse Liza à filha.

— Não — protestou Hannah, esquecida a fragilidade anterior. — Eu quero ajudar.

A expressão da mãe foi severa.

— Não. Você fica aqui. Não é seguro.

— Mas eu quero ajudar...

— Então fique aqui e, quando as linhas retornarem, cuide dos telefonemas. Ligue para os Parques Nacionais, o pessoal das baleias, dos golfinhos, todo mundo que conseguir lembrar. Faça com que mandem o maior número de pessoas que puderem, certo? Os números estão no caderninho na mesa do corredor. — Ela ajoelhou-se e encarou a filha nos olhos. — É muito importante que você faça isso, Hannah. Vamos precisar do máximo de pessoas possível.

A menina pareceu apaziguada.

— Falou.

Kathleen retornou à sala, de capa de chuva, uma grande tocha debaixo do braço.

— Pus as roupas de mergulho na mala do carro. Tocha reserva... Alguém tem facas?

Greg puxou e enterrou o chapéu de lã bem fundo na cabeça.

— Tenho duas de reserva no galpão. Dou uma corrida até lá e pego. Lance, por favor, nos dê uma carona... seremos rápidos.

Olhei para Liza e senti-me como da primeira vez em que chegara ali: um forasteiro inútil.

— O que eu posso fazer? — perguntei.

Queria conversar com ela em particular, desculpar-me pela minha estupidez e a de Greg, encontrar uma forma de ser útil, mas a moça já estava em outro lugar.

— Ficar aqui — ela respondeu, dando uma olhada em Hannah. — É melhor que tenha alguém em casa. E não deixe a cachorra sair. Como está o tempo, Kathleen?

Enfiou os cabelos dentro do chapéu e espreitou o lado de fora.

— Já esteve mais bonito — disse a tia —, mas não podemos fazer muita coisa quanto a isso. Muito bem, vamos. Manteremos contato pelo rádio.

Depois que todos saíram às pressas, Hannah explicou-me que amplas redes de pesca, algumas de muitos quilômetros de comprimento, com boias em cima e pesos embaixo, flutuavam na baía. Rotuladas de "paredes da morte", haviam sido declaradas ilegais em águas australianas, e, em consequência disso, lançaram-se várias ao mar ou arrancaram-nas dos navios, e elas ficaram por aí flutuando até que, pressionadas pelo peso dos corpos das criaturas que haviam fisgado e matado no caminho, afundaram no mar.

— Aprendemos sobre elas na escola — ela disse —, mas nunca imaginei que fossem chegar aqui. — Mordeu o lábio. — Espero que nossos golfinhos fiquem bem.

— Tenho certeza de que sua mãe e os outros farão tudo que puderem pra que fiquem — eu disse. — Vamos lá... você não tinha que dar uns telefonemas?

As linhas haviam voltado e o sinal de celular fora restaurado. Ouvi Hannah deixar mensagens urgentes em secretárias eletrônicas e, de vez em quando, falar com uma provável autoridade. Tinha uma atitude equilibrada que surpreendia, pensei, para uma menina de onze anos. Mas também eu jamais conhecera outra da mesma idade tão bem informada sobre golfinhos.

Lá fora, os trovões e relâmpagos haviam saído de cena, mas a chuva caía sem misericórdia, jorrava pelas vidraças abaixo e martelava um insistente toque de recolher no telhado da varanda. Pus mais dois pedaços de lenha no fogo, depois percorri a cozinha de um lado a outro e vi a cadela saltitar de mim para a porta e repetir o percurso.

— Conseguiu entrar em contato? — perguntei, quando Hannah entrou.

— Com a maioria. Acho que a guarda costeira já partiu pra lá. Espero ter ajudado.

Espreitou ansiosa pela janela salpicada de chuva.

— Ajudou... alguém tinha que dar os telefonemas — eu disse.

— Não foi uma ajuda de verdade... Você está ficando com uma mancha roxa.

Apontou a lateral do meu rosto.

— Foi bem merecida — ri.

Hannah estendeu a mão para Milly, que ergueu o focinho.

— Olhei pela janela lá de cima e vi montes de barcos na baía com as luzes acesas.

— É isso aí — eu disse. — Falei que iam ficar bem. Todo mundo saiu pra ajudar.

Mas ela não pareceu me ouvir.

Foi então que ouvi um som estridente vindo do andar de cima — meu celular.

— Volto num segundo — avisei e saltei escada acima dois degraus por vez, perguntando-me por um instante se seria Liza.

Talvez ela houvesse tentado ligar quando Hannah falava ao telefone.

Mas, ao chegar ao quarto e vasculhar o bolso da calça, a telinha me contava outra história. Encarei o nome, a luz que piscava por detrás, e apertei o botão.

— Alô? — Silêncio. — Vanessa?

— Mike.

Olhei pela janela a noite escura e consegui apenas, através da chuva, ver as luzes dos barcos iluminando o breu. Não tinha a menor ideia do que dizer.

— Soube que você se demitiu — ela disse.

Soava como se estivesse na porta ao lado. Sentei-me na poltrona de couro.

— Faz uma semana. Eu... ah... não avisei a ninguém.

Já parecia uma vida atrás.

— Estive fora — disse Vanessa. — Não soube. Papai não me contou.

— Eu teria ligado, mas...

— Sim. — Um longo silêncio. — Não queria entrar lá, com você e... e aquela mulher ainda lá.

Baixei a cabeça até a palma da mão e inspirei fundo.

— Eu lamento tanto, Ness. — Outro silêncio. Senti transpirar a mágoa e fui esmagado. — Queria lhe dizer... foi uma idiotice e... você merecia coisa melhor. Mas precisa saber que não passou de uma única vez e me arrependo mais do que posso dizer. Sério.

Mais silêncio. Imaginei que ela digeria minhas palavras.

— Por que você foi embora?

Franzi a testa.

— O que quer dizer?

— Papai demitiu você? Porque nunca tive a intenção de que perdesse o emprego. Quer dizer, sei que fiquei contra você na reunião... mas só queria... apenas me sentia tão...

— Não foi seu pai — eu disse. — Foi minha própria decisão. Achei que seria... melhor, você sabe, em vista da... — O latido da cachorra desviou-me a atenção. — Aliás, ele me pediu que ficasse.

— Que bom! Isso tem me preocupado. Mike?

— Hum? — O latido soava tão alto que Milly parecia estar na frente da minha porta. Perguntei-me se devia descer, mas sabia que, se ela continuasse a latir, eu não ouviria uma palavra sequer do que Vanessa dizia. E era importante acertarmos tudo. — Vanessa, eu...

— Que barulho é esse?

Milly estava arranhando alguma coisa agora, ganindo. Levantei-me e fui até a porta. Fiquei me perguntando se alguém estaria tentando entrar na casa. Mas a porta da frente, incomumente, estava trancada.

— A cachorra — respondi, sem pensar.

— Você não tem cachorro.

— Não é minha. — Tapei o bocal com a mão. — Hannah?

— Onde você está? — ela perguntou.

Hesitei.

— Mike?

— Na Austrália — respondi.

Um silêncio de choque tem um som diferente de qualquer outro, percebi naquele momento. Alonga-se, adquire maior peso, depois implode sob o peso de perguntas implícitas.

— Austrália? — ela perguntou, sem forças.

— Tinha que voltar — expliquei, agora debruçado sobre o parapeito. — Eu te disse que considerava o projeto um erro, Ness, e estou aqui pra corrigir. Preciso ir... há coisas acontecendo lá fora.... e sinto muito, certo? Sinto muito por tudo. Preciso ir.

Desliguei o telefone e corri escada abaixo. Milly atirava-se com violência contra a porta da frente e dava latidos febris.

# Baía da Esperança

— Hannah — chamei e espichei a cabeça pela porta da cozinha, na esperança de que ela me dissesse o que acontecia.

Mas não a encontrei na cozinha nem na sala. Tampouco no quarto dela nem em qualquer dos outros no andar de cima. Não falava ao telefone no corredor. Eu continuava tão desorientado pela conversa com Vanessa que levei mais tempo que o necessário para perceber que também o impermeável dela sumira.

Fitei o gancho vazio, depois a cadela ainda a latir, e ela me encarou em cheio, como se eu devesse fazer alguma coisa. Senti o coração afundar.

— Ai, meu Deus — eu disse, e agarrei um casaco impermeável. Então me atrapalhei para pegar a correia e a prendi na coleira de Milly.

— Muito bem, garotona — chamei-a e abri a porta. — Mostre-me aonde ela foi.

O pior da tempestade passara, mas a chuva ainda desabava em impláveis gotas, erguendo rios sobre meus pés, enquanto eu patinhava pela trilha da orla atrás de Milly. Acho que nunca presenciara uma chuva como aquela antes — caía-me dentro da boca quando eu gritava o nome de Hannah, empapara-me a calça jeans e os sapatos em segundos. Eu só tinha a metade superior seca, protegida pelo impermeável.

A cadela repuxava a correia, o corpo todo um míssil brilhante, atrasada apenas pela minha própria falta de velocidade na trilha não iluminada.

— Cuidado! — eu gritava, mas o vento levava a palavra.

Eu corria pela escuridão, tentando lembrar a localização dos buracos, e via caminhões chegarem perto do cais, os faróis altos obscurecidos pela umidade no ar. Na baía, ao me aproximar mais, vi as luzes dos barcos, talvez separados entre si por uns cem metros, que oscilavam na luta contra as ondas. Não consegui distinguir com clareza o que faziam.

— Hannah! — berrei, sabendo que era inútil.

Rezava para que Milly soubesse o que procurava, e que não me levasse a Liza.

A cachorra derrapou até alcançar os galpões onde alguns dos caçadores de baleias guardavam os equipamentos. Várias portas estavam abertas, como se as tripulações tivessem demasiada pressa de entrar na água para pensar em proteger os pertences, e Milly escorregou para dentro de um, arranhando o piso de concreto com as patas.

Hesitei no repentino silêncio, a correia molhada escorregando pelos dedos, e tentei recuperar a orientação.

— Hannah! — berrei. A chuva tamborilava uma batida surda no telhado e caía em incessantes torrentes pelas calhas. Uma lâmpada de baixa voltagem pendia do meio do teto, e eu só conseguia distinguir na parede uma carta topográfica do que pareciam as profundezas do mar. Viam-se várias caixas de plástico, engradados de madeira cheios de ferramentas e, enfileirados na parede oposta, cordas, boias e rolos de lona. Senti cheiro de combustível. — Hannah?

Olhei a licença emoldurada na parede. Greg Donohoe. O galpão de Greg. Naquele breve momento de silêncio, lembrei-me de uma conversa fragmentada que ouvira uma vez sobre um barquinho proibido a Hannah. Um barco que morava no galpão de Greg.

— Ai, meu Deus — disse ao espaço em volta e peguei uma tocha quando Milly, talvez chegando à mesma conclusão, se precipitou a toda para o quebra-mar.

Eu corria, os dedos cerrados na correia do animal, e tentava combater o pânico que se intensificou quando me aproximei do mar e vi as condições em que trabalhavam os barcos. Enormes ondas quebravam na praia, avançavam e rasgavam as pistas da orla, primas malévolas daquelas nas quais eu correra alegre em muitas luminosas manhãs. Na baía, talvez um quilômetro mar adentro, barcos oscilavam e motores gemiam, tentando manter posição, e agora eu ouvia vozes, elevadas um tom acima do barulho da chuva. Examinei o horizonte, tentando enxugar a água dos olhos, e a cachorra fazendo-me pressão nas pernas. Não tinha a menor ideia de onde poderia estar a criança naquele breu, mas via que mesmo as tripulações de adultos experientes lutavam na água.

— Hannah! — berrei.

# Baía da Esperança

Corri até o cais, o fino feixe de luz da tocha iluminando o caminho à frente. Uns trinta metros atrás do píer, encontrei dois homens empurrando uma pequena lancha para a água. Usavam coletes salva-vidas. Eu mal conseguia distinguir os rostos.

— Preciso da ajuda de vocês — arquejei. — Tem uma criança, uma menina... acho que ela saiu para a água.

— Como? — Um dos homens adiantou-se, e o reconheci como um passeador de cachorro que costumava encontrar durante minha estada anterior. — Vai ter que gritar, amigo. Não te ouço.

— Uma menina. — Gesticulei em direção à baía. — Acho que talvez tenha saído num bote sozinha. Não passa de uma criança.

Os dois entreolharam-se, e depois o barco.

— Pegue um colete — gritou um deles.

Não consegui pensar em onde deixar Milly, por isso a joguei para dentro também e ajudei-os a empurrar a lancha até a água.

— Hannah McCullen! — berrei, quando o motor ganhou vida com um rugido. — A menina do hotel.

O outro me fez sinal para apontar a tocha ao mar. Quando agarrei a borda com a outra mão, tentando manter-me firme, ele pegou sua própria lanterna e enganchou-a na frente do barco, iluminando as ondas.

Se eu não estivesse tão preocupado com a segurança de Hannah, aquilo me haveria causado medo. Sempre tendi a evitar situações arriscadas, e quando o barco ricocheteava nas ondas, depois se chocava contra elas, e abalava-me os nervos, eu preferiria estar em qualquer outro lugar do mundo que não o mar.

— Vê alguma coisa? — perguntou o homem de boné azul.

Fiz que não com a cabeça. Tremia de frio agora, o que tornava difícil manter Milly encaixada em segurança entre as pernas. Amarrei a correia num gancho na borda lateral — precisava concentrar-me em encontrar Hannah.

— Temos que ficar atento às redes — gritou um. — Se alguma se enganchar no motor, estamos fritos.

Entendi o plano deles — começar na ponta do cais e fazer uma varredura da baía, examinar todos os barcos, e nos certificarmos de que ela não se encontra entre eles. Sentava-me agarrado à lateral, o estômago revirando, enquanto transpúnhamos as ondas, o feixe de luz de minha tocha balançando, sem mostrar nada além das águas mexidas e escuras. Ao nos aproximarmos das outras embarcações, parecia que metade de Baía da Esperança surgira em imensos barcos a motor e pequenas lanchas. Avistei corpos com macacões de mergulho, outros de capa de chuva e tesouras nas mãos. Não nos notaram. Concentravam-se em sua tarefa e tentavam manter os barcos estáveis.

— É de um tamanho da porra — berrou um dos homens.

Imaginei que falasse da rede, mas não consegui distingui-la. Avançamos a custo pelas ondas até o barco seguinte. Nada de Hannah. Perguntava-me se entendera errado — talvez o barquinho não estivesse mais no galpão de Greg. Talvez ela continuasse em casa. Mas então me lembrei da reação de Milly: a expressão tensa e vigilante, e decidi confiar nela. Não podia arriscar-me a não acreditar que Hannah não estava lá.

Ao passarmos pelo sexto ou sétimo barco, tomei conhecimento das redes-fantasma. Passamos entre um dos *Mobys* e outro barco de passeio e, com a iluminação maior projetada pelas luzes das embarcações, vislumbrei o que parecia uma teia emaranhada, visível apenas no alto das ondas iluminadas por holofote. Nela, vi formas inidentificáveis, e esforcei-me para entender o que via.

Então Milly latiu, grandes latidos ansiosos, e ouvi gritos.

Ela saltou e puxou a correia. Girei a tocha e gritei aos homens:

— Desliguem o motor! — Tão logo o ruído diminuiu, ouvi Hannah, um gritinho estridente e aterrorizado. Quando eles tornaram a ligá-lo e dirigiram-se para onde tinha o meu braço apontado, vi, por um instante iluminado pelo meu fraco raio de luz, um bote balançar em perigosos movimentos, uma pequena figura agarrada à lateral. — Hannah! — gritei, e a lancha girou na direção dela, o motor quase abafado pelo barulho que a cadela fazia. — Hannah!

O barco apontava a luz para a menina, e pude vê-la com toda nitidez: o semblante contorcido de medo, as mãos agarradas à lateral, os cabelos colados ao rosto, a chuva a açoitá-la.

— Está tudo bem! — gritei, mas não soube se ela ouviu.

— Socorro! — soluçava a menina. — As redes se enroscaram no meu leme. Não posso me mexer.

— Está tudo bem, querida. — Enxuguei a chuva dos olhos. — Estamos chegando. Virei-me quando vi o motor reduzir a marcha. — Mais perto! — berrei aos homens. — Temos que chegar mais perto!

Um praguejou em voz alta.

— Não posso chegar mais perto — berrou. — Senão nós é que ficaremos presos nestas redes. Vou passar um rádio para o barco salva-vidas.

— Podemos jogar uma corda?

— Se a rede se enroscou no leme, não vai ajudar.

O grito de Hannah, quando uma imensa onda a atingiu, me reanimou.

— Vou até lá — gritei, livrando-me dos sapatos.

— Tem certeza de que consegue?

— O que mais podemos fazer, diabos?

Um homem entregou-me uma tesoura quando arranquei o impermeável. O outro amarrou as tiras do meu colete salva-vidas.

— Tome cuidado para também não ficar preso nas redes — gritou. — Vou tentar manter a luz em você. Nade pra onde eu apontar, entendido? Siga o feixe de luz.

Mesmo com o colete salva-vidas, a força e o frio do mar me atingiram como um golpe. Arquejei quando outra onda rebentou sobre mim e a água salgada me fez arderem os olhos. Avancei com esforço até a superfície e franzi os olhos para a luz, tentando calcular em que direção deveria seguir. Enlacei as cortadeiras em volta do pulso, e então, quando outra onda me atingiu, comecei a nadar.

Hannah estava apenas a uns dez ou onze metros dali, mas aquela nadada foi a mais árdua que já empreendi. As ondas e a corrente jogavam-me para longe, e o som de seus gritos desaparecia toda vez que uma onda me cobria a cabeça. Eu inspirava quando podia, mergulhava e avançava a duras penas para o lugar onde julgava que ela se encontrava, ouvindo ao mesmo tempo os gritos dos homens atrás, enquanto os de Hannah se tornavam cada vez mais altos. Não tive tempo de sentir medo. Tornei-me um ser que desconhecia, rebocando com um braço de cada vez a água que resistia ao avanço, transpunha cada onda que se aproximava, e dizia a mim mesmo que a cada braçada eu chegava, contra visível evidência, mais perto do barquinho.

Cerca de uns três metros de distância, notei que ela usava um colete salva-vidas, pelo que agradeci a Deus.

— Hannah! — berrei, quando ela se debruçou na borda em minha direção. — Vai ter que nadar.

E então eu vi. Quando o facho de luz do barco dos homens girou mais forte, talvez mais perto que antes, a onda ergueu a rede enrolada no leme e, de repente, iluminada na água escura, vi uma coisa que jamais esquecerei. Presos nos finos filamentos da teia emaranhada, visíveis apenas por um brevíssimo momento, os corpos de peixes, aves marinhas, partes de criaturas que talvez houvessem morrido semanas antes, suspensos na rede quase invisível, a flutuante parede da morte. Vi, naquele instante, uma tartaruga bebê, uma imensa gaivota — um albatroz, talvez — com as penas arrancadas —, e, pior, próximo à superfície, um golfinho, o olho aberto, o corpo preso bem apertado pela malha. Não sou especialista quando se trata de criaturas do mar, mas soube que ele ainda estava vivo. E Hannah, agarrada à borda, também o vira. Ouvi o grito lancinante dela, e então, ao estender a mão para a lateral do barco, vi refletido nos olhos enormes da menina o horror do que eu também vira. Ergui a mão, rezando com tremor para não tocar com as pernas os corpos putrefatos embaixo.

— Hannah! — berrei. — Você tem que nadar. Venha.

A luz afastou-se e tornou a nos iluminar. Por um milésimo de segundo, vi o rosto dela, ainda fixo na água, esvaído de cor. Ela soluçava forte, alheia a mim, paralisada pelo que agora sabia encontrar-se embaixo.

— Hannah! — implorei. Não podia subir no barco: tinha as pernas geladas demais e nenhum lugar no qual me apoiar. — Hannah! — Recolhi involuntariamente uma das pernas quando a senti esbarrar em alguma coisa.

Então, acima da chuva, do meu berro e do latido de Milly, captei o gemido de desespero:

— *Guarda-chuva!*

Foi, espero, o mais próximo a que chegarei de uma visão do inferno.

Hannah estendeu a mão para mim e, quando me virei, talvez a uns quinze metros, a rede-fantasma foi mais uma vez iluminada com a carga impotente, pavorosa. Pensei, trêmulo, no tamanho da coisa, no número de criaturas que morria em silêncio ali embaixo, nos caçadores de baleias e na tripulação que tentava libertar as que permaneciam vivas.

— Você precisa salvá-lo — gritava Hannah. — Precisa.

— Hannah, temos que ir para o barco! — gritei.

Mas ela estava quase histérica.

— Por favor, Mike. Por favor.

Não havia tempo para discutir. Inspirei fundo e, quando a luz girou de novo, agarrei a tesoura e mergulhei dentro d'água.

O mais surpreendente era o silêncio. Após o barulho, o vento, a chuva e os gritos da menina, senti um estranho alívio por estar longe do caos. Então a vultuosa forma do golfinho encurralado oscilou em meu campo visual e lancei-me para ele, e percebi, ao fazê-lo, a facilidade com que minhas próprias pernas ficavam presas à rede. Golpeei-a com a cortadeira, tentando manter um ponto de apoio quando o surpreendente peso da rede-fantasma me desequilibrou. Cortei, lutei com a rede e senti os filamentos de náilon cederem. O golfinho retorceu-se, talvez despertado do torpor mortal pelo susto dessa nova ameaça. Enquanto a luz mergulhava e deslizava sobre nós, notei que o animal sangrava, a nadadeira dorsal fora quase decepada, e a pele exibia cortes onde ele lutara contra as fibras. Precisei fechar os olhos quando os cadáveres continuaram a subir ao meu encontro, a rede rodopiava e ameaçava tornar-me parte da apavorante carga.

— *Mike!*

Ouvi, ao longe, o gemido abafado de Hannah. Então, de repente, cortei o último pedaço da rede, e o golfinho fugiu ondulante para a escuridão nebulosa, dirigindo-se ao que eu torcia fosse o mar aberto.

Irrompi na superfície, a boca aberta de alívio.

— Hannah! — gritei, erguendo a tesoura.

Por fim, com o rosto lívido de medo, ela deslizou pela borda do barco ao encontro dos meus braços e colou a face na minha para não ter de ver mais nada do que nos circundava.

Após constatar que eu libertara o golfinho, ela nada disse durante a viagem de volta à praia. Perguntou, com a boca colada ao meu ouvido, se eu vira um bebê, e quando respondi que não, enterrou o rosto no pescoço molhado de Milly.

Eu a segurava junto de mim enquanto enfrentávamos outra vez as ondas, e tentava não tremer de frio muito violentamente, mas os olhares que troquei com os dois homens me disseram todo o necessário sobre a sorte que havíamos tido.

Liza já corria em nossa direção quando chegamos ao cais. Usava um traje de mergulho e tinha os olhos escuros de medo. Sequer me viu, tal o desespero de agarrar a filha junto de si.

— Sinto muito, mamãe — chorava Hannah, os braços gelados, exangues, apertados com força no pescoço da mãe. — Eu só queria ajudar os golfinhos.

— Eu sei que você queria, querida. Eu sei...

— Mas Guarda-Chuva... — Ela desatou a soluçar violentamente. — Eu vi...

Liza pegou o cobertor que lhe fora estendido, envolveu a filha e balançou-a com toda delicadeza nos quadris, como se fosse uma menina muito mais nova do que seus onze anos. Formara-se uma pequena multidão, em pé, na areia escura, iluminada pelos faróis de carros.

— Ai, Hannah — não parava de dizer Liza, e o que eu ouvia naquela voz dilacerada quase me lançava por terra.

— Eu sinto tanto, Liza — eu disse, quando afinal ela ergueu os olhos. Tremia feito um louco, apesar da manta que alguém me estendera nos ombros. — Fiquei no andar de cima só por cinco minutos e...

Ela balançou a cabeça, sem nada dizer, e, no escuro, achei impossível saber se me desculpava ou me advertia para que não me aproximasse, talvez balançando a cabeça em descrença pela inacreditável loucura de um homem que não era capaz de ficar quinze minutos de olho numa menina.

— Calculo que o bote seja uma perda irrecuperável — disse alguém. — As redes estão todas enroladas no motor. Não me surpreenderia se afundasse.

— Não me interessa o barco. — Liza mantinha o rosto colado no da filha. E então, quando Hannah chorou mais forte: — Está tudo bem, meu amor, você está segura agora.

Era difícil saber se confortava a filha ou a si mesma.

Eu as observava e desejava poder envolvê-las nos braços. Voltava-me mais uma vez a sensação de ser arrastado para o fundo que eu tivera quando lutava para me livrar da rede, e compreendia que sabotara minha última chance com Liza, e o que minha falta de vigilância quase lhe custara.

Senti algo comprimir-me o peito e baixei a cabeça. Então alguém gritou que um dos barcos maiores ficara agarrado na rede, e várias pessoas retornaram à praia pelo píer.

Uma mulher que eu não conhecia entregou-me uma caneca de chá adoçado. Queimou-me a boca, mas não me importei. Então Kathleen surgiu atrás de mim.

— É melhor levarmos você de volta — disse, pondo-me no ombro a mão nodosa.

De repente, Greg corria em nossa direção, na escuridão.

— Liza? — gritava. — Liza? — A voz cheia de medo. — Acabei de saber. Hannah está bem?

Havia algo de genuíno naquele medo, e pelo menos dessa vez eu me senti mais solidário que indignado com ele.

— Sinto muito — repeti para a escuridão, na esperança de que Liza me ouvisse.

Então, cercado por pessoas que não conhecia, virei-me e subi devagar a trilha em direção ao hotel.

Era quase uma da manhã quando comecei a sentir-me mais uma vez aquecido. Kathleen proibira-me o banho fumegante pelo qual eu ansiava, mas continuava a me empurrar chá quente até me fazer implorar a ela que parasse. Acendera o fogo em meu quarto — eu pensara que a lareira fosse apenas decorativa — e, enquanto eu tremia de frio sob vários edredons de pluma, trouxe-me um preparado caseiro, que incluía limão, mel, algum condimento aromático e igual medida de conhaque.

— Não pode correr riscos — disse, cobrindo-me como se eu fosse uma criança. — Você se surpreenderia se soubesse o que a permanência por tanto tempo em mares como aquele pode lhe causar.

— Como está Hannah? — perguntei quando, após pôr outro pedaço de lenha no fogo, ela ia saindo.

— Dormindo — ela disse, e espanou com as mãos o pó não existente da calça. — A menina está exausta. Mas muito bem. Recebeu o mesmo tratamento que você... menos o conhaque.

— Ela ficou... muito chocada com o que viu.

Por um breve instante, a expressão de Kathleen tornou-se soturna.

— Não é uma visão que eu desejaria a ninguém — disse —, mas fizemos o possível. Libertaram uma baleia, você sabe, perto da casa Hillman. E continuam avançando. O que a rede não teria levado se os rapazes não a tivessem localizado...

Eu via mais uma vez aquela água sombria, os corpos flutuando, e tentava afastar a visão da mente. Perguntava-me se Liza continuava lá, lançando-se naqueles mares bravios para destruir as redes.

— Kathleen — disse, em voz baixa. — Eu sinto tanto...

Mas ela me cortou.

# Baía da Esperança

— Você precisa de descanso — respondeu com firmeza. — Sério. Cubra-se e durma um pouco.

E afinal, exausto até os ossos, obedeci.

Quando ouvi o barulho, não consegui saber se dormira durante horas ou minutos. Anos daquela vida em Londres haviam me tornado alerta a qualquer ruído noturno inesperado, e apoiei-me num dos cotovelos, piscando no escuro, ainda rodopiando no estranho espaço entre sonho e realidade.

Por um momento, não me lembrei de onde estava, e então as agonizantes brasas vermelhas trouxeram-me de volta ao quarto do hotel. Sentei-me ereto, as camadas de cobertas caindo, e ajustei os olhos à escuridão.

Havia alguém em pé junto à cama.

— Que...

Liza McCullen curvou-se para frente e pôs um dedo em meus lábios.

— Não diga nada — murmurou.

Perguntei-me, por um breve momento, se continuava a sonhar. Mas conseguia distinguir a silhueta no quarto escurecido. Os sonhos, porém, haviam sido intermitentes e apavorantes, cheios de água asfixiante e cadáveres dos desaparecidos. Ali, na escuridão aquecida, eu sentia o cheiro de mar nela, a leve arenosidade do sal na pele quando sua mão encontrou a minha. E então, quando a tive mais perto, senti o hálito, a chocante e estonteante maciez dos lábios de Liza nos meus.

— Liza — disse, mas sem ter certeza de que o nome me inundava os pensamentos ou se o expressara em voz alta. — *Liza*.

Ela deslizou sem uma palavra para o meu lado na cama, as pernas ainda úmidas do ar noturno. Desenhou-me o rosto com os dedos, descansou-os um instante nas feridas causadas por Greg, depois os enroscou em meus cabelos. Beijava-me com uma ferocidade que me incapacitava. Senti o peso delicado, a frieza repentina da pele colada na minha quando ela retirou a camiseta pela cabeça, e ouvi o distante crepitar de chamas. Então, com os pensamentos desordenados, detive-a. Tomei-lhe o rosto nas mãos, tentando vê-la, tentando avaliar em que tempestade eu entrava agora.

— Liza — repeti. — Eu não entendo.

Ela parou em cima de mim. Senti-a, mais que a vi, olhando-me.

— Obrigada — ela sussurrou. — Obrigada por trazer minha filha de volta.

Estava elétrica, como se cada fibra pulsasse de energia, como se fosse uma força da natureza indomável, um gênio libertado de uma lâmpada. Durante semanas eu imaginara isso, pensara em mim mesmo fazendo amor suavemente com aquela jovem triste, beijando-a até fazer desaparecer a melancolia. Mas ali, agarrada a mim, era uma pessoa imprevista: sôfrega, avassaladora e cheia de vida. Tinha o corpo ágil como o de uma enguia, e movia-se em cima de mim de forma tão incessante quanto as ondas. A facilidade com que se entregava humilhava-me. Seria um agradecimento? — eu tinha vontade de perguntar, nos poucos momentos de lucidez. Uma reação ao choque da noite? Em algum lugar nos confins da memória, lembrei as palavras de Kathleen: Liza sofre demais a morte de criaturas marinhas. "E aí, duas vezes por ano, aquele tolo, coitado, acha que tem uma chance." Tive a intenção de falar quando os lábios dela se fundiram nos meus, quando sua pele se aqueceu e ardeu feroz na minha, e acabei por sentir o calor intensificar-se, ficando incapaz de falar ou de sequer pensar em qualquer coisa.

*Q*uando acordei, encontrei a cama vazia. Mesmo antes de despertar o suficiente para pensar com alguma clareza, me dei conta de que previra aquilo. Pisquei forte à luz do amanhecer e deixei os acontecimentos da noite anterior penetrarem-me aos poucos.

Liza me deixara entrar nela. Eu olhara no fundo daqueles olhos iridescentes e enxergara sua alma. E, quando me recebera, permitira-me ser o homem que sempre quisera ser com ela, aquele homem que esperara tornar-me a vida toda. Forte, seguro, cheio de paixão — não uma pálida imitação de amor. Alguém que podia protegê-la, valorizá-la, proporcionar-lhe alegria com a pura força de vontade. Sentia-me como se houvesse rejuvenescido vinte anos. Sentia-me como um menino. Como se pudesse demolir prédios com as mãos.

Enquanto ajustava os olhos à luz e tentava manter-me ereto, não sabia se sentia euforia pelo que me fora dado ou melancolia pelo que fora tirado.

Tivera tanta certeza de que acordaria sozinho, que se passaram vários minutos até eu perceber que não era a única pessoa no quarto. Liza estava sentada à poltrona de couro, que empurrara mais para perto da janela. De calça jeans, tinha os joelhos erguidos até o queixo, envoltos pelos braços. Conferi as horas no relógio: cinco e quinze.

Encarei-a e desejei vigiá-la para sempre, sabendo que, quando ela adivinhasse que eu acordara, precisaria esconder-lhe este fato. Senti uma inesperada pontada de afinidade com Greg; sabia agora como era amar alguém inatingível.

— Bom-dia — eu disse em voz baixa.

Por favor, não vá embora, pedi-lhe em silêncio. Por favor, não deixe óbvio que está arrependida.

Ela virou-se devagar. Quando nossos olhos se encontraram, observei que, por onde quer que vagassem seus pensamentos, era bem distante de mim. Como era possível, perguntei, quando sentia o corpo dela gravado no meu, o sangue dela agora correndo em minhas veias?

— Mike — ela declarou —, você disse que entende de publicidade, não é?

Empaquei mentalmente, tentando acompanhá-la.

— Disse. — respondi.

— E se alguém que tenha feito uma coisa muito má resolvesse confessar? Uma coisa que ficou escondida a sete chaves. Isso geraria publicidade, não é?

Corri a mão pelos cabelos.

— Desculpe — comecei. — Não compreendo...

— Eu vou lhe contar como Letty morreu — ela declarou, a voz baixa, mas clara como um sino — e você pode me dizer o que isso pode trazer de bom.

# Dezenove

*Liza*

NITRAZEPAM — MOGADON, como é conhecido comercialmente. Quarenta e duas pílulas num frasco. Pílulas para ajudar-me a dormir. Inteiramente legítimo, inteiramente compreensível, em vista do meu histórico de depressão pós-parto e dos estresses da construção de uma nova família. O médico estava tranquilo em receitá-las. De fato, nem prestara muita atenção, tão satisfeito sentiu-se ao ver-se diante de alguém para cujos problemas havia uma solução simples. Conhecia-me já fazia algum tempo. Acompanhara-me durante toda a gravidez. Conhecia minha sogra, o pai do bebê, o lugar de onde eu viera.

— Preciso de um pouco de sono normal — eu disse. — Só por algum tempo. Sei que terei condições de enfrentar tudo melhor.

Ele me entregara a receita sem qualquer hesitação momentânea e dispensou-me, a fim de preparar-se para a paciente seguinte. Momentos depois, parei no estacionamento da farmácia, olhos fixos no rótulo do frasco que trazia na mão. Lendo as advertências que continha. Soporíferos. Tiravam vidas, nas circunstâncias erradas. Enquanto o segurava, senti uma excitação estranha, vazia. Iam devolver-me a vida.

*Baía da Esperança* 285

Quando a conheci na Austrália — a vida real, ao contrário do período em que eu me contentava em existir —, Kathleen convenceu-me a consultar seu médico e pedir alguma coisa para ajudar-me a dormir. Continuava atormentada por pesadelos, a ponto de às vezes temer deitar a cabeça no travesseiro. No sono, via o rosto aterrorizado de Letty, ouvia-a gritar meu nome e rezava para esquecer. O primeiro remédio oferecido pelo médico australiano foram essas pílulas, embora com nome diferente. Quando registrei o que eram, na receita que ele me dera, avancei um passo trôpego até ele e desmaiei.

*P*essoas ignorantes me diziam que eu vinha de um lar desfeito, mas nunca me pareceu assim. Jamais senti falta de um pai: minha mãe bastava como os dois, abençoada por um espírito indomável, ardorosa, cheia de amor e orgulho maternais, decidida a que eu escapasse dos seus próprios erros com uma educação decente. Mantinha-me perto e importunava-me sem cessar, repreendia-me e adorava-me, e embora não fôssemos evidentemente uma família rica ou convencional, nunca me faltou nada. Mesmo para os padrões infantis, sentia que me coubera um bom quinhão. Minha mãe trabalhava incessantemente em empregos de meio período, mal remunerados, que me mantinham perto dela. Muitas vezes o fazia enquanto eu dormia, e agora me pergunto como conseguia dar-me um sorriso — e uma refeição pronta — no café da manhã.

Morávamos num chalé, situado a uma distância equivalente do subúrbio e da cidade de Londres, alugado de uma mulher para quem ela trabalhara uma vez. Eu tinha vinte e tantos amigos numa extensão de um quilômetro de casa, e a liberdade de fazer quase tudo que me desse na telha nesse quilômetro. Duas vezes durante a infância voamos para a Austrália, o que me tornou uma especialista em assuntos globais entre meus amigos. Um dia, prometeu-me mamãe, iríamos morar lá de vez com tia Kathleen. Mas não acho que ela quisesse ficar muito próxima dos meus avós. Jamais lhe ocorria muita coisa boa a dizer deles. E, quando meu avô morreu, ela encontrou outros motivos — o emprego em que acabara de ser contratada, minha escola, um homem de quem passara a gostar — para não mudar-se de vez para o outro lado do mundo.

Então já era tarde demais. O câncer foi de uma rapidez chocante. Mamãe emagreceu — um motivo de orgulho, depois, preocupação, quando descobriu que não se devia apenas à cuidadosa monitoração de calorias. O último "homem legal" — um divorciado que morava à uma hora de trem — encontrou pretextos para não visitá-la, e então, quando o tratamento se tornou confuso e desagradável, quando as exigências emocionais dela aumentaram, desapareceu. Talvez, mortificada pelo desaparecimento, independente até o último momento, ela não contou a Kathleen que agonizava. Descobri depois que lhe enviara uma carta para chegar apenas após a morte. Nela, contava à irmã que eu não devia ser pressionada a ir para a Austrália, mas pedia-lhe que me recebesse lá sempre que eu precisasse. Foi a única decisão mal avaliada de sua carreira materna.

Não há nunca uma boa idade para perder a mãe, mas em meus dezessete anos eu era espetacularmente mal preparada para enfrentar a vida sozinha. Via minha mãe, aquela mulher glamourosa e orgulhosa, encolher, e depois quase sumir. Via o ânimo para a vida desaparecer, enterrado em morfina e confusão. A princípio, esforcei-me ao máximo para cuidar dela, e depois, quando as enfermeiras assumiram a incumbência e entendi o que ela não tivera coragem suficiente para me dizer, retirei-me. Disse a mim mesma que aquilo não estava acontecendo e, enquanto as amigas de minha mãe sussurravam por trás das mãos sobre como eu era corajosa e competente, ficava sentada em casa sozinha, encarava as impiedosas contas e desejava ter a vida de qualquer pessoa, menos a minha.

Minha mãe morreu numa sombria e dolorosa noite de novembro. Ao seu lado, eu dizia-lhe que parasse de desculpar-se, que eu ia ficar bem, que eu sabia que era amada.

— Tem dinheiro na minha bolsa azul — avisou-me, rouca, num dos últimos momentos de lucidez. — Use-o para ir até Kathleen. Ela cuidará de você.

Mas, quando olhei, havia menos de cem libras — quantia insuficiente para levar-me à Escócia, quem dirá à Austrália. Desconfio que o orgulho impediu-me de falar a Kathleen de minha difícil situação. Talvez, como era previsível, tenha perdido o prumo. Abandonei a escola e arranjei um emprego de repositora de prateleiras num supermercado, depois descobri que isso não me sustentaria em casa. Os atrasos de aluguel acumularam-se até a amiga dela me dizer, desculpando-se, que não tinha condições de permitir-me ficar. Ofereceu-me um trabalho como babá que dormia no emprego, e ficou aliviada quando eu lhe disse que eu ficaria com uma amiga.

Minha vida tornou-se um caos. Vendi as joias de mamãe, embora o pouco que valiam mal bastasse para me alimentar. Morava ilegalmente num sobrado, descobri as boates e passei a trabalhar de garçonete, tentando dar um jeito de embriagar-me o suficiente para ir embora toda noite sem ter de pensar no quanto me sentia solitária quando chegava em casa. Por algum tempo adotei o estilo de vida gótico, e aos vinte e um engravidei de um dos homens de passagem naquele sobrado em Victoria, um cara cujo sobrenome eu nunca soube, mas que preparava um delicioso ensopado de lentilha, afagava-me os cabelos e que me chamou de "boneca" numa das noites em que eu tinha bastante dinheiro para ficar muito, muito bêbada.

Assim que percebi que engravidara, tudo mudou. Não sei se foram os hormônios, ou apenas a herança do bom-senso de minha mãe, mas apoderou-se de mim um instinto de autopreservação. Pensava no que evitara por quatro anos, e no que teria dito minha mãe se visse no que eu me transformara. Jamais pensei em livrar-me do bebê. Alegrava-me o fato de que teria mais uma vez uma família, alguém ligado a mim pelo sangue.

Então, tirei a tintura violeta dos cabelos, arranjei trabalho como babá e, quando Hannah nasceu, fui empregada por amigos dessa família numa loja de molduras. Eles permitiram-me trabalhar até uma e meia da tarde, quando tinha de pegar a bebê na creche. Eu escrevia a Kathleen de vez em quando e enviava-lhe fotografias; ela sempre respondia imediatamente, anexando algumas libras "para comprar alguma coisa pro bebê", e dizia orgulhar-se de mim pela vida que eu construíra. Não era uma vida fácil, nem financeiramente estável, mas muito satisfatória. Acho, como dizia minha tia, que minha mãe teria ficado orgulhosa. Então, um dia, Steven Villiers entrou na loja e pediu uma moldura dourada com friso verde para uma gravura que comprara. E minha vida, como eu a construíra, mudou para sempre.

Eu era solitária, entenda. Tive sorte, sabia, por encontrar uma família disposta a aceitar-me com um bebê, costumava observá-los em volta da mesa da cozinha, os pés das crianças cutucando-se mutuamente. Até invejava as discussões. Teria adorado alguém com quem discutir.

Enquanto assistia a Hannah transformar-se de um bebezinho indefeso numa criança radiante e afetuosa, desejava o mesmo para ela. Desejava-lhe um pai que a amasse, que brincasse de balanço com ela no quintal, a carregasse nos ombros e se queixasse com bom humor das fraldas da filha. Desejava ter alguém com quem falar dela, alguém que me dissesse se a alimentava com as coisas certas para a idade, que pensasse em escolas ou sapatos.

Logo descobri que os homens não se interessavam por mulheres com bebês — os homens que eu conhecia, em todo caso. Não queriam saber por que você não podia encontrar-se com eles no pub à noite, por que sugeria o parque na hora do almoço no domingo. Não viam os encantos de minha linda menina de cabelos louros, apenas as restrições que ela me impunha. Assim, quando Steven Villiers e eu nos reencontramos diante do supermercado e ele não apenas não a olhou como algo infeccioso, mas ofereceu-se para empurrar o carrinho, ajudando-me a levar as compras com mais facilidade na curta caminhada até minha casa, seria de admirar que eu perdesse a cabeça?

Ele me fazia lembrar, a princípio, do pai da família com quem eu morava. Tinha o mesmo jeito desleixado, porém elegante, de vestir-se. Mas esta era a única semelhança. Steven era parrudo, mas dava a impressão de altura. Passava uma espécie de autoridade intrínseca, uma dessas pessoas que fazem a gente recuar um pouco, sem saber bem por quê. Era de estranhar que não houvesse casado ainda — coisa que respondeu ao olhar-me no fundo dos olhos: por nunca ter encontrado a pessoa certa. Morava com a mãe numa bela casa em Virginia Water, dessas que se veem em revistas da alta sociedade, com imensas sebes podadas à perfeição e um banheiro para cada quarto. Ele surpreendeu-se quando demonstrei espanto pela riqueza que possuíam os Villiers — era um desses homens que julgavam sua vida normal e nunca se davam o trabalho de indagar mais a fundo.

Em vista de sua origem e dos bens que possuía, eu não soube ao certo por um longo período o que vira em mim. Eu vestia roupas de bazares de caridade. Não tinha mais a aparência tresloucada, porém de modo algum me confundiria com as meninas elegantes, endinheiradas com as quais ele fora criado. Quando olho as fotografias daquele período, agora sei um pouco mais das coisas. Eu era linda. Tinha uma espécie de ingenuidade, apesar de minha situação, que os homens achavam atraente. Sem amigos nem apoio, era, portanto, maleável. Continuava ainda em euforia emocional pelo nascimento de minha filha, ansiosa por ver amor em toda parte, conceder o que sentia por ela a todos ao redor. Julguei-o um salvador, e tudo o que dizia e fazia o teria convencido disso. Talvez ele também se julgasse assim então.

A primeira vez que fomos para a cama, fiquei deitada em seus braços e falei-lhe de minha vida, dos erros que cometera, enquanto ele me abraçava, beijava-me o topo da cabeça e dizia-me que eu estava segura. Há algo extremamente sedutor, quando se é solitária e vulnerável, em ouvir que está segura. Steven disse que fora feito para ficar comigo, achava que era essa a sua missão. Senti-me tão agradecida, tão inebriada, que não vi nada com que me preocupar nesta declaração.

Um mês e meio depois de nos conhecermos, pediu-me em casamento. Mudei-me para a casa onde morava com a mãe. Passei a usar roupas mais convencionais — ele me levava às compras — e adotei um penteado mais arrumado, que caía melhor na futura mulher daquele tipo de homem. Sentia renovado orgulho de meus dons de dona de casa, adaptando-me sob a concisa tutela da futura sogra. Apesar das arestas, Hannah e eu aprendemos a viver sob aquele teto. Eu amadurecera, dizia a mim mesma. Gostava do desafio que significava ajustar-me.

Então, quatro meses depois, descobri-me grávida. A princípio, Steven ficou chocado, e logo maravilhado. Letty nasceu ao raiar da manhã de 16 de abril, e agradeci a Deus, enquanto Hannah e Steven a admiravam, por ter afinal uma família minha. Uma família nos moldes certos.

Minha caçula não foi o mais lindo dos bebês — na verdade, parecia um cãozinho chinês por vários meses a mais do que o normal —, porém era muito adorada. Eu olhava o amor genuíno de Steven pela filha, as preocupações exageradas da avó e desejava que houvesse ocorrido o mesmo com Hannah. Não existia bebê mais dócil e alegre que minha caçula.

Talvez fosse a privação de sono, ou apenas a natureza da vida com uma recém-nascida, mas só vários meses após o nascimento de Letty percebi que Steven mal dava atenção a Hannah. Até então, eu dissera a mim mesma que ele a amava, que uma ou outra desconsideração com ela era coisa de homem, e não deliberada omissão. Tinha pouca experiência com isso. Após ter sido criada por minha mãe, e visto tão pouco meu avô, não conhecia o jeito de ser dos homens. Ele era um bom provedor — como vivia me dizendo a mãe —, entendia de disciplina e rotinas, e se Hannah o frustrava com os fricotes de uma menina de dois anos e as restrições em relação à comida, por que me admirar com o fato de ele mandá-la para a cama? Letty era tão adorável — não era surpresa que julgassem com frequência o comportamento inadequado de Hannah?

Digo a mim mesma agora que fiquei cega pelas exigências da maternidade. Que a gente só vê o que quer. Mas no fundo do coração devia ter desconfiado, entendido antes, que o silêncio cada vez maior de minha filha não resultava apenas da adaptação a uma nova irmã. Devia ter percebido que minha sogra e Steven haviam se tornado mais rigorosos com ela, expressavam suas críticas mais às claras. Acima de tudo, devia ter imaginado pela atitude daquela mulher.

Ela nunca me perdoou por atrelar o filho — um partidão, — a uma filha que não era dele. Tampouco gostava do fato de eu não ter antepassados, como dizia. Ah, era muito educada, para início de conversa, mas também uma daquelas jogadoras de bridge, de cabelos azulados e cardigãs da Jaeger, e tudo que eu era gritava-lhe irresponsabilidade e inépcia: se fazia um ensopado de lentilha (comida de hippie) ou se deixava Hannah dormir comigo quando tinha dois anos.

Nada ousou dizer a princípio, quando Steven e eu vivíamos em nossa bolha de amor. Levara-o a julgar-se o chefe da família desde que o pai morrera, e agora se considerava relegada a um canto porque ele não queria discutir meus supostos defeitos. Até Letty nascer, quando não pude mais ficar à altura dos seus padrões. Então, aos poucos, revelou-se minha incapacidade de lidar com duas crianças pequenas à maneira como os dois esperavam. À medida que os brinquedos iam se espalhando pelo chão e as camas permaneciam desfeitas até a tarde, minhas roupas exibiam insígnias de leite infantil e Hannah berrava num canto durante alguma manhã, minha sogra descobriu que podia dizer e fazer o que bem quisesse.

Uma vez, antes que a situação ficasse ruim demais, ousei perguntar a Steven se não podíamos encontrar um lugar só para nós, se não seríamos mais felizes sozinhos, mas o olhar que ele me lançou me intimidou.

— Você mal consegue vestir essas meninas sozinhas — disse —, quanto mais cuidar de uma casa. Acha que aguentaria cinco minutos sem minha mãe?

Revendo o passado agora, acho difícil identificar-me com aquela criatura. Nas fotos de Kathleen, das quais há muitos anos se eliminou Steven, vejo uma jovem estranha, perdida, com cabelos que não eram dela e roupas esquisitas. Os olhos exibem uma amedrontada determinação a não reconhecer no que se meteu. Qual a alternativa, afinal? Eu não tinha nada — casa, dinheiro, apoio. Tinha duas filhas pequenas e um homem que era um pai para elas, disposto a perdoar-me pela confusão que fizera de minha vida. Uma sogra disposta a tolerar-me em sua linda casa, embora fosse muito além de qualquer coisa que eu conhecera.

Meus talentos domésticos não correspondiam a grandes coisas e, com toda franqueza, meus modos muitas vezes os decepcionavam, sobretudo desde que Steven fora eleito para a assembleia municipal, e a carreira no banco decolava.

A gente não entende como é fácil ser esmagada se nunca passou por isso. Com a ajuda da mãe, ao longo dos anos, Steven foi aos poucos reconhecendo meus erros. Falávamos raras vezes, e depois nunca mais, do casamento. Hannah aprendeu a fechar a boca enquanto comia e que, quanto melhor se comportasse, menos era provável que a repreendessem. Eu aprendi que, se usasse mangas compridas, as mães no jardim de infância parariam de comentar minhas marcas.

Fora criada acreditando que esse tipo de coisas só acontecia nas famílias mais desestruturadas. Achava que tinha a ver com pobreza e falta de educação. Com Steven, aprendi que tinha a ver com minha própria incapacidade, com o fato de não lhe ter recompensado pela confiança que depositara em mim, com a incapacidade de fazer-me parecer até certo ponto decente e, quando ficou ruim mesmo, com a minha inutilidade na cama.

A primeira vez que ele me machucou, fiquei tão chocada que julguei ter sido um acidente. Estávamos no andar de cima, e as crianças choravam, brigando por causa de algum brinquedo de plástico barato. Fiquei tão distraída com elas que esqueci o ferro de passar, que então lhe queimava a camisa. Ele entrou no quarto, furioso com o barulho, berrou com as meninas e então, quando viu a camisa, esbofeteou-me, como se eu fosse um cachorro.

— Ai! — exclamei. — Isso doeu!

Ele virou-se para mim com uma expressão de descrença no rosto, como se eu não houvesse entendido que fora essa a intenção. E, enquanto fiquei ali parada, segurando a orelha latejante, desceu a passos rápidos, como se nada tivesse acontecido.

Desculpou-se depois, atribuiu o fato à tensão do trabalho ou coisa assim, mas às vezes acho que aquela primeira vez foi a gota d'água para ele. Uma vez transposto o limite permitido, tornava-se mais fácil transpô-lo mais uma vez. Às vezes passávamos meses sem nada acontecer, mas em algumas ocasiões quase tudo que eu fazia — descascar batatas de forma desperdiçável, não engraxar sapatos — levava-o a dar-me um soco ou um tapa. Jamais uma briga violenta — ele era inteligente demais para isso — era apenas o suficiente para dizer-me quem mandava.

Quando compreendi o que tinha de fazer, era uma criatura obscura, uma mulher que aprendera que era melhor não emitir uma opinião, retrucar e chamar atenção para si mesma, pois as cicatrizes desapareciam logo, mesmo que a lembrança perdurasse. Mas então olhei o rosto de Hannah no dia em que ele a golpeou com força, por não tirar os sapatos antes de pisar no tapete verde-claro do corredor, e minha determinação começou a voltar.

Comecei a juntar dinheiro. Pedia uma quantia para um casaco para Letty — sabendo que ele não recusava nada à filha —, depois mostrava algo que comprara no bazar de caridade e embolsava a diferença. Afanava dinheiro da compra de supermercado. Era boa em viver com pouco, após tê-lo feito durante anos. E eles de nada desconfiaram, porque eu me tornara aquela coisa tão oprimida.

Mas então passei a odiá-lo. A névoa da depressão dissipou-se, e eu via com clareza o que acontecera comigo. A frieza, a arrogância e a cega ambição daquele homem. A determinação em garantir que minha filha mais velha se soubesse uma cidadã de segunda categoria na casa deles, mesmo na tenra idade de seis anos. Via que as outras famílias não viviam como nós e, por fim, que sua origem e posição social não impediam que o que ele fazia fosse considerado maus-tratos. Via com alívio que minhas filhas se amavam apesar disso, que os afetos, brincadeiras e altercações eram os mesmos de qualquer outras irmãs. Via os rechonchudos braços morenos de Letty ao redor do pescoço da irmã, ouvia quando contava em voz alta a Hannah histórias do que fizera no jardim de infância, implorando-lhe que fizesse um penteado em seus cabelos; via Hannah, à noite, aninhada com Letty, enquanto lia uma história, os cacheados cabelos louros das duas. Ele ainda não as envenenara.

Mas enxergar a verdade de minha situação não me ajudava — podia ir embora com Hannah, pensei, que eles dificilmente se importariam. (Metade do tempo, Steven dizia que eu era um desperdício de espaço, de qualquer modo.) Mas nunca entregariam Letty. Numa briga, quando eu ameaçara partir com as duas, ele rira de mim:

— Que espécie de juiz vai deixá-la cuidar de minha filha? Olhe o que você tem a oferecer, Elizabeth. Veja sua história... morava num sobrado ilegalmente e Deus sabe lá o que mais... sua falta de educação, perspectivas, e então veja o que eu posso oferecer a ela. Você não tem nenhuma chance.

Eu desconfiava que meu marido dormisse com outra mulher. As exigências na cama eram muito menores — um motivo de alívio para mim. Ele tinha uma atitude esquizofrênica comigo. Se me vestisse bem, dizia que eu era feia; se me aproximava dele com afeto, que eu era repulsiva. Se outro homem me olhasse, mesmo de calça jeans e camisa folgada, ele tomava-me o rosto nas mãos, apertava-o e declarava que nenhum outro cara jamais me tocaria. Na noite em que um dos colegas de trabalho fez um comentário apreciativo sobre minhas pernas, ele me violentou com tanta força que mal pude andar no dia seguinte.

O que me impedia de ir embora era o dinheiro que ainda se avolumava no forro do casacão verde. As horas em que me imaginavam despreocupada, passando, lavando ou com as meninas no parque, a expressão pacífica no rosto sobre a ardente intenção, tramando minha fuga.

Eles eram criaturas de hábitos. Todas as terças e quintas-feiras, a mãe jogava bridge. Todas as quintas e sextas-feiras, ele "ia ao seu clube" — um eufemismo para a outra mulher —, e aos sábados, jogava golfe. Eu adorava aquelas noites de quinta-feira, quando sabia que tinha poucas horas preciosas a sós com as meninas para rir, correr, ser tola e lembrar-me de quem eu era, antes que a chave na porta me calasse e acovardasse.

Então, numa quinta-feira, Steven voltou mais cedo e encontrou a carta que eu estava escrevendo a Kathleen, contando-lhe a verdade sobre o que aquele homem fazia comigo. Após esgotada a raiva inicial, desconfio que tenha dito à mãe para não me deixar mais sozinha: depois disso, sempre que eu estava em casa, também estava um deles. E sempre que eu saía, encontravam um motivo para levar Letty ao parque, ou mantê-la em casa. Depois disso, eu jamais ficava a sós com minhas duas meninas. Acho que ele soube àquela altura que vinha perdendo o controle; a carta a Kathleen (graças a Deus eu não a endereçara) chocara-o, não apenas porque mostrava que eu tinha coragem para contar a alguém o que ele fizera, mas porque lhe revelava as ações nuas e cruas, impressas, e não eram bonitas. Até então, imagino que se convencera de que tinha um comportamento razoável, que as surras eram uma inevitável consequência de meus fracassos. Ver as palavras cruéis, os lábios partidos e os dedos quebrados impressos, ver suas ações pelo que eram — o comportamento de um tirano — deve ter sido excessivo para ele.

Aguardava o momento propício. Tornara-me paciente. Precisava apenas chegar até Kathleen. Poderia resolver todo o resto de lá. A casa dela era um sonho no qual me abraçava nas noites em que a escuridão de minha vida me esmagava. Ele sabia apenas que eu tinha uma tia distante. Não fazia a mínima ideia de onde ela morava.

Depois que elaborei um plano e uma data para a concretização, fiquei tão nervosa que me surpreendeu o fato de eles não notarem. Não conseguira comer direito durante semanas. O nó no estômago deixava-me desajeitada, a infindável revisão de planos na mente tornara-me esquecida, de modo que os dois expressavam impaciência pela minha inutilidade geral e advertiam Hannah de que, se ela não tomasse cuidado, iria acabar como eu. Se as meninas sabiam que algo estava por vir, não o demonstravam. Graças a Deus, as crianças tendem a viver no momento presente. Eu observava os jogos, as conversas particulares, o jeito ausente ao comerem as tiras de peixe frito, e imaginava-as na Austrália, correndo pelo Cais da Baleia. Então oferecia preces a Deus para que Ele lhes concedesse essa liberdade. Queria que fossem livres, fortes, independentes e felizes. Queria tudo isso para mim — mas a essa altura mal tinha qualquer ideia de quem eu de fato era.

— Sua filha precisa de um corte de cabelo — ele disse naquela manhã. — Vão tirar uma fotografia de família para o folheto de minha eleição municipal no sábado. Tente, por favor, fazer com que você e ela fiquem até certo ponto apresentáveis. Providencie para que lavem seu vestido azul.

Deu-me um beijo na face — um frio e formal toque de lábios para sua mãe ver, eu imaginei. Por mais que não gostasse de mim, ela gostaria menos ainda do caso extraconjugal dele.

— Vai voltar para o jantar? — perguntei, tentando manter a voz leve e despreocupada.

Ele pareceu irritado com a pergunta.

— Tenho uma reunião esta noite — respondeu —, mas chegarei antes de minha mãe sair.

Mal me lembro daquele dia agora, a não ser que chovia torrencialmente, e as meninas, trancadas dentro de casa, brigavam por alguma bobagem. Era feriado escolar e a presença de Hannah em casa o tempo todo irritara tanto minha sogra que ela ficou com as famosas "dores de cabeça". Advertiu-me que, se eu não as controlasse e diminuísse o barulho, teria de explicar-me depois com Steven. Lembro que me desculpei com um sorriso e desejei que a dor de cabeça fosse o anúncio de um tumor.

Devo ter conferido os passaportes a cada meia hora. Junto com as passagens, achavam-se seguros no forro de meu casacão. Enquanto aquela mulher dormia, arrumei duas malas apenas com as coisas essenciais para que uma olhada de relance nas gavetas das crianças não sugerisse nossa partida. A certa altura, Hannah aproximou-se para perguntar o que eu fazia — quando abriu a porta do quarto, meu coração bateu tão forte que achei que atravessaria o peito. Levei um dedo aos lábios, tentando manter a expressão livre de ansiedade, e mandei-a descer, planejara uma surpresa, mas só daria certo se ela a mantivesse em segredo.

— Vamos sair de férias? — perguntou a menina, e reprimi a compulsão de tapar-lhe a boca com a mão.

*Baía da Esperança*     297

— Mais ou menos isso. Uma pequena aventura — sussurrei. — Agora desça, Hannah, e não conte nada a Letty. É muito importante. — Ela abriu a boca para falar, mas quase a empurrei porta a fora. — Vá logo, Hannah. Não podemos acordar vovó Villiers, senão papai vai ficar furioso.

Fora uma tentativa barata, mas eu estava desesperada.

A Hannah não era preciso dizer duas vezes: saiu do quarto e, o mais silenciosa que pude, pus as malas debaixo da cama no quarto de hóspedes.

Ele atrasou-se naquela noite, como eu desconfiara. As noites de quinta eram quando se encontrava com "ela", e minha sogra foi ficando cada vez mais agitada quando o filho não chegou na hora combinada.

— Steven vai me fazer chegar atrasada ao bridge — queixou-se, mal-humorada, pela oitava vez, vigiando a entrada de carros pela janela.

Eu nada disse. Fazia muito tempo que aprendera ser esta a forma mais segura.

Então, como por milagre, ela se levantou.

— Não posso esperar mais — declarou. — Diga a Steven que tive de ir. E cuide para que o ensopado não queime. Você pôs a chama muito alta.

Acho que o ensopado a tranquilizou: de algum modo perverso, raciocinou que não era provável eu ir a lugar algum enquanto preparava a comida.

— Divirta-se — eu disse, mantendo as feições o mais suaves possível.

Ela olhou-me meio irritada, então me ocupei dos pratos, como se fosse pôr a mesa.

— Não se esqueça de que tem pão no forno para esquentar — ordenou.

E então, após ter colocado o casacão, saiu. Fiquei na cozinha com as meninas aos meus pés conversando sobre algum jogo que disputavam, e a liberdade parecia tão próxima que me deixava um gosto metálico na boca.

Quando o carro saiu da garagem, corri ao andar de cima e peguei as pílulas do esconderijo no guarda-roupa. Desci e, enquanto as meninas assistiam a um vídeo, abri várias cápsulas num copo, acrescentei um pouco de vinho, sacudi e provei. Indetectável. Despejei mais um pouco de vinho e o conteúdo de mais cápsulas, só para ter certeza. Provei-o mais uma vez — com sorte, e se apimentasse bastante o ensopado, Steven não sentiria gosto de nada. Já quase passava das sete.

Ele ia comer, cair em sono profundo, e eu teria várias horas até a mãe voltar para casa. Várias horas nas quais chegar ao aeroporto de Heathrow no carro dele. Embarcar no avião. As partidas de bridge às quintas-feiras continuariam até as onze e meia ou meia-noite. Com sorte, quando chegasse, ela o encontraria dormindo e nós talvez já houvéssemos decolado. Um bom plano. Um plano quase perfeito.

Assustei-me ao ouvir Steven encostar o carro na entrada e tentei controlar o nervosismo. Jamais rezara antes para ele chegar em casa mais cedo. O sorriso que tinha no rosto quando ouvi a chave girar na fechadura era o mais próximo de sincero que eu dava em anos.

— Elizabeth — ele disse...


Mike segurava-me as mãos.

— Está tudo bem — tranquilizou-me, os olhos afáveis. — Tudo bem.

Minha respiração saía em profundos espasmos, as lágrimas escorriam-me pelas faces.

— Não posso... — balancei a cabeça. — Não posso...

Tinha o peito tão contraído que mal conseguia respirar. Absorvia o ar, e os pulmões inflavam-se com um arquejo doloroso.

Sentia os braços de Mike em volta de mim.

— Não precisa dizer nada — ele murmurou junto ao meu ouvido. — Não precisa dizer nada.

— Letty... eu...

Abraçou-me então. Abraçou-me sem nada dizer e deixou-me desmoronar. E não se mexeu. Apenas ficou ali, o rosto tão colado ao meu que a pele deve ter absorvido minhas lágrimas. Continuava envolvendo-me com os braços. Apertados o suficiente para confortar. Frouxos o bastante para transmitir-me a segurança de minha liberdade.

— Mãe?

Hannah parara no vão da porta, ainda de camisola. Olhou de mim para Mike e refez o caminho inverso. Tinha os cabelos emaranhados pelo sono.

Aquela presença trouxe-me de volta da beira do precipício. Desprendi-me de Mike e enxuguei os olhos. Minha linda filha. Minha filha linda, assustada, corajosa, viva.

— Por que está chorando? — ela perguntou num sussurro.

Tive vontade de dizer-lhe, mas também quis protegê-la. Durante anos não falara de Letty na frente dela. Durante anos, sem saber do que se lembrava, tentara protegê-la da lembrança daquela terrível noite, a noite em que, por causa do que fiz, nossas vidas implodiram.

— Hannah... — Estendi a mão para tocá-la, e senti a voz entalada na garganta.

A voz de Mike atravessou o quarto, tranquila e firme:

— Letty — disse, com toda delicadeza. — Falávamos sobre Letty, Hannah.

E quando ela se adiantou para tomar-lhe os dedos esticados, fiquei arrasada, oprimida, não pela dor, nem pela lembrança de minha infeliz filha perdida, mas pela presença de tanto amor. Então, com a mão apertada nos lábios, tive de sair correndo do quarto.

# Vinte

*Hannah*

MINHA MÃE NÃO FALOU durante quase duas semanas depois de que chegamos aqui. Ficava apenas deitada na cama, como alguém morto. Então, no que pareceram séculos, circulou pelo andar de cima, mas como se não estivesse presente, como se fosse um buraco num quarto. Tia Kathleen cuidava de mim, alimentava-me, explicava-me o que havia acontecido e abraçava-me nos momentos em que eu não conseguia parar de chorar. Quando viu que não devia deixar-me sozinha, trouxe Lara e, juntas, assávamos bolos, como se cozinhássemos uma amizade. Como se tentasse encontrar para mim uma substituta de Letty. E quando eu perguntava o que se passava com mamãe, por que ela não descia e ficava comigo, tia K apenas respondia:

— Você e sua mãe sofreram uma coisa terrível, Hannah, e ela não tem conseguido enfrentar tão bem quanto você. Precisamos dar um pouco de tempo a ela.

Assim, demos a ela um pouco de tempo, e então acho que decidiu que não aguentava mais.

— Sua mãe e eu vamos ter uma conversinha — disse. — Você e Lara ficam aqui com Yoshi e tratem de cuidar de Milly.

# Baía da Esperança

Não sei o que disseram, mas saíram no barco de tia K e, quando voltaram, mamãe parecia menos triste que antes. Desceu no Cais da Baleia, veio em direção a mim e abraçou-me. Tive a sensação de que era a primeira vez que ela realmente me olhava em séculos.

— Sinto muito mesmo, mamãe — eu disse, quando desatei a chorar. Sentia os ossos dela através da blusa.

A voz já não tinha o mesmo tom.

— Não tem nada do que se desculpar, tesouro. Você fez tudo certo. Fui eu quem fez tudo errado.

Mas eu sabia que, se não houvesse brigado com Letty na frente de Steven... se minha irmã não tivesse dito aquela coisa de não querer sair de férias... De repente, senti uma saudade imensa de Letty. Não acreditava que não estivesse mais viva.

— Quero minha irmã aqui com a gente — chorei.

Senti um grande soluço preso no peito de mamãe. Ela apertou-me com força.

— Eu também, tesouro — disse baixinho. — Eu também.

Mamãe me pedira para não contar nada. Ali parada em seu quarto, me dissera que era muito importante. Mas eu ficara muito excitada com a ideia de ir com ela e Letty a algum lugar, com a possibilidade de passarmos semanas a dar risadas e fazer coisas de que vovó Villiers não gostava.

— Não pretendia contar a ela — sussurrei.

Então minha mãe me segurou nos braços, e tinha os olhos, quando encontraram os meus, muito azuis, muito claros, como o céu, as pestanas, por conta das lágrimas, pareciam estrelas.

— Você não teve nenhuma culpa pela morte de sua irmã, entendeu? — afirmou, a voz firme, quase como se me desse uma bronca. Mas com olhos meigos. — Nenhum minúsculo pedaço disso foi culpa sua, Hannah. Nem um cisco sequer. Você precisa esquecer que algum dia tudo isso aconteceu.

Duas semanas depois, numa tarde de segunda-feira, após eu ter tomado meu chá, fizemos uma cerimônia religiosa para Letty. No mar. Apenas eu, mamãe, tia Kathleen e Milly. Partimos no *Ishmael* rumo ao que tia K dissera ser o lugar mais bonito de toda a Austrália, e enquanto os golfinhos nadavam ao redor, o sol brilhava vermelho e algumas nuvens no céu se deslocavam bem altas, tia Kathleen deu graças pela vida de Letty e explicou que, embora estivéssemos no outro lado do mundo, era-lhe perfeitamente óbvio onde se encontrava o espírito de minha irmã. Fiquei torcendo para que um golfinho subisse à superfície ao lado de nós, talvez espichasse a cabeça para cima, como um sinal, mas apesar de eu encarar a água durante séculos, eles não chegaram mais perto.

Quando desfizemos a segunda mala, mamãe encontrou os golfinhos de cristal de Letty. Ela devia tê-los embalado com todo o cuidado mesmo, porque nem sequer as minúsculas nadadeiras se quebraram. Segurou um na mão por um longo, longo tempo. Depois inspirou bem fundo e entregou-me.

— Cuide deles — disse. — Guarde-os... guarde-os em segurança.

Foi uma das últimas vezes que falamos sobre Letty.

E agora sou só eu que me lembro das coisas. De algumas, como quando nós duas montávamos acampamentos no quarto de dormir, ou corríamos pelo quintal esguichando água da mangueira uma na outra. Tento guardar tudo na memória, pois receio que Letty desapareça e em breve eu não me lembre mais de minha irmã. Guardo duas fotografias dela na gaveta, e se não as olhasse toda noite, não me lembraria de como eram o rosto, o sorriso sem aqueles dois dentes da frente, o jeito de coçar o nariz e chupar o polegar, a sensação de tê-la junto quando dormia comigo. E há coisas que eu gostaria de esquecer. Como aquela noite em que mamãe nos levou no colo, depois de vovó Villiers sair, e nos dissera que tudo ia mudar. Lembro que a encontrara no quarto arrumando nossas malas, e me sentira aliviada porque não esquecera meu velho cachorro de flanela, Spike, sem o qual eu não dormia; então me explicara que não devíamos contar nada ao papai nem à vovó, pois íamos fazer-lhes uma surpresa. E, embora ela achasse que eu não mais olhava, vi quando escondeu as malas no quarto vazio. Lembro-me das manchas roxas que notei em seus braços, um pouco como a que tive quando

Steven se enfureceu comigo por manchar de caneta a mesa da cozinha e me puxou com tanta força da cadeira que me machucou.

Lembro que me senti tão animada — um pouco como antes do Natal — que tive de dizer alguma coisa a Letty, embora tivesse avisado que era um segredo muito importante.

Depois lembro que vimos um filme — *Pinóquio* —, apesar de não ser fim de semana. Quando Steven chegou, cheirava à bebida, mas mamãe lhe serviu uma enorme taça de vinho mesmo assim, e ficou ali em pé sorrindo-lhe, até ele dizer que ela parecia uma idiota. Quando serviu o jantar, eu a vi olhando-o pelo canto dos olhos, como à espera de alguma coisa.

Depois Letty e eu tivemos uma briga boba sobre uns lápis de cera, pois queríamos o mesmo verde, muito mais bonito que o verde-amarronzado, que nunca ficava bem no papel; eu ganhei, por ser a maior, e então Letty desatou a chorar e disse que não queria viajar, e Steven perguntou:

— Viajar pra onde? — Ele olhou para mamãe, e os dois se encararam por alguns segundos. Depois a empurrou e subiu as escadas, onde o ouvi puxar todas as gavetas. Quando voltou, tinha o rosto tão furioso que me escondi debaixo da mesa e levei Letty comigo. — Onde estão os passaportes? — e a voz saíra arrastada.

Fechei os olhos com muita força e, enquanto os mantinha fechados, ouvia muita pancadaria; mamãe caiu no chão e bateu com a cabeça. Ele enfiou as mãos embaixo da mesa, o ouvi pegar Letty, que não parava de gritar, e vociferou que ela só viajaria por cima do seu cadáver, e a voz soava como se estivesse dentro d'água ou coisa assim. Tentei agarrar a mão de Letty, mas ele me empurrou com muita força, e continuou com ela debaixo do braço, como se minha irmã fosse um saco de batatas ou coisa que o valha. E então, quando mamãe despertou, ouvi o barulho do carro dele descer a entrada da garagem, fazendo espirrar cascalho para todos os lados, e mamãe começou a chorar.

— Ai, meu Deus, ai, meu Deus — e nem notou que tinha o rosto sangrando

Abracei-a, porque senti medo do lugar para o qual ele levara minha irmã.

Não sei por quanto tempo ficamos ali.

Lembro que, quando perguntei à mamãe onde estava Letty, ela me abraçou mais apertado e respondeu:

— Eles vão voltar logo — mas não sei se acreditava mesmo nisso.

Fiquei com medo porque imaginei que, quando Steven voltasse, ia chegar realmente furioso.

Acho que poucas horas depois o telefone tocou. Mamãe continuava sentada no chão, tremendo, a cabeça ainda suja de sangue. Peguei o telefone, era vovó Villiers, e a voz parecia estranha ao dizer:

— Passe para sua mãe, por favor — como se eu fosse uma estranha.

Então ela começou a gritar com mamãe, porque eu ouvia a voz pelo fone; mamãe ficou muito triste, gemia, e agarrei-me às pernas dela, para tentar fazê-las pararem de tremer. E ela continuou repetindo:

— Que foi que eu fiz? Que foi que eu fiz? Que foi que eu fiz?

Foi a noite mais longa de que me recordo. Quando começou a clarear, lembro que mamãe me acordou. Eu adormecera no chão e estava fria e rígida. Ela disse numa voz estranha que tínhamos de ir embora naquele instante. Perguntei:

— E Letty?

Mamãe respondeu que acontecera um acidente, Steven tivera um desastre de carro, Letty estava morta e que era tudo culpa dela; trincava os dentes como se nadasse numa piscina de água congelante. Não me lembro de muita coisa depois disso — só que entrei num táxi e depois num avião, e quando chorei e disse que não queria ir, mamãe explicou que era a única forma de proteger-me. Eu chorava todas as vezes que ela ia ao banheiro, porque sentia medo de que também desaparecesse e eu ficasse sozinha. Então me lembro de tia Kathleen em pé no portão de desembarque do aeroporto, abraçando-me como se me conhecesse, e dizendo que tudo ia ficar bem, embora sem a menor dúvida não fosse verdade. O tempo todo eu queria perguntar à mamãe: "Como pudemos deixar Letty?" E se ela não tivesse morrido, e estivesse no hospital à

Baía da Esperança      305

nossa espera? E mesmo que estivesse morta, devíamos tê-la trazido conosco e não a deixado a todos aqueles quilômetros de distância, onde não podíamos pôr flores em seu túmulo e dizer-lhe que ainda a amávamos. Mas nada disse. Porque, por um longo, longo tempo, mamãe não pôde dizer sequer uma palavra.

*I*sso foi o que contei a Mike, na manhã em que o peguei segurando as mãos de mamãe no quarto dele. Foi o que contei depois que ela saiu, embora jamais houvesse conseguido contar a história a ninguém, nem à tia K, nem com todos os detalhes. Mas contei-lhe, porque tinha a sensação de que, de algum modo, tudo mudara, e mamãe não via mal em Mike saber.

Eu nunca vira um homem chorar antes.

# Vinte e Um

*Mike*

ENQUANTO O RESTO DE BAÍA DA ESPERANÇA dormia até tarde, e as águas se acalmavam sob um claro céu azul, a vários quilômetros de distância dali, num quarto silencioso no Hospital de Port Summer, Nino Gaines despertava.

Kathleen fazia-lhe companhia, sentada na ponta da cama e apoiada com força no braço de uma cadeira azul acolchoada. Fora direto para lá, após enfiar todos na cama, e explicou depois que quisera contar ao amigo mais antigo o que acontecera naquela noite monumental. Ao raiar do dia, a exaustão alcançou-a, e ela cochilou por algum tempo, depois se sentara lendo o jornal do dia anterior, em voz alta quando encontrava alguma coisa que talvez o interessasse. Nesse caso, fora uma reportagem sobre um homem que ambos conheciam e que abrira um restaurante.

— Que seja um grande desastre — ele coaxou.

Tão esgotada estava pelo desaparecimento de Hannah e o horror das redes-fantasma que Kathleen Whittier Mostyn leu mais duas frases antes de se dar conta do que ouvira.

Embora frágil e meio desorientado, sob a camisola branca hospitalar e os inúmeros tubos e fios, ele era, sem a menor dúvida, Nino Gaines, e por isso toda a comunidade de Baía da Esperança ficou grata. Os médicos passaram-lhe uma grande quantidade de exames, a maioria dos quais ele se queixou de serem o "diabo de uma perda de tempo", fez tomografias cerebrais e cardiogramas, consultaram manuais e, por fim, o declararam, surpresos, muito bem para um homem daquela idade que ficara inconsciente por tantos dias. Permitiram-lhe sentar-se, livraram-no de alguns dos tubos que lhe perfuravam os braços, e o pequeno fluxo de visitantes logo se transformou numa torrente. Kathleen recebeu permissão de continuar sentada durante o tempo todo na beirada da cama, privilégio em geral concedido apenas a esposas de pacientes, desde que não lhe fizesse a pressão arterial subir.

— Ela tem feito o diabo da minha pressão subir há mais de cinquenta anos — ele disse às enfermeiras, diante dela. — E tem me feito um bem danado.

Kathleen deu um sorriso radiante. Não parara de sorrir desde então.

*P*oucos felizardos sabem qual é seu propósito na vida desde uma idade precoce. Reconhecem em si mesmos uma vocação, seja religião, arte, narração de histórias ou flechadas em vacas sagradas. Eu aprendi, afinal, meu propósito na vida no límpido amanhecer de uma primavera australiana, quando uma menina de onze anos me tomou a mão e confiou-me um segredo. A partir daquele momento, entendi que cada centelha de minha energia seria dedicada à proteção dela e da mãe.

Quando lembro aqueles poucos dias após as redes-fantasma, compreendo que tinha sentimentos quase esquizofrênicos. Fiquei eufórico porque estava apaixonado por Liza — apaixonado talvez pela primeira vez na vida — e por ser, afinal, capaz de expressar meu amor com liberdade. E ela também parecia amar-me. Depois do que as duas me contaram sobre Letty, Liza receava que eu a visse de outra forma — como irresponsável, mentirosa ou, na pior das hipóteses, assassina. Encontrara-a em seu quarto, sentada junto à janela, o rosto, uma máscara de infelicidade. E, quando conseguira recompor-me (Hannah me abraçara quando chorei, um gesto que achei de emoção quase insuportável), entrei, fechei a porta atrás, ajoelhei-me e a envolvi nos braços, sem nada dizer, confiando que minha presença o dissesse por mim. Um longo tempo depois, entendi por que ela me contara.

— Não acho que deva fazer isso — acabei dizendo.

Ela erguera a cabeça do meu ombro.

— Tenho que fazer, Mike.

— Está se punindo por uma coisa que não foi culpa sua. Como poderia saber que ele reagiria assim? Como poderia saber que destruiria o carro? Você era uma mulher violentada, pelo amor de Deus. Talvez pudesse dizer que... — lutei com as palavras — ... perdeu a razão. É o que dizem nesses casos. Vejo nos noticiários.

— Tenho que fazer. — Os olhos, embora inchados do pranto, exibiam clara determinação. — É quase como se eu tivesse assassinado minha própria filha. Talvez também tenha assassinado o pai dela. Vou me entregar e usar a publicidade para dizer-lhes o que está acontecendo aqui.

— Poderia ser um gesto desperdiçado. Um desastroso gesto desperdiçado.

— Então me deixe falar com essa sua conhecida da mídia. Ela saberá se vai ajudar.

— Você não entende, Liza, que se tudo isso for... como diz, você irá pra cadeia.

— Acha que não sei?

— Como Hannah vai suportar viver sem você? Já não basta o que ela perdeu?

Liza assoou o nariz.

— É melhor que ela me perca por alguns anos, enquanto ainda tem Kathleen. Depois podemos começar de novo. Eu posso começar de novo. E talvez alguém preste atenção.

Levantei-me e comecei a andar de um lado para outro.

— É um erro, Liza. E se isso não detiver a obra? As pessoas podem se solidarizar, mas está longe de ser certo que vá fazer alguma diferença no que se refere ao avanço da construção do hotel.

# Baía da Esperança

— Que outra chance a gente tem?

E então ela não aguentou mais e se abriu. Estendeu-me as mãos.

— Mike, durante anos tenho vivido uma vida pela metade. Embora engane a mim mesma, é uma vida pela metade, cheia de medo. Não quero que Hannah cresça assim. Quero que ela possa ir aonde quiser, ver quem quiser. Quero que tenha uma infância e adolescência felizes, cercada por pessoas que a amam. Que tipo de vida é esta para ela?

— Boa pra burro — protestei, mas ela fez que não com a cabeça.

— Ela não pode sair da Austrália. No momento em que virem o passaporte, eles vão descobrir e nos encontrar. Ela não pode nem sair de Baía da Esperança... é o único lugar que considero distante e seguro para não nos trazer problemas.

Ela curvou-se para frente. As palavras saíram bem formadas da boca, como se as houvesse suavizado, aparado, nas marés da mente durante anos e anos.

— É como viver com redes-fantasma — continuou —; toda essa história... o que fiz, Letty, Steven... Milhares de quilômetros de distância talvez nos separem, mas está tudo aí, me esperando para acertar as contas. À espera de me estrangular e me arrastar para o fundo. Há anos. — Ela puxou os cabelos para trás da orelha, e notei a pequena cicatriz branca. — Se a construção do hotel for em frente, nós duas teremos de nos mudar. E pra qualquer lugar que a gente for, toda essa história se arrastará em silêncio como uma correnteza.

Cobri o rosto com as mãos.

— Tudo isso é culpa minha. Se eu nunca tivesse vindo aqui... Meu Deus, em que situação meti vocês...

Senti a mão dela nos meus cabelos.

— Você não sabia. Se não fosse você, teria sido outra pessoa cedo ou tarde. Não sou ingênua a ponto de achar que poderíamos ficar assim pra sempre. — Liza engoliu em seco. — Então é isso aí. Passei a noite toda pensando. Se me entregar, darei a Hannah a liberdade e atrairei alguma atenção para as baleias. As pessoas terão que ouvir. — Ela sorriu-me, hesitante. — E ficarei livre. Você precisa entender, Mike, que preciso me libertar disso também. Até onde for possível me sentir livre.

Encarei-a, já sentindo-a escapulir do meu alcance. Mais uma vez, a um milhão de quilômetros.

— Faça-me um favor — pedi, trazendo-a de volta para perto. — Não faça nada até eu conversar com alguém.

N a noite seguinte, liguei para minha irmã. E, após obrigá-la sob pena de morte a não dizer nada a ninguém, contei-lhe, com o máximo de detalhes que conseguia lembrar, o que Liza me revelara.

Seguiu-se uma longa pausa.

— Deus do céu, Mike, você "gravou" a coisa toda — ela disse, a voz surpresa. Então, ao ouvi-la escrevendo: — É legítimo, certo? Ela não está inventando isso?

Pensei em Liza tremendo em meus braços.

— Não está inventando. Acha que daria uma matéria?

— Tá de gozação? É a matéria do ano.

— Preciso que... — Eu tentava entender a mim mesmo. — Se fizermos isso, Mônica, preciso que seja o mais solidária possível ao caso dela. Preciso que as pessoas entendam como ela acabou nessa posição. Se a conhecesse... se soubesse que tipo de pessoa, que tipo de mãe ela é...

— Quer que *eu* escreva a matéria?

Minha irmã parecia incrédula:

— Não confio em ninguém mais.

Fez-se um breve silêncio.

— Obrigada. Obrigada, Mike. Eu... — Distraíra-se então, como se lesse as anotações. — Acho que poderia despertar solidariedade. Terei uma conversa com a advogada daqui... sem nomes, claro... mas quero saber a opinião dela sobre a posição legal. Não quero escrever nada que acabe por se tornar um caso sob investigação judicial... que possa arriscar ser levado a julgamento.

Fitei o telefone, ouvindo naquelas palavras a indesejável verdade da situação de Liza, e o que isso poderia significar.

— E você acha... que ela poderia destacar a causa?

— Se deixar claro que o motivo de estar se apresentando agora não é apenas endireitar tudo, mas proteger uma leva de bebês baleias, as pessoas talvez tenham uma disposição favorável. O público adora todo esse material de baleias e, mais importante, adora uma mulher excêntrica. Sobretudo loura e bonita.

— Se você mesma fizesse a entrevista, poderia dar um jeito de que a publicassem direito. Não distorcessem as palavras dela.

— Não vou derrubá-la, Mike. Não sou tão venenosa assim. Mas precisa perguntar a ela com muito cuidado se quer realmente fazer isso. Porque, se tudo que me contou é verdade, não posso garantir o que acontecerá a Liza tão logo a história venha a público. Outros jornais vão aproveitá-la e distorcê-la... cada um terá sua própria opinião sobre ela. Não vai causar muito boa impressão o fato de ela ter fugido.

— A filha caçula tinha morrido. Ela tinha de tomar medidas pra proteger Hannah.

— Mas mesmo que eu ou qualquer outra pessoa consiga fazê-la parecer um anjo, ainda assim ela poderia ser detida e terminar na prisão. Sobretudo se esse cara... o ex-marido... também morreu. Se a acusação conseguir provar que ela lhe deu aquelas pílulas sabendo que ele estivera bebendo e que ia dirigir, bem, detesto dizer isso, mas na melhor das hipóteses parece homicídio culposo.

— E assassinato, na pior.

— Não sei. Não sou repórter policial. Mas não vamos pôr a carroça na frente dos bois. Soletre de novo o nome dele pra mim. Verei o que posso descobrir e retorno a você depois.

Seria agradável poder dizer que, junto com o de Nino Gaines, os destinos dos outros habitantes de Baía da Esperança começaram a melhorar, mas não foi o que ocorreu. As previsões generalizadas, em relação à opinião pública contrária, eram de que seria ignorada. Os jornais passaram a falar de "quando" se erguesse o novo complexo hoteleiro, em vez de "se". E, como para confirmá-lo, levantaram-se tapumes ao redor da cerca de arame do local de demolição que prometia "uma excitante e nova oportunidade de investimento de casas de veraneio de dois, três e quatro quartos, parte de uma experiência recreativa sem igual".

Eu lia as frases do que propusera e sentia-me nauseado. Os resplandecentes tapumes de quase quatro metros de altura pareciam deslocados na faixa de areia quase deserta, além de ressaltarem o aspecto deteriorado do Hotel Silver Bay, cuja pintura descascada e revestimento de tábuas, agora privado de algumas, para proteção contra a chuva, pareciam um distintivo ultrapassado de orgulho. Erguia-se junto ao celeiro como uma sentinela silenciosa de uma era desaparecida, quando o hotel era um refúgio, um lugar como tantos outros, não uma experiência recreativa sem igual, nem uma imperdível oportunidade de investimento.

Numa manhã, enquanto observava mais uma jardineira encostar com um grupo de pessoas desconhecidas, que desceram e circularam ao redor com pequenas pranchetas e falaram aos celulares, virei-me e me deparei com Kathleen parada ao meu lado. Isso deve parecer-lhe uma invasão, pensei. Após toda uma vida com apenas o mar como companhia, ela tinha a perspectiva de uma torrente infindável de estranhos na soleira da porta.

Mas ela nada disse ao examiná-los com o perfil envelhecido incisivo.

— Então, quando precisamos começar a arrumar as malas? — perguntou.

Senti o estômago revirar.

— Ainda não acabou, Kathleen — respondi. Ela nada disse. — Mesmo que percamos a batalha sobre a construção, podemos fazer inúmeras coisas para minimizar o impacto em seu hotel. Farei um plano comercial. Podíamos pensar em algumas formas de modernizar...

Ela interrompeu-me com a mão em meu braço:

— Tenho muito respeito por você, Mike Dormer. Teria muito mais se pudesse confiar que me diz a verdade.

# Baía da Esperança

O que eu poderia dizer? Yoshi mantinha contato com as organizações ligadas a baleias e golfinhos, que tentavam acelerar um relatório que compilava o efeito destrutivo do ruído sobre os cetáceos. Perguntara se podiam incluir alguma coisa sobre os efeitos dos motores de lanchas e jet-skis. Tínhamos uma petição com quase mil e setecentas assinaturas; um site muito visitado e que atraía mensagens de apoio de todo o mundo. E outras comunidades de observação de baleias que enviavam cartas de objeção ao conselho municipal.

Depois da escola, Hannah sentava-se ao computador e enviava e-mails a outras escolas, tentando envolver mais crianças. Meu computador já era quase dela agora, e eu passava o máximo de horas possível ao telefone, tentando convencer o povo local a manifestar-se contra a construção. Agia como sugerira minha irmã, e agora tentava despertar atenção local e nacional. Nada disso parecera fazer qualquer diferença. Toda vez que punha os pés fora do hotel, aquela área devastada parecia o foco de renovada atenção. Viam-se mais pessoas de terno, mais trabalhadores de capacete. Publicavam-se anúncios no jornal local que prometiam não apenas o excitante e novo projeto, mas convidavam os comerciantes locais a entrar em contato "e participar da aventura". Duas lojas locais tinham tabuletas de "vende-se", talvez na esperança de faturar com a proximidade.

Balancei a cabeça.

— Ainda não terminou.

Tentava convencer-me, mais que qualquer coisa.

Ela começou a andar com passos pesados pela trilha de volta ao hotel.

— Sem dúvida, me soam como as cordas vocais de uma gorda cantora lírica — gritou, virando-se para trás.


Como previsto, o *Glória de Hannah* afundara naquela noite, inundado pelas altas ondas, o leme emaranhado nas redes-fantasma. Quando eu olhava agora para o mar, achava o absoluto vazio de ondas estarrecedor. Havia engolido coisas inteiras e era como se nunca houvessem existido:

nada de barquinho, redes, criaturas marinhas mortas. Ninguém mais falava do bote, assim que estabeleceu seu lugar de descanso no fundo do mar. Acho que Greg, como eu, se repreendia com a involuntária participação na escapada de Hannah. Era fácil demais imaginá-la lá com o barquinho.

Então, a propósito de nada, Liza anunciou no café da manhã que iria encontrar um barco para a filha.

— Como?

Ela não mencionou o *Glória de Hannah*.

— Acho que já tem idade suficiente. Pedi a Peter Sawyer que ficasse atento. Um pequeno veleiro, como o de Lara. Mas você precisa tomar aulas. E se alguma vez eu souber que saiu na água sem permissão, ponto final. Não tem mais barco, para sempre.

Hannah deixou a colher cair com barulho, levantou-se de um salto da cadeira e atirou os braços em volta do pescoço da mãe.

— Nunca irei a lugar algum sem dizer a você — prometeu. — Nunca farei nada de errado. Serei boa de verdade. Ah, obrigada, mamãe.

Liza tentou manter a expressão severa quando a filha a apertou, saltitante de prazer.

— Vou confiar em você — disse.

Hannah assentiu com a cabeça, os olhos brilhantes.

— Posso ligar pra Lara e contar a ela?

— Vai vê-la na escola em meia hora.

— *Por favor...*

A hesitação da mãe foi toda a confirmação de que Hannah precisava. A ouvimos deslizar alegre os pés pelo corredor, depois as estridentes exclamações ao telefone.

Liza baixou o olhar para o café, como encabulada pela *volte face*. Kathleen e eu ainda a encarávamos. É possível que eu tenha ficado boquiaberto.

— Ela mora à beira-mar — explicou-nos. — Tinha que aprender algum dia.

— Sem dúvida — concordou a tia, tornando a virar-se para o fogão.

— Peter vai encontrar um bem legal pra ela.

*Baía da Esperança*  315

— Além disso — continuou Liza, os olhos se encontrando por um breve instante com os meus —, é apenas sensato. Talvez eu não esteja aqui sempre para tomar conta dela.

Liza e eu não havíamos falado em "nós". Ao fim de várias semanas, supus que houvesse um "nós", embora por um acordo tácito não exibíssemos qualquer afeição diante de Kathleen, Hannah ou dos caçadores de baleias. A migração para o sul começara, e, às vezes, durante o dia, se eu precisasse de um descanso, saía num passeio com ela, sentava-me no convés do barco, como um ajudante silencioso, e a observava mover-se a passos seguros pela embarcação. Gostava da cadência em sua voz quando me contava histórias sobre as baleias, do jeito afetuoso, espontâneo, de ela coçar as orelhas de Milly ao conduzir, o grito alegre que dava quando contornava o conhecido pontal. Eu me sentia fisicamente alerta quando nos encostávamos ao passar por mim, quando observava seus movimentos sinuosos ao girar o leme ou debruçar-se sobre as grades da borda. Gostava do jeito como o barco tornava-se uma extensão dela, de como se sentia inteiramente à vontade em cada parte dele. O protesto, por ironia, tornara-os todos ocupados, com passageiros de manhã e à tarde, mas toda vez que saía com Liza, podíamos ser apenas nós dois, sem nos importarmos com qualquer outra pessoa.

A não ser Hannah. Eu a amava como uma extensão da forma como amava a mãe. Também sentia uma necessidade vigorosa de protegê-la, blindá-la do tipo de horrores que já suportara. E entendia o que Liza quisera dizer, e por que teria abandonado tudo para mantê-la em segurança. Hannah sabia de mim e da mãe, mas nada comentou. Porém, o jeito de sorrir-me com um ar conspiratório, e de vez em quando agarrar minha mão, sufocava-me de orgulho pela tácita aprovação. Se algum dia tivesse uma filha, queria que fosse igual a Hannah. Queria permanecer na vida dela, se Liza me deixasse.

Não havíamos falado em amor, mas cada filamento nervoso em mim palpitava de amor, e eu o transportava numa nuvem em redor, como a brisa do mar. A forma como Liza se mostrava mais animada, os sorrisos no canto da boca, os enrubescimentos nas faces, diziam-me que também ela o sentia. Não precisei fazê-la dizer em voz alta, como Vanessa se prontificara em fazer. Essa mulher, que perdera quase tudo, cuja confiança fora tão violentamente traída, permitira acesso não apenas ao seu eu físico, mas ao coração. Na maioria das noites, atravessava em silêncio o corredor para o meu quarto, e na luz fraca eu levantava as cobertas e abria espaço para ela entrar. Quando me tocava o rosto com as pontas dos dedos, eu sabia que a expressão séria e ligeiramente descrente espelhava a minha própria.

Acho que nunca fui tão feliz quanto então; talvez fosse a expectativa de esperá-la chegar, ouvir suas conversas no andar de baixo com Kathleen e Hannah, a porta do banheiro, os vários boas-noites, sabendo que, em questão de horas, minutos, ela seria minha. Não sei se Kathleen sabia o que se passava, mas não fazia diferença para ela. Preocupava-a o Sr. Gaines; preocupava-se em tirá-lo do hospital e ajudá-lo a recuperar a saúde. Àquela altura, todos acreditávamos que se devia valorizar a felicidade, se por acaso a boa sorte a soprava por um instante em nossa direção.

E Liza era minha boa sorte. Não havia uma única parte com a qual não me maravilhasse. Adorava os cabelos, o jeito de nunca perder realmente a aparência de ter estado no mar; adorava a pele, que parecia sempre trazer o leve sabor de sal, as cicatrizes quase imperceptíveis que eu agora entendia, as sardas que haviam chegado com a vida ao ar livre; amava os olhos — opacos e pensativos um minuto, vorazes e devoradores em segredo comigo. Quando fazia amor com ela, mantinha meus olhos abertos, atentos aos dela, e quando atingia o gozo final, achava que me afundava neles. Era minha. Eu sabia disso e sentia profunda gratidão.

Uma noite, enquanto estávamos deitados conversando em voz baixa, ela me disse que ter uma filha trazia o maior amor e o maior medo que alguém podia sentir. Eu entendia isso agora: após tê-la encontrado, não podia pensar em perdê-la. Ficava acordado à noite, olhando-a, tentando imaginá-la na prisão num país frio, cinzento, a milhões de quilômetros dali, cercada de rostos hostis. E a imagem não se formava. As duas coisas simplesmente não combinavam. Ela ria de mim quando eu usava essas palavras.

# Baía da Esperança

— Vou ficar bem — dizia, colando-se em mim, o braço sobre meu peito.

Eu sentia aquele peso como uma bênção.

— Não consigo imaginar você longe do mar.

— Não sou uma baleia. Posso sobreviver fora d'água.

Eu percebia o sorriso na voz dela. Por algum motivo, não tinha certeza se isso era verdade.

— Ajudarei a tomar conta de Hannah — disse. — Se você quiser.

— Não estou contando que você fique aqui.

— Eu me preocupo com ela. Gosto dela.

— Mas não sei por quanto tempo ficarei longe.

— Ainda mais um motivo para eu ficar aqui.

Podia ouvir o som de sua respiração. Quando tornou a falar, a voz saiu com um entrave:

— Não quero... Não quero que Hannah perca mais ninguém. Não quero que ela fique apegada a você e então, alguns anos mais tarde, você compreenda que é demais para aguentar. A espera, quer dizer.

— Acha mesmo que eu faria isso?

— Às vezes é difícil saber o que você poderia fazer. — Ela fez uma pausa. — Sei mais que qualquer um que você nem sempre se comporta como se esperaria. E essa não é uma situação normal.

Fiquei ali deitado ao seu lado, pensando no que Liza me dissera.

— Não vou culpá-lo — ela continuou em voz baixa — se quiser ir embora quando eu for. Você tem sido... um bom amigo pra nós.

— Não vou a lugar nenhum — retruquei.

E, com essas palavras, uma nova atmosfera instalou-se à nossa volta no escuro, uma espécie de permanência. Eu nem pensara no que ia dizer, mas estava ali: um verdadeiro reflexo de mim mesmo, do que sentia. Tomei-lhe a mão e desenhei-lhe os nós dos dedos quando ela a apertou na minha.

— Hannah vai precisar do maior número de amigos que puder ter — sua voz quebrou o silêncio.

No corredor, Milly ganiu no sono, talvez incapaz de repousar até Liza retornar ao seu quarto. Abracei-a até sentir o momento passar. Sabia que ela se esforçava para tirar a filha da mente, já se separando, numa tentativa de agir certo. Nesses momentos, sentia dor por ela, desejava, de algum modo, assumir aquela dor por ela.

— Você não tem de fazer isso — eu disse, pela centésima vez.

Ela calou-me com um beijo.

— Sei que acha difícil entender, mas sinto que afinal estou fazendo alguma coisa. Pela primeira vez estou assumindo o controle. — Pude perceber o sorriso corajoso no escuro. — Estou no leme.

— Minha capitã — eu disse, abraçando-a.

— Tento ser — ela respondeu e enroscou as pernas em volta de mim com um suspiro.

Minha irmã ligou às três e quinze daquela manhã. Nunca foi muito boa com diferenças de horários. Liza agitou-se ao meu lado, e tateei à procura do telefone.

— Muito bem, quer a boa ou a má notícia?

Apoiei-me no cotovelo.

— Não sei — respondi, meio adormecido. Esfreguei os olhos. — Qualquer uma.

— A boa é que o encontrei, e ele continua vivo. Levei um bom tempo, porque ele adotou um sobrenome composto. Acho que também acrescentou o da esposa. A velha morreu, o que ajuda, pois são menos pessoas que podem corroborar a versão dele da história. Significa que sua namorada não vai enfrentar acusação de assassinato.

Interrompeu-se enquanto eu digeria as informações, tentando forçar o alívio que queria sentir.

— A má notícia, Mike, é que ele é advogado. Um membro respeitado da comunidade. Casado, como eu disse, dois filhos, estável, existência imaculada, conferências, trabalhos beneficentes. Advogado com ambições parlamentares. Cada matéria de jornal em que aparece mostra-o dando um aperto de mãos em algum chefe de polícia ou entregando um cheque a uma boa causa. Nada disso vai tornar o caso de sua namorada mais fácil.

# Vinte e Dois

*Liza*

MIKE TRABALHAVA NOITE E DIA para deter o avanço da obra. Em algumas noites, ficava até tão tarde que achei que fosse adoecer. Kathleen preparava refeições para que eu lhe entregasse no andar de cima, eu me sentava com ele e fazia o que podia, mas não sou boa em lidar com pessoas. Ouvi-lo falar e argumentar, o jeito autoritário de apresentar as coisas como absolutas, fazia minha cabeça rodopiar. Ele não tinha medo de falar com ninguém. Fosse quem fosse que atendia ao telefone, mandava chamar o superior, e se não lhe davam uma resposta satisfatória, procurava o seguinte. Tinha uma memória esplêndida para números — lançava estatísticas nas conversas como se as tivesse anotadas à frente, e advertia a todos sobre o barulho, os níveis de poluição, custos extras e negócios reduzidos em outros lugares. Explicava que o movimento seria afastado dos bares, restaurantes e pequenos hotéis locais. Mostrava para onde iriam os lucros do novo hotel, e não era para Baía da Esperança.

Mas nem isso bastava. Convencera Yoshi a pedir aos colegas acadêmicos que pesquisassem os efeitos do barulho sobre as baleias — porém, como ela me dissera quando Mike não estava ouvindo, essas coisas levavam tempo. Não era como pôr uma baleia num microscópio para examinar.

A migração para o sul estava em andamento, as baleias retornavam à Antártica, e após novembro, não apareceriam em nossas águas durante alguns meses, quando seria tarde demais. Ele não parecia ouvir-me quando lhe dizia essas coisas, apenas baixava a cabeça e continuava a dar os telefonemas.

Acho que julgava poder deter o desenvolvimento por outros meios, a fim de eu não ter de ir para a Inglaterra, e que de algum modo daria tudo certo. Quando lhe contei que iria de qualquer maneira, chamou-me de masoquista. Meu maior medo era que a "matéria", como ele dizia, não bastasse para salvá-las.

Mandara circular petições em todos os barcos e tentava arregimentar um protesto para quando se expusesse o modelo arquitetônico e a maquete no Hotel Blue Shoals. Sentia dificuldade em avançar: muitas pessoas agora viam o novo hotel como um dado e já planejavam meios de faturar com a presença dele. Mesmo entre as que não o queriam, não conseguíamos garantir que agissem. As pessoas em Baía da Esperança não faziam o gênero agitador. O mar nos causa isso: viver tão perto de uma coisa sobre a qual não temos controle às vezes nos torna fatalistas.

Hannah era o maior apoio de Mike. Ele pediu a ela e Lara que fizessem faixas dizendo que a escola não queria o dinheiro nem as novas instalações, se viessem em consequência do novo empreendimento. As duas criaram novas petições, reuniram as colegas de turma, chegaram até a ir à rádio local e falaram sobre as diferentes personalidades dos golfinhos da baía. Quando Kathleen e eu ouvimos a voz de minha filha na estação de Baía da Esperança, quase explodimos de orgulho. Mike abrira-lhe uma conta de e-mail para ela alertar todas as sociedades de proteção às baleias e golfinhos que encontrava na Internet. Isso foi bom para que ela concentrasse sua atenção em alguma coisa, após o choque com as redes-fantasma. Durante o dia, minha filha parecia uma pessoa diferente, mais confiante, entusiástica e determinada.

Porém, quase todas as noites, ela atravessava de mansinho o corredor até meu quarto, tal como fazia aos seis anos, para agarrar-se a mim.

*Baía da Esperança*

Assim que pude, contei a ela. Numa tarde quente de sexta-feira, após a escola, compramos sorvete e sentamos no Cais da Baleia, deixando os minúsculos peixinhos prateados nos mordiscarem os dedões dos pés, enquanto Milly nos babava os ombros, esperançosa. O advogado dissera-me que, se eu voltasse, haveria um processo legal, e eu teria de explicar o que acontecera. Era provável que Hannah também fosse chamada, e teria de contar-lhes tudo, assim como contara a Mike, eu disse.

Hannah ficou sentada ali, o sorvete intocado.

— Vou ter que voltar pra Londres e viver com Steven? — perguntou.

A simples menção ao seu nome me deixava gelada.

— Não, tesouro. Você vai ficar com Kathleen. Ela é sua parente de sangue mais próxima depois de mim.

Agradeci a Deus por jamais Steven e eu termos nos casado no papel, por ele não ter direitos sobre Hannah, pelo menos.

— Você vai para a prisão? — ela perguntou.

Não queria mentir para minha filha, então lhe respondi que era possível. Mas acrescentei que teria sorte se o juiz declarasse que eu ficara temporariamente desequilibrada, ou alguma coisa assim, por isso, com sorte, talvez eu cumprisse uma pena curta, ou até anulassem o processo.

Fora isso que me dissera a advogada, quando Mike e eu fomos ao escritório dela no dia anterior. Ele, a expressão sombria, segurara-me a mão debaixo da mesa.

— Compreende que não foi culpa dela? — perguntara-lhe repetidas vezes, como se fosse a ela que precisava convencer.

Depois se tornou claro para mim que ele vinha testando o terreno, tentando avaliar que tipo de reação obteria minha história se contada em outro lugar a ouvidos menos solidários. Ela mostrou-se indiferente, apesar dos inflados honorários que Mike lhe pagara pelo tempo. O máximo que conseguiu arrancar da mulher foi uma admissão lacônica de que a forma como tudo se desenrolara fora "desafortunada". Depois disse que não lhe cabia julgar o que acontecera, num tom que sugeria já tê-lo feito.

O importante, contei a Hannah com um sorriso forçado, era que, tão logo aquilo terminasse, estaríamos livres para continuar com nossa vida. Ela poderia ir aonde quisesse, conversaríamos sobre Letty e ajudaríamos as baleias e os golfinhos.

— Escute — lembrei e envolvi-lhe os ombros —, talvez você até possa ir à Nova Zelândia. Aquela viagem da escola da qual não parava de falar. Que tal?

Não vi sua expressão a princípio. Ela olhava para o outro lado da baía, de costas para mim. Quando se virou, a profundidade do horror chocou-me.

— Eu não quero ir para a Nova Zelândia — respondeu Hannah, o rosto contorcido. — Quero que você fique comigo. — Não aceitava nada daquilo. Viam-se apenas medo e desespero em seus olhos, e odiei-me por tê-los colocado ali. — Todo mundo me deixa — sussurrou.

— Não, tesouro, isso não é...

— E agora você vai embora e eu não vou ter ninguém.

Ela chorou por algum tempo, eu larguei meu sorvete e abracei-a apertado, tentando não chorar também. A verdade era que a perspectiva de separar-me de minha filha me fazia sentir doente. Quando a segurava agora, não era mais um gesto casual, agradável, mas como se tentasse imprimi-la em mim. Ao olhá-la, tentava gravar a imagem dela no fundo das pálpebras. Como se já me preparasse para os meses? Anos?, em que não teria o privilégio de segurá-la junto a mim.

Eram essas e as futuras perdas o que me mantinha acordada à noite. A perspectiva de Hannah passar pelos delicados anos da adolescência sem mim. Não tinha como saber quem ela se tornaria. Iria perdoar-me? Perdoar a si mesma? Fechei os olhos, inspirando o perfume dos seus cabelos, sentindo neles um eco da minha perdida Letty. Quando percebi que eu cambaleava, afastei-me e deixei-a fazer a mesma coisa.

Hannah se recompôs. A bravura e o autocontrole de minha filha eram dolorosos. Pediu desculpas e enxugou os olhos com a palma da mão.

Baía da Esperança

— Eu não queria chorar — disse.

— Talvez pareça ruim agora, mas vai melhorar — expliquei, tentando transmitir uma certeza que não sabia se sentia. — Podemos escrever uma à outra, falar pelo telefone e, quando menos esperar, ficaremos mais uma vez juntas.

Ela fungou.

— E o mais importante: sempre que eu falar sobre Letty, não deixarei de falar sobre as baleias. E os golfinhos.

— Você acha que isso vai impedir a construção do hotel?

— Talvez. E assim a vida e a morte dela poderão significar uma coisa boa.

Ficamos ali sentadas, encarando a água, remoendo o que eu dissera. Hannah era educada demais para dizer-me o que eu sabia ser verdade: que estava errada, nada de bom jamais poderia surgir da morte de Letty. Então se virou para mim.

— Será que ela tem uma sepultura na Inglaterra? Algum lugar onde você possa colocar flores? — Tive de responder-lhe que não sabia. Nem sabia se minha própria filha fora enterrada ou cremada. — Não importa onde Letty está — acrescentou Hannah, talvez notando meu desconforto —, porque ela sempre estará aqui.

Tomou-me a mão e apertou-a no coração. Não disse o resto, mas eu vi nos olhos, no maxilar rígido. *Assim como você estará.* E fiquei sem saber se tratava isso como uma promessa ou uma acusação.

*K*athleen não chegava a ser uma das grandes promotoras de festas da sociedade. Na verdade, seria justo dizer que, apesar do seu ofício, era uma das pessoas menos sociáveis que eu conhecia, mais feliz sozinha na cozinha ou passeando de barco que conversando com hóspedes ou visitantes. Este constituía um dos motivos de entendermos tão bem uma à outra. Assim, surgiu como uma espécie de surpresa quando, dois dias depois de minha conversa com Hannah, ela anunciou que, quando Nino Gaines saísse do hospital, ia preparar uma comemoração. Faria do lado de fora, disse, para ele respirar ar puro, ver o mar e conversar com todos os amigos.

— Lance, não há motivos para ficar surpreso. Já era hora de termos alguma coisa para comemorar neste pequeno buraco — explicou, quando os caçadores de baleias caíram momentaneamente em aturdido silêncio às mesas queimadas de sol. — De qualquer modo, se confraternizamos agora, essa gente toda não vai aparecer na casa dele e incomodá-lo todas as horas do dia nas próximas semanas. Nada pra encher mais o saco de um cara que saiu do hospital que um bando de pessoas bem-intencionadas na porta de casa.

Três dias depois, numa tarde quente o bastante para insinuar a chegada próxima do verão, estávamos todos sentados sob os toldos preparados com muito capricho quando o carro de Kathleen parou em frente ao hotel e a porta de trás abriu-se. Após alguns instantes, Frank ajudou o pai a descer.

— Bem-vindo! — gritamos todos, e Hannah atravessou correndo a trilha para abraçá-lo.

Nino era o mais próximo que ela já tivera de um avô. Ele lutou um pouco para endireitar-se. Perdera peso — o colarinho da camisa boiava ao redor do pescoço — e parecia frágil, um pouco instável na bengala. Segurou-se na porta do carro aberta com uma das mãos e franziu os olhos para nós por debaixo do chapéu.

— Este lamentável desfile de humanidade é o melhor que pôde preparar para me acolher em meu retorno ao lar, Kate? Ah, me leve de volta pro hospital.

Fez como se fosse abaixar-se mais uma vez para entrar no carro, e não pude deixar de sorrir.

— Seu velho moleque ingrato — ela disse e tomou-lhe a mala.

— Você devia me paparicar — ele reclamou. — Eu posso bater as botas a qualquer minuto.

— Farei questão que bata, se continuar com essa lamúria.

— Venha sentar ao meu lado, Sr. Gaines — disse Hannah, tomando-lhe a mão livre enquanto o homenageado se encaminhava devagar pela trilha. — É uma cadeira especial.

— Não tem um penico embaixo, tem? — ele perguntou, e Hannah desatou a rir.

— Não, eu quis dizer que pus várias almofadas.

— Ah, então está ótimo

Piscou o olho para mim e adiantei-me para abraçá-lo.

— É uma grande alegria tê-lo de volta ao lar, Nino — eu disse.

— Bem, ora, Liza, alguém tem que manter sua tia ativa e disposta, certo? Não consigo fazer com que ela relaxe.

Esforçava-se um pouco demais, mas entendi por quê. Um homem como Nino Gaines acharia difícil ser tratado como um inválido.

Era uma tarde gloriosa. As tripulações haviam tirado o dia de folga e, por acordo tácito, ninguém conversava sobre o novo hotel, nem sobre o que nos aguardava no futuro próximo. Conversamos sobre o tempo, os resultados do futebol, a terrível comida do hospital e a baleia que alguém avistara ao passar pela Ilha Elinor. Bebíamos e observávamos Hannah, Lara e Milly vararem a praia de um lado a outro, Lance e Yoshi dançarem segundo uma das músicas de minha filha, e vários pescadores, vizinhos e relações distantes de Nino aparecerem para partilhar algumas cervejas. Mike sentara-se ao meu lado e, de vez em quando, eu sentia sua mão pegar a minha debaixo da mesa. A delicadeza e a força faziam minha mente divagar para lugares a que não devia ir às três e meia da tarde durante uma festa de família.

Olhe só para mim, pensei, quando me ocorreu essa ideia, e lancei um olhar furtivo ao homem que entrara em minha vida e agora se sentava ao meu lado. Veja Hannah, Kathleen e Nino Gaines, as tripulações de baleias, que me haviam, ao longo dos anos, dado mais amizade e apoio do que os parentes de muitas pessoas. Eu tinha uma família. Acontecesse o que acontecesse, embora para sempre faltasse alguém em nosso seio, eu tinha uma família. E essa ideia encheu-me de repentina felicidade. Mike deve tê-lo percebido, porque me ergueu uma sobrancelha, como numa pergunta silenciosa. Sorri, e ele ergueu minha mão e beijou os dedos na frente de todos.

Nino Gaines ergueu as sobrancelhas para Kathleen.

— Quanto tempo você disse que fiquei fora do ar? — perguntou.

— Nem queira saber — ela respondeu e acenou com a mão, desdenhosa. — Não consigo acompanhar essa gente jovem.

— Cadê o Greg? — perguntou Hannah, do outro lado das mesas. — Ele disse que já estaria aqui a esta hora.

— Parecia meio misterioso esta manhã — respondeu Kathleen. — Ele estava no mercado de peixes. Disse que estava numa missão.

— É? Qual era o nome dela? — Nino baixou o chapéu sobre os olhos e recostou-se na cadeira. — Meu Deus, é bom estar de volta aqui, Kate.

Para minha surpresa, ela curvou-se e beijou-lhe a testa.

— É bom ter você de volta, seu velho tolo — disse.

Antes que qualquer um de nós dissesse alguma coisa, ouviu-se o chiado dos pneus da camionete de Greg na estrada e, como se aproveitasse a deixa, ele dirigiu devagar até a frente do hotel e parou.

— Desculpe a interrupção — disse, descendo da boleia. Usava uma camisa passada, exibia a barba recém-feita, coisa rara no rapaz, e parecia singularmente satisfeito consigo mesmo. — Apenas achei que todos deviam saber... talvez queiram comparecer ao meu galpão em meia hora. É, por assim dizer, importante.

— Estamos dando uma festa, caso não tenha notado. — Kathleen pôs as mãos nos quadris. — E você devia ter chegado aqui duas horas atrás.

— Ah, sinto muitíssimo, Kathleen, mas isso é importante.

— Que é que há, Greg? — perguntei.

Ele tentava parar de sorrir, como um colegial que dá continuidade a uma piada de mau gosto.

— Tenho uma coisa pra lhe mostrar — disse-me, ignorando Mike. O que não era incomum: tão logo adivinhara que formávamos um casal, fingia que o outro não existia. Encarou os pés, depois ergueu os olhos para Kathleen. — Yosh... tudo em cima?

Olhei-a. Ela assentiu com a cabeça.

# Baía da Esperança

— Ótimo. Tenho uma coisa pra mostrar a todos vocês. Bom ver o senhor de volta, Sr. Gaines. Seria um prazer entornar algumas com o senhor mais tarde.

Tirou o boné e, absolutamente fanfarrão, mesmo para os seus padrões de fanfarronice, retornou à camionete, deu meia-volta em uma tempestade de terra e dirigiu-se ao galpão.

— Ele tem se afogado mais uma vez no líquido âmbar? — perguntou Nino, vendo-o afastar-se.

Yoshi e Lance trocavam um olhar. Sabiam de alguma coisa, mas era óbvio que não iam nos contar.

— Você conhece Greg — disse Kathleen e encolheu os ombros. — Nunca deixa de nos surpreender.

Hannah sorria largo, e senti o coração afundar. Desejei que não fosse outro barco.

Não tivemos de esperar muito tempo. Nino ficou no hotel com Hannah, mas o resto de nós saiu devagar pela trilha do mar, apreciando o sol e vendo, com leve surpresa, a multidão aglomerar-se diante do galpão de Greg. Repórteres e fotógrafos, eu logo notei, e perguntei-me qual seria a sensação de ter as câmeras apontadas para mim. Vira os filmes: haveria um bando de jornalistas na escada do tribunal? Seria eu perseguida? Estremeci, apesar do calor do dia, e tentei afastar a ideia da mente.

— Yoshi? — chamei, mas ela fingiu não me ouvir.

Tentara fazê-la contar alguma coisa antes, mas ela se fechara em copas, e Lance adotara uma teatral expressão vazia.

— Espero que Nino fique bem sem ninguém por perto — afligiu-se Kathleen. — Não gosto de deixá-lo.

— Ele na certa vai aproveitar cinco minutos de paz — disse Mike. — Talvez esteja um pouco cansado.

— Acha que devo voltar? — ela perguntou.

— Hannah vem nos chamar se houver algum problema. — Abracei-a. — Está se divertindo como nunca. Mais feliz, impossível.

— Está com ótima aparência, não? — insistiu minha tia, contemplando o distante hotel, estrada litorânea acima. E, então, estranhamente: — Velho bobo.

Diante do galpão, Greg fumava um cigarro. Olhava a multidão, como certificando-se da presença de todos. Duas vezes trocou uma piada murmurada com um dos pescadores ao lado. Não se via mais a camionete.

Tentei e, mais uma vez, não consegui concluir o que era aquilo. Com certeza, um comportamento atípico.

Por fim, ele descartou o cigarro e esmagou-o no chão. Depois, enfiou a chave no galpão e, com um grunhido de esforço, abriu as duas portas desgastadas pelo tempo e acendeu a luz. Enquanto examinávamos o interior obscuro, retirou rapidamente uma lona da carroceria da camionete e revelou o prêmio: um enorme tubarão-tigre, os olhos ainda brilhantes, a boca semiaberta em nítida indignação, expondo dentes enormes e pontiagudos. Ouviu-se um nítido arquejo. Mesmo morto, imóvel e preso num guincho, a criatura dava medo.

— Saí pra pescar de manhã cedo — ele contou aos repórteres, batendo de leve na pele do animal. — Só até a boca da baía, mais ou menos. A gente muitas vezes consegue uma boa pesca ali. Achei que fosse um peixe-espada a princípio... mas vejam o safado. Fisguei o rapaz na minha linha! Me arrastou pela cabine como vocês não iam acreditar. Tony, traga o bicho pra fora! — gritou para o homem na boleia.

Quando se afastou, a camionete deu marcha a ré e saiu à luz. Algumas câmeras clicaram.

— Chamei vocês aqui, pessoal, porque não tínhamos tigres perto assim, e eu queria avisar a todos na baía que mantenham as crianças fora d'água. Não podemos confiar que esses monstros não apareçam. Sabem que o tubarão-tigre é um animal perigoso, e vimos pelas redes-fantasma que quase qualquer coisa pode dar na praia.

Bateu no tubarão, com gosto.

— Levei ao mercado de peixe, e os caras lá o identificaram e pesaram. Me disseram que não foi o único visto em nossas águas.

A visão da fera disparou-me um calafrio espinha abaixo. Não parava de pensar em Mike e Hannah naquela água escura, agitada, nas coisas que ele me contara que lhe passaram pelas pernas.

É possível que ele imaginasse o mesmo: chegou por trás de mim, tomou-me a mão e apertou-a.

Yoshi adiantou-se e começou a recitar informações aos repórteres:

— Os tubarões-tigre são conhecidos como carniceiros do mar. Este talvez tenha sido atraído para a baía pela rede-fantasma e o grande número de criaturas mortas presas. Mas há uma boa chance de que o grandalhão não tenha vindo sozinho, e outros podem estar circulando por aqui há um tempo considerável. Eles se alimentam de qualquer coisa, peixe, tartaruga, seres humanos... — Ela deixou a palavra pender por tempo suficiente para as pessoas se entreolharem nervosas. — Mas não perguntem apenas a mim — acrescentou. — O Departamento de Ambiente e Patrimônio lhes dirá: não são criaturas que queiramos por perto.

— Precisamos de redes para tubarões — alguém na multidão sugeriu —, como ocorre em outras praias.

— Como a gente pode pôr redes de tubarão numa baía cheia de golfinhos? — perguntou Greg, incisivo. — Elas capturam baleias também. Só haverá redes de tubarão nesta baía por cima do meu cadáver.

— É isso aí — riu alguém.

— Os tubarões são espertos — disse Yoshi. — Se pusermos as redes na boca da baía, vão apenas nadar por cima ou em torno delas. Se conferirem os números, os índices de morte por tubarão permanecem mais ou menos os mesmos, tenham as praias redes ou não.

— Suponho que esteja fazendo muito barulho por nada. — Reconheci um dos hoteleiros da região. Não deve ter ficado nada satisfeito, percebi, com aquele tipo de publicidade quando a alta temporada já ia decolar. — Todo mundo sabe que, em termos estatísticos, a gente tem mais chance de ser atingido por um raio que morto por um tubarão.

— Acha que esse rapaz aqui se preocupa com as estatísticas? — Greg apoiou-se no corpo do tubarão. — Na certa, imaginava que tinha uma chance em um milhão de engolir a linha de alguém pescando.

A multidão riu.

— Precisamos ficar atentos aos tigres, porque eles chegarão próximo ao litoral em busca de tartarugas-marinhas — avisou Yoshi, séria. — E são persistentes. Não são como os grandes tubarões-brancos... voltarão para destruir por completo qualquer coisa em que tenha dado uma mordida.

O hoteleiro balançou a cabeça. Greg viu-o e ergueu a voz:

— Muito bem, Alf — interpelou-o. — Vá nadar, então. Eu só achei que era meu dever informar a vocês, pessoal, do que tem lá fora.

— Os ataques de tubarões estão em alta — continuou Yoshi. — É um fato conhecido. Há algumas soluções possíveis. Podemos demarcar e isolar áreas de natação com boias e redes. Tenho certeza de que a guarda costeira pode providenciar isso. Apenas não serão enormes.

— Enquanto isso, como eu disse — Greg afundara o boné sobre os olhos, para eu não vê-los —, aconselho-os a manter os pequenos fora d'água. Alertaremos a guarda costeira se virmos quaisquer outros, baía afora, e os pescadores farão o mesmo.

Ouviu-se um murmúrio de preocupação. Várias pessoas afastaram-se, celulares nas mãos, e outras se aproximaram da camionete, para tocar o tubarão. Pensei em Hannah e na conversa que havíamos tido sobre a compra de um barco. Acho que ninguém deixaria os filhos saírem com barcos e circularem pela Baía da Esperança enquanto houvesse tubarões na água. Mas dizer-lhe isso depois do que eu prometera não seria fácil. Enquanto eu remoía o problema, Kathleen adiantou-se e encarou a criatura morta na parte de trás da camionete.

— Tubarão, não é?

— Você reconheceria — disse Greg ao içá-lo no guincho para os fotógrafos poderem ter um ângulo melhor.

— Onde você disse que...

*Baía da Esperança* 331

— Esta, senhores — disse Greg, indicando-a com um gesto, antes que Kathleen continuasse —, é a mundialmente famosa Lady Tubarão de Baía da Esperança, Kathleen Whittier Mostyn. Esta senhora aqui capturou um tubarão ainda maior, há meio século. O maior tubarão-enfermeiro já fisgado em Nova Gales do Sul, não foi, Kathleen? Que tal isto para uma matéria, hein?

Minha tia encarou-o em silêncio. A indisfarçada malevolência em seus olhos bastaria para ter-me feito sair correndo à procura de abrigo. Ela sabia que lhe haviam preparado uma cilada, e não gostou nada daquilo. Mas Greg continuou a matraquear a façanha sem a menor consideração:

— Então, cavalheiros, estão vendo? Mais uma vez, Baía da Esperança tem uma população de tubarões. O pessoal da vida silvestre vai adorar, mas quero de fato avisar aos nossos bons cidadãos que não vão nadar, velejar, nem, na verdade, participar de quaisquer esportes aquáticos sem tomar grande cuidado, enquanto existir a ameaça de ataques de tubarões.

A imprensa reuniu-se em torno de Kathleen, blocos e microfones diante dela. Dispararam-se vários flashes. Greg continuou a posar ao lado do tubarão. Após o horror das redes-fantasma, os jornais locais tinham a segunda boa matéria de primeira página em quinze dias, e ouvia-se o prazer nas perguntas feitas pelos repórteres.

— Esqueci de acrescentar... esta belezinha está à venda, se alguém gostar — gritou Greg. — Mais fresco é impossível. Dá uma deliciosa e considerável porção de sushi.

— Achei que os tubarões e golfinhos não conviviam no mesmo lugar — disse Mike, quando voltamos sem pressa para o hotel.

A tarde continuava clara e luminosa, e o céu cintilava ao longe. Eu tomara duas cervejas e comera uma quantidade incomum para mim. Um quilômetro adiante, distingui Hannah e Lara, que apresentavam um número de dança a Nino Gaines, e desabaram às gargalhadas na areia. De vez em quando, em dias como esse, eu conseguia convencer-me da bondade do mundo que habitava.

— Às vezes acho que o mundo está de cabeça pra baixo — disse, retirando os cabelos do rosto e erguendo os olhos para ele.

Senti vontade de beijá-lo então; sentia vontade de beijá-lo quase o tempo todo.

Preciso lembrar-me disso, pensei, e desejei ser como o pequeno celular dele, cheio de momentos que eu pudesse reprisar com perfeita clareza no futuro distante, muito distante.

— Não vá — pediu Mike naquela noite. Escovava os dentes parado na porta do banheiro, uma toalha enrolada na cintura, e eu passara atrás dele para pegar um copo d'água.

— Ir aonde? — perguntei, estendendo o copo sob a torneira.

Pensava em tudo que teria de fazer no dia seguinte. Coisas bobas nas quais agora precisava pensar, como garantir suficientes uniformes para Hannah que durassem várias estações, assinar a procuração da advogada, abrir uma conta conjunta para mim e Kathleen. A advogada aconselhara-me que seria sensato deixar todos os assuntos pessoais organizados antes de falar com alguém, e a lista de coisas necessárias a serem resolvidas me fazia a cabeça rodopiar.

— Não faça isso. É loucura. Tenho pensado em tudo, é loucura.

Seu reflexo me fitava do espelho, e a rigidez do pescoço revelou-me que a tensão que eu julgara ver no rosto naquela noite não fora imaginada.

Ele mal falara durante várias horas, embora Greg se mostrasse tão loquaz e os caçadores de baleias, tão bêbados que lhe teria sido difícil conseguir participar da conversa. Eu achara que Greg, dando o melhor de si para importuná-lo, o tinha deixado assim. "Não é pra ofender, amigo", dizia o outro, após cada farpa, e Mike lhe devolveria um sorriso firme. Só que notei o tique na mandíbula. Ainda os ouvíamos no andar de baixo, embora Nino, o verdadeiro motivo da festa, já houvesse ido embora e para a cama muito antes.

Suspirei.

— Mike, eu não quero falar a respeito disso agora — pedi. — Gostaria de aproveitar o dia pelo que foi, saboreá-lo e ir pra cama em paz.

— Nada vai impedir a construção desse hotel — ele disse, parando para cuspir pasta de dentes. — Sei como é a Beaker. Veem dinheiro graúdo nisso e, quando Dennis Beaker vê dinheiro, nada o detém. A coisa foi longe demais. E você está prestes a arruinar sua vida e a de Hannah, sem motivo algum.

— Que quer dizer com "sem motivo algum"? A minha paz de espírito e a de Hannah não valem nada?

— Mas você está bem. — Ele tinha pasta de dentes no queixo, mas algo me dizia que não me agradeceria por avisá-lo. — Vocês duas estão bem. Talvez não possam fazer tudo que gostariam... mas também, quem pode? Hannah se sente segura e feliz, cercada de pessoas a quem ama. Você se sente feliz... o mais feliz que já vi. Esse cara... Steven... continua vivo, casado e com filhos, o que sugere que até ele é feliz. Ninguém vai reconhecê-la, sobretudo depois de todo esse tempo. Podíamos ser um casal, ficar aqui e... ver como seguem as coisas. Por que arriscar tudo por alguma coisa em que talvez não consiga ter sucesso?

— Mike, já conversamos sobre isso um milhão de vezes. É nossa única esperança para as baleias. E não quero falar disso agora. Podemos ir apenas para a cama?

— Por quê? Toda vez que eu puxo o assunto, você diz a mesma coisa. Qual é o problema agora?

— Estou cansada.

— Todos nós estamos. Faz parte da condição humana.

— É, bem, estou cansada demais pra conversar.

Fiquei irritada porque ele dissera a verdade. E eu não queria tocar no assunto: falar me fazia enfatizar o que faria em breve, e temia que, se alguém me desafiasse com demasiada insistência, minha determinação desaparecesse.

No andar de baixo, Greg rompera numa cantoria. Ouvi os demais o acompanharem, o assobio de perfurar os tímpanos de Lance.

— Não é apenas a você que isso atinge.

— Acha que eu não sei? — rebati, bruscamente.

— Hannah mal sai do seu lado. Ficou colada em você esta tarde.

Olhei-o furiosa.

— Não preciso que me diga nada sobre minha filha.

Sentia o sangue ferver. Odiei-o por salientar isso. Odiei-o por ver o medo de Hannah.

— Bem, alguém tinha de dizer a você o que pensa. Você nem conversou sobre isso com Kathleen.

— Falarei com ela quando estiver pronta.

— Não quer contar porque sabe que ela dirá o mesmo que eu. Já pensou mesmo no que significa a prisão?

— Não me trate com esse ar de condescendência.

— Ficar trancada vinte e três horas por dia? Ser rotulada de assassina de crianças por outras presidiárias? Acha que poderia sobreviver?

— Não vou falar disso agora — repeti, começando a juntar minhas roupas.

— Se não consegue me suportar dizendo estas palavras, como vai lidar com elas ditas no tribunal? Pela polícia? Por pessoas que querem magoá-la? Acha que elas vão se interessar pelo que aconteceu de fato?

— Por que está fazendo isto comigo?

— Porque acho que você não refletiu a fundo. Acho que não sabe pelo que vai se entregar.

— Posso cuidar de mim mesma.

— Como sabe? Nunca precisou.

Adotei uma atitude de defesa:

— Está assim por causa de Greg, não é?

— Não tem nada a ver com Greg. Eu queria que você refletisse sobre...

— Tem tudo a ver com Greg. Ele ficou sentado lá embaixo e provocou você o tempo todo, o que fez você se lembrar de que não é o único homem com quem estive. — Sentou-se em frente a mim e fechou os olhos como se isso o ajudasse a não me ouvir. Mas eu continuei: — Então agora está descontando em mim. Bem, se vai começar uma briga, eu vou...

— Fugir de novo? Sabe de uma coisa? Acho que isso não tem mais nada a ver com as baleias.

— Como?

— Você decidiu punir a si mesma pela morte de Letty. O projeto deste hotel obrigou-a a examinar o que aconteceu, e agora você sente a necessidade de reparar o que fez se oferecendo em sacrifício.

No andar de baixo, parara a cantoria. A janela estava aberta, mas eu não me importava mais.

— Isso não faz sentido. Você já pagou pelo que aconteceu, Liza. Pagou um milhão de vezes.

— Quero recomeçar a vida com o passado limpo. E preciso...

— Salvar as baleias. Eu sei.

— Então por que continua agindo assim?

— Porque você está errada. E está fazendo isso pelos motivos errados.

— Quem é você, porra, pra julgar meus motivos?

— Não estou julgando você. Mas precisa pensar nisso, Liza. Precisa saber que por...

— *Você* precisa parar de se meter na minha vida.

— ... que, levando isso adiante, levará Hannah pro fundo com você.

Meu sangue gelou. Não imaginava que ele fosse me atacar assim. Se suas palavras não houvessem cravado como uma faca, eu na certa não teria dito o que disse:

— Quem diabos nos meteu nesta situação, Mike? Pergunte a si mesmo da próxima vez que começar a me julgar. Como você disse, vivíamos bem aqui. Éramos felizes. Bem, se Hannah e eu acabarmos por passar os próximos cinco anos separadas, pergunte a si mesmo de quem é a porra da culpa.

Fez-se silêncio, dentro e fora. Eu só ouvia o mar, e depois, após alguns momentos, o baixo rangido de uma cadeira quando alguém lá embaixo começou a recolher calmamente os copos.

Encarei o rosto lívido de Mike e desejei poder retirar o que dissera.

— Mike...

Ele ergueu a mão.

— Você tem razão. Eu sinto muito.

E entendi, como uma faca cravada em meu peito, a verdade: ele não quisera me magoar. Apenas não suportava a ideia de perder-me.

# Vinte e Três

*Mônica*

O COMPORTAMENTO DE MEU IRMÃO ME SURPREENDEU BASTANTE nos últimos meses. Nessa época, no ano anterior, se alguém me propusesse uma aposta sobre o desenrolar da vida de Mike, eu teria dito que, em meados de março, ele estaria casado com Vanessa, ela estaria pensando em engravidar, e ele trabalhando para subir pelo pau de sebo da empresa imobiliária. Um elegante apartamento, talvez uma nova casa, talvez um chalé de veraneio em algum lugar quente, outro carro vistoso, viagens de esqui, restaurantes caros, blá-blá-blá. A coisa mais radical que Mike faria seria mudar a loção de barba, ou talvez a cor da gravata.

Eu não fazia mais a mínima ideia, atualmente, de onde ele estaria em março. Talvez na Austrália, ou Nova Zelândia, ou envolvido na construção de um barco nas Galápagos. Pode ser que deixasse os cabelos crescerem e estivesse usando tranças rastafári. Talvez, protegendo uma fugitiva e a filha, e tentando salvar as baleias. Quando contei a meus pais metade da história (Mike terá de me perdoar, não pude resistir), papai quase cuspiu a dentadura.

— O que você quer dizer com deixou o emprego? — balbuciou, e ouvi mamãe ao fundo mandá-lo pensar na pressão. — Quanto tempo

# Baía da Esperança

planeja ficar na Austrália? — E depois: — *Mãe solteira?* Que diabo aconteceu com Vanessa?

Eu achava que Mike talvez estivesse sofrendo uma crise precoce de meia-idade, que talvez Liza fosse de fato seu primeiro amor — as pessoas fazem coisas estranhas quando se apaixonam pela primeira vez. Talvez construção civil não fosse de modo algum a área que devesse ter escolhido.

Então meu irmão me telefonara na semana anterior e contara aquela história. Não sei mentir. Meu primeiro pensamento não foi, como o dele: como a protegeremos? Era uma matéria excelente: a namorada violentada de um aspirante a político que fugiu do país após matar acidentalmente a filha do casal. Tinha tudo: crime violento, segredos há muito enterrados, tragédia, uma criança morta e uma linda loura. Tinha até baleias e golfinhos, pelo amor de Deus. Eu disse que precisávamos apenas de um canguru e teríamos um enredo completo. Ele não riu.

Só que as coisas não faziam sentido. Examinei todos os recortes do cara, mesmo com a mudança de nome. Verifiquei as informações com todos os bancos de dados que consegui encontrar. Passei quase uma semana sem fazer nada, além de consultar os fatos da matéria, e infernizar ao máximo o pessoal de minha editoria, porque não podia contar o que eu fazia. E tudo continuava sem fazer sentido.

# Vinte e Quatro

*Mike*

MILLY ENTRARA EM DECLÍNIO. Mal comia e dormia apenas esporadicamente. Ficava o tempo todo vigilante, ansiosa e irascível, duas vezes mostrara os dentes aos passageiros no *Ishmael* e uma vez emporcalhou de fezes o tapete do salão — um ato de depressão do qual até ela teve a amabilidade de parecer envergonhada. A todo lugar que Liza ia, seguia atrás uma pequena sombra preta e branca. Com intuição canina, pressentira o fato de que a dona planejava partir, e temia que, se relaxasse a vigília, ela pudesse desaparecer.

Eu sabia como Liza se sentia. A ansiedade. A impotência. Desde a noite da festa, não mais conversamos sobre os planos dela. Eu dava mais duro, em parte por ser a única maneira que consegui encontrar para tentar detê-la, em parte por passar a achar cada vez mais doloroso existir sem ela. Não podia olhá-la, tocá-la, beijá-la sem pensar em como seria não tê-la. Se quisesse descrevê-lo em frios termos financeiros, eu não poderia fazer mais investimentos em alguma coisa que estava prestes a sair de linha.

Kathleen, era evidente, sabia agora o que a sobrinha planejava — haviam tido uma conversa — e seu jeito de lidar com isso, como com

# Baía da Esperança

tanta coisa na vida, foi apenas continuar em frente, ser prática. Eu não conversara com ela a respeito — não sentia que me cabia —, mas notava-a dar atenção extra a Hannah, fazer planos para viagens e regalos especiais, e percebi que se empenhava em sua própria forma de preparação. O Sr. Gaines aparecia quase todos os dias agora, e enquanto Hannah estava na escola, muitas vezes se viam os dois à mesa da cozinha, em conversas sussurradas ou pacífica leitura de jornal. Eu me alegrava por eles, alegrava-me o fato de que Kathleen não iria enfrentar tudo sozinha, e sentia um pouco de inveja, também, da felicidade dos dois. Liza merecia esse tipo de felicidade, após tudo que acontecera, e, em vez disso, estava prestes a ser mais uma vez punida.

Perdoara-me pela explosão emocional. Era meiga comigo, de vez em quando corria o dedo pelo meu rosto com olhos cheios de empatia. À noite, tornava-se cada vez mais ardente, como se também decidida a colher cada último pedacinho de felicidade do que restava de nosso tempo juntos. Às vezes, eu precisava dizer-lhe que não podia — sentia-me infeliz e furioso demais com o que estava prestes a acontecer que simplesmente não conseguia relaxar.

Ela nunca comentava. Apenas enroscava as pernas finas em volta de mim, apoiava o rosto em minha nuca, e ficávamos ali deitados no escuro, cada um sabendo que o outro continuava acordado, nenhum dos dois sabendo o que dizer.

Liza me perguntara várias vezes quando minha irmã ligaria, quando aconteceria a entrevista. Tentava perguntar-me de forma casual, mas eu sabia que ela precisava saber para colocar as coisas em ordem, saber o tempo exato que lhe restava. Esquivara-me a princípio, depois tentara várias vezes contatar Mônica, mas sempre caía na mensagem de voz. Toda vez que não conseguíamos nos falar, eu sentia apenas alívio.

Não ajudava em nada a meu desânimo a aparente irreversibilidade da construção do hotel. Eu sentia esgotarem-se minhas ideias e energia, e apesar dos melhores esforços, não conseguira organizar uma manifestação no dia em que se expôs a maquete arquitetônica do estabelecimento.

O dono do Hotel Blue Shoals ligou-me para dizer que, por mais solidário que fosse com o que eu fazia, "não queria nenhum protesto agressivo", pois se realizaria uma festa de batizado no salão dos fundos no mesmo horário, e claro que entendi. Parecia um cara legal, e não me senti inclinado a arruinar o dia especial de uma família, portanto cancelei. Kathleen dera um riso seco quando lhe contei, e disse que belo revolucionário eu daria. Não me agradou informá-la que apenas um punhado de pessoas demonstrara interesse em participar da manifestação, por assim dizer.

Liza saíra para o mar no *Ishmael*, e Hannah estava na escola, então, depois de tentar e não conseguir prosseguir a lutar detrás de minha escrivaninha, eu me encaminhara ao Blue Shoals e deleitara-me, sem querer, com o brilhante céu azul e a cálida brisa. Nesses dias, com clima mais quente, Baía da Esperança parecia o lugar mais lindo da Terra. A paisagem tornara-se conhecida, o horizonte vulcânico, um calmante para os olhos, as fileiras de bangalôs e apartamentos de veraneio para aluguel, não mais dissonantes, as lojas de tortas e bebidas ao longo da estrada litorânea eram agora paradas habituais. Tudo que alguém precisava, podia encontrar naquele pequeno canto do mundo, pensei. Uma das poucas certezas que empregava para consolar-me era haver decidido ficar. Ajudaria Kathleen na luta para manter tudo solvente e cuidaria de Hannah até Liza voltar. Naquelas circunstâncias, era o mínimo que eu podia fazer.

Eu era a única pessoa na recepção do Blue Shoals. A recepcionista, que talvez me houvesse reconhecido, apontou com o indicador o saguão em forma de L, e ali, ladeada por telas de papelão, que projetavam os números de visitantes e os benefícios para a comunidade, exibia-se a maquete numa vitrine de acrílico, de um metro por dois.

Era bem como o imaginara. De fato, percebi, ao curvar-me para examiná-lo, que era melhor. Consistia de quatro prédios situados elegantemente ao redor de uma série de quadras poliesportivas e piscinas. As claraboias revelavam as colinas atrás. Branco, brilhante, imaculado e

# Baía da Esperança

caro. Apesar da estranha imobilidade que sentimos diante de modelos arquitetônicos, podemos imaginar os agrupamentos de pessoas em volta das piscinas, o caminho de volta aos quartos após um dia na praia. A área de esportes aquáticos, que se projetava ao longe na baía, era pontuada por pequenos barcos de plástico e dois esquiadores aquáticos; havia até mesmo rastros de espuma. Caros iates brancos e catamarãs se alinhavam no Cais da Baleia. A areia era branca, e os prédios brilhavam de cal e vidro. Os pinheirinhos subiam pelas montanhas atrás, o mar turquesa. Um lugar no qual qualquer um gostaria de passar alguns dias. Parecia, tive de admitir, uma pequena faixa do Paraíso, e meu lado profissional não pôde deixar de sentir uma perversa admiração pelos meus próprios talentos. Então examinei a baía em miniatura e notei que o hotel e o Museu dos Caçadores de Baleias de Kathleen não mais existiam. Viam-se areia branca, o pontal e nada mais.

Minha fúria avolumou-se.

— Parece bem legal, não? — Ergui os olhos e vi o Sr. Reilly admirando a vitrine de acrílico. Com as mangas da camisa enroladas, pusera o paletó sobre o ombro, como se não estivesse preparado para o calor do dia. — Deve estar muito satisfeito consigo mesmo. — Endireitei-me. — Andei me perguntando onde conseguiram todas essas miniaturas — ele disse.

— São empresas especializadas — respondi, curto e grosso. — Mandam fazer por encomenda.

— Tenho um filho obcecado por maquetes de ferrovia — ele continuou, agachando-se para observar no nível dos olhos. — Vou encomendar algumas miniaturas. Ele vai adorar.

Eu nada disse. Encarava o espaço onde deviam ter posto o hotel de Kathleen.

— É diferente quando se vê em três dimensões — observou Reilly. — Achei que conseguia visualizar o projeto nas plantas, mas isso dá vida.

— É um erro — respondi. — Vai ser um desastre para a área.

O Sr. Reilly diminuiu um pouco o entusiasmo e ergueu-se.

— Soube que você virou um nativo. Surpreende-me, Mike, em vista do enorme empenho com que lutou por este lugar.

— Percebi o que vocês iam perder — expliquei — e não quis mais fazer parte.

— Não creio que perderemos muito.

— Apenas as baleias e os golfinhos.

— Está sendo um pouco dramático, amigo. Escute, o pessoal da guarda costeira impôs uma restrição àqueles barcos-discoteca. Faz dez dias que nenhum deles aparece aqui. Entenderam a mensagem.

— Até a construção ter início.

— Mike, não há provas de que uma construção no litoral vá estressar os animais.

— Mas os esportes aquáticos vão.

— A Beaker prometeu pôr em prática alguns regulamentos bem rígidos.

— Acha que um garoto de dezoito anos com um jet-ski lá se preocupa com regulamentos? Tudo é cumulativo, Sr. Reilly — afirmei. — Tudo está se somando para aumentar a tensão das baleias.

— Devo discordar — ele disse. — Pelo menos duas corcundas foram localizadas esta semana, o que é muito bom para essa época da estação. Os caçadores de baleias tornaram a sair para o mar. Os golfinhos estão lá. Perdão por dizer isto, mas de fato não entendo por que se opõe tanto.

Encaramos um ao outro, a grande caixa de acrílico entre nós. Senti vontade de agredi-lo, o que era raro em mim, e uma pena, pois desconfiei que, em outras circunstâncias, poderia gostar dele. Inspirei fundo e indiquei a maquete com a mão.

— Sr. Reilly, faça-me um favor. Diga-me o que vê quando olha isso.

Ele enfiou as mãos nos bolsos.

— Fora o fato de que não me incomodaria em me hospedar aí? Vejo emprego. Vejo vida numa área em que não há muita. Vejo um novo ônibus e uma nova biblioteca para a escola, e vejo comércio. Vejo oportunidades. — Deu-me um sorriso torto. — Você devia saber mais das coisas, Mike. Foi você quem me fez ver tudo isso.

— Vou lhe dizer o que vejo — respondi. — Vejo homens que tomaram cerveja além da conta deslizarem rápido demais em lanchas pela baía. Vejo golfinhos machucados por lemes quando não conseguem sair do caminho a tempo. Vejo barcos-discoteca tentando conquistar jovens, e observadores de golfinhos além da conta, baleias desorientadas encalhando naquela praia de areia branca. Vejo o que resta da imigração afastar-se por muitos quilômetros daqui, talvez algumas se percam pelo caminho, e as pessoas que dependiam delas perdendo os empregos. E vejo a porra de um grande buraco onde devia estar um hotel dirigido por uma família, um lugar que existe há setenta e tantos anos.

— Não há motivo algum para que o Silver Bay não possa existir muito feliz ao lado do novo complexo hoteleiro.

Apontei a maquete.

— Eles não parecem pensar assim.

— Não pode esperar que incluam cada prédio local.

— Gosta de apostar, Sr. Reilly? Quer apostar quinhentos dólares como o Silver Bay sumirá do mapa um ano após esta coisa se erguer?

Ficamos em silêncio por um minuto. Um casal de idosos parou na entrada do saguão e olhou-nos com aparência nervosa. Percebi que gritara. Precisava ter mais controle. Exausto, perdia o bom-senso. Reilly balançou a cabeça para eles, tranquilizando-os, e depois se virou de volta para mim.

— Não posso deixar de lhe dizer, amigo, que você me surpreendeu. Que mudança radical — disse, mas com a voz amistosa. — Me explique uma coisa, Mike. Você está contra o projeto agora, mas deve ter visto as vantagens antes. Deve ter havido um motivo para tentar vendê-lo com tanto empenho. Assim, me diga agora. Quando me procurou durante todos aqueles meses atrás, quando queria esta coisa, o que *você* via ao olhar o projeto...? Quero a verdade, sim?

Olhei a coisa, aquela força irreversível, e senti o coração pesar como chumbo.

— Dinheiro — respondi. — Via dinheiro.

Quando retornei ao hotel, encontrei Hannah no computador em meu quarto. Abri a janela e a brilhante luz do sol fluía até as tábuas corridas do piso, destacando as cores desbotadas do tapete persa e as pegadas de areia do tênis com que eu entrara após a corrida matinal. No lado de fora, soava música do carro de alguém, uma batida contínua, retumbante, e uma distante motocicleta gemia nas dunas. Uma brisa leve atravessava a janela aberta em direção à porta. Eu raramente fechava minha porta agora — não havia hóspedes há semanas e, para Kathleen, era como se eu morasse ali. Nem me cobrava a estadia.

— Mike! — ela exclamou. Girou na cadeira, chamou-me mais para perto e mostrou-me um e-mail que recebera de alguém no Havaí, que combatera um projeto semelhante. — Ela vai nos mandar uma lista das organizações que a ajudaram — disse. — Talvez possamos conseguir que nos ajudem.

— Que ótimo — tentei parecer positivo: sentia vontade de enterrar a cabeça nas mãos. — Bom trabalho.

— Eu e Lara temos mandado e-mails pra todo mundo. *Todo mundo* mesmo. Alguém do *South Bay Examiner* ligou e quer fazer nossa foto por causa das petições.

— O que sua mãe diz? — perguntei.

— Mandou perguntar a você — Hannah riu. — Escrevi uma lista de tudo que fizemos hoje... está na pasta azul no canto. Tenho de ir ao Clube de Hóquei agora, mas continuo quando voltar. Ainda vai sair comigo e mamãe?

— Hum?

Eu pensava no Sr. Reilly. A pesquisa de planejamento se encerraria dali a três dias, ele me dissera ao deixar o Blue Shoals. Mas acrescentara que entre nós não se apresentara nada persuasivo o bastante para mudar a opinião do conselho consultivo.

— Mamãe disse que podíamos ir todos três, no *Ishmael*... lembra?

— Ah — respondi, tentando sorrir. — Claro.

Ela vestiu o casaco da escola e jogou-me um jornal.

# Baía da Esperança

— Viu a foto de tia K com o tubarão? Ela está furiosa. Diz que vai fazer tranças com as tripas de Greg.

A manchete dizia: "Lady Tubarão Adverte sobre o Retorno do Tigre." Embaixo, o fotógrafo clicara Kathleen quando ela ia pra cima de Greg, a expressão tão maligna quanto a do tubarão morto. Ao lado, como uma inserção, a agora conhecida fotografia dela de maiô aos dezessete anos.

— Eu escaneei. Vou ter de devolver esse ao Sr. Gaines, mas ele pediu que não deixasse tia K saber que tinha comprado um exemplar, senão ela ia lançar o arpão nele! Está na sua escrivaninha, se quiser ler, com os dois outros, o *Sentinel* e o *Silver Bay Advertiser*, mas as fotos não saíram tão boas.

Coitada de Kathleen. Tinha razão: seria perseguida por aquele tubarão até o dia da sua morte.

Vi Hannah juntar as coisas e, com um aceno animado, descer a escada. Parecia ter tirado da mente a partida iminente da mãe. Talvez algumas coisas sejam grandes demais para pensar quando se tem onze anos. Talvez, como eu, esperasse a intervenção divina.

Ouvi a voz entoada dela quando, com a amiga, seguiam pela estrada. Pela enésima vez, ofereci-lhe um pedido de desculpa silencioso.

Foi então que o celular tocou.

— Mônica?

Conferi as horas. Deviam ser quase duas da manhã na Inglaterra.

— Como vai indo? — perguntou Vanessa.

O primeiro pensamento fugaz foi: onde diabos se meteu minha irmã? O segundo, de irritação. Ela sabia muito bem que minha oposição ao projeto não estava surtindo nenhum efeito.

— Como vai indo o quê?

— A vida. As coisas. Eu não falava da obra — ela respondeu.

— Tudo bem.

— Soube que continua na Austrália. Falei com sua mãe outro dia.

— Ainda no papel de Canuto, o Grande — eu disse —, contra a maré irreversível.

Ouvi um barulho impreciso do outro lado da linha — e de repente me veio a imagem de nosso apartamento, a elegante televisão de tela plana no canto, os imensos sofás de camurça e os móveis caros. Não sentia a menor falta.

— Papai tem uma pasta de recortes de jornal — continuou Vanessa —, todas as matérias que você cavou que se opõem à construção do hotel. Atira coisas nela diariamente.

— Por que está me contando isso?

— Não sei. Para que saiba que o que tem feito não tem sido de todo em vão.

— Mas nada o tem detido.

Um breve silêncio.

— Não — ela admitiu. — Não tem.

Do lado de fora, um bando de periquitos pousou numa árvore. Observei-os, ainda surpreso por algo tão vívido poder viver com tanta liberdade na natureza.

— Tina foi mandada embora.

E que tenho a ver com isso?, senti vontade de perguntar, contemplando o exterior pela janela.

Fechei os olhos. Sentia-me muito cansado. Durante o dia perdia tempo lutando com o irredutível, a mente girando sempre em torno de possíveis oportunidades e brechas, e à noite deitava-me acordado e olhava Liza, com medo de perder os últimos momentos antes de ela desaparecer.

— Sinto saudades de você. — Eu nada disse. — Nunca o vi assim antes, Mike. Você mudou. É mais forte do que eu imaginava.

— E daí?

— E daí... que tenho pensado. — Ela exalou um suspiro. — Posso detê-lo. Sei que ele me ouvirá.

O mundo pareceu parar de girar por um breve instante.

— Como?

— Se significa tanto pra você, posso fazer parar a obra. Mas lhe peço... por favor... vamos tentar de novo.

Minha respiração, que subia como uma bolha de ar, parou um instante no peito.

— Você e eu?

# Baía da Esperança

— Formávamos uma boa dupla, não? — Sentia-se insegura, implorando. — Podemos ser ainda melhor do que imaginei. Você me fez entender isso.

— Oh — eu disse, em voz baixa.

— Você me magoou, Mike, não vou negar. Mas papai diz que Tina era uma causadora de problemas, e não considero você o tipo de pessoa que me enganaria de propósito. Por isso... por isso acho que não quero perder o que tínhamos. Éramos uma dupla. Uma dupla e tanto.

Encarei, sem enxergar, o chão.

Quando falei, as palavras na boca de repente seca empacaram:

— Está me dizendo que, se eu voltar pra você, vai impedir a construção do hotel.

— Isto é pôr a coisa em termos muito grosseiros. Não é um *toma-lá-dá-cá*, Mike. Mas sinto saudades de você. Não entendi a princípio como deter esse projeto era importante pra você, por isso quero corrigir o que fiz. E podíamos trabalhar duro com uma das alternativas.

— Se estivéssemos juntos.

— Bem, é improvável que eu me submetesse a toda essa dificuldade por alguém de quem não gosto. — Ela parecia desesperada. — É uma perspectiva tão horrível? Fazermos uma nova tentativa? Na última vez que conversamos, eu achei que...

Balancei a cabeça na tentativa de clarear as ideias.

— Mike?

— Vanessa, você realmente... me surpreendeu. Escute... preciso ir agora, mas me deixe telefonar pra você depois. Certo? Ligarei depois. De manhã. De manhã pra você — eu disse, quando ela começou a protestar.

Encerrei a ligação e sentei-me, os ouvidos ressoando. Não tinha mais lugar algum aonde ir Vanessa Beaker era a única pessoa em todo o mundo capaz de impedir a continuação da obra.

No fim, inventei desculpas. Disse-lhes que sentia dor de cabeça e precisava retornar alguns telefonemas. O fato de ter dado duas desculpas, quando uma seria adequada, logo alertou Liza para a verdade: havia algum outro motivo por trás de minha decisão de não ir com elas na saída planejada. Enquanto Hannah, a decepção estampada no rosto, me implorava para que eu mudasse de ideia, a mãe observava-me, curiosa, e nada dizia. Perguntei-me depois se ela via isso como parte de um continuum emocional: eu preferia separar-me dela em etapas... tentava proteger-me.

— Vejo vocês quando voltarem — expliquei, tentando parecer despreocupado.

— Como quiser — disse Liza. — Voltamos daqui a duas horas.

A cachorra já se achava na ponte de comando, espremida entre as duas.

Não era o que desejava, mas precisava pensar. Liza e eu vivíamos tão sintonizados nos ânimos e pensamentos um do outro que, se ela passasse mais de alguns minutos em minha companhia, enxergaria direto o meu interior. Acenei para o barco quando os motores engrenaram, e ele saltou sobre as ondas e afastou-se. Continuei a acenar até não mais vê-las. Então, quando contornaram o pontal e desapareceram, sentei-me na areia, ergui os joelhos e apoiei a cabeça nas mãos, sem me importar que alguém pudesse me ver.

Foi assim que comecei a tarde mais longa de minha vida. Então, sem poder encarar o hotel, levantei-me e segui a pé pela estrada litorânea, subi as dunas e me perdi por duas horas, sem saber para onde me dirigia, sem na verdade notar o que me circundava. Precisava andar, porque a ideia de ficar imóvel, com aqueles pensamentos, era pior.

Caminhava com as mãos nos bolsos e cabisbaixo. Cumprimentava com um aceno de cabeça as pessoas que me desejavam bom-dia e não olhava nos olhos das que não o faziam. Minhas passadas, mesmo no terreno irregular, tornaram-se tão regulares e pesadas quanto as de um cavalo de carga. Sem chapéu, nem carteira, visivelmente sem propósito, devo ter atraído alguns olhares curiosos, mas, se o fiz, não notei. Não habituado à força sequer do brilho do sol da primavera, queimei-me, e quando segui por entre os pinheiros e cheguei ao acostamento da estrada de Newcastle, tinha a pele do nariz repuxada. Não sentia calor, sede, cansaço, apesar da noite insone. Andava e pensava, e toda solução possível parecia nociva.

Eu, Michael Dormer, homem reconhecido pela acuidade na tomada de decisões, a brilhante capacidade de pesar os prós e os contras de qualquer situação e encontrar a resposta certa, agora descobria que, fosse qual fosse o lado para onde dirigisse as opções, fazia-me querer afundar até os joelhos, como um fedelho, e gritar. E a única pessoa cujo conselho eu poderia pedir, cuja opinião respeitaria, era a mesma que eu precisava proteger do que sabia.

*J*á me encontrava de volta no Cais da Baleia quando elas retornaram. Devo ter lhes dado a impressão de que não me afastara. Permitira-me duas cervejas, ficara sentado ali, de repente consciente de ter a calça jeans imunda, com uma garrafa na mão. Gostaria de ter enfiado um boné na cabeça, mas desconfiei que se o fizesse talvez me metamorfoseasse em Greg.

Vi o *Ishmael* contornar o pontal e passar de uma pequena mancha branca a um barco a motor que se balançava em delicados vaivéns. As redes estendiam-se pela retranca, onde Hannah deve ter recebido permissão para sentar-se e ver os golfinhos. Ao se aproximarem, eu a vi, colete salva-vidas amarrado, percorrer a passos firmes o convés de maiô e shorts. Milly erguia-se no leme diante de Liza, já prevendo o retorno ao lar com o mesmo prazer que, toda manhã, sentia ao aguardar ansiosa a excursão na água. Lindas, cheias de alegria, em outras circunstâncias, a visão me haveria feito cantar o coração.

Hannah segurava-se na proa. Acenou quando me viu, um imenso aceno tipo limpador de para-brisa, que a fez deslocar o peso de um pé para outro. Tinha as pernas finas, com a rígida musculatura da pré-puberdade, e nos raros momentos de elegância eu via nelas as da mãe.

— Vimos Guarda-Chuva! — ela gritava. Ao chegarem mais perto, gritou ainda mais alto, para ser ouvida acima do barulho do motor e as bofetadas da água no casco. — Estava ótima! Sem cortes, nem nada. Não foi ela que a gente viu presa nas redes, Mike. Não foi ela que você libertou! E sabe o que mais?... nadava com o bebê!

Sorria radiante — as duas sorriam, Liza deleitava-se pela simples alegria da filha. Levantei-me e, de repente, desejei ter ido com elas, pois haveria partilhado uma saída repleta de pequenas felicidades.

Houvera outras aventuras. Viram uma baleia-corcunda, embora ela não houvesse se aproximado, umas tartarugas-marinhas bem grandes e pescaram um fragmento de osso de baleia, mas Milly comera parte do petisco quando as duas deram as costas. Isso e vários biscoitos.

— Sinto mesmo muita pena daquele outro golfinho — disse Hannah, ao saltar no píer, enquanto a mãe manobrava devagar para a entrada, o motor reduzindo delicadamente a marcha até parar. — Mas é provável que você o tenha salvado, não é, Mike? Ele conseguiu encontrar seu caminho. E me sinto tão feliz porque Guarda-Chuva está bem. Sei que ela me reconheceu. Mamãe deixou eu me sentar nas redes de retranca, e Guarda-Chuva ficou *séculos* perto do barco.

Liza pulou com agilidade no cais e começou a amarrar o barco com a corda. Como tinha o boné na cabeça, não pude ver o rosto.

— Eu não conseguia acreditar quando vi Guarda-Chuva — continuou Hannah, ofegante, erguendo Milly e segurando-a junto ao peito. — Não conseguia acreditar.

— É isso aí. Está vendo? Às vezes coisas boas acontecem — disse Liza, o rosto avermelhado do esforço de atar os nós. — Se tivermos fé.

Não respondi.

Desconfiava que o sorriso iluminado de Hannah tomara a decisão por mim, e eu não mais sabia se ela tinha razão.

*D*ormi sozinho em meu quarto naquela noite — ou, melhor, fiquei sentado na poltrona de couro até ter os pensamentos tão torcidos e esfiapados quanto os pedaços de corda de Liza. O estado de espírito de Hannah dera uma repentina reviravolta para baixo naquele entardecer, em proporção inversa à intensa animação mais cedo pela manhã, e ela passou a noite no quarto da mãe. Ao fitar pela janela escura as luzes de pesca, eu a ouvia soluçar, ouvia Liza murmurar palavras tranquilizadoras. Nas primeiras horas da madrugada, levantei-me para preparar uma xícara de chá e encontrei Kathleen na cozinha, de camisola. Ela olhou-me e balançou a cabeça.

— É duro para ela — disse, e eu não soube à qual das duas se referia.

Dizem que a mãe é geneticamente programada para querer fazer parar o choro do bebê. Bem, naquela noite eu teria feito qualquer coisa para estancar as lágrimas de Hannah. Ouvia nelas cada centelha da perda que a menina sofrera, cada perda que a aguardava no futuro, e, embora não me considere muito emotivo, naquela noite senti-me arrasado. Qualquer pessoa que não se sentisse assim precisaria ter um coração de chumbo.

Acabei por adormecer quando já clareava e ela havia silenciado fazia várias horas. Mas eu sentia a fragilidade de seu sono, assim como sentia a presença de Liza mais adiante no corredor, e sabia que a cinco metros dali, atrás da porta de madeira caiada, ela também permanecia acordada.

Na manhã seguinte, quando Liza retornou de carro após deixar a filha na escola, eu a esperava no estacionamento. Ficara encostado na parede de trás do hotel, onde ninguém mais pudesse me ver.

— Ei, bonitão — ela chamou, ao entrar na vaga. Desprendia do sorriso o alívio de ver-me após o que parecia a separação de um dia. — Você é um colírio para os olhos.

Saltou do carro e fechou a porta atrás.

— Caminhe comigo — pedi.

Ela piscou e me olhou de maneira desconfiada.

— Que há de novo?

Nenhum de nós dois fizera um movimento em direção ao outro. Em geral, eu a teria nos braços a essa altura, não resistiria àquele breve momento de solidão e a puxaria para junto de mim, sentiria sua pele na minha.

— Mike?

Forcei o rosto a exibir a mais neutra expressão que me foi possível.

— Tenho uma novidade. — Endireitei os ombros. — Vou impedir a obra. Eu... eu falei com alguém por trás disso e acho que posso persuadi-los a construírem em outro lugar.

Ela ergueu a mão até a testa para enxergar melhor meu rosto. Tinha o seu marcado pela exaustão, olheiras profundas.

— Como?

— Acho que posso detê-la... sei que posso.

Liza franziu a testa.

— A obra vai simplesmente parar? Sem mais consultas públicas? Nada? Assim, de repente, sem mais nem menos?

Engoli em seco.

— Acho que sim.

— Mas... como?

Um sorriso esboçava-se em seus lábios, como se ela não ousasse dar-lhe plena vazão até ter certeza se o que eu dizia era verdade.

— Não quero que diga nada a ninguém até eu ter certeza. Vou voltar pra Londres.

— Londres?

O meio sorriso desapareceu.

— Assim você não precisa ir, Liza — respondi, devagar. — Não precisa ir a lugar algum.

Ela passou os olhos por mim, encarou fixamente os pés e depois desviou o olhar para o mar. Qualquer lugar, menos para mim.

— Você sabe que a construção desse hotel é apenas metade da história agora, Mike. Preciso de um passado limpo, um novo recomeço. Preciso parar de fugir.

— Então faça isso quando Hannah for mais velha. Vá às autoridades quando ela não precisar tanto de você. Dará no mesmo.

Liza ficou ali parada, e vi cada pensamento que me ocorrera atravessar-lhe o rosto, como nuvens atravessando o céu. A possibilidade de não ter de ir era além de qualquer alívio. Mas percebi que ela

# Baía da Esperança

ajustara a mente à ideia de partir e achava difícil voltar atrás. Por fim, encarou-me.

— Que está acontecendo, Mike?

— Vou garantir que você fique segura — respondi — e que Hannah possa crescer com a mãe.

Ela encarou-me por um longo tempo, questionando com os olhos. Então deve ter percebido que eu não sorria. Tendo em vista que conseguiria impedir a obra, eu deveria estar sorrindo. E soube o que ia perguntar-me em seguida.

— Você vai voltar? Quando fizer o que tem para fazer?

— É provável que não — respondi.

Era isso aí, abri o jogo.

— Achei que você queria... achei que quisesse ficar conosco.

Eu nada disse. Nada tinha a dizer mesmo.

— Você não respondeu a minha pergunta.

— Preciso que confie em mim.

— Mas você não vai voltar. Seja como for.

Fiz que não com a cabeça.

Eu a vi cerrar a mandíbula. Sabia que queria perguntar-me como eu podia fazer isso, quando lhe dissera que a amava. Sabia que tinha um milhão de perguntas, e não mais sabia a resposta à maior delas. Sabia que queria pedir-me para ficar. Porém, queria mais ficar com a filha.

— Por que você não confia em mim o bastante pra me contar? — perguntou.

Porque não posso permitir que escolha, respondi em silêncio. Mas posso carregar esse fardo por você.

— Sempre faz tantas perguntas? — perguntei, usando um tom de brincadeira.

Mas não ri. Adiantei-me e abracei-a, sentindo-a enrijecer nos meus braços, o coração afundou em meu peito.

Anoitece rapidamente em Baía da Esperança. E, como ocorre em qualquer **cida**de pequena, o fim do dia chega com um ritmó próprio: os pássaros declaram o fim do dia com fervor cada vez mais intenso, depois silenciam; os carros avançam aos poucos para as garagens; as crianças são chamadas para dentro de casa, correm para a mesa ou fazem corpo mole para o jantar; em algum lugar ao longe, um pequeno cachorro histérico late, chamando atenção para o fim do mundo. Em Baía da Esperança havia outras camadas de anoitecer: o ruído do bater de panelas que saía pela janela da cozinha aberta, o rangido de portas empenadas, o silvo de pneus na areia da estrada litorânea enquanto pescadores aprontavam os barcos, o grunhido e gritaria bem-humorados dos que os lançavam ao mar. E, em seguida, quando o sol afundava devagar por trás das colinas, o cintilante advento de luzes da baía, silêncio e uma ou outra iluminação distante de um petroleiro no horizonte, e então, afinal, o breu. Daquele tipo que se pode projetar quase qualquer coisa: o canto de uma baleia invisível, o batimento de um coração, a infinidade de um futuro indesejado.

Eu via tudo isso da poltrona de couro do meu quarto. E, em vista da monumental natureza do que aconteceria, minha conversa daquele dia foi quase anticlimática.

— Vanessa?

Ela atendera no segundo toque. Olhei pela janela e então, talvez com mais brusquidão do que pretendera, baixei a persiana.

— Mike... — Vanessa exalou um longo suspiro. — Eu não sabia quando você ia telefonar. — Parecia insegura de si mesma. Perguntei-me há quanto tempo esperava. Prometera ligar várias horas antes, mas ficara sentado no quarto, encarando o telefone, os dedos recusando-se a apertar os dígitos. — Mike?

— Você ainda me quer?

— Você me quer?

Fechei os olhos.

— Passamos por muita coisa juntos — eu disse. — Magoamos um ao outro. Mas estou disposto a tentar. Tentar de verdade.

Fiquei quase aliviado quando houve um momento de silêncio após minha fala.

— Quando é seu voo de volta pra casa?

# Vinte e Cinco

*Mônica*

NÃO CONTEI A MIKE O QUE PRETENDIA: temia que me dissesse para não fazê-lo, ele queria que eu fizesse apenas o que havíamos combinado e parasse de me preocupar com detalhes. Imaginei que estivesse monumentalmente puto comigo — deixava-me mensagens cada vez mais estridentes na secretária eletrônica, e toda vez que eu ligava o celular, havia uma ligação não atendida da Austrália. Na noite anterior, ele deve ter ligado uma centena de vezes, advertindo-me para que não falasse com ninguém antes de falar com ele.

Mas eu não podia retornar as ligações, pelo menos até parte daquilo fazer algum sentido. Não podia falar com ele até entender o que acontecia. Não sou a maior jornalista do mundo — nunca enganei a mim mesma acreditando que sou muito mais que uma amadora profissional —, mas consigo reconhecer quando alguma coisa soa estranho, e meu sangue fervia. Num aspecto, pelo menos, sou como meu irmão: vou fundo até o fim. Assim, no fim de semana de folga, rumei para Surrey, tomei um táxi da estação até o endereço que anotara num pedaço de papel, e pouco depois das dez parava diante de uma casa enorme em Virginia Water.

— Belo lugar — disse o motorista, olhando pelo vidro dianteiro, enquanto completava o recibo.

— É... estou à procura de locações para um filme pornô — expliquei. — Parece que esta casa é o lugar perfeito.

Ri quando ele se afastou. A namorada de Mike ia ficar me devendo essa.

Logo vi que não ia conseguir inspecionar a casa como planejara: era cercada por altas sebes, e tão distante da rua que eu chamaria atenção para mim mesma se subisse a longa alameda. Quisera dar uma olhada tranquila, talvez colher algumas dicas sobre os moradores, sua história, esclarecer o que tentava descobrir. Em vez disso, fiquei na entrada da alameda, escondida atrás de uma árvore, em frente ao portão de cinco barras, e esperei.

Era uma grande construção no estilo Tudor-elisabetano, com vitrais nas janelas, o tipo de casa à qual aspiram os contadores, imagino. (Talvez seja uma calúnia minha aos contadores e às casas estilo Tudor-elisabetano, de meados a fins do século dezenove — mas moro num apartamento de dois quartos em cima de uma lanchonete de hambúrgueres e, segundo meus amigos, tenho um gosto duvidoso.) Gramados e canteiros de flores muito bem cuidados, mesmo em outubro, o que indicava a vigilante atenção de um jardineiro. Cinco ou seis quartos, pensei, fitando-a do acostamento. Pelo menos três banheiros. Montes de tapetes e cortinas de alto valor. Viam-se um elegante Volvo estacionado na entrada da garagem e caros brinquedos recreativos de madeira no jardim. Tiritei de frio, apesar do grosso casaco que vestia. A casa desprendia algo gelado, apesar da riqueza, e não creio eu que estivesse fantasiando. Mike me contara o que se passara ali dentro, e não pude deixar de imaginar aquela jovem olhando a entrada de carros enquanto tramava a fuga.

Vários carros passaram, e os ocupantes viravam-se para me olhar. Não era o tipo de área onde as pessoas tendiam a passear, e por isso eu sobressaía como um polegar dolorido. Enquanto pensava aonde ir, avistei uma mulher cruzar uma janela no andar de cima: o vislumbre de um colete de lã, cabelos escuros curtos bem-arrumados. Na certa, a esposa do cara. Perguntei-me se ele lhe contara da vida anterior. Se também ela

*Baía da Esperança*

planejava fugir, ou se ele a tratava bem. Se aquele era um casamento de iguais. Então pensei no que Liza contara a meu irmão e perguntei-me se o amor o cegara para a possibilidade de ela estar mentindo. De que outra forma explicar tudo aquilo? De que outra forma explicar furos tão enormes no que ela descrevera?

Enquanto eu pensava no que fazer em seguida, uma menina de suéter azul e calça jeans contornou a lateral da casa. Talvez houvesse deixado a porta aberta; eu ouvia lá dentro apenas o vago murmúrio do rádio; depois o choro de um bebê, logo apaziguado. Ao recuar rapidamente, ela se encaminhou em minha direção, até o fim da alameda, e estendeu a mão para pegar a correspondência da caixa do correio. Saí de trás da árvore, tentando parecer que acabara de passar.

— Olá. O Sr. Villiers está? — perguntei.

Minha respiração deixava nuvenzinhas de vapor no ar.

— Se é assunto comunitário — ela respondeu —, ele atende às sextas-feiras.

— Sextas-feiras?

A menina assentiu com a cabeça.

— No escritório dele me disseram que ele devia estar trabalhando em casa hoje.

Não sei por que menti. Achei que talvez se conseguisse mantê-la mais algum tempo ali poderia descobrir um pouco mais sobre ele.

— Está em Londres — ela disse. — Está sempre em Londres nas noites de quinta-feira.

— Ah. Devo ter entendido errado. Continua no banco, certo?

— Continua.

— Eu o vi no jornal. Homem muito importante, não é?

Ela retirou as cartas da caixa e passou os olhos por elas. Depois me olhou.

— Posso dar o número do telefone, se você quiser.

Dei uma olhada na minha agenda.

— Eu tenho, mas obrigada.

Podia pedir para entrar, pensei. Mas não saberia o que dizer à esposa. Não bolara uma história previamente, e até saber como me apresentar, não faria o menor sentido. *Olá, Sra. Villiers. Sou jornalista. Pode me dizer se seu marido — o aspirante a político, o pilar da comunidade — é, na verdade, um sociopata que bate em mulher? É um monstro ameaçador, um controlador, infiel, em parte responsável pela morte da própria filha? Lindas cortinas, aliás.*

— Darei uma ligada para o escritório dele. Obrigada.

Sorri, de maneira simpática, profissional, como se não tivesse a menor importância.

Iria até o centro e tomaria um café. Depois poderia voltar, tão logo tivesse elaborado a melhor forma de agir. Talvez a esposa *fosse* a melhor fonte de informação. Talvez eu pudesse fingir que era uma redatora da coluna social local, ávida por escrever uma matéria sobre a família Villiers. Se conseguisse falar com ela sozinha durante uma xícara de chá, sabe lá Deus o que ela talvez admitisse.

— Tchau, então.

— Tchau.

A menina ficou ali parada, na verdade sem me prestar a menor atenção, e puxou os cabelos para trás. Então, quando começou a retornar devagar para a casa, notei que mancava. E uma coisa esquisita invadiu-me o coração.

Já ouvira esta expressão antes: meu mundo desabou. Deteste clichês. Em minhas matérias, sempre me esforcei muito para afastar-me dos lugares-comuns. Mas foi a única frase que me ecoou na cabeça.

Pus a bolsa ao lado na calçada e fiquei imóvel, olhando-a se afastar.

— Com licença! — gritei, sem me importar com quem me ouvia. — Com licença!

Gritei até ela dar meia-volta e encaminhar-se lentamente em minha direção.

— Como? — perguntou a garota, a cabeça inclinada para um lado.

Foi então que vi. E, por um momento, tudo parou.

— Como... como você se chama? — perguntei.

# Vinte e Seis

*Kathleen*

EU PREPARAVA O ALMOÇO PARA HANNAH quando ouvi a porta bater. Não é um fato incomum nesta casa, quando se têm uma cachorra, uma pré-adolescente e hóspedes que chegam entulhados de malas ou fogem do vento do mar para o ambiente interno. Mas a ferocidade com que a antiga porta atingiu a moldura, e depois o agitado pisotear de Mike — não era um homem pequeno — pulando vários degraus de uma vez, me fez praguejar baixinho. Os pés dele pareciam o martelar de um aríete. Quando entrou no quarto, deve ter deixado a janela aberta, porque a porta também bateu com um estrondo atrás, disparando um tremor pela casa.

— Não carecemos de demolição por ora — berrei para o teto e enxuguei as mãos no avental. — Se atravessar as ripas do assoalho, vai ter que pagar por elas!

Tínhamos o rádio ligado, por isso a princípio não distingui o que ele berrava, mas nós duas paramos diante da comoção no quarto dele.

— Acha que está tendo outra briga com alguém? — quis saber Hannah.

— Continue o dever de casa, senhorita — respondi.

Mas desliguei o rádio.

Trata-se de uma casa velha, de madeira, pode-se dizer que caindo aos pedaços em alguns lugares, assim, da cozinha, ouve-se muito do movimento no andar de cima, e quando Mike se lançou quarto adentro e arrastou a cadeira para trás da escrivaninha, fui levada a observar que o homem estava esquentado.

— Talvez ele tenha sido mordido por uma aranha venenosa — ela disse, de repente interessada.

— Mônica? — ele berrava ao telefone. — Mande já. Mande *já*.

Hannah e eu trocamos um olhar.

— É a irmã dele — ela disse em voz baixa.

Pensei: é a jornalista, e meu ânimo pacífico dissolveu-se.

Eu estava preparando uma omelete de queijo, e batia os ovos intensamente, na tentativa de perder o sombrio fio do pensamento em afazeres domésticos. Desde que Liza me contara seus planos, nunca cozinhei tanto, nem o hotel ficou tão limpo. Era uma pena não haver outros hóspedes — teriam recebido um raro serviço cinco estrelas. Baixei a cabeça e bati até deixar o pensamento voar, e os ovos ficaram tão leves que pareciam prontos para sair também voando da tigela. Passaram-se vários minutos até eu notar que, desde a gritaria de Mike, não se ouvia barulho algum no andar de cima. Nem o habitual ruído dos pés quando se movia da escrivaninha para a poltrona de couro, ou o rangido quando ele se deitava na cama.

Mais uma vez, Hannah concentrou-se no livro de exercícios, porém se desprendia algo do silêncio que me deixou curiosa.

Tirei a frigideira do fogo e fui até a porta.

— Mike? — gritei para o segundo andar. — Tudo bem? — Nada. — Mike? — chamei de novo, segurando o corrimão e subindo um degrau.

— Kathleen — ele disse, com a voz trêmula. — Acho melhor você vir até aqui em cima.

$Q$uando entrei no quarto, ele pediu que me sentasse na cama. Na verdade, estava tão pálido, tão estranho, que levei alguns segundos para concordar. Adiantou-se e agachou-se diante de mim, como alguém

# Baía da Esperança

prestes a pedir a mão da outra em casamento. Então proferiu aquelas duas palavrinhas, e, ao ouvi-las em voz alta, senti a cor esvair-se de meu rosto. Depois ele me disse ter temido que eu sofresse um derrame como Nino Gaines.

Era um tolo, pensei, com a parte da mente ainda capaz de funcionar. Ou louco. Vínhamos abrigando um louco o tempo todo.

— Que diabos você está dizendo? — perguntei, quando me retornou a voz. — Que tipo de piada é esta?

De repente, eu me senti furiosa com ele, que brandiu uma mão para mim, mandando-me calar, com uma rudeza atípica, e esperar enquanto abria o computador.

Levantou-se e, quando comecei a protestar, baixou uma série de mensagens. Então, enquanto me perguntava se devia ir embora dali, uma caixinha abriu-se na tela e lá estava ela. Inacreditável. Em cores. Encarando-nos com uma desconfiada incompreensão que refletia a minha. E minhas mãos começaram a tremer.

— Esta é a foto que Mônica fez hoje. Parece com ela, certo?

Escancarei a boca e colei a mão no peito. Não conseguia desgrudar os olhos daquele rosto. E então, em frases entrecortadas, ele me disse o que a irmã lhe contara.

— Hannah — coaxei. — Você tem de buscar Hannah.

Mas minha sobrinha-neta deve ter ficado curiosa sobre o que acontecia no andar de cima, pois, quando afastei o olhar da tela, já se achava no vão da porta, a caneta ainda na mão. Passou os olhos de mim para Mike e vice-versa.

— Hannah, querida — eu disse, erguendo a mão trêmula para o computador. — Preciso que veja uma coisa. Preciso que me diga se esta... esta se parece com...

— *Letty*. — Ela aproximou-se da tela, ergueu um dedo e desenhou o nariz da irmã. — *Letty*.

— Ela está viva, querida — eu disse, quando as lágrimas afloraram. Não pude falar por vários minutos e senti a mão de Mike no meu ombro. — Deus nos abençoou, ela está viva.

E temi por Hannah, temi que estivesse ainda mais chocada e descrente que eu. Minhas ideias entraram num turbilhão, o coração entorpecido com a visão daquela criança que eu jamais conhecera, mas cuja vida e morte haviam pairado sobre aquela casa com a mesma certeza como se ela fosse minha. Como diabos podíamos esperar que Hannah enfrentasse isso?

Mas ela era a única que não chorava.

— Eu sabia — disse, e um enorme sorriso destacou-se no rosto. — Eu sabia que ela não podia estar morta, como as criaturas do mar. Ela nunca *pareceu* morta.

Virou-se de novo para a tela e desenhou mais uma vez a imagem. As duas eram tão parecidas quanto se ela se olhasse num espelho. Difícil acreditar agora que eu tivesse duvidado.

Mike fora até a janela. Massageava a nuca.

— Aqueles canalhas — dizia, esquecendo a presença da menina. — Como puderam esconder a verdade dela por todos esses anos? Como puderam fazer isso? Como puderam fazer isso com a *criança*?

A imensidão desta traição me atingiu também, e a linguagem que me saiu da boca eu não ouvia desde que era garçonete na época da guerra.

— Aquele safado! Aquele velhaco covarde, filho de um cão raivoso comedor de rato! Aquele...

— Tubarão? — sugeriu Mike, erguendo uma sobrancelha.

— Tubarão — confirmei, olhando para Hannah. — É, tubarão. Com certeza, eu gostaria de extirpá-lo como um.

— Eu preferia fuzilá-lo — disse Mike.

— Fuzilar é bom demais para ele.

Veio-me uma repentina imagem do velho Harry, meu disparador de arpão, emoldurado na parede do Museu dos Caçadores de Baleias, e ocorreu-me uma ideia que teria chocado àqueles que me conheciam. Sabia que a mente de Mike tomava o mesmo caminho. Então, Hannah tornou a falar:

— Eu ainda tenho uma irmã — anunciou, e o simples deleite na voz deteve-nos. — Veja! Eu tenho uma irmã.

E quando encostou o rosto ao lado da imagem, para ambos assimilarmos a realidade da declaração, Mike e eu nos viramos um para o outro.

— Liza — dissemos em uníssono.


ão sabíamos como contar-lhe. Não sabíamos como dar-lhe essa notícia. Ela saíra de barco para o mar e a informação era grande demais, chocante demais, para ser transmitida pelo rádio. Não pudemos, porém, esperar sua volta. No fim, tomamos emprestada a lancha de Sam Grady. Com Mike e Hannah na proa, e eu no leme, saímos baía afora até a Ilha do Nariz Quebrado. A brisa era leve, os mares, calmos, e ao fim de alguns minutos fomos acompanhados por bandos de golfinhos, os alegres corpos arqueados ecoando o estado de ânimo no barco. Enquanto saltávamos sobre as ondas, Hannah debruçou-se sobre a borda e contou-lhes.

— Eles sabem! — exclamou, rindo. — Vieram porque sabem!

Por pouco não a mandei endireitar-se. Mas quem era eu para dizer como funcionava a vida? Quem era eu para dizer que aquelas criaturas não sabiam mais que eu? Sentia naquele momento que nada mais me surpreenderia.

E á estava ela, voltando, em pé diante do leme, com Milly ao lado, já antecipando, ansiosa, a chegada à praia. Tinha o barco cheio, a maioria de Taiwan. Os turistas debruçaram-se nas grades da borda, curiosos para saber por que nos aproximávamos, alguns ainda agarrados às câmeras, depois clicando enlouquecidos ao verem os golfinhos em nossa esteira.

Quando ela nos viu e veio em nossa direção, tinha o sol por trás e os cabelos pareciam em chamas.

— Que foi que houve? — berrou, ao pararmos ao lado.

Esqueceu de enfurecer-se por Hannah estar sem colete salva-vidas: quando nos viu apertados no pequeno barco, soube que não poderíamos ter ido até ali por um motivo banal.

Olhei para Mike, que me assentiu com a cabeça, e comecei a gritar, mas antes mesmo de dizer as palavras, as lágrimas já escorriam-me pelo rosto. A voz falhou-me. Após várias tentativas, ele ofereceu-me o lenço, antes de eu me fazer ouvir.

— Ela está viva, Liza. Letty está viva. — Liza olhou de mim para Mike e de novo para mim. Acima, duas gaivotas rodopiavam e grasnavam, imitando o que eu dissera. — É verdade! Letty está viva! A irmã de Mike a viu. Está viva mesmo, falo sério.

Brandi a foto que Mike imprimira, mas a brisa a fez balançar em minha mão, e Liza estava longe demais para vê-la.

— Por que me diz isso? — perguntou, a voz falhando de dor. Olhou os passageiros atrás, que observavam atentamente a cena. A cor esvaíra-se de seu rosto. — Que quer dizer?

Lutando para manter o equilíbrio, desenrolei a foto e segurei-a com as mãos acima da cabeça, como uma bandeira.

— Veja! — gritei. — Veja! Eles mentiram pra você! Os canalhas mentiram pra você! Ela nunca morreu no acidente de carro. Letty está viva, e vai voltar pra casa.

Os turistas calaram-se, e alguns dos de Taiwan, talvez percebendo a grandiosidade da ocasião, deram início a uma espontânea saraivada de aplausos. Esperamos embaixo, os rostos vívidos de alegria e expectativa, e então, quando as gaivotas alçaram voo em algum caminho predeterminado, Liza ergueu brevemente o rosto para o céu e desmaiou.

Mike disse que nunca se dera conta do quanto amava a irmã até aquele dia. Numa conversa ao telefone de três horas, com Liza sentada colada nele, ainda pálida do choque, Mônica contou que marcara um encontro com Steven Villiers no seu escritório e, uma vez lá, xícara de chá na mão, dissera-lhe que estava apurando uma matéria sobre um

*Baía da Esperança* 365

respeitável advogado, que contara à namorada que a filha morrera, a fim de separá-las. Um advogado que violentava sistematicamente a namorada até ela planejar uma fuga por temer pela própria vida. Uma namorada que guardara fotografias dos ferimentos infligidos por ele e constatados por um médico. Tudo bem, Mônica mentira sobre essa última parte, mas disse que o sangue lhe fervia àquela altura e só queria ter certeza de que ganharia. Gostei da atitude de Mônica Dormer.

O chocante foi a facilidade com que o tal do Villiers desmoronou. Ficou muito calado, depois disse:

— Que é que você quer?

O cara era casado, entenda, tinha dois filhos pequenos, e quando Mônica lhe dissera que Letty iria saber, de um jeito ou de outro, ela achara, pela voz de Villiers, que se tratava de uma conversa na certa esperada havia algum tempo. Fizeram um trato: devolver a criança à mãe, e aquilo permaneceria um assunto de família. Ele concordou um pouco rápido demais; ela ficou com a impressão de que ele não tinha a mais feliz das famílias.

Esta é a melhor parte. O homem soubera onde Liza estava durante todos aqueles anos — pelos contatos na polícia, era provável, ou algum tipo de investigador particular. A ironia é que a desejara longe dele tanto quanto ela. Disse que a mãe informara a Liza da morte da filha, em parte porque àquela altura julgavam poder ser verdade, e em parte por maldade. Então, quando descobriram que ela sumira, haviam decidido que talvez fosse útil deixá-la acreditar nisso, pois seria uma forma fácil de tê-la fora da vida deles. Era uma pessoa descontrolada, uma ameaça à carreira e futuro dele, um obstáculo à sua felicidade com a elegante Deborah. E conseguiram o que queriam. Villiers teve o decoro, contou Mônica, de parecer um pouco envergonhado. Desejava poder visitar a filha, disse, o tipo de homem que pelo menos quer comportar-se como ainda no controle da situação, e a irmã de Mike respondeu-lhe que poderia visitá-la — desde que a menina quisesse.

Então, acompanhados por um advogado e com uma psicóloga infantil (Mônica ficou um pouco receosa então, pois ela própria jamais lidara com uma criança), foram até a casa dizer a Letty que ela ia sair de férias. Foi rápido. Receamos depois que tenha sido rápido demais, em vista do choque que sentiu a menina ao saber que a mãe não a abandonara, afinal. Porém, por mais que a irmã soasse segura, temera que Villiers mudasse de ideia.

Eram muitas as mentiras, muitos os segredos, em que Letty teria de aprender a desacreditar. Mônica disse que a menina era brilhante, queria saber tudo. Já era noite lá e deixavam-na dormir, mas, pela manhã, noite para nós, a irmã de Mike nos telefonaria e, após cinco anos, Liza poderia falar com a filha. A caçula, a filha bebê, ressuscitada dos mortos.

*V*i a luz acesa no Museu dos Caçadores de Baleias quando levei Milly para o último passeio da noite, e imaginei muito rápido quem poderia ser. Não me dou o trabalho de trancá-lo metade do tempo — não tem nada de valor monetário ali para roubar, e Milly nos avisaria se estranhos rumassem naquela direção quando não deviam.

No andar de cima, Liza e Hannah davam o telefonema e precisavam ficar a sós, assim, peguei duas cervejas e fui até lá. Ele na certa se sentia como eu, uma carta fora do baralho. Era o momento de mãe e filha. Estávamos felizes por elas, até cheios de alegria mas, por ainda não conhecermos Letty, só nos restava sentir uma fração do que elas sentiam. Permanecer naquela casa enquanto se desenrolava a conversa no andar de cima pareceu uma intrusão, como escutar o caso de amor de alguém.

Além disso, fiquei curiosa sobre o que Liza me dissera na véspera, antes de todo o seu mundo ter dado essa reviravolta — sobre a possibilidade de a obra não ir adiante. Nada era certo, explicou, e ela não devia contar a ninguém até confirmar-se. Mas dependia de Mike, e então, a expressão sombria, disse que ele iria embora para sempre no dia seguinte, e em seguida mal falou coisa alguma.

Mike não me ouviu a princípio. Sentado numa das madeiras podres do *Maui II*, apoiava uma das mãos no barco, os ombros curvados, como se carregasse um grande peso. Em vista do que alcançara, parecia uma estranha postura.

Milly disparou na minha frente, saracoteando em direção a ele, que ergueu os olhos.

— Oh. Oi — disse.

Como estava sob as lâmpadas, estas lhe projetavam longas sombras no rosto.

— Achei que talvez fosse gostar disto.

Entreguei-lhe uma cerveja. Quando ele a pegou, sentei-me na cadeira a poucos metros e abri outra para mim.

— Igual a você não tem igual.

— Hoje não foi um dia qualquer — respondi.

Ficamos ali sentados e bebemos em amigável silêncio. As portas do celeiro estavam abertas, e através delas, na quase escuridão, víamos o litoral, os distantes faróis de carros, os barcos dos pescadores que se preparavam para o trabalho noturno. A tranquila monotonia do cotidiano da vida de Baía da Esperança, como acontecia por quase meio século. Eu ainda não acreditava no que me haviam dito — que era possível Mike estar prestes a nos deixar para sempre. Não podia acreditar que fossem nos permitir ficar tranquilos por mais algum tempo.

— Obrigada — disse, em voz baixa. — Obrigada, Mike. — Ele ergueu os olhos da cerveja. — Por tudo. Não entendo como você fez tudo isso, mas obrigada.

Ele deixou mais uma vez cair a cabeça, e vi que havia algum problema. A expressão sombria e contemplativa no rosto sugeria que não saíra apenas para dar espaço a Liza: saíra porque precisava ficar a sós.

Continuei sentada e esperei. Já ando por este mundo há tempo suficiente para saber que a gente pesca muito mais peixe se ficar imóvel e calada.

— Não quero ir embora — ele disse —, mas é a única forma de deter a construção do hotel.

— Não sei se entendo...

— Havia uma chance... e não pude partilhá-la com Liza. Ela já tinha muitas decisões difíceis a tomar. — Ele se continha tanto que juro que mal podia se mover. — Quero que saiba o seguinte, Kathleen. Não importa o que você ouça falar de mim no futuro, é importante que ela saiba que foi amada. — Os olhos dele ardiam nos meus, com uma intensidade que me deixou meio sem jeito. — Não quero que pense mal de mim — continuou, engasgando —, mas fiz uma promessa...

— Não pode mesmo me contar do que se trata?

Ele fez que não com a cabeça.

Eu não quis insistir. Chame-me de antiquada, mas acho que um homem sofre mal-estar físico quando a gente o faz falar demais sobre o que sente.

— Mike — eu disse, afinal —, você salvou Liza. Salvou minhas duas meninas. É tudo que preciso saber.

— Ela vai ficar feliz, certo?

Não me olhava agora. Tive um mau pressentimento sobre o que aquilo podia significar.

— Ela vai ficar bem. Terá as meninas.

Mike levantou-se e contornou a sala devagar, de costas para mim. Percebi então como me entristecia o fato de ele ir embora. Fossem quais fossem os erros que cometera contra nós, sem dúvida acertara muito mais. Não sou uma romântica incorrigível — sabe Deus, Nino Gaines que o diga —, mas em relação a ele e Liza eu tivera esperanças de um final feliz. Sabia agora que era um ser humano decente, e há muito poucos assim por aí. Gostaria de dizer-lhe isso, mas não sei quem ficaria mais sem graça.

Mike parou diante de meu retrato de Lady Tubarão. Quando senti que talvez ficasse um pouco mais à vontade com a proximidade, levantei-me da cadeira e fui juntar-me a ele.

Ainda na moldura original, tingida de sépia e amarelada pela velhice. Ainda ladeada pelo meu pai, o Sr. Brent Newhaven e os invisíveis arames. Lá estava eu, sorrindo para a câmera, meu retrato aos dezessete anos, de maiô, preparando-se para me perseguir pelo resto dos meus dias.

# Baía da Esperança

Inspirei fundo.

— Vou lhe contar um segredo — disse. — Eu nunca fisguei aquele bendito tubarão. — Isso o pegou. Ele encarou-me. — Não. Foi o sócio do meu pai. Ele disse que ficaria melhor para o hotel, nos daria mais publicidade, se tivesse sido eu. — Tomei outro gole de cerveja. — Detestei mentir. Ainda detesto. Mas entendo uma coisa agora. Se isso não tivesse acontecido, este hotel não teria sobrevivido aos primeiros cinco anos.

— Ou poderia ter se tornado um prédio de seis andares nos últimos vinte — disse Mike, secamente.

Virei a foto para a parede.

— Às vezes — comentei —, uma mentira é a saída para causar o mínimo de dor a todos.

Pus a mão no braço de Mike Dormer, e esperei até ele sentir-se em condições de olhar-me de novo. Indicou a porta com a cabeça, como se devêssemos ir embora, e olhamos o alto da casa, onde a luz do quarto de Liza continuava a brilhar no escuro.

— Sabe de uma coisa? Nunca vi um tubarão-tigre nesta baía. Nunca — declarei, saindo para a noite.

— Greg viu — ele disse, quando ia fechar as portas atrás de nós.

— Você não está prestando atenção — disse Lady Tubarão.

# Vinte e Sete

*Mike*

EU TINHA DUAS MALAS, uma era a metade do tamanho da outra, e com um espaço vazio tão grande que quase se podia encaixar a menor dentro da maior. Aquele espaço parecia repercutir meu estado mental. Seria o único passageiro, pensei, que corria o risco de ser penalizado por utilizar menos do peso permitido para bagagem. De alguma maneira, durante o tempo que passei ali, desfizera-me do guarda-roupa, de modo que só usava agora, dia após dia, uma das duas calças jeans, talvez uma camiseta e calções quando fazia um dia quente de verdade. Não muita coisa a mostrar por um período tão sísmico em minha vida, concluí ao pô-las em cima da cama. Imaginei que podia comprar uma mala inteira de coisas no duty-free para meus pais.

Não ia levar o impermeável: de algum modo estava muito ligado à minha permanência ali e eu não queria olhá-lo pendurado no ambiente errado. Não ia levar os ternos, que dera ao bazar beneficente de Baía da Esperança. Não pus na mala a camiseta que usava quando Liza entrou pela primeira vez na minha cama, nem o suéter que lhe emprestara na noite em que ficamos até às duas da manhã a sós no lado de fora; em segredo eu alimentava a esperança de ela talvez querer guardá-los. Não ia levar o laptop: deixara-o na sala de estar para Hannah, sabendo que seria muito mais útil para ela. Além disso, talvez fosse apenas uma questão de horas até Letty retornar ao encontro delas, mas eu não suportava separar Hannah e Liza daquela imagem pixelada. Talvez pareça estranho, mas seria como separá-las de novo. As duas ficaram sentadas diante da foto durante horas, conversaram, compararam os rostos de Letty e Hannah, pensando nas inúmeras formas em que haviam mudado e nas semelhanças que mantiveram.

Liza saíra para o mar no *Ishmael* — a última viagem antes de também elas partirem para o aeroporto. Eu mal a vira desde o dia anterior, e perguntava-me se uma discreta saída sem despedidas talvez não fosse a melhor coisa para nós dois. Disse a mim mesmo que estariam ocupadas: nessa tarde iam terminar de arrumar o quarto de Letty. Hannah recebera permissão para não ir à escola, e elas haviam passado a noite anterior pintando as paredes e pendurando novas cortinas, encheram o quarto com o tipo de coisas que uma menina de dez anos poderia gostar e arrumaram os golfinhos de Letty. Hannah encontrava-se lá em cima agora, a música num volume altíssimo, afixando cartazes que logo arrancaria num ataque de indecisão.

— Acha que na Inglaterra eles ouvem esta banda? Do que as meninas inglesas gostam? — perguntava-me, ansiosa, como se fosse provável eu ter a mínima ideia.

Como se fosse provável fazer alguma diferença.

Eu observava tudo isso de certa distância, meio afastado da felicidade delas, consumido demais pela perspectiva de minha própria perda. Talvez sentissem um pouco a minha falta, mas tinham um prêmio muito maior a contemplar, e toda uma nova vida adiante. Apenas eu tinha chance de derramar lágrimas à noite. Olhava pela janela a pequena baía, as montanhas distantes e os telhados dispersos de Baía da Esperança. Ouvia o canto dos pássaros, os motores longínquos, a martelação da música de Hannah e sentia-me como arrancado do meu lar. Para que ia voltar? Para uma mulher a quem não sabia se podia amar, numa cidade que agora me sufocava.

Pensei em ter de juntar os pedaços de minha antiga vida, revisitar os antes familiares bares e restaurantes com os típicos cidadãos de Londres, abrir caminho a custo pelas ruas abarrotadas de gente, ajustar-me com esforço a um novo emprego, num anônimo prédio de escritórios. Pensei em Dennis, que, sem dúvida, me convenceria a retornar — e qual seria a alternativa? Então me imaginei preso num vagão do metrô, num novo terno, fechando os olhos para imaginar Hannah a varar a praia com Milly nos calcanhares. Pensei no sorriso de Vanessa, nos perfumes e sapatos de salto alto, em nosso elegante apartamento, meu carro esporte, nossa antiga vida, e soube, com uma sensação angustiante, que isso nada significava. Queria ficar aqui. Cada último átomo de mim queria ficar aqui.

O pior de tudo era que ainda gostava de Vanessa. Ainda me preocupava com a felicidade dela. E com minha própria integridade. Por esses motivos apenas era importante que, se ela cumprisse a promessa, eu também cumprisse a minha.

Eram essas as palavras que repetiria para mim mesmo em silêncio várias centenas de vezes por dia. Então nos meses seguintes me visualizaria deitado na cama acordado com o rosto de Liza na mente, aquele sorriso intermitente, o olhar de lado de quem sabe das coisas, a perseguir-me. Imaginaria enterrar o rosto na única camiseta que talvez ainda conservasse o perfume dela. Faria amor com alguém cujo corpo não se encaixava instintivamente no meu.

Sem essa, disse severo a mim mesmo, ao me dirigir ágil ao carro alugado para levá-lo até a frente do hotel. Liza tinha as duas meninas, e eu, em breve, iria garantir-lhes o futuro. Dois em três era um belo placar para qualquer um. Dei marcha à ré até a entrada e fiquei encarando o para-brisa. Dominara afinal a estranha alavanca de marcha e, ao desligar o motor, esse pequeno fato me irritou mais que qualquer outra coisa.

Meu voo só sairia na manhã seguinte, mas ali parado, cada vez mais afundado pelos pensamentos, decidi que precisava partir já. Iria de carro até a cidade e reservaria um quarto de hotel para a noite. Se me demorasse mais uma hora, essa decisão poderia dissolver-se. Isso significava que não iria encontrar minha irmã nem testemunhar o reencontro, mas Mônica entenderia. Se permanecesse até a manhã seguinte, se cometesse a tolice de convencer-me por cinco minutos de que fazia parte daquela nova família, talvez não conseguisse cumprir o que prometera.

# Baía da Esperança

Saltei do carro e virei-me para a estrada ao ouvir um conhecido chiado de pneus. A camionete de Greg derrapou na entrada da garagem e sacudiu-se ao parar, o para-lama a poucos centímetros do meu, boias e redes de pesca colidindo ruidosas contra a traseira do veículo alugado.

Ele desceu e baixou a aba do boné sobre os olhos.

— Soube da notícia sobre a menina. Inacreditável. Ina*creditável.*

— As notícias correm depressa — respondi.

Mas não passou de uma fala superficial — Hannah correra até o quebra-mar na noite anterior para contar a cada um dos caçadores de baleias. Eles não conheciam todas as circunstâncias, mas souberam que Liza tinha uma filha na Inglaterra que lhe seria devolvida, e eram astutos o suficiente para não buscar nada além do que lhe haviam contado. Pelo menos de forma óbvia.

— Ela chega amanhã à noite, não é? — Assenti com a cabeça. Greg tirou um maço de cigarros do bolso e acendeu um. — Bom trabalho, camarada. Não posso fingir que gosto de você, mas, Deus do céu, eu não posso brigar com alguém que traz crianças de volta do mundo dos mortos, hein?

Deu uma profunda tragada. Encaramos os dois por um instante o Cais da Baleia, onde apenas o barco dele permanecia.

— Obrigado — acabei por agradecer.

— Por nada.

Atrás de nós, no hotel, o telefone tocou. Na certa, algum futuro hóspede. Não seria Mônica — ainda estaria no ar por várias horas. Kathleen oferecera hospedá-la pelo tempo que ela quisesse ficar. Era o mínimo que podia fazer, disse, com um sorriso radiante, e senti de repente inveja de minha irmã. Na noite seguinte, ela estaria dormindo no que eu agora considerava meu quarto. Baía da Esperança ia logo ser relegada à lembrança. Um estranho e pequeno período em minha vida que eu lembraria com melancolia, uma série de pequenas hipóteses que eu não me permitiria examinar com muita atenção.

Pensar em minha irmã fez-me lembrar as malas e entrei para pegá-las. Quando as trouxe para fora, Greg continuava encostado na camionete. Baixou os olhos para a bagagem e depois os ergueu para mim.

— Vai a algum lugar?

— Londres — respondi, pondo-as no bagageiro do carro aberto. Fechei-o com uma pancada.

— Londres, Inglaterra?

Não me dei o trabalho de responder.

— Fica por muito tempo?

Tive vontade de mentir-lhe — mas qual teria sido o sentido? Ele logo saberia.

— É.

Uma ligeira pausa, alguns cálculos.

— Não vai voltar?

— Não.

O rosto dele iluminou-se. Era transparente como uma criança.

— Não vai voltar. Bem, ora, que pena. Pra você, quer dizer. — Ouvi-o sorver outra tragada do cigarro e percebi o sorriso na voz quando disse: — Sempre achei que você era um cara esquisito, colega, e agora sei que acertei.

— Grande psicólogo — respondi, cerrando a mandíbula.

Gostaria que ele se mandasse.

— Abandonar todos nós, é? Sei que tomou a decisão certa. Melhor ficar onde se encaixa, não é? E tenho certeza de que Liza vai superar. Suponho que ela terá uma nova personalidade agora. Muito mais feliz. E, bem, não precisa se preocupar... cuidarei pra que ela receba suficiente... atenção.

Ergueu uma sobrancelha para mim, o deleite estampado no rosto todo. Se não houvesse a possibilidade de Hannah talvez estar nos observando, eu lhe teria enfiado um soco naquela cara idiota. Sabia que ele meio que queria isso. Andava louco por uma briga comigo durante semanas.

— Se não me falha a memória, Greg, não era em você que ela estava interessada.

Ele deu a última tragada e atirou o cigarro na areia.

— Colega, minha história com Liza é muito antiga. Sou o cara. Pelo que sei, você não passou de uma distração. — Ergueu o indicador e o polegar separados por um centímetro. — Um pontinho de luz no velho radar.

# Baía da Esperança

Por um minuto não começamos a brigar. Foi muito bom Kathleen ter surgido da casa.

— Mike! — ela gritou, a voz indignada. — Que faz aí com essas malas? Achei que só ia partir amanhã.

Despreguei o olhar de Greg e fui em direção a ela.

— Estou... esperando um telefonema. Depois, acho que vou embora.

Ela encarou-me. Depois a Greg.

— Não olhe pra mim — ele disse, rindo. — Dei o melhor de mim pra dizer apenas o quanto ele queria.

— Quer entrar por um minuto? — pediu-me Kathleen.

— Não se preocupe comigo. — Greg encolheu os ombros.

— Até hoje não me preocupei.

Segui-a até a sala da frente.

— Você não pode partir agora — disse, as mãos nos quadris. — Não verá Letty. Não se despediu de ninguém. Droga, eu ia lhe oferecer uma pequena festa esta noite.

— É muita bondade sua mesmo, Kathleen, mas acho melhor partir agora.

— Não vai nem esperar Liza voltar? Despedir-se dela?

— Melhor não.

Ela encarou-me, e eu não soube se via compaixão ou frustração em seu rosto.

— Não pode mesmo esperar? Só até depois do almoço?

Eu tentava pensar com clareza acima das duas caixas de som de Hannah bombeando música de discoteca no segundo andar, o coração ainda martelando com adrenalina. A ouvia cantar, a vozinha aguda ofegante e meio desafinada.

— Obrigado por tudo, Kathleen — disse. — Se houver algum telefonema para mim esta tarde, poderia dar o número do meu celular? Ligarei pra você assim que tiver notícias sobre a construção do hotel.

Ela olhou-me a mão, depois o rosto. Achei difícil retribuir o olhar. Então me abraçou, os braços envelhecidos surpreendentemente fortes quando me puxaram para junto de si.

— Você me liga. Não precisa desaparecer assim. Não só pra dar notícias do bendito hotel. Apenas me ligue.

Saí da sala, do hotel, e entrei no carro antes que a voz dela me fizesse mudar de ideia.

Tive de dirigir devagar pela estrada litorânea, não porque a superfície fosse esburacada e irregular, mas porque me parecia ter alguma coisa nos olhos, e eu não conseguia enxergar direito. Quando cheguei ao Cais da Baleia, parei para enxugá-los e me vi esperando na esperança de avistar o *Ishmael* contornar o pontal e entrar na baía, para uma última vez ver a esguia silhueta, os cabelos esvoaçantes sob o boné, com Milly, ao leme. Apenas uma última olhada, antes de minha vida continuar seu próprio curso no outro lado do mundo.

Mas via apenas a água cintilante, as cordas de boias que demarcavam os canais de navegação e, no outro lado, as colinas de pinheiros que se estendiam pelo céu acima.

Não conseguia pensar no que ela diria quando retornasse e visse que eu me fora. Não tive sequer condições de escrever-lhe uma carta: se eu lhe explicasse o que sentia significaria dizer-lhe a verdade, e não podia fazer isso. Você agiu certo, disse a mim mesmo, retomando a estrada litorânea. Pelo menos uma vez na vida, você fez uma coisa boa.

Agira corretamente tão raras vezes na vida que não sabia se a terrível sensação de pavor que eu sentia era a emoção certa para levar aquilo adiante.

Já seguia pela estrada havia quase vinte minutos quando meu celular tocou. Parei no acostamento e vasculhei o bolso do paletó.

— Mike? Paul Reilly. Venho lhe dar boas notícias. Achei que você devia ser o primeiro a saber que a obra não vai seguir em frente.

Ela cumprira a promessa. Exalei um longo suspiro, sem saber se de alívio por Vanessa ter feito o que dissera ou resignação por eu precisar cumprir meu lado do trato.

# Baía da Esperança

— Bem — respondi, quando passou um caminhão rugindo e fez meu carro tremer. — Sei que não concordamos nisso, mas fico feliz. Bundaberg é de fato a melhor opção.

— Não consigo ver assim. Achei que o projeto hoteleiro teria sido um verdadeiro patrimônio para esta área.

— Vocês têm uma coisa rara aqui, Sr. Reilly. Em algum momento o senhor e a outra metade de Baía da Esperança vão compreender.

— Muito incomum pisarem no freio tão próximo da construção. Quer dizer, eles pretendiam deitar as fundações esta semana. — A voz alteou-se em resignação: — Mas não se pode discutir com os homens do dinheiro.

— A Beaker na certa fez sua pesquisa — eu disse. — Se constatou que Bundaberg tinha melhores condições, então...

— Beaker? Não foi a Beaker.

— Desculpe... que foi que disse?

Os carros e caminhões não paravam de passar com estrondo e abafavam as palavras.

— Foram os capitalistas de risco. Os financiadores. Desistiriam, a não ser que mudassem o lugar.

— Não entendo.

— Parece que ficaram nervosos com o tubarão. Foram informados de todas as notícias e advertências no jornal para não deixarem as pessoas entrarem na água, e ficaram assustados. — Suspirou. — Acho que, do ponto de vista deles, vai ser muito difícil oferecer esportes aquáticos às pessoas em férias se elas acham que há tubarões, mas, sério, acho que lhes deram informações exageradas, fora de proporção.

Soava muito decepcionado.

— Parece que os britânicos ouvem a palavra "tubarão" e toda a razão sai pela janela — acrescentou.

Por que iria Vanessa procurar a Vallance primeiro?, perguntei-me.

— O senhor me surpreendeu, Sr. Reilly — disse, a mente trabalhando. — Obrigado pelo telefonema, mas peço que me desculpe, pois preciso falar com alguém.

Fiquei ali sentado um momento, mal notando o tráfego que passava a toda. Então, enfiei a mão na pasta para pegar o laptop e percebi, tarde demais, que não o tinha ali. Fitei as malas, depois arranquei com o carro de volta à rodovia e pisei fundo até o retorno seguinte.

— *D*ennis?

— Michael? Fiquei imaginando quanto tempo ainda ia levar pra você telefonar, seu velho safado. Ligou para rir da desgraça alheia, foi?

Ele parecia bem lubrificado — deviam ser quase onze da noite lá, e, conhecendo Dennis, já teria tomado algumas. Ou pouco mais que algumas.

— Você sabe que este não é meu estilo.

Eu dirigia enquanto falava e tive de encaixar o telefone entre a orelha e o ombro ao transpor o trevo de volta para Baía da Esperança. Enquanto rumava em direção ao hotel, o carro quicava sobre os buracos e imaginei quanto teria de pagar à empresa de aluguel pelo estrago na suspensão.

— Não... esqueci que você se transformou na porra de uma Madre Teresa. Que quer, então? Ligou pra implorar o emprego de volta?

Ignorei-o.

— Então como vão as coisas?

— Cidadezinha nas imediações de Bundaberg. — Ouvi-o tomar um gole de alguma coisa. — Vai ser ainda melhor. Os donos do dinheiro estão satisfeitos, o conselho municipal se pôs cem por cento a nosso favor. Vamos usar a mesma maquete. Lá se colhem melhores isenções tributárias. Para ser franco, você nos fez um favor.

Não vi ninguém diante do hotel. Transpus a porta da frente, atravessei o corredor e entrei no salão deserto, o celular colado ao ouvido, e fui até o laptop. Continuava ali onde o deixara. No andar de cima, a música de Hannah ainda retumbava. Duvidei que ela tivesse notado minha partida.

— *Eu* fiz um favor a vocês?

— Fez os capitalistas se apavorarem, seu lobista; bombardeou-os com histórias de tubarão.

— Eu, *lobista*?

Era estranho.

— Dennis... eu...

— O que foi que você fez? Contratou algum profissional rabugento do Greenpeace? — Ele baixou a voz: — Cá entre nós, tenho que admitir que fez um bom trabalho, enviar todas aquelas reportagens de jornal sobre tubarões. Fiquei puto a princípio... tivemos de trabalhar quatro dias e noites ininterruptos só para manter o contrato em andamento e a Vallance a bordo... mas agora, quando penso nisso, não íamos faturar dinheiro algum em águas infestadas de tubarões. Muito melhor na costa mais acima. Então, quem são os lobistas? Mais importante, quanto você pagou a eles? Sei que os agitadores profissionais não cobram barato.

Não mencionou Vanessa. Enquanto ele falava, eu abrira o computador. Passei os olhos pela caixa de e-mails recebidos, tentando entender o que acontecera.

— Então, qual a próxima jogada, Mike? — ele dizia. — Vai fazer isso profissionalmente? Você sabe, eu cumpro minha promessa. Ninguém tocará em você no centro de Londres.

Abri a caixa de e-mails enviados e encontrei os que eu mandara à Vallance. Abri um, notei os anexos de jornais e comecei a ler.

— Dito isso, rapagão, se estiver desesperado por um emprego, talvez eu consiga algo pra você. Posso fazer um favor. Nada parecido com o mesmo salário, entenda.

"Caro senhor", começava. "Escrevo para informá-lo do risco de ataques de tubarões na *construssão* do novo hotel de Baía da Esperança..." Dei um clique duplo e continuei a ler. E, ao fazê-lo, desatei a rir.

— Mike?

Hannah fizera o que eu falhara em fazer. Fizera o que eu julgara impossível.

— Mike? — A música ficou mais alta. Ouvi a cantoria e, só de gozação, ergui o telefone para captá-la. — Mike? — ele tornou a chamar. — Que porra de barulho é esse?

— Dennis — respondi —, é o seu agitador profissional, o lobista que cobra um preço excessivo, o revogador de obra de multimilhões de libras. Dá pra ouvir?

— Como? — ele dizia. — Do que está falando?

— Esta — continuei, rindo de novo — é uma menina de onze anos.

Eu precisava dar mais um telefonema e fui dar uma volta; queria ter privacidade. Fiquei parado um instante antes de ligar, e inspirei os aromas intactos que já se encontravam ali havia quase um século, e agora permaneceriam, se o destino quisesse, por mais meio século. Mas não tinha sensação alguma de paz. Ainda não.

— Quer dizer que você conseguiu, então — eu disse.

Ela prendeu a respiração, como se meio esperasse outra pessoa.

— Mike — exclamou. — É. Você ficou sabendo. Eu disse que ia conseguir.

— Com certeza conseguiu.

— Ah.. você sabe que sempre consigo o que quero. — Ela riu e pôs-se a falar do apartamento, que reservara uma mesa para a noite de meu retorno num restaurante onde era quase impossível a entrada de meros mortais. Tinha a voz animada. Sempre falava um pouco rápido demais quando excitada. — Mexi alguns pauzinhos, e jantaremos às oito e meia. O que lhe dará muito tempo para um bom sono e uma ducha.

— Como?

— Como consegui a mesa? Ah, basta conhecer a pessoa cer...

— Como convenceu seu pai a mudar todo o percurso?

— Ah, você conhece papai. Posso enrolá-lo no meu dedo mindinho. Sempre pude. Então, continua no voo da Qantas? Pedi uma folga no trabalho para ir buscá-lo. Anotei o número.

— Mas deve ter sido difícil... convencer a Vallance a aceitar uma mudança tão radical.

— Bem, eu apenas... — Ela parecia meio irritada. — Examinei com papai os motivos que você e eu havíamos discutido e, no fim, ele acabou vendo que fazia sentido. Ele me escuta, Mike, e tínhamos alternativas prontas, como sabe.

— Como a Vallance recebeu isso?

— Muito bem... escute, podemos falar sobre seu voo?

— Não vejo sentido algum.

— Não quer que eu vá buscá-lo? Ia lhe fazer uma surpresa, mas não posso resistir a contar. É o novo Mazda de dois lugares. O que você encomendou... consegui comprar na distribuidora pelo preço original. Você vai adorar.

— Eu não vou, Vanessa.

Ouvi uma forte ingestão de ar.

— Como?

— Há quanto tempo sabia quando me ligou? Acabei de checar os e-mails enviados para a Vallance da minha conta e imagino que você já devesse saber há, ah, no mínimo dois ou três dias que o local da construção do projeto ia mudar. — Ela nada disse. — Assim, pensou: vou faturar em cima dessa pequena oportunidade e aparecer como a grande salvadora. Merecer a eterna gratidão de Mike.

— Não foi assim.

— Achou que eu não ia descobrir que a decisão não se deveu a você? Acha que sou idiota?

Seguiu-se um longo silêncio.

— Achei... que quando você descobrisse estaríamos felizes e isso não teria mais importância.

— Todo o nosso relacionamento teria se baseado numa mentira.

— Ah, você é a pessoa certa pra falar de mentiras. Você e Tina. Você e a porra daquele projeto.

— Teria me deixado fazer toda essa viagem de volta, destruir toda a minha vida, numa...

— Numa o quê? *Destruir toda a sua vida?* Ah, não venha se fazer de vítima, Mike Dormer. Foi você quem agiu *mal* comigo, lembre-se.

— Por isso é que não vou voltar.

— Sabe de uma coisa? Eu nem sabia se o queria mesmo de volta. Deixaria você voltar pra expulsá-lo de vez da minha vida. Você não vale nada, Mike, mentiroso, pedaço inútil de nada. — Ela se enfurecia agora, a descoberta de sua duplicidade fizera-a perder as estribeiras. — Fico feliz que você saiba, que tenha descoberto. Poupou-me a porra de uma viagem ao aeroporto. E, com toda franqueza, eu não o tocaria de novo se...

— Boa sorte, Vanessa — cortei-a, gélido, quando a voz dela subiu uma oitava. — Tudo de bom para o futuro.

Meus ouvidos apitavam quando desliguei.

Tudo acabado.

Encarei o pequeno aparelho na mão, depois o atirei com o máximo de força que pude ao mar. Caiu com um respingo indiferente uns dez metros água adentro. Vi as ondas se fecharem sobre ele e senti tamanha emoção irromper de dentro de mim que só o que me restou foi bramir:

— Meu Deus! — gritei, querendo esmurrar alguma coisa. Querendo dar cambalhotas. — *Meu Deus!*

— Não sei se ele o ouvirá — chegou uma voz por trás de mim.

Dei meia-volta e vi Kathleen e o Sr. Gaines sentados à cabeceira da mesa dos caçadores de baleias. Ele usava um casaco de lã e o chapéu de feltro. Os dois me observavam com toda calma.

— Era um telefone muito legal, você sabe — disse Kathleen. — Essa geração é tão desperdiçadora. São todos iguais.

— Emotiva também. Não fazíamos essa gritaria toda em minha época — comentou o Sr. Gaines.

— Eu culpo os hormônios — disse Kathleen. — Acho que os deixam assim.

Avancei um passo para eles.

— Meu quarto — perguntei, tentando controlar o ritmo da respiração. — Alguma chance... alguma chance de mantê-lo por mais algum tempo?

— Suponho que terá de verificar o livro de registros, Kate — avisou o Sr. Gaines, inclinando-se para ela.

— Vou ver se ainda está disponível. Vamos ficar movimentados agora... agora que somos o único hotel na baía. Não sou em geral bisbilhoteira — ela acrescentou —, mas saquei tudo pelo jeito como você *berrava*.

Fiquei parado ali, o batimento acelerado do coração diminuindo aos poucos, grato pela amável gozação dos dois idosos, e pelo sol, o cintilar azul da baía, a perspectiva de criaturas dançarem alegres e invisíveis dentro

## Baía da Esperança

383

d'água. Pela ideia da jovem despreocupada naquele velho e surrado boné em algum lugar no mar à caça de baleias.

Kathleen indicou-me uma cadeira para sentar-me e me empurrou uma cerveja.

Tomei o primeiro e delicioso gole. Adorava aquela cerveja, pensei, ao baixar a garrafa gelada dos lábios. Adorava aquele hotel, a pequena baía. Adorava a perspectiva da vida futura que se desenrolava diante de mim, com a renda reduzida, adolescentes mal-humoradas, uma cachorra geniosa e a casa cheia de mulheres difíceis. Não conseguia captar bem a magnitude do que acontecera.

Kathleen percebeu tudo.

— Sabe — disse após alguns minutos, levando a mão enrugada à testa —, todas as espécies de pessoas são pró-tubarão aqui hoje em dia. Vão dizer-lhe que os tubarões são mal compreendidos e apenas produto do ambiente deles. — Curvou um lábio. — Eu digo que um tubarão é um tubarão. Ainda não encontrei um que quisesse ser meu amigo.

— Tem toda razão. — O Sr. Gaines balançou a cabeça em aprovação.

Recostei-me na cadeira, e ficamos os três em silêncio por algum tempo. Mais adiante na costa, eu via o local do prédio com suas tábuas brilhantes, que logo seriam redundantes. Ouvia a música no quarto de Hannah em cima, o rugido distante de uma lancha, o sutil e conspiratório sussurro dos pinheiros. Ficaria ali pelo tempo que me aceitassem. A ideia encheu-me da coisa mais próxima a contentamento que até então sentira.

— Greg nunca pegou aquele tubarão, pegou? — perguntei.

Kathleen Whittier Mostyn, a lendária Lady Tubarão, riu, mais um feroz latido que uma risada, e quando se virou para encarar-me, tinha um brilho grave no olhar.

— Aprendi uma coisa em meus setenta e tantos anos, Mike. Se um tubarão quer mordê-lo, pelo que sei, faça o diabo que tiver que fazer apenas para ficar vivo.

# Vinte e Oito

*Hannah*

FORAM NECESSÁRIAS três horas e vinte e oito minutos para ir de carro de Baía da Esperança até ao aeroporto de Sydney, outros vinte na procura de uma vaga para estacionar, mais quinze no tempo que se leva para parar e me deixarem sair pela porta de trás e vomitar de tanto nervosismo. Minha barriga ainda me vence — era como toda vez que eu saía numa excursão de observação de baleias — e nunca conseguia convencer Yoshi de que não tinha nada a ver com enjoo do balanço do mar. Tia K sabia. Explicava-me todas as vezes que isso não tinha importância — enquanto eu baixava a cabeça, sentada na calçada, a ouvi dizer aos outros que trouxera sacos plásticos e quatro rolos de papel-toalha da cozinha já contando com isso — e Mike saíra uma hora mais cedo, graças às advertências dela.

Éramos cinco no carro — Mike, mamãe, o Sr. Gaines, tia K e eu. Não o nosso carro, mas o de sete lugares do Sr. Gaines, que tomamos emprestado depois de Mike salientar que o da mamãe não podia acomodar a outra pessoa que voltaria para casa. Um comboio de camionetes, arrastando pedaços de rede, linhas e na certa cheirando a peixe, todos fingiam não estar ali, mas seguiam-nos. Toda vez que parávamos, também paravam, e nenhum saltava. Apenas ficavam sentados e olhavam pela janela como interessados em outra coisa, não na menina sentada na calçada. Se isso tivesse acontecido em qualquer outra ocasião, eu teria preferido morrer de vergonha.

Ninguém queria chegar perto demais, pois sabiam que minha mãe prezava a privacidade, mas todos queriam estar lá. Ela não se importava. Para ser franca, acho que não teria notado se a rainha da Inglaterra aparecesse para ver. Por quase vinte e quatro horas, mal abrira a boca, apenas fitava o relógio, fazia as contas, e de vez em quando estendia o braço para segurar-me a mão. Se Mike não a houvesse impedido, acho que teria se mudado para o saguão de desembarque dois dias atrás e esperado lá.

Os cálculos de Mike foram exatos. Mesmo com nossas paradas extras, chegamos quinze minutos antes do avião pousar.

— Quinze — murmurou o Sr. Gaines — dos mais longos minutos de nossas vidas.

Pelo menos mais vinte, calculou Mike, para a bagagem e controle de passaporte. E durante cada um deles, lá ficou mamãe, tão imóvel quanto qualquer um teria ficado, as mãos agarradas à grade, enquanto tentávamos conversar qualquer coisa em volta, olhos no portão de chegada. A certa altura, agarrou-me a mão com tanta força que meus dedos ficaram roxos, e Mike precisou soltá-la. Duas vezes ele foi ao balcão da Qantas e voltou para confirmar que o avião definitivamente não desaparecera no céu.

Por fim, assim que achei que fosse vomitar de novo, o primeiro fluxo de passageiros do voo QA2032 saiu. Observamos em silêncio, cada um de nós esforçando-se para ver as distantes figuras pelas portas corrediças, tentando casar a imagem com a que tínhamos num pedaço de papel amassado. E se ela não veio? A ideia pipocou-me na cabeça, e meu coração encheu-se de pânico. Se Letty decidiu que queria ficar com Steven? E se ficássemos ali durante horas e ninguém chegasse? Pior, e se ela chegasse e não a reconhecêssemos?

De repente, lá estava ela. Minha irmã, quase tão alta quanto eu, com os cabelos louros de mamãe e um nariz adunco como o meu, apertando com força a mão da irmã de Mike. Usava calça jeans azul e um moletom de capuz pink, e puxava de uma perna ao andar, devagar, como se parte dela ainda temesse o que poderia encontrar. A irmã de Mike nos viu e acenou, e mesmo daquela distância a gente via que tinha o sorriso de um quilômetro. Parou um instante e disse alguma coisa a Letty, e minha irmã fez que sim com a cabeça, o rosto voltado para nós, e as duas puseram-se a andar mais rápido.

Chorávamos todos então, mesmo antes de elas terem chegado à grade. Minha mãe, calada ao meu lado, começara a tremer. Tia Kathleen dizia "Deus seja louvado, oh, Deus seja louvado", e quando olhei para trás, Yoshi também chorava no peito de Greg, e até Mike, o braço passado em meus ombros, engolia em seco. Mas eu sorria ao mesmo tempo que chorava, pois sabia que às vezes há mais bem no mundo do que se imagina, e tudo ia acabar bem.

Quando Letty chegou perto, mamãe abaixou-se sob as grades e saiu correndo, e ao correr emitiu um som que eu nunca ouvira antes. Não deu a mínima para o que qualquer um pensava — ela e minha irmã travaram os olhos e foi como se fossem ímãs, como se nada no mundo pudesse impedi-las de avançar uma para a outra. Mamãe agarrou-a, puxou-a para junto de si, e Letty soluçava, segurava os cabelos dela, e a única forma como posso descrever a cena é dizer que era como se cada uma delas tivesse tido um pedaço de si mesma devolvido. Abri caminho à força e também me agarrei às duas. Então tia Kathleen, Mike e eu tivemos vaga consciência de que todas as pessoas olhavam o que deviam julgar tratar-se apenas de mais uma criança de volta ao lar. A não ser pelo ruído. O ruído que minha mãe emitiu, quando elas afundaram no chão, rodeadas por todos nós, envoltas em abraços, beijos e lágrimas.

Pois o som que saía de minha mãe, enquanto embalava minha irmã nos braços, era longo, doloroso e estranho, além de falar de todo o amor e dor no mundo. Ecoava pelo enorme salão de desembarques, fazia as pessoas pararem atônitas e espreitarem em volta para ver do que se tratava. Ao mesmo tempo assustador e glorioso. Parecia, disse depois tia Kathleen, exatamente o canto de uma baleia-corcunda.

# Epílogo

*Kathleen*

Meu nome é Kathleen Whittier Gaines e sou uma recém-casada de setenta e seis anos. Dizer essas palavras faz-me estremecer da tolice de tudo o que aconteceu. Sim, ele acabou por me fisgar no fim. Disse-me que, se ia bater as botas, gostaria de fazê-lo sabendo que eu estava por perto, e imaginei que isso não era muito para pedir a uma mulher, quando ela sabia que fora amada por um homem a vida toda.

Não moro mais no hotel. De qualquer modo, não o tempo todo. Nino e eu não conseguimos chegar bem a um acordo sobre onde nos instalar: ele alegava que precisava ficar perto das vinhas, e eu que não ia passar o resto dos meus dias longe do mar. Assim, dividimos a semana entre as duas casas, e embora o resto de Baía da Esperança ache que somos um par de velhos tontos é um acordo que nos serve muito bem.

Mike e Liza moram no hotel, talvez um pouco mais moderno e mais acolhedor do que quando eu o administrava sozinha. Mike envolve-se em outras atividades, interesses que o mantêm ocupado e rendem a eles algum dinheiro, como o marketing dos vinhos de Nino, mas não presto muita atenção, desde que tenhamos uma ou duas garrafas de uma boa safra na mesa à noite. De vez em quando, Mike bola ideias para ganhar mais dinheiro, ou aumentar os lucros, ou qualquer coisa parecida, e eu discordo, e o resto do pessoal assente com a cabeça, sorri e o espera tranquilamente baixar o facho.

Haverá outros projetos, outras ameaças, e nós continuaremos a lutar. Mas agora o fazemos sem medo. Nino Gaines — ou devo chamá-lo de meu marido? — comprou a antiga propriedade Bullen. Presente de casamento para mim, disse. Um pouco de segurança para as meninas. Não gosto de pensar muito no quanto ele pagou. Nino e Mike têm ideias para o espaço. De vez em quando, vão juntos até as tábuas desbotadas do tapume e percorrem a propriedade, porém, quando se cogita ir adiante, nenhum dos dois parece querer de fato fazer coisa alguma. Eu continuo fazendo o que sempre fiz, administrando um velho hotel na ponta da baía, e ficando um pouco nervosa quando temos muitos hóspedes.

Além da estrada litorânea, a migração para o sul está indo muito bem. Há relatos diários de baleais, mães e filhotes, e na superfície os números de passageiros são quase iguais aos da mesma época no ano passado. Os caçadores de baleias chegam e vão, um ou outro rosto novo substitui o antigo, e trazem as mesmas histórias picantes, as mesmas piadas e queixas aos meus bancos todas as noites. Yoshi retornou a Townsville para estudar preservação de baleias, e prometeu retornar; Lance muitas vezes fala em visitá-la, mas duvido que vá. Greg está namorando uma garçonete de vinte e quatro anos que trabalha numa associação da Força de Defesa australiana, e parece dar-lhe o melhor de si. De qualquer modo, ele passa menos tempo no hotel, e vejo que isso convém à perfeição a Mike.

Letty viceja. Ela e Hannah vivem grudadas uma na outra como se tivessem ficado separadas por apenas cinco dias e não cinco anos. Várias vezes eu as encontrei dividindo uma cama, e ia separá-las, mas Liza me aconselhou a não me preocupar:

— Deixe elas dormirem — disse, vendo-as entrelaçadas. — Vão querer ter um espaço próprio muito em breve.

Quando ela fala, desprende tanta alegria da voz que não acredito ser a mesma mulher.

# Baía da Esperança

As primeiras semanas foram estranhas. Pisávamos em ovos ao redor da menina, receosas de que essa estranha série de acontecimentos e a repentina mudança de circunstância a deixassem abalada. Por um longo tempo, ficou grudada na mãe, como se temesse que lhe arrancassem dela mais uma vez, e no fim levei-a ao museu, mostrei-lhe meu arpão e disse-lhe que qualquer um que pensasse em aproximar-se de alguma das minhas meninas teria de ver-se com o velho Harry. Acho que ela ficou um pouco surpresa, mas tranquilizada. Nino diz-me com ironia que isso na certa foi um dos motivos de eu nunca ter tido filhos.

Letty melhorou assim que o pai telefonou: disse-lhe que se sentia feliz por ela ficar em Baía da Esperança, e permitia que todas as decisões partissem dela. A partir daí, a menina dormiu bem — embora na cama da irmã. A irmã de Mike, fiel à palavra dada, nunca publicou a matéria. Mike diz que na verdade se trata de uma história de amor — não sobre ele e Liza, embora baste observá-los rindo juntos para saber que é isso mesmo —, mas sobre Liza e as filhas. Às vezes, se me provoca, diz que é sobre mim e Nino.

Respondo que não vejo assim. Observe o mar por muito tempo, os humores e frenesis, as belezas e terrores, e terá todas as histórias do mundo. E o fato de às vezes não ser a sua mão no leme e você não poder fazer mais que apenas confiar em que tudo vai dar certo.

Quase todos os dias agora, se Liza não tem muitas excursões agendadas, partem juntos para o mar no *Ishmael* para ver as baleias que continuam a fazer a trajetória de volta aos lugares comuns de alimentação no verão. A princípio achei que era o jeito que ela tinha de criar uma família, de uni-los, mas logo compreendi que todos eram atraídos por essa atividade como ela. Não se trata apenas das criaturas que veem, dizem-me, mas das que não veem. As meninas gostam de observar as baleias-corcundas desaparecerem, divertem-se com a ideia de que, após algum salto espetacular para fora d'água, há toda uma vida embaixo que elas não podem ver. Cantos entoados num abismo e perdidos para sempre, relacionamentos construídos, bebês nutridos e amados. Um mundo no qual nós e as coisas desatentas que fazemos uns aos outros não têm importância.

A princípio, Mike ria delas por serem tão fantasiosas, mas agora encolhe os ombros e admite: que diabos sabe ele? Que sabe qualquer um de nós? Coisas estranhas aconteceram, sobretudo no nosso pequeno canto do mundo.

E agora vejo os quatro correndo pelo Cais da Baleia à luz do sol, e penso em minha irmã, e talvez meu pai, que teria gostado de uma história como esta. ("Achamos que vocês tinham companhia", digo-lhes, seja lá onde estejam. "Mas, graças a Deus, nos enganamos.") Eles teriam entendido que esta história é sobre um equilíbrio impalpável, sobre uma verdade com a qual todos lutamos, sempre que somos abençoados o bastante para sermos visitados por essas criaturas, ou, de fato, por abrirmos o coração — que às vezes você pode prejudicar uma coisa maravilhosa apenas pela proximidade.

E que, às vezes, acrescenta Mike, firme, você não tem opção. Não, se quiser realmente viver.

Nunca o deixo saber, é claro. Não posso deixar que pense que tem o mundo nas mãos. Mas preciso dizer que, neste caso, apenas neste caso, concordo com ele.

# *Agradecimentos*

Obrigada, sem qualquer ordem específica, a Meghan Richardson, Matt Dempsey e ao Capitão Mike, do *Moonshadow V*, à comunidade de observação de baleias de Nelson Bay e a todos os membros da tripulação que abriram mão de seu tempo para conversar comigo em agosto de 2005 sobre o comportamento das baleias e a vida nas ondas. Obrigada também à polícia de Nova Gales do Sul, por explicar-me em que tipo de delitos específicos os policiais tinham direito de "implicar".

Obrigada à Hachette Livre (antiga Hodder) Austrália e Nova Zelândia, cujos esforços ajudaram a inspirar este livro, para início de conversa; em especial, Raewyn Davies, Debs McInnes, da Debbie McInnes RP, Malcolm Edwards, Mary Drum, Louise Sherwin-Stark, Kevin Chapman e Sue Murray, além de Mark Kanas, da Altour, nenhum dos quais se sentiu importunado por ter de transportar uma família bastante caótica de cinco membros pelas Ilhas Antípodas num curto período.

Obrigada, como sempre, a Carolyn Mays, minha editora assistente, que não pareceu entrar em pânico quando decidi abandonar o livro que ela vinha esperando por este, e a Sheila Crowley, minha agente, pelo habitual entusiasmo e capacidade de vendas. Obrigada a Emma Knight, Lucy Hale, Auriol Bishop, Hazel Orme, Amanda O'Connell e a toda a equipe da Hodder RU, pelo contínuo trabalho árduo e apoio, e a Linda Shaughnessy, Rob Kraítt e a todos na A P Watt, pelo mesmo motivo.

Mais próximo de casa, obrigada a Clare Wilde, Dolly Denny, Barbara Ralph e Jenny Colgan, pela sua ajuda prática e amizade num ano difícil. Espero que saibam como agradeço.

Obrigada também a Lizzie e Brian Sanders, Jim e Alison Moyes, Betty McKee, Cathy Runciman, Lucy Ward, Jackie Tearne, Monica Hayward, Jenny Smith e a todos da Writersblock.

Acima de tudo, obrigada a Charles, Saskia e Harry, motores de minha locomotiva crepitante. E a Lockie, por mostrar-nos que perfeição é um termo relativo.

Jojo Moyes, julho de 2006